LA COMÉDIE HUMAINE

HONORÉ de
BALZAC

LA RABOUILLEUSE

SCÈNES DE LA VIE DE PROVINCE

*Illustrations par Staal, Johannot, Bertall,
Lampsonius, Daumier*

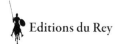

Éditions du Rey

À MONSIEUR CHARLES NODIER,
Membre de l'Académie française,
bibliothécaire à l'Arsenal.

Voici, mon cher Nodier, un ouvrage plein de ces faits soustraits à l'action des lois par le huis-clos domestique ; mais où le doigt de Dieu, si souvent appelé le hasard, supplée à la justice humaine, et où la morale, pour être dite par un personnage moqueur n'en est pas moins instructive et frappante. Il en résulte, à mon sens, de grands enseignements et pour la Famille et pour la Maternité. Nous nous apercevrons peut-être trop tard des effets produits par la diminution de la puissance paternelle, qui ne cessait autrefois qu'à la mort du père, qui constituait le seul tribunal humain où ressortissaient les crimes domestiques, et qui, dans les grandes occasions, avait recours au pouvoir royal pour faire exécuter ses arrêts. Quelque tendre et bonne que soit la Mère, elle ne remplace pas plus cette royauté patriarcale que la Femme ne remplace un Roi sur le trône ; et si cette exception arrive, il en résulte un être monstrueux. Peut-être n'ai-je pas dessiné de tableau qui montre plus que celui-ci combien le mariage indissoluble est indispensable aux sociétés européennes, quels sont les malheurs de la faiblesse féminine, et quels dangers comporte l'intérêt personnel quand il est sans frein. Puisse une société basée uniquement sur le pouvoir de l'argent frémir en apercevant l'impuissance de la justice sur les combinaisons d'un système qui déifie le succès en en graciant tous les moyens ! Puisse-t-elle recourir promptement au catholicisme pour purifier les masses par le sentiment religieux et par une éducation autre que celle d'une Université laïque. Assez de beaux caractères, assez de grands et nobles dévouements brilleront dans les Scènes de la Vie militaire, *pour qu'il m'ait été permis d'indiquer ici combien de dépravation causent les nécessités de la guerre chez certains esprits, qui dans la vie privée osent agir comme sur les champs de bataille.*

Vous avez jeté sur notre temps un sagace coup d'œil dont la philosophie se trahit dans plus d'une amère réflexion qui perce à travers vos pages élégantes, et vous avez mieux que personne apprécié les dégâts produits dans l'esprit de notre pays par quatre systèmes politiques différents. Aussi ne pouvais-je mettre cette histoire sous la protection d'une autorité plus compétente. Peut être votre nom défendra-t-il cet ouvrage contre des accusations qui ne lui manqueront pas : où est le malade qui reste muet quand le chirurgien lui enlève l'appareil de ses plaies les plus vives ? Au plaisir de vous dédier cette Scène se joint l'orgueil de trahir votre bienveillance pour celui qui se dit ici

Un de vos sincères admirateurs

DE BALZAC.

En 1792, la bourgeoisie d'Issoudun jouissait d'un médecin nommé Rouget, qui passait pour un homme profondément malicieux. Au dire de quelques gens hardis, il rendait sa femme assez malheureuse, quoique ce fût la plus belle femme de la ville. Peut-être cette femme était-elle un peu sotte. Malgré l'inquisition des amis, le commérage des indifférents et les médisances des jaloux, l'intérieur de ce ménage fut peu connu. Le docteur Rouget était un de ces hommes de qui l'on dit familièrement : « *Il n'est pas commode.* » Aussi, pendant sa vie, garda-t-on le silence sur lui, et lui fit-on bonne mine. Cette femme, une demoiselle Descoings, assez malingre déjà quand elle était fille (ce fut, disait-on, une raison pour le médecin de l'épouser), eut d'abord un fils, puis une fille qui, par hasard, vint dix ans après le frère, et à laquelle, disait-on toujours, le docteur ne s'attendait point, quoique médecin. Cette fille, tard venue, se nommait Agathe. Ces petits faits sont si simples, si ordinaires, que rien ne semble justifier un historien de les placer en tête d'un récit ; mais, s'ils n'étaient pas connus, un homme de la trempe du docteur Rouget serait jugé comme un monstre, comme un père dénaturé ; tandis qu'il obéissait tout bonnement à de mauvais penchants que beaucoup de gens abritent sous ce terrible axiome : *Un homme doit avoir du caractère !* Cette mâle sentence a causé le malheur de bien des femmes. Les Descoings, beau-père et belle-mère du docteur, commissionnaires en laine, se chargeaient également de vendre pour les propriétaires ou d'acheter pour les marchands les toisons d'or du Berry, et tiraient des deux côtés un droit de commission. À ce métier, ils devinrent riches et furent avares : morale de bien des existences. Descoings le fils, le cadet de madame Rouget, ne se plut pas à Issoudun. Il alla chercher fortune à Paris, et s'y établit épicier dans la rue St-Honoré. Ce fut sa perte. Mais, que voulez-vous ? l'épicier est entraîné vers son commerce par une force attractive égale à la force de répulsion qui en éloigne les artistes. On n'a pas assez étudié les forces sociales qui constituent les diverses vocations. Il serait curieux de savoir ce qui détermine un homme à se faire papetier plutôt que boulanger, du moment où les fils ne succèdent pas forcément au métier de leur père comme chez les Égyptiens. L'amour avait aidé la vocation chez Descoings. Il s'était dit : Et moi aussi, je serai épicier ! en se disant autre chose à l'aspect de sa patronne, fort belle créature de laquelle il devint éperdument amoureux. Sans autre aide que la patience, et un peu d'argent que lui envoyèrent ses père et mère, il épousa la veuve du sieur Bixiou, son prédécesseur. En 1792, Descoings passait pour faire d'excellentes affaires. Les vieux Descoings vivaient encore à cette époque. Sortis des laines, ils employaient leurs fonds à l'achat des biens nationaux : autre toison d'or ! Leur gendre, à peu près sûr d'avoir bientôt à pleurer sa femme, envoya sa fille à Paris, chez son beau-frère, autant pour lui faire voir la capitale, que par une pensée matoise. Descoings n'avait pas d'enfants. Madame Descoings, de douze ans plus âgée que son mari, se portait fort bien ; mais elle était grasse comme une grive après la vendange, et le rusé Rouget savait assez de médecine pour prévoir que monsieur et madame Descoings, contraire- ment à la morale des contes de fée, seraient toujours heureux et n'auraient point d'enfants. Ce ménage pourrait se passionner pour Agathe. Or le docteur Rouget voulait déshériter sa fille, et se flattait d'arriver à ses fins en la dépaysant. Cette jeune personne, alors la plus belle fille d'Issoudun, ne ressemblait ni à son père, ni à sa mère. Sa naissance avait été la cause d'une brouille éternelle entre le docteur Rouget et son ami intime, monsieur Lousteau, l'ancien Subdélégué qui venait de quitter Issoudun. Quand une famille s'expatrie, les naturels d'un pays aussi séduisant que l'est Issoudun ont le droit de chercher les raisons d'un acte si exorbitant. Au dire de quelques fines langues, monsieur Rouget, homme vindicatif, s'était écrié que Lousteau ne mourrait que de sa main. Chez un médecin, le mot avait la portée d'un boulet de canon. Quand l'Assemblée Nationale eut supprimé les Subdélégués, Lousteau partit et ne revint jamais à Issoudun. Depuis le départ de cette famille, madame Rouget passa tout son temps chez la propre sœur de l'ex-Subdélégué, madame Hochon, la marraine de sa fille et la seule personne à qui elle confiât ses peines. Aussi le peu que la ville d'Issoudun sut de la belle madame Rouget fut-il dit par cette bonne dame et toujours après la mort du docteur.

Le premier mot de madame Rouget, quand son mari lui parla d'envoyer Agathe à Paris, fut : – Je ne reverrai plus ma fille !

– Et elle a eu tristement raison, disait alors la respectable madame Hochon.

La pauvre mère devint alors jaune comme un coing, et son état ne démentit point les dires de ceux qui prétendaient que Rouget la tuait à petit feu. Les façons de son grand niais de fils devaient contribuer à rendre malheureuse cette mère injustement accusée. Peu retenu, peut-être encouragé par son père, ce garçon, stupide en tout point, n'avait ni les attentions ni le respect qu'un fils doit à sa mère. Jean-Jacques Rouget ressemblait à son père, mais en mal, et le docteur n'était pas déjà très bien ni au moral ni au physique.

L'arrivée de la charmante Agathe Rouget ne porta point bonheur à son oncle Descoings. Dans la semaine, ou plutôt dans la décade (la République était proclamée), il fut incarcéré sur un mot de Robespierre à Fouquier-Tinville. Descoings, qui eut l'imprudence de croire la famine factice, eut la sottise de communiquer son opinion (il pensait que les opinions étaient libres) à plusieurs de ses clients et clientes, tout en les servant. La citoyenne Duplay, femme du menuisier chez qui demeurait Robespierre et qui faisait le ménage de ce grand citoyen, honorait, par malheur pour Descoings, le magasin de ce Berrichon de sa pratique. Cette citoyenne regarda la croyance de l'épicier comme insultante pour Maximilien Ier. Déjà peu satisfaite des manières du ménage Descoings, cette illustre tricoteuse du club des Jacobins regardait la beauté de la citoyenne Descoings comme une sorte d'aristocratie. Elle envenima les propos des Descoings en les répétant à son bon et doux maître. L'épicier fut arrêté sous la vulgaire accusation d'*accaparement*. Descoings en prison, sa femme s'agita pour le faire mettre en liberté ; mais ses démarches furent si maladroites, qu'un observateur qui l'eût écoutée parlant aux arbitres de cette destinée aurait pu croire qu'elle voulait honnêtement se défaire de lui. Madame Descoings connaissait Bridau, l'un des secrétaires de Roland, Ministre de l'Intérieur, le bras droit de tous ceux qui se succédèrent à ce Ministère. Elle mit en campagne Bridau pour sauver l'épicier. Le très incorruptible Chef de Bureau, l'une de ces vertueuses dupes toujours si admirables de désintéressement, se garda bien de corrompre ceux de qui dépendait le sort de Descoings : il essaya de les éclairer ! Éclairer les gens de ce temps-là, autant aurait valu les prier de rétablir les Bourbons. Le ministre girondin qui luttait alors contre Robespierre, dit à Bridau : – De quoi te mêles-tu ? Tous ceux que l'honnête chef sollicita lui répétèrent cette phrase atroce : – De quoi te mêles-tu ? Bridau conseilla sagement à madame Descoings de se tenir tranquille ; mais, au lieu de se concilier l'estime de la femme de ménage de Robespierre, elle jeta feu et flamme contre cette dénonciatrice ; elle alla voir un conventionnel, qui tremblait pour lui-même, et qui lui dit : –

J'en parlerai à Robespierre. La belle épicière s'endormit sur cette parole, et naturellement ce protecteur garda le plus profond silence. Quelques pains de sucre, quelques bouteilles de bonnes liqueurs données à la citoyenne Duplay, auraient sauvé Descoings. Ce petit accident prouve qu'en révolution, il est aussi dangereux d'employer à son salut des honnêtes gens que des coquins : on ne doit compter que sur soi-même. Si Descoings périt, il eut du moins la gloire d'aller à l'échafaud en compagnie d'André de Chénier. Là, sans doute, l'Épicerie et la Poésie s'embrassèrent pour la première fois en personne, car elles avaient alors et auront toujours des relations secrètes. La mort de Descoings produisit beaucoup plus de sensation que celle d'André de Chénier. Il a fallu trente ans pour reconnaître que la France avait perdu plus à la mort de Chénier qu'à celle de Descoings. La mesure de Robespierre eut cela de bon que, jusqu'en 1830, les épiciers effrayés ne se mêlèrent plus de politique. La boutique de Descoings était à cent pas du logement de Robespierre. Le successeur de l'épicier y fit de mauvaises affaires. César Birotteau, le célèbre parfumeur, s'établit à cette place. Mais, comme si l'échafaud y eût mis l'inexplicable contagion du malheur, l'inventeur de la *Double pâte des sultanes* et de *l'Eau carminative* s'y ruina. La solution de ce problème regarde les Sciences Occultes.

Pendant les quelques visites que le chef de bureau fit à la femme de l'infortuné Descoings, il fut frappé de la beauté calme, froide, candide, d'Agathe Rouget. Lorsqu'il vint consoler la veuve, qui fut assez inconsolable pour ne pas continuer le commerce de son second défunt, il finit par épouser cette charmante fille dans la décade, et après l'arrivée du père qui ne se fit pas attendre. Le médecin, ravi de voir les choses succédant au-delà de ses souhaits, puisque sa femme devenait seule héritière des Descoings, accourut à Paris, moins pour assister au mariage d'Agathe que pour faire rédiger le contrat à sa guise. Le désintéressement et l'amour excessif du citoyen Bridau laissèrent carte blanche à la perfidie du médecin, qui exploita l'aveuglement de son gendre, comme la suite de cette histoire vous le démontrera. Madame Rouget, ou plus exactement le docteur, hérita donc de tous les biens, meubles et immeubles de monsieur et de madame Descoings père et mère, qui moururent à deux ans l'un de l'autre. Puis Rouget finit par avoir raison de sa femme, qui mourut au commencement de l'année 1799. Et il eut des vignes, et il acheta des fermes, et il acquit des forges, et il eut des laines à vendre ! Son fils bien-aimé ne savait rien faire ;

mais il le destinait à l'état de propriétaire, il le laissa croître en richesse et en sottise, sûr que cet enfant en saurait toujours autant que les plus savants en se laissant vivre et mourir. Dès 1799, les calculateurs d'Issoudun donnaient déjà trente mille livres de rente au père Rouget. Après la mort de sa femme, le docteur mena toujours une vie débauchée ; mais il la régla pour ainsi dire et la réduisit au huis-clos du chez soi. Ce médecin, plein de caractère, mourut en 1805. Dieu sait alors combien la bourgeoisie d'Issoudun parla sur le compte de cet homme, et combien d'anecdotes il circula sur son horrible vie privée. Jean-Jacques Rouget, que son père avait fini par tenir sévèrement en en reconnaissant la sottise, resta garçon par des raisons graves dont l'explication forme une partie importante de cette histoire. Son célibat fut en partie causé par la faute du docteur, comme on le verra plus tard.

Maintenant il est nécessaire d'examiner les effets de la vengeance exercée par le père sur une fille qu'il ne regardait pas comme la sienne, et qui, croyez-le bien, lui appartenait légitimement. Personne à Issoudun n'avait remarqué l'un de ces accidents bizarres qui font de la génération un abîme où la science se perd. Agathe ressemblait à la mère du docteur Rouget. De même que, selon une observation vulgaire, la goutte saute par-dessus une génération, et va d'un grand-père à un petit-fils, de même il n'est pas rare de voir la ressemblance se comportant comme la goutte.

Ainsi, l'aîné des enfants d'Agathe, qui ressemblait à sa mère, eut tout le moral du docteur Rouget, son grand-père. Léguons la solution de cet autre problème au vingtième siècle avec une belle nomenclature d'animalcules microscopiques, et nos neveux écriront peut-être autant de sottises que nos Corps Savants en ont écrit déjà sur cette question ténébreuse.

Agathe Rouget se recommandait à l'admiration publique par une de ces figures destinées, comme celle de Marie, mère de notre Seigneur, à rester toujours vierges, même après le mariage. Son portrait, qui existe encore dans l'atelier de Bridau, montre un ovale parfait, une blancheur inaltérée et sans le moindre grain de rousseur, malgré sa chevelure d'or. Plus d'un artiste en observant ce front pur, cette bouche discrète, ce nez fin, de jolies oreilles, de longs cils aux yeux, et des yeux d'un bleu foncé d'une tendresse infinie, enfin cette figure empreinte de placidité, demande aujourd'hui à notre grand peintre : – Est-ce la copie d'une tête de Raphaël ? Jamais homme ne fut mieux inspiré que le Chef de Bureau en épousant cette jeune fille. Agathe réalisa l'idéal de la ménagère élevée en province et qui n'a jamais quitté sa mère. Pieuse sans être dévote, elle n'avait d'autre instruction que celle donnée aux femmes par l'Église. Aussi fut-elle une épouse accomplie dans le sens vulgaire, car son ignorance des choses de la vie engendra plus d'un malheur. L'épitaphe d'une célèbre Romaine : *Elle fit de la tapisserie et garda la maison*, rend admirablement compte de cette existence pure, simple et tranquille. Dès le Consulat, Bridau s'attacha fanatiquement à Napoléon, qui le nomma Chef de Division en 1804, un an avant la mort de Rouget. Riche de douze mille francs d'appointements et recevant de belles gratifications, Bridau fut très insouciant des honteux résultats de la liquidation qui se fit à Issoudun, et par laquelle Agathe n'eut rien. Six mois avant sa mort, le père Rouget avait vendu à son fils une portion de ses biens dont le reste fut attribué à Jean-Jacques, tant à titre de donation par préférence qu'à titre d'héritier. Une avance d'hoirie de cent mille francs, faite à Agathe dans son contrat de mariage, représentait sa part dans la succession de sa mère et de son père. Idolâtre de l'Empereur, Bridau servit avec un dévouement de séide les puissantes conceptions de ce demi-dieu moderne, qui, trouvant tout détruit en France, y voulut tout organiser. Jamais le Chef de Division ne disait : Assez. Projets, mémoires, rapports, études, il accepta les plus lourds fardeaux, tant il était heureux de seconder l'Empereur ; il l'aimait comme homme, il l'adorait comme souverain et ne souffrait pas la moindre critique sur ses actes ni sur ses projets. De 1804 à 1808, le Chef de Division se logea dans un grand et bel appartement sur le quai Voltaire, à deux pas de son Ministère et des Tuileries. Une cuisinière et un valet de chambre composèrent tout le domestique du ménage au temps de la splendeur de madame Bridau. Agathe, toujours levée la première, allait à la Halle accompagnée de sa cuisinière. Pendant que le domestique faisait l'appartement, elle veillait au déjeuner. Bridau ne se rendait jamais au Ministère que sur les onze heures. Tant que dura leur union, sa femme éprouva le même plaisir à lui préparer un exquis déjeuner, seul repas que Bridau fît avec plaisir. En toute saison, quelque temps qu'il fît lorsqu'il partait, Agathe regardait son mari par la fenêtre allant au Ministère, et ne rentrait la tête que quand il avait tourné la rue du Bac. Elle desservait alors elle-même, donnait son coup d'œil à l'appartement ; puis elle s'habillait, jouait avec ses enfants, les promenait ou recevait ses visites en attendant le retour de Bridau. Quand le Chef de Division rapportait des travaux urgents, elle s'installait auprès de sa table, dans son cabinet, muette

Agathe regardait son mari par la fenêtre allant au Ministère

comme une statue et tricotant en le voyant travailler tant qu'il veillait, se couchant quelques instants avant lui. Quelquefois les époux allaient au spectacle dans les loges du Ministère. Ces jours-là, le ménage dînait chez un restaurateur, et le spectacle que présentait le restaurant causait toujours à madame Bridau ce vif plaisir qu'il donne aux personnes qui n'ont pas vu Paris. Forcée souvent d'accepter de ces grands dîners priés qu'on offrait au Chef de Division qui menait une portion du Ministère de l'Intérieur, et que Bridau rendait honorablement, Agathe obéissait au luxe des toilettes d'alors ; mais elle quittait au retour avec joie cette richesse d'apparat, en reprenant dans son ménage sa simplicité de provinciale. Une fois par semaine, le jeudi, Bridau recevait ses amis. Enfin il donnait un grand bal le mardi gras. Ce peu de mots est l'histoire de toute cette vie conjugale qui n'eut que trois grands événements : la naissance de deux enfants, nés à trois ans de distance, et la mort de Bridau, qui périt, en 1808, tué par ses veilles, au moment où l'Empereur allait le nommer Directeur-Général, comte et Conseiller d'État. En ce temps Napoléon s'adonna spécialement aux affaires de l'Intérieur, il accabla Bridau de travail et acheva de ruiner la santé de ce bureaucrate intrépide. Napoléon, à qui Bridau n'avait jamais rien demandé, s'était enquis de ses mœurs et de sa fortune. En apprenant que cet homme dévoué ne possédait rien que sa place, il reconnut une de ces âmes incorruptibles qui rehaussaient, qui moralisaient son administration, et il voulut surprendre Bridau par d'éclatantes récompenses. Le désir de terminer un immense travail avant le départ de l'Empereur pour l'Espagne tua le Chef de Division, qui mourut d'une fièvre inflammatoire. À son retour, l'Empereur, qui vint préparer en quelques jours à Paris sa campagne de 1809, dit en apprenant cette perte : – Il y a des hommes qu'on ne remplace jamais ! Frappé d'un dévouement que n'attendait aucun de ces brillants témoignages réservés à ses soldats, l'Empereur résolut de créer un Ordre richement rétribué pour le civil comme il avait créé la Légion-d'Honneur pour le militaire. L'impression produite sur lui par la mort de Bridau lui fit imaginer l'Ordre de la Réunion ; mais il n'eut pas le temps d'achever cette création aristocratique dont le souvenir est si bien aboli qu'au nom de cet ordre éphémère, la plupart des lecteurs se demanderont quel en était l'insigne : il se portait avec un ruban bleu. L'empereur appela cet ordre la Réunion dans la pensée de confondre l'ordre de la Toison-d'Or de la cour d'Espagne avec l'ordre de la Toison-d'Or de la cour d'Autriche. La Providence, a dit un diplomate prussien, a su empêcher cette profanation. L'Empereur se fit rendre compte de la situation de madame Bridau. Les deux enfants eurent chacun une bourse entière au lycée Impérial, et l'Empereur mit tous les frais de leur éducation à la charge de sa cassette. Puis il inscrivit madame Bridau pour une pension de quatre mille francs, en se réservant sans doute de veiller à la fortune des deux fils. Depuis son mariage jusqu'à la mort de son mari, madame Bridau n'eut pas la moindre relation avec Issoudun. Elle était sur le point d'accoucher de son second fils au moment où elle perdit sa mère. Quand son père, de qui elle se savait peu aimée, mourut, il s'agissait du sacre de l'Empereur, et le couronnement donna tant de travail à Bridau qu'elle ne voulut pas quitter son mari. Jean-Jacques Rouget, son frère, ne lui avait pas écrit un mot depuis son départ d'Issoudun. Tout en s'affligeant de la tacite répudiation de sa famille, Agathe finit par penser très rarement à ceux qui ne pensaient point à elle. Elle recevait tous les ans une lettre de sa marraine, madame Hochon, à laquelle elle répondait des banalités, sans étudier les avis que cette excellente et pieuse femme lui donnait à mots couverts. Quelque temps avant la mort du docteur Rouget, madame Hochon écrivit à sa filleule qu'elle n'aurait rien de son père si elle n'envoyait sa procuration à monsieur Hochon. Agathe eut de la répugnance à tourmenter son frère. Soit que Bridau comprit que la spoliation était conforme au Droit et à la Coutume du Berry, soit que cet homme pur et juste partageât la grandeur d'âme et l'indifférence de sa femme en matière d'intérêt, il ne voulut point écouter Roguin, son notaire, qui lui conseillait de profiter de sa position pour contester les actes par lesquels le père avait réussi à priver sa fille de sa part *légitime*. Les époux approuvèrent ce qui se fit alors à Issoudun. Cependant, en ces circonstances Roguin avait fait réfléchir le Chef de Division sur les intérêts compromis de sa femme. Cet homme supérieur pensa que, s'il mourait, Agathe se trouverait sans fortune. Il voulut alors examiner l'état de ses affaires, il trouva que, de 1793 à 1805, sa femme et lui avaient été forcés de prendre environ trente mille francs sur les cinquante mille francs effectifs que le vieux Rouget avait donnés à sa fille, et il plaça les vingt mille francs restant sur le Grand-Livre. Les fonds étaient alors à quarante, Agathe eut donc environ deux mille livres de rente sur l'État. Veuve, madame Bridau pouvait donc vivre honorablement avec six mille livres de rente. Toujours femme de province, elle voulut renvoyer le domestique de Bridau, ne garder que sa cuisinière et changer d'appartement ; mais son amie intime qui persistait à se dire sa tante, madame Descoings, vendit son mobilier, quitta son appartement et vint demeurer avec Agathe, en faisant du cabinet de feu Bridau une chambre à coucher. Ces deux veuves réunirent leurs revenus et se virent à la tête de douze mille francs de rente. Cette conduite semble simple et naturelle. Mais rien dans la vie n'exige plus d'attention que les choses qui paraissent naturelles, on se défie toujours assez de l'extraordinaire ; aussi voyez-vous les hommes d'expérience, les avoués, les juges, les médecins, les prêtres attachant une énorme importance aux affaires simples : on les trouve méticuleux. Le serpent sous les fleurs est un des plus beaux mythes que l'Antiquité nous ait légués pour la conduite de nos affaires. Combien de fois les

sots, pour s'excuser à leurs propres yeux et à ceux des autres, s'écrient :
– C'était si simple que tout le monde y aurait été pris !

En 1809, madame Descoings, qui ne disait point son âge, avait soixante-cinq ans. Nommée dans son temps la belle épicière, elle était une de ces femmes si rares que le temps respecte, et devait à une excellente constitution le privilège de garder une beauté qui néanmoins ne soutenait pas un examen sérieux. De moyenne taille, grasse, fraîche, elle avait de belles épaules, un teint légèrement rosé. Ses cheveux blonds, qui tiraient sur le châtain, n'offraient pas, malgré la catastrophe de Descoings, le moindre changement de couleur. Excessivement friande, elle aimait à se faire de bons petits plats ; mais, quoiqu'elle parût beaucoup penser à la cuisine, elle adorait aussi le spectacle et cultivait un vice enveloppé par elle dans le plus profond mystère : elle mettait à la loterie ! Ne serait-ce pas cet abîme que la mythologie nous a signalé par le tonneau des Danaïdes ? La Descoings, on doit nommer ainsi une femme qui jouait à la loterie, dépensait peut-être un peu trop en toilette, comme toutes les femmes qui ont le bonheur de rester jeunes longtemps ; mais, hormis ces légers défauts, elle était la femme la plus agréable à vivre. Toujours de l'avis de tout le monde, ne contrariant personne, elle plaisait par une gaieté douce et communicative. Elle possédait surtout une qualité parisienne qui séduit les commis retraités et les vieux négociants : elle entendait la plaisanterie !... Si elle ne se remaria pas en troisièmes noces, ce fut sans doute la faute de l'époque. Durant les guerres de l'Empire, les gens à marier trouvaient trop facilement des jeunes filles belles et riches pour s'occuper des femmes de soixante ans. Madame Descoings voulut égayer madame Bridau, elle la fit aller souvent au spectacle et en voiture, elle lui composa d'excellents petits dîners, elle essaya même de la marier avec son fils Bixiou. Hélas ! elle lui avoua le terrible secret profondément gardé par elle, par défunt Descoings et par son notaire. La jeune, l'élégante Descoings, qui se donnait trente-six ans, avait un fils de trente-cinq ans, nommé Bixiou, déjà veuf, major au 21e de ligne, qui périt colonel à Dresde en laissant un fils unique. La Descoings, qui ne voyait jamais que secrètement son petit-fils Bixiou, le faisait passer pour le fils d'une première femme de son mari. Sa confidence fut un acte de prudence : le fils du colonel, élevé au lycée Impérial avec les deux fils Bridau, y eut une demi-bourse. Ce garçon, déjà fin et malicieux au lycée, s'est fait plus tard une grande réputation comme dessinateur et comme homme d'esprit. Agathe n'aimait plus rien au monde que ses enfants et ne voulait plus vivre que pour eux, elle se refusa à de secondes noces et par raison et par fidélité. Mais il est plus facile à une femme d'être bonne épouse que d'être bonne mère. Une veuve a deux tâches dont les obligations se contredisent : elle est mère et doit exercer la puissance paternelle. Peu de femmes sont assez fortes pour comprendre et jouer ce double rôle. Aussi la pauvre Agathe, malgré ses vertus, fut-elle la cause innocente de bien des malheurs. Par suite de son peu d'esprit et de la confiance à laquelle s'habituent les belles âmes, Agathe fut la victime de madame Descoings qui la plongea dans un effroyable malheur. La Descoings nourrissait des ternes, et la loterie ne faisait pas crédit à ses actionnaires. En gouvernant la maison, elle put employer à ses mises l'argent destiné au ménage qu'elle endetta progressivement, dans l'espoir d'enrichir son petit-fils Bixiou, sa chère Agathe et les petits Bridau. Quand les dettes arrivèrent à dix mille francs, elle fit de plus fortes mises en espérant que son terne favori, qui n'était pas sorti depuis neuf ans, comblerait l'abîme du déficit. La dette monta dès lors rapidement. Arrivée au chiffre de vingt mille francs, la Descoings perdit la tête et ne gagna pas le terne. Elle voulut alors engager sa fortune pour rembourser sa nièce ; mais Roguin, son notaire, lui démontra l'impossibilité de cet honnête dessein. Feu Rouget, à la mort de son beau-frère Descoings, en avait pris la succession en désintéressant madame Descoings par un usufruit qui grevait les biens de Jean-Jacques Rouget. Aucun usurier ne voudrait prêter vingt mille francs à une femme de soixante-sept ans sur un usufruit d'environ quatre mille francs, dans une époque où les placements à dix pour cent abondaient. Un matin la Descoings alla se jeter aux pieds de sa nièce, et, tout en sanglotant, avoua l'état des choses : madame Bridau ne lui fit aucun reproche, elle renvoya le domestique et la cuisinière, vendit le superflu de son mobilier, vendit les trois quarts de son inscription sur le Grand-Livre, paya tout, et donna congé de son appartement.

Un des plus horribles coins de Paris est certainement la portion de la rue Mazarine, à partir de la rue Guénégaud jusqu'à l'endroit où elle se réunit à la rue de Seine, derrière le palais de l'Institut. Les hautes murailles grises du collège et de la bibliothèque que le cardinal Mazarin offrit à la ville de Paris, et où devait un jour se loger l'Académie française, jettent des ombres glaciales sur ce coin de rue ; le soleil s'y montre rarement, la bise du nord y souffle. La pauvre veuve ruinée vint se loger au troisième étage d'une des maisons situées dans ce coin humide, noir et froid. Devant cette maison s'élèvent les bâtiments de l'Institut, où se trouvaient alors les loges des animaux féroces connus sous le nom d'artistes par les bourgeois et sous le nom de rapins dans les ateliers. On y entrait rapin, on pouvait en sortir élève du gouvernement à Rome. Cette opération ne se faisait pas sans des tapages extraordinaires aux époques de l'année où l'on enfermait les concurrents dans ces loges. Pour être lauréats, ils devaient avoir fait, dans un temps donné, qui sculpteur, le modèle en terre glaise d'une statue ; qui peintre, l'un des tableaux que vous pouvez voir à l'école des Beaux-Arts ; qui musicien, une cantate ; qui architecte, un projet de monument. Au moment où ces lignes sont écrites, cette ménagerie a été transportée de ces bâtiments sombres et froids dans l'élégant palais des Beaux-Arts, à quelques pas de là. Des fenêtres de madame Bridau, l'œil plongeait sur ces loges grillées, vue profondément triste. Au nord, la perspective est bornée par le dôme de l'Institut. En remontant la rue, les yeux ont pour toute récréation la file de fiacres qui stationnent dans le haut de la rue Mazarine. Aussi la veuve finit-elle par mettre sur ses fenêtres trois caisses pleines de terre où elle cultiva l'un de ces jardins aériens que menacent les ordonnances de police, et dont les végétations raréfient le jour et l'air. Cette maison, adossée à une autre qui donne rue de Seine, a nécessairement peu de profondeur, l'escalier y tourne sur lui-même. Ce troisième étage est le dernier. Trois fenêtres, trois pièces : une salle à manger, un petit salon, une chambre à coucher ; et en face, de l'autre côté du palier, une petite cuisine au-dessus, deux chambres de garçon et un immense grenier sans destination. Madame Bridau choisit ce logement pour trois raisons : la modicité, il coûtait quatre cents francs, aussi fit-elle un bail de neuf ans ; la proximité du collège, elle était à peu de distance du lycée Impérial ; enfin elle restait dans le quartier où elle avait pris ses habitudes. L'intérieur de l'appartement fut en harmonie avec la maison. La salle à manger, tendue d'un petit papier jaune à fleurs vertes, et dont le carreau rouge ne fut pas frotté, n'eut que le strict nécessaire : une table, deux buffets, six chaises, le tout provenant de l'appartement quitté. Le salon fut orné d'un tapis d'Aubusson donné à Bridau lors du renouvellement du mobilier au Ministère. La veuve y mit un de ces meubles communs, en acajou, à têtes égyptiennes, que Jacob Desmalter fabriquait par grosses en 1806, et garni d'une étoffe en soie verte à rosaces blanches. Au-dessus du canapé, le portrait de Bridau fait au pastel par une main amie attirait aussitôt les regards. Quoique l'art pût y trouver à reprendre, on reconnaissait bien sur le front la fermeté de ce grand citoyen obscur. La sérénité de ses yeux, à la fois doux et fiers, y était bien rendue. La sagacité, de laquelle ses lèvres prudentes témoignaient, et le souvenir franc, l'air de cet homme de qui l'Empereur disait : *Justum et tenacem* avaient été saisis, sinon avec talent, du moins avec exactitude. En considérant ce portrait, on voyait que l'homme avait toujours fait son devoir. Sa physionomie exprimait cette incorruptibilité qu'on accorde à plusieurs hommes employés sous la République. En regard et au-dessus d'une table à jeu brillait le portrait de l'Empereur colorié, fait par Vernet, et où Napoléon passe rapidement à cheval, suivi de son escorte. Agathe se donna deux grandes cages d'oiseaux, l'une pleine de serins, l'autre d'oiseaux des Indes. Elle s'adonnait à ce goût enfantin depuis la perte, irréparable pour elle comme pour beaucoup de monde, qu'elle avait faite. Quant à la chambre de la veuve, elle fut, au bout de trois mois, ce qu'elle devait être jusqu'au jour néfaste où elle fut obligée de la quitter, un fouillis qu'aucune description ne pourrait mettre en ordre. Les chats y faisaient leur domicile sur les bergères ; les serins, mis parfois en liberté, y laissaient des virgules sur tous les meubles. La pauvre bonne veuve y posait pour eux du millet et du mouron en plusieurs endroits. Les chats y trouvaient des friandises dans des soucoupes écornées. Les hardes traînaient. Cette chambre sentait la province et la fidélité. Tout ce qui avait appartenu à feu Bridau y fut soigneusement conservé. Ses ustensiles de bureau obtinrent les soins qu'autrefois la veuve d'un paladin eût donnés à ses armes. Chacun comprendra le culte touchant de cette femme d'après un seul détail. Elle avait enveloppé, cacheté une plume, et mis cette inscription sur l'enveloppe : « Dernière plume dont se soit servi mon cher mari. » La tasse dans laquelle il avait bu sa dernière gorgée était sous verre sur la cheminée. Les bonnets et les faux cheveux trônèrent plus tard sur les globes de verre qui recouvraient ces précieuses reliques. Depuis la mort de Bridau, il n'y avait plus chez cette jeune veuve de trente-cinq ans ni trace de coquetterie ni soin de femme. Séparée du seul homme qu'elle eût connu, estimé, aimé, qui ne lui avait pas donné le moindre chagrin, elle ne s'était plus sentie femme, tout lui fut indifférent ; elle ne s'habilla plus. Jamais rien ne fut ni plus simple ni plus complet que cette démission du bonheur conjugal et de la coquetterie. Certains êtres reçoivent de l'amour la puissance de transporter leur *moi* dans un autre ; et quand il leur est enlevé, la vie ne leur est plus possible. Agathe, qui ne pouvait plus exister que pour ses enfants, éprouvait une tristesse infinie en voyant combien de privations sa ruine allait leur imposer. Depuis son emménagement rue Mazarine, elle eut dans sa physionomie une teinte de mélancolie qui la rendit touchante. Elle comptait bien un peu sur l'Empereur, mais l'Empereur ne pouvait rien faire de plus que ce qu'il faisait pour le moment : sa cassette donnait par an six cents francs pour chaque enfant, outre la bourse.

Quant à la brillante Descoings, elle occupa, au second, un appartement pareil à celui de sa nièce. Elle avait fait à madame Bridau une délégation de mille écus à prendre par préférence sur son usufruit. Roguin le notaire avait mis madame Bridau en règle à cet égard, mais il fallait environ sept ans pour que ce lent remboursement eût réparé le mal. Roguin, chargé de rétablir les quinze cents francs de rente, encaissait à mesure les sommes ainsi retenues. La Descoings, réduite à douze cents francs, vivait petitement avec sa nièce. Ces deux honnêtes, mais faibles créatures, prirent pour le matin seulement une femme de ménage. La Descoings, qui aimait à cuisiner, faisait le dîner. Le soir, quelques amis, des employés du Ministère autrefois placés par Bridau, venaient faire la partie avec les deux veuves. La Descoings nourrissait toujours son terne, qui s'entêtait, disait-elle, à ne pas sortir. Elle espérait rendre d'un seul coup ce qu'elle avait emprunté forcément à sa nièce. Elle aimait les deux petits Bridau plus que son petit-fils Bixiou, tant elle avait le sentiment de ses torts envers eux, et tant elle admirait la bonté de sa nièce, qui, dans ses plus grandes souffrances, ne lui adressa jamais le moindre reproche. Aussi croyez que Joseph et Philippe étaient choyés par la Descoings. Semblable à toutes les personnes qui ont un vice à se faire pardonner, la vieille actionnaire de la loterie impériale de France leur arrangeait de petits dîners chargés de friandises. Plus tard, Joseph et Philippe pouvaient extraire avec la plus grande facilité de sa poche quelque argent, le cadet pour des fusins, des crayons, du papier, des estampes ; l'aîné pour des chaussons aux pommes, des billes, des ficelles et des couteaux. Sa passion l'avait amenée à se contenter de cinquante francs par mois pour toutes ses dépenses, afin de pouvoir jouer le reste.

De son côté, madame Bridau, par amour maternel, ne laissait pas sa dépense s'élever à une somme plus considérable. Pour se punir de sa confiance, elle se retranchait héroïquement ses petites jouissances. Comme chez beaucoup d'esprits timides et d'intelligence bornée, un seul sentiment froissé et sa défiance réveillée l'amenaient à déployer si largement un défaut, qu'il prenait la consistance d'une vertu.

L'Empereur pouvait oublier, se disait-elle, il pouvait périr dans une bataille, sa pension cesserait avec elle. Elle frémissait en voyant des chances pour que ses enfants restassent sans aucune fortune au monde. Incapable de comprendre les calculs de Roguin quand il essayait de lui démontrer qu'en sept ans une retenue de trois mille francs sur l'usufruit de madame Descoings lui rétablirait les rentes vendues, elle ne croyait ni au notaire, ni à sa tante, ni à l'État, elle ne comptait plus que sur elle-même et sur ses privations. En mettant chaque année de côté mille écus sur sa pension, elle aurait trente mille francs au bout de dix ans, avec lesquels elle constituerait déjà quinze cents francs de rentes pour un de ses enfants. À trente-six ans, elle avait assez le droit de croire pouvoir vivre encore vingt ans ; et, en suivant ce système, elle devait donner à chacun d'eux le strict nécessaire. Ainsi ces deux veuves étaient passées d'une fausse opulence à une misère volontaire, l'une sous la conduite d'un vice, et l'autre sous les enseignes de la vertu la plus pure. Rien de toutes ces choses si menues n'est inutile à l'enseignement profond qui résultera de cette histoire prise aux intérêts les plus ordinaires de la vie, mais dont la portée n'en sera peut-être que plus étendue. La vue des loges, le frétillement des rapins dans la rue, la nécessité de regarder le ciel pour se consoler des effroyables perspectives qui cernent ce coin toujours humide, l'aspect de ce portrait encore plein d'âme et de grandeur malgré le faire du peintre amateur, le spectacle des couleurs riches, mais vieillies et harmonieuses, de cet intérieur doux et calme, la végétation des jardins aériens, la pauvreté de ce ménage, la préférence de la mère pour son aîné, son opposition aux goûts du cadet, enfin l'ensemble de faits et de circonstances qui sert de préambule à cette histoire contient peut-être les causes génératrices auxquelles nous devons Joseph Bridau, l'un des grands peintres de l'École française actuelle.

Philippe, l'aîné des deux enfants de Bridau, ressemblait d'une manière frappante à sa mère. Quoique ce fût un garçon blond aux yeux bleus, il avait un air tapageur qui se prenait facilement pour de la vivacité, pour du courage. Le vieux Claparon, entré au Ministère en même temps que Bridau, et l'un des fidèles amis qui venaient le soir faire la partie des deux veuves, disait deux ou trois fois par mois à Philippe, en lui donnant une tape sur la joue : – Voilà un petit gaillard qui n'aura pas froid aux yeux ! L'enfant stimulé prit, par fanfaronnade, une sorte de résolution. Cette pente une fois donnée à son caractère, il devint adroit à tous les exercices corporels. À force de se battre au lycée, il contracta cette hardiesse et ce mépris de la douleur qui engendre la valeur militaire ; mais naturellement il contracta la plus grande aversion pour l'étude, car l'éducation publique ne résoudra jamais le problème difficile du développement simultané du corps et de l'intelligence. Agathe concluait de sa ressemblance purement physique avec Philippe à une concordance morale, et croyait fermement retrouver un jour en lui sa délicatesse de sentiments agrandie par la force de l'homme. Philippe avait quinze ans au moment où sa mère vint s'établir dans le triste appartement de la rue Mazarine, et la gentillesse des enfants de cet âge confirmait alors les croyances maternelles. Joseph, de trois ans moins âgé, ressemblait à son père, mais en mal. D'abord, son abondante chevelure noire était toujours mal peignée quoi qu'on fît ; tandis que, malgré sa vivacité, son frère restait toujours joli. Puis, sans qu'on sût par quelle fatalité, mais une fatalité trop constante devient une habitude, Joseph ne pouvait conserver aucun vêtement propre : habillé de vêtements neufs, il en faisait aussitôt de vieux habits. L'aîné, par amour-propre, avait soin de ses affaires. Insensiblement, la mère s'accoutumait à gronder Joseph et à lui donner son frère pour exemple. Agathe ne montrait donc pas toujours le même visage à ses deux enfants, et, quand elle les allait chercher, elle disait de Joseph : – Dans quel état m'aura-t-il mis ses affaires ? Ces petites choses poussaient son cœur dans l'abîme de la préférence maternelle. Personne, parmi les êtres extrêmement ordinaires qui formaient la société des deux veuves, ni le père du Bruel, ni le vieux Claparon, ni Desroches le père, ni même l'abbé Loraux, le confesseur d'Agathe, ne remarqua la pente de Joseph vers l'observation. Dominé par son goût, le futur coloriste ne faisait attention à rien de ce qui le concernait ; et, pendant son enfance, cette disposition ressembla si bien à de la torpeur, que son père avait eu des inquiétudes sur lui. La capacité extraordinaire de la tête, l'étendue du front avaient tout d'abord fait craindre que l'enfant ne fût hydrocéphale. Sa figure si tourmentée, et dont l'originalité peut passer pour de la laideur aux yeux de ceux qui ne connaissent pas la valeur morale d'une physionomie, fut pendant sa jeunesse assez rechignée. Les traits, qui, plus tard, se développèrent, semblaient être contractés, et la profonde attention que l'enfant prêtait aux choses les crispait encore. Philippe flattait donc toutes les vanités de sa mère à qui Joseph n'attirait pas le moindre compliment. Il échappait à Philippe de ces mots heureux, de ces reparties qui font croire aux parents que leurs enfants seront des hommes remarquables, tandis que Joseph restait taciturne et songeur. La mère espérait des merveilles de Philippe, elle ne comptait point sur Joseph. La prédisposition de Joseph pour l'Art fut développée par le fait le plus ordinaire : en 1812, aux vacances de Pâques, en revenant de se promener aux Tuileries avec son frère et madame Descoings, il vit un élève faisant sur le mur la caricature de quelque professeur, et l'admiration le cloua sur le pavé devant ce trait à la craie qui pétillait de malice. Le lendemain, il se mit à la fenêtre, observa l'entrée des élèves par la porte de la rue Mazarine, descendit furtivement et se coula dans la longue cour de l'Institut où il aperçut les statues, les bustes, les marbres commencés, les terres cuites, les plâtres qu'il contempla fiévreusement. Son instinct se révélait, sa vocation l'agitait. Il entra dans une salle basse dont la porte était entrouverte, et y vit une dizaine de jeunes gens dessinant une statue. Son petit cœur palpita, mais il fût aussitôt l'objet de mille plaisanteries.

– Petit, petit ! fit le premier qui l'aperçut en prenant de la mie de pain et la lui jetant émiettée.

– À qui l'enfant ?

– Dieu ! qu'il est laid !

Enfin, pendant un quart d'heure, Joseph essuya les charges de l'atelier du grand statuaire Chaudet ; mais, après s'être bien moqué de lui, les élèves furent frappés de sa persistance, de sa physionomie, et lui demandèrent ce qu'il voulait. Joseph répondit qu'il avait bien envie de savoir dessiner ; et, là-dessus, chacun de l'encourager. L'enfant, pris à ce ton d'amitié, raconta comme quoi il était le fils de madame Bridau.

– Oh ! dès que tu es le fils de madame Bridau ! s'écria-t-on de tous les coins de l'atelier, tu peux devenir un grand homme. Vive le fils à madame Bridau ! Est-elle jolie, ta mère ? S'il faut en juger sur l'échantillon de ta boule, elle doit être un peu chique !

– Ah ! tu veux être artiste, dit le plus âgé des élèves en quittant sa place et venant à Joseph pour lui faire une charge ; mais sais-tu bien qu'il faut être crâne et supporter de grandes misères ? Oui, il y a des épreuves à vous casser bras et jambes. Tous ces crapauds que tu vois, eh ! bien, il n'y en a pas un qui n'ait passé par les épreuves. Celui-là tiens, il est resté sept jours sans manger ! Voyons si tu peux être un artiste ?

Il lui prit un bras et le lui éleva droit en l'air ; puis il plaça l'autre comme si Joseph avait à donner un coup de poing.

– Nous appelons cela l'épreuve du télégraphe, reprit-il. Si tu restes ainsi, sans baisser ni changer la position de tes membres pendant un quart d'heure, eh ! bien, tu auras donné la preuve d'être un fier crâne.

– Allons, petit, du courage, dirent les autres. Ah ! dame, il faut souffrir pour être artiste.

Joseph, dans sa bonne foi d'enfant de treize ans, demeura immobile pendant environ cinq minutes, et tous les élèves le regardaient sérieusement.

– Oh ! tu baisses, disait l'un.

– Eh ! tiens-toi, saperlotte ! disait l'autre. L'Empereur Napoléon est bien resté pendant un mois comme tu le vois là, dit un élève en montrant la belle statue de Chaudet.

L'Empereur, debout, tenait le sceptre impérial, et cette statue fut abattue, en 1814, de la colonne qu'elle couronnait si bien. Au bout de dix minutes, la sueur brillait en perles sur le front de Joseph. En ce moment un petit homme chauve, pâle et maladif, entra. Le plus respectueux silence régna dans l'atelier.

– Eh ! bien, gamins, que faites-vous ? dit-il en regardant le martyr de l'atelier.

– C'est un petit bonhomme qui pose, dit le grand élève qui avait disposé Joseph.

– N'avez-vous pas honte de torturer un pauvre enfant ainsi ? dit Chaudet en abaissant les deux membres de Joseph. Depuis quand es-tu là ? demanda-t-il à Joseph en lui donnant sur la joue une petite tape d'amitié.

– Depuis un quart d'heure.

– Et qui t'amène ici ?

– Je voudrais être artiste.

– Et d'où sors-tu, d'où viens-tu ?

– De chez maman.

– Oh ! maman ! crièrent les élèves.

– Silence dans les cartons ! cria Chaudet. Que fait ta maman ?

– C'est madame Bridau. Mon papa, qui est mort, était un ami de l'Empereur. Aussi l'Empereur, si vous voulez m'apprendre à dessiner, payera-t-il tout ce que vous demanderez.

– Son père était Chef de Division au Ministère de l'Intérieur, s'écria Chaudet frappé d'un souvenir. Et tu veux être artiste déjà ?

– Oui, monsieur.

Puis il passa les travaux de ses élèves en revue

– Viens ici tant que tu voudras, et l'on t'y amusera ! Donnez-lui un carton, du papier, des crayons, et laissez-le faire. Apprenez, drôles, dit le sculpteur, que son père m'a obligé. Tiens, Corde-à-Puits, va chercher des gâteaux, des friandises et des bonbons, dit-il en donnant de la monnaie à l'élève qui avait abusé de Joseph. Nous verrons bien si tu es un artiste à la manière dont tu chiqueras les légumes, reprit Chaudet en caressant le menton de Joseph.

Puis il passa les travaux de ses élèves en revue, accompagné de l'enfant qui regardait, écoutait et tâchait de comprendre. Les friandises arrivèrent. Tout l'atelier, le sculpteur lui-même et l'enfant donnèrent leur coup de dent. Joseph fut alors caressé tout aussi bien qu'il avait été mystifié. Cette scène, où la plaisanterie et le cœur des artistes se révélaient et qu'il comprit instinctivement, fit une prodigieuse impression sur l'enfant. L'apparition de Chaudet, sculpteur, enlevé par une mort prématurée, et que la protection de l'Empereur signalait à la gloire, fut pour Joseph comme une vision. L'enfant ne dit rien à sa mère de cette escapade ; mais, tous les dimanches et tous les jeudis, il passa trois heures à l'atelier de Chaudet. La Descoings, qui favorisait les fantaisies des deux chérubins, donna dès lors à Joseph des crayons, de la sanguine, des estampes et du papier à dessiner. Au Lycée impérial, le futur artiste croquait ses maîtres, il dessinait ses camarades, il charbonnait les dortoirs, et fut d'une étonnante assiduité à la classe de dessin. Lemire, professeur du lycée Impérial, frappé non seulement des dispositions, mais des progrès de Joseph, vint avertir madame Bridau de la vocation de son fils. Agathe, en femme de province qui comprenait aussi peu les arts qu'elle comprenait bien le ménage, fut saisie de terreur. Lemire parti, la veuve se mit à pleurer.

– Ah ! dit-elle quand la Descoings vint, je suis perdue ! Joseph, de qui je voulais faire un employé, qui avait sa route tout tracée au Ministère de l'Intérieur où, protégé par l'ombre de son père, il serait devenu chef de bureau à vingt-cinq ans, eh ! bien, il veut se mettre peintre, un état de va-nu-pieds. Je prévoyais bien que cet enfant-là ne me donnerait que des chagrins !

Madame Descoings avoua que, depuis plusieurs mois, elle encourageait la passion de Joseph, et couvrait, le dimanche et le jeudi, ses évasions à l'institut. Au Salon, où elle l'avait conduit, l'attention profonde que le petit bonhomme donnait aux tableaux tenait du miracle.

– S'il comprend la peinture à treize ans, ma chère, dit-elle, mais votre Joseph sera un homme de génie.

– Oui, voyez où le génie a conduit son père ! à mourir usé par le travail à quarante ans.

Dans les derniers jours de l'automne, au moment où Joseph allait entrer dans sa quatorzième année, Agathe descendit, malgré les instances de la Descoings, chez Chaudet, pour s'opposer à ce qu'on lui débauchât son fils. Elle trouva Chaudet, en sarrau bleu, modelant sa dernière statue ; il reçut presque mal la veuve de l'homme qui jadis l'avait servi dans une circonstance assez critique ; mais, attaqué déjà dans sa vie, il se débattait avec cette fougue à laquelle on doit de faire, en quelques moments, ce qu'il est difficile d'exécuter en quelques mois ; il rencontrait une chose longtemps cherchée, il maniait son ébauchoir et sa glaise par des mouvements saccadés qui parurent à l'ignorante Agathe être ceux d'un maniaque. En toute autre disposition, Chaudet se fût mis à rire ; mais, en entendant cette mère maudire les arts, se plaindre de la destinée qu'on imposait à son fils et demander qu'on ne le reçût plus à son atelier, il entra dans une sainte fureur.

– J'ai des obligations à défunt votre mari, je voulais m'acquitter en encourageant son fils, en veillant aux premiers pas de votre petit Joseph dans la plus grande de toutes les carrières ! s'écria-t-il. Oui, madame, apprenez, si vous ne le savez pas, qu'un grand artiste est un roi, plus qu'un roi : d'abord il est plus heureux, il est indépendant, il vit à sa guise ; puis il règne dans le monde de la fantaisie. Or, votre fils a le plus bel avenir ! des dispositions comme les siennes sont rares, elles ne se sont dévoilées de si bonne heure que chez les Giotto, les Raphaël, les Titien, les Rubens, les Murillo ; car il me semble devoir être plutôt peintre que sculpteur. Jour de Dieu ! si j'avais un fils semblable, je serais aussi heureux que l'Empereur l'est de s'être donné le roi de Rome ! Enfin, vous êtes maîtresse du sort de votre enfant. Allez, madame ! faites-en un imbécile, un homme qui ne fera que marcher en marchant, un misérable gratte papier : vous aurez commis un meurtre. J'espère bien que, malgré vos efforts, il sera toujours artiste. La vocation est plus forte que tous les obstacles par lesquels on s'oppose à ses effets ! La vocation, le mot veut dire l'appel, eh ! c'est l'élection par Dieu ! Seulement vous rendrez votre enfant malheureux ! Il jeta dans un baquet avec violence la glaise dont il n'avait plus besoin, et dit alors à son modèle : – Assez pour aujourd'hui.

Agathe leva les yeux et vit une femme nue assise sur une escabelle dans un coin de l'atelier, où son regard ne s'était pas encore porté ; et ce spectacle la fit sortir avec horreur.

– Vous ne recevrez plus ici le petit Bridau, vous autres, dit Chaudet à ses élèves. Cela contrarie madame sa mère.

– Hue ! crièrent les élèves quand Agathe ferma la porte.

– Et Joseph allait là ! se dit la pauvre mère effrayée de ce qu'elle avait vu et entendu.

Dès que les élèves en sculpture et en peinture apprirent que madame Bridau ne voulait pas que son fils devînt un artiste, tout leur bonheur fut d'attirer Joseph chez eux. Malgré la promesse que sa mère tira de lui de ne plus aller à l'Institut, l'enfant se glissa souvent dans l'atelier que Regnauld y avait, et on l'y encouragea à barbouiller des toiles. Quand la veuve voulut se plaindre, les élèves de Chaudet lui dirent que monsieur Regnauld n'était pas Chaudet ; elle ne leur avait pas d'ailleurs donné monsieur son fils à garder, et mille autres plaisanteries. Ces atroces rapins composèrent et chantèrent une chanson sur madame Bridau, en cent trente-sept couplets.

Le soir de cette triste journée, Agathe refusa de jouer, et resta dans la bergère en proie à une si profonde tristesse que parfois elle eut des larmes dans ses beaux yeux.

– Qu'avez-vous, madame Bridau ? lui dit le vieux Claparon.

– Elle croit que son fils mendiera son pain parce qu'il a la bosse de la peinture, dit la Descoings ; mais moi je n'ai pas le plus léger souci pour l'avenir de mon beau-fils, le petit Bixiou, qui, lui aussi, a la fureur de dessiner. Les hommes sont faits pour percer.

– Madame a raison, dit le sec et dur Desroches qui n'avait jamais pu malgré ses talents devenir sous-chef. Moi je n'ai qu'un fils heureusement ; car avec mes dix-huit cents francs et une femme qui gagne à peine douze cents francs avec son bureau de papier timbré, que serais-je devenu ? J'ai mis mon gars petit-clerc chez un avoué, il a vingt-cinq francs par mois et le déjeuner, je lui en donne autant ; il dîne et il couche à la maison : voilà tout, il faut bien qu'il aille, et il fera son chemin ! Je taille à mon gaillard plus de besogne que s'il était au Collège, et il sera quelque jour Avoué ; quand je lui paye un spectacle, il est heureux comme un roi, il m'embrasse, oh ! je le tiens roide, il me rend compte de l'emploi de son argent. Vous êtes trop bonne pour vos enfants. Si votre fils veut manger la vache enragée, laissez-le faire ! il deviendra quelque chose.

– Moi, dit du Bruel, vieux Chef de Division qui venait de prendre sa retraite, le mien n'a que seize ans, sa mère l'adore ; mais je n'écouterais pas une vocation qui se déclarerait de si bonne heure. C'est alors pure fantaisie, un goût qui doit passer ! Selon moi, les garçons ont besoin d'être dirigés...

– Vous, monsieur, vous êtes riche, vous êtes un homme et vous n'avez qu'un fils, dit Agathe.

– Ma foi, reprit Claparon, les enfants sont nos tyrans (*en cœur*). Le mien me fait enrager, il m'a mis sur la paille, j'ai fini par ne plus m'en occuper du tout (*indépendance*). Et ! bien, il en est plus heureux, et moi aussi. Le drôle est cause en partie de la mort de sa pauvre mère. Il s'est fait commis-voyageur, et il a bien trouvé son lot ; il n'était pas plutôt à la maison qu'il en voulait sortir, il ne tenait jamais en place, il n'a rien voulu apprendre ; tout ce que je demande à Dieu, c'est que je meure sans lui avoir vu déshonorer mon nom ! Ceux qui n'ont pas d'enfants ignorent bien des plaisirs, mais ils évitent aussi bien des souffrances.

– Voilà les pères ! se dit Agathe en pleurant de nouveau.

– Ce que je vous en dis, ma chère madame Bridau, c'est pour vous faire voir qu'il faut laisser votre enfant devenir peintre ; autrement, vous perdriez votre temps...

– Si vous étiez capable de le morigéner, reprit l'âpre Desroches, je vous dirais de vous opposer à ses goûts ; mais, faible comme je vous vois avec eux, laissez-le barbouiller, crayonner.

– Perdu ! dit Claparon.

– Comment, perdu ? s'écria la pauvre mère.

– Eh ! oui, *mon indépendance en cœur*, cette allumette de Desroches me fait toujours perdre.

– Consolez-vous, Agathe, dit la Descoings, Joseph sera un grand homme.

Après cette discussion, qui ressemble à toutes les discussions humaines, les amis de la veuve se réunirent au même avis, et cet avis ne mettait pas de terme à ses perplexités. On lui conseilla de laisser Joseph suivre sa vocation.

– Si ce n'est pas un homme de génie, lui dit du Bruel qui courtisait Agathe, vous pourrez toujours le mettre dans l'administration.

Sur le haut de l'escalier, la Descoings, en reconduisant les trois vieux employés, les nomma des *sages de la Grèce*.

– Elle se tourmente trop, dit du Bruel.

– Elle est trop heureuse que son fils veuille faire quelque chose, dit encore Claparon.

– Si Dieu nous conserve l'Empereur, dit Desroches, Joseph sera protégé d'ailleurs ! Ainsi de quoi s'inquiète-t-elle ?

– Elle a peur de tout, quand il s'agit de ses enfants, répondit la Descoings. – Eh ! bien, bonne petite, reprit-elle en rentrant, vous voyez, ils sont unanimes, pourquoi pleurez-vous encore ?

– Ah ! s'il s'agissait de Philippe, je n'aurais aucune crainte. Vous ne savez pas ce qui se passe dans ces ateliers ! Les artistes y ont des femmes nues.

– Mais ils y font du feu, j'espère, dit la Descoings.

Quelques jours après, les malheurs de la déroute de Moscou éclatèrent. Napoléon revint pour organiser de nouvelles forces et demander de nouveaux sacrifices à la France. La pauvre mère fut alors livrée à bien d'autres inquiétudes. Philippe, à qui le lycée déplaisait, voulut absolument servir l'empereur. Une revue aux Tuileries, la dernière qu'y fit Napoléon et à laquelle Philippe assista, l'avait fanatisé. Dans ce temps-là, la splendeur militaire, l'aspect des uniformes, l'autorité des épaulettes exerçaient d'irrésistibles séductions sur certains jeunes gens. Philippe se crut pour le service les dispositions que son frère manifestait pour les arts. À l'insu de sa mère, il écrivit à l'Empereur une pétition ainsi conçue :

« Sire, je suis fils de votre Bridau, j'ai dix-huit ans, cinq pieds six pouces, de bonnes jambes, une bonne constitution, et le désir d'être un de vos soldats. Je réclame votre protection pour entrer dans l'armée », etc.

L'Empereur envoya Philippe du lycée Impérial à Saint-Cyr dans les vingt-quatre heures ; et, six mois après, en novembre 1813, il le fit sortir sous-lieutenant dans un régiment de cavalerie. Philippe resta pendant une partie de l'hiver au dépôt ; mais, dès qu'il sut monter à cheval, il partit plein d'ardeur. Durant la campagne de France, il devint lieutenant à une affaire d'avant-garde où son impétuosité sauva son colonel. L'Empereur nomma Philippe capitaine à la bataille de La Fère-Champenoise où il le prit pour officier d'ordonnance. Stimulé par un pareil avancement, Philippe gagna la croix à Montereau. Témoin des adieux de Napoléon à Fontainebleau, et fanatisé par ce spectacle, le capitaine Philippe refusa de servir les Bourbons. Quand il revint chez sa mère, en juillet 1814, il la trouva ruinée. On supprima la bourse de Joseph aux vacances, et madame Bridau, dont la pension était servie par la cassette de l'Empereur, sollicita vainement pour la faire inscrire au Ministère de l'Intérieur. Joseph, plus peintre que jamais, enchanté de ces événements, demandait à sa mère de le laisser aller chez M. Regnauld, et promettait de pouvoir gagner sa vie. Il se disait assez fort élève de Seconde pour se passer de sa Rhétorique. Capitaine à dix-neuf ans et décoré, Philippe, après avoir servi d'aide-de-camp à l'Empereur sur deux champs de bataille, flattait énormément l'amour-propre de sa mère ; aussi, quoique grossier, tapageur, et en réalité sans autre mérite que celui de la vulgaire bravoure du sabreur, fut-il pour elle l'homme de génie ; tandis que Joseph, petit, maigre, souffreteux, au front sauvage, aimant la paix, la tranquillité, rêvant la gloire de l'artiste, ne devait lui donner, selon elle, que des tourments et des inquiétudes. L'hiver de 1814 à 1815 fut favorable à Joseph, qui, secrètement protégé par la Descoings et par Bixiou, élève de Gros, alla travailler dans ce célèbre atelier, d'où sortirent tant de talents différents, et où il se lia très étroitement avec Schinner. Le 20 mars éclata, le capitaine Bridau, qui rejoignit l'empereur à Lyon et l'accompagna aux Tuileries, fut nommé chef d'escadron aux Dragons de la Garde. Après la bataille de Waterloo, à laquelle il fut blessé, mais légèrement, et où il gagna la croix d'officier de la Légion d'Honneur, il se trouva près du maréchal Davoust à Saint-Denis et ne fit point partie de l'armée de la Loire ; aussi, par la protection du maréchal Davoust, sa croix d'officier et son grade lui furent-ils maintenus ; mais on le mit en demi-solde. Joseph, inquiet de l'avenir, étudia durant cette période avec une ardeur qui plusieurs fois le rendit malade au milieu de cet ouragan d'événements.

– C'est l'odeur de la peinture, disait Agathe à madame Descoings, il devrait bien quitter un état si contraire à sa santé.

Toutes les anxiétés d'Agathe étaient alors pour son fils le lieutenant-colonel ; elle le revit en 1816, tombé de neuf mille francs environ d'appointements que recevait un commandant des Dragons de la Garde Impériale à une demi-solde de trois cents francs par mois ; elle lui fit arranger la mansarde au-dessus de la cuisine, et y employa quelques économies. Philippe fut un des bonapartistes les plus assidus du café Lemblin, véritable Béotie constitutionnelle ; il y prit les habitudes, les manières, le style et la vie des officiers à demi-solde ; et, comme eût fait tout jeune homme de vingt et un ans, il les outra, voua sérieusement une haine mortelle aux Bourbons, ne se rallia point, il refusa même les occasions qui se présentèrent d'être employé dans la Ligne avec son grade de lieutenant-colonel. Aux yeux de sa mère, Philippe parut déployer un grand caractère.

– Le père n'eût pas mieux fait, disait-elle.

La demi-solde suffisait à Philippe, il ne coûtait rien à la maison, tandis que Joseph était entièrement à la charge des deux veuves. Dès ce moment, la prédilection d'Agathe pour Philippe se trahit. Jusque-là cette préférence fut un secret ; mais la persécution exercée sur un fidèle soldat de l'Empereur, le souvenir de la blessure reçue par ce fils chéri, son courage dans l'adversité, qui, bien que volontaire, était pour elle une noble adversité, firent éclater la tendresse d'Agathe. Ce mot : – Il est malheureux ! justifiait tout. Joseph, dont le caractère avait cette simplesse qui surabonde au début de la vie dans l'âme des artistes, élevé d'ailleurs dans une certaine admiration de son grand frère, loin de se choquer de la préférence de sa mère, la justifiait en partageant ce culte

Philippe fut un des bonapartistes les plus assidus

pour un brave qui avait porté les ordres de Napoléon dans deux batailles, pour un blessé de Waterloo. Comment mettre en doute la supériorité de ce grand frère qu'il avait vu dans le bel uniforme vert et or des Dragons de la Garde, commandant son escadron au Champ-de-Mai ! Malgré sa préférence, Agathe se montra d'ailleurs excellente mère : elle aimait Joseph, mais sans aveuglement ; elle ne le comprenait pas, voilà tout. Joseph adorait sa mère, tandis que Philippe se laissait adorer par elle. Cependant le dragon adoucissait pour elle sa brutalité soldatesque ; mais il ne dissimulait guère son mépris pour Joseph, tout en l'exprimant d'une manière amicale. En voyant ce frère dominé par sa puissante tête et maigri par un travail opiniâtre, tout chétif et malingre à dix-sept ans, il l'appelait : – Moutard ! Ses manières toujours protectrices eussent été blessantes sans l'insouciance de l'artiste qui croyait d'ailleurs à la bonté cachée chez les soldats sous leur air brutal.

Joseph ne savait pas encore, le pauvre enfant, que les militaires d'un vrai talent sont doux et polis comme les autres gens supérieurs. Le génie est en toute chose semblable à lui-même.

– Pauvre garçon ! disait Philippe à sa mère, il ne faut pas le tracasser, laissez-le s'amuser.

Ce dédain, aux yeux de la mère, semblait une preuve de tendresse fraternelle.

– Philippe aimera toujours son frère et le protégera, pensait-elle.

En 1816, Joseph obtint de sa mère la permission de convertir en atelier le grenier contigu à sa mansarde, et la Descoings lui donna quelque argent pour avoir les choses indispensables au *métier de peintre* ; car, dans le ménage des deux veuves, la peinture n'était qu'un métier. Avec l'esprit et l'ardeur qui accompagnent la vocation, Joseph disposa tout lui-même dans son pauvre atelier. Le propriétaire, sollicité par madame Descoings, fit ouvrir le toit, et y plaça un châssis. Ce grenier devint une vaste salle peinte par Joseph en couleur chocolat ; il accrocha sur les murs quelques esquisses ; Agathe y mit, non sans regret, un petit poêle en fonte, et Joseph put travailler chez lui, sans négliger néanmoins l'atelier de Gros ni celui de Schinner. Le parti constitutionnel, soutenu surtout par les officiers en demi-solde et par le parti bonapartiste, fit alors des émeutes autour de la chambre au nom de la charte, de laquelle personne ne voulait, et ourdit plusieurs conspirations. Philippe, qui s'y fourra, fut arrêté, puis relâché faute de preuves ; mais le Ministre de la Guerre lui supprima sa demi-solde en le mettant dans un cadre qu'on pourrait appeler de discipline. La France n'était plus tenable, Philippe finirait par donner dans quelque piège tendu par les agents provocateurs. On parlait beaucoup alors des agents provocateurs. Pendant que Philippe jouait au billard dans les cafés suspects, y perdait son temps, et s'y habituait à humer des petits verres de différentes liqueurs, Agathe était dans des transes mortelles sur le grand homme de la famille. Les trois sages de la Grèce s'étaient trop habitués à faire le même chemin tous les soirs, à monter l'escalier des deux veuves, à les trouver les attendant et prêtes à leur demander leurs impressions du jour pour jamais les quitter, ils venaient toujours faire leur partie dans ce petit salon vert. Le Ministère de l'Intérieur, livré aux épurations de 1816, avait conservé Claparon, un de ces trembleurs qui donnent à mi-voix les nouvelles du *Moniteur* en ajoutant : Ne me compromettez pas ! Desroches, mis à la retraite quelque temps après le vieux du Bruel, disputait encore sa pension.

Ces trois amis, témoins du désespoir d'Agathe, lui donnèrent le conseil de faire voyager le colonel.

– On parle de conspirations, et votre fils, du caractère dont il est, sera victime de quelque affaire, car il y a toujours des traîtres.

– Que diable ! il est du bois dont son Empereur faisait les maréchaux, dit du Bruel à voix basse en regardant autour de lui, et il ne doit pas abandonner son état. Qu'il aille servir dans l'Orient, aux Indes...

– Et sa santé ? dit Agathe.

– Pourquoi ne prend-il pas une place ? dit le vieux Desroches, il se forme tant d'administrations particulières ! Moi, je vais entrer chef de bureau dans une Compagnie d'Assurances, dès que ma pension de retraite sera réglée.

– Philippe est un soldat, il n'aime que la guerre, dit la belliqueuse Agathe.

– Il devrait alors être sage et demander à servir...

– Ceux-ci ? s'écria la veuve. Oh ! ce n'est pas moi qui le lui conseillerai jamais.

– Vous avez tort, reprit du Bruel. Mon fils vient d'être placé par le duc de Navarreins. Les Bourbons sont excellents pour ceux qui se rallient sincèrement. Votre fils serait nommé lieutenant-colonel à quelque régiment.

– On ne veut que des nobles dans la cavalerie, et il ne sera jamais colonel, s'écria la Descoings.

Agathe effrayée supplia Philippe de passer à l'étranger et de s'y mettre au service d'une puissance quelconque qui accueillerait toujours avec faveur un officier d'ordonnance de l'Empereur.

– Servir les étrangers ?... s'écria Philippe avec horreur.

Agathe embrassa son fils avec effusion en disant : – C'est tout son père.

– Il a raison, dit Joseph, le Français est trop fier de sa Colonne pour aller s'encolonner ailleurs. Napoléon reviendra d'ailleurs peut-être encore une fois !

Pour complaire à sa mère, Philippe eut alors la magnifique idée de rejoindre le général Lallemant aux États-Unis, et de coopérer à la fondation du Champ-d'Asile, une des plus terribles mystifications connues sous le nom de Souscriptions Nationales. Agathe donna dix mille francs pris sur ses économies, et dépensa mille francs pour aller conduire et embarquer son fils au Havre. À la fin de 1817, Agathe sut vivre avec les six cents francs qui lui restaient de son inscription sur le Grand-Livre ; puis, par une heureuse inspiration, elle plaça sur le champ les dix mille francs qui lui restaient de ses économies, et dont elle eut sept cents autres francs de rente. Joseph voulut coopérer à cette œuvre de dévouement : il alla mis comme un recors ; il porta de gros souliers, des bas bleus ; il se refusa des gants et brûla du charbon de terre ; il vécut de pain, de lait, de fromage de Brie. Le pauvre enfant ne recevait d'encouragements que de la vieille Descoings et de Bixiou, son camarade de collège et son camarade d'atelier, qui fit alors ses admirables caricatures, tout en remplissant une petite place dans un Ministère.

– Avec quel plaisir j'ai vu venir l'été de 1818 ! a dit souvent Bridau en racontant ses misères d'alors. Le soleil m'a dispensé d'acheter du charbon.

Déjà tout aussi fort que Gros en fait de couleur, il ne voyait plus son maître que pour le consulter ; il méditait alors de rompre en visière aux classiques, de briser les conventions grecques et les lisières dans lesquelles on renfermait un art à qui la nature appartient comme elle est, dans la toute-puissance de ses créations et de ses fantaisies. Joseph se préparait à sa lutte qui, dès le jour où il apparut au Salon, en 1823, ne cessa plus. L'année fut terrible : Roguin, le notaire de madame Descoings et de madame Bridau, disparut en emportant les retenues faites depuis sept ans sur l'usufruit, et qui devaient déjà produire deux mille francs de rente. Trois jours après ce désastre, arriva de New-York une lettre de change de mille francs tirée par le colonel Philippe sur sa mère. Le pauvre garçon, abusé comme tant d'autres, avait tout perdu au Champ-d'Asile. Cette lettre, qui fit fondre en larmes Agathe, la Descoings et Joseph, parlait de dettes contractées à New-York, où des camarades d'infortune cautionnaient le colonel.

– C'est pourtant moi qui l'ai forcé de s'embarquer, s'écria la pauvre mère ingénieuse à justifier les fautes de Philippe.

– Je ne vous conseille pas, dit la vieille Descoings à sa nièce, de lui faire souvent faire des voyages de ce genre-là.

Madame Descoings était héroïque. Elle donnait toujours mille écus à madame Bridau, mais elle nourrissait aussi toujours le même terne qui, depuis 1799, n'était pas sorti. Vers ce temps, elle commençait à douter de la bonne foi de l'administration. Elle accusa le gouvernement, et le crut très capable de supprimer les trois numéros dans l'urne afin de provoquer les mises furieuses des actionnaires. Après un rapide examen des ressources, il parut impossible de faire mille francs sans vendre une portion de rente. Les deux femmes parlèrent d'engager l'argenterie, une partie du linge ou le surplus de mobilier. Joseph, effrayé de ces propositions, alla trouver Gérard, lui exposa sa situation, et le grand peintre lui obtint au Ministère de la Maison du Roi deux copies du portrait de Louis XVIII à raison de cinq cents francs chacune. Quoique peu donnant, Gros mena son élève chez son marchand de couleurs, auquel il dit de mettre sur son compte les fournitures nécessaires à Joseph. Mais les mille francs ne devaient être payés que les copies livrées. Joseph fit alors quatre tableaux de chevalet en dix jours, les vendit à des marchands, et apporta les mille francs à sa mère qui put solder la lettre de change. Huit jours après, vint une autre lettre, par laquelle le colonel avisait sa mère de son départ sur un paquebot dont le capitaine le prenait sur sa parole. Philippe annonçait avoir besoin d'au moins mille autres francs en débarquant au Havre.

— Bon, dit Joseph à sa mère, j'aurai fini mes copies, tu lui porteras mille francs.

— Cher Joseph ! s'écria tout en larmes Agathe en l'embrassant, Dieu te bénira. Tu l'aimes donc, ce pauvre persécuté ? il est notre gloire et tout notre avenir. Si jeune, si brave et si malheureux ! tout est contre lui, soyons au moins tous trois pour lui.

— Tu vois bien que la peinture sert à quelque chose, s'écria Joseph heureux d'obtenir enfin de sa mère la permission d'être un grand artiste.

Madame Bridau courut au devant de son bien-aimé fils le colonel Philippe. Une fois au Havre, elle alla tous les jours au-delà de la tour ronde bâtie par François Ier, attendant le paquebot américain, et concevant de jour en jour de plus cruelles inquiétudes. Les mères seules savent combien ces sortes de souffrances ravivent la maternité. Le paquebot arriva par une belle matinée du mois d'octobre 1819, sans avaries, sans avoir eu le moindre grain. Chez l'homme le plus brute, l'air de la patrie et la vue d'une mère produisent toujours un certain effet, surtout après un voyage plein de misères. Philippe se livra donc à une effusion de sentiments qui fit penser à Agathe : — Ah ! comme il m'aime, lui ! Hélas ! l'officier n'aimait plus qu'une seule personne au monde, et cette personne était le colonel Philippe. Ses malheurs au Texas, son séjour à New-York, pays où la spéculation et l'individualisme sont portés au plus haut degré, où la brutalité des intérêts arrive au cynisme, où l'homme, essentiellement isolé, se voit contraint de marcher dans sa force et de se faire à chaque instant juge dans sa propre cause, où la politesse n'existe pas ; enfin, les moindres événements de ce voyage avaient développé chez Philippe les mauvais penchants du soudard : il était devenu brutal, buveur, fumeur, personnel, impoli ; la misère et les souffrances physiques l'avaient dépravé. D'ailleurs le colonel se regardait comme persécuté. L'effet de cette opinion est de rendre les gens sans intelligence persécuteurs et intolérants. Pour Philippe, l'univers commençait à sa tête et finissait à ses pieds, le soleil ne brillait que pour lui. Enfin, le spectacle de New-York, interprété par cet homme d'action, lui avait enlevé les moindres scrupules en fait de moralité. Chez les êtres de cette espèce, il n'y a que deux manières d'être : ou ils croient, ou ils ne croient pas ; ou ils ont toutes les vertus de l'honnête homme, ou ils s'abandonnent à toutes les exigences de la nécessité ; puis ils s'habituent à ériger leurs moindres intérêts et chaque vouloir momentané de leurs passions en nécessité. Avec ce système, on peut aller loin. Le colonel avait conservé, dans l'apparence seulement, la rondeur, la franchise, le laisser-aller du militaire. Aussi était-il excessivement dangereux, il semblait ingénu comme un enfant ; mais, n'ayant à penser qu'à lui, jamais il ne faisait rien sans avoir réfléchi à ce qu'il devait faire, autant qu'un rusé procureur réfléchit à quelque tour de maître Gonin ; les paroles ne lui coûtaient rien, il en donnait autant qu'on en voulait croire. Si, par malheur, quelqu'un s'avisait de ne pas accepter les explications par lesquelles il justifiait les contradictions entre sa conduite et son langage, le colonel, qui tirait supérieurement le pistolet, qui pouvait défier le plus habile maître d'armes, et qui possédait le sang-froid de tous ceux auxquels la vie est indifférente, était prêt à vous demander raison de la moindre parole aigre ; mais, en attendant, il paraissait homme à se livrer à des voies de fait, après lesquelles aucun arrangement n'est possible. Sa stature imposante avait pris de la rotondité, son visage s'était bronzé pendant son séjour au Texas, il conservait son parler bref et le ton tranchant de l'homme obligé de se faire respecter au milieu de la population de New-York. Ainsi fait, simplement vêtu, le corps visiblement endurci par ses récentes misères, Philippe apparut à sa pauvre mère comme un héros ; mais il était tout simplement devenu ce que le peuple nomme assez énergiquement un *chenapan*. Effrayée du dénuement de son fils chéri, madame Bridau lui fit au Havre une garde-robe complète ; en écoutant le récit de ses malheurs ; elle n'eut pas la force de l'empêcher de boire, de manger et de s'amuser comme devait boire et s'amuser un homme qui revenait du Champ-d'Asile. Certes, ce fut une belle conception que celle de la conquête du Texas par les restes de l'armée impériale ; mais elle manqua moins par les choses que par les hommes, puisqu'aujourd'hui le Texas est une république pleine d'avenir. Cette expérience du libéralisme sous la Restauration prouve énergiquement que ses intérêts étaient purement égoïstes et nullement nationaux, autour du pouvoir et non ailleurs. Ni les hommes, ni les lieux, ni l'idée, ni le dévouement ne firent faute ; mais bien les écus et les secours de cet hypocrite parti qui disposait de sommes énormes, et qui ne donna rien quand il s'agissait d'un empire à retrouver. Les ménagères du genre d'Agathe ont un bon sens qui leur fait deviner ces sortes de tromperies politiques. La pauvre mère entre-vit alors la vérité d'après les récits de son fils ; car, dans l'intérêt du proscrit, elle avait écouté pendant son absence les pompeuses réclames des journaux constitutionnels, et suivi le mouvement de cette fameuse souscription qui produisit à peine cent cinquante mille francs lorsqu'il aurait fallu cinq à six millions. Les chefs du libéralisme s'étaient promptement aperçus qu'ils faisaient les affaires de Louis XVIII en exportant de France les glorieux débris de nos armées, et ils abandon-nèrent les plus dévoués, les plus ardents, les plus enthousiastes, ceux qui s'avancèrent les premiers. Jamais Agathe ne put expliquer à son fils comment il était beaucoup plus une dupe qu'un homme persécuté. Dans sa croyance en son idole, elle s'accusa d'ignorance et déplora le malheur des temps qui frappait Philippe. En effet, jusqu'alors, dans toutes ces misères, il était moins fautif que victime de son beau caractère, de son énergie, de la chute de l'Empereur, de la duplicité des Libéraux, et de l'acharnement des Bourbons contre les Bonapartistes. Elle n'osa pas, durant cette semaine passée au Havre, semaine horrible-ment coûteuse, lui proposer de se réconcilier avec le gouvernement royal, et de se présenter au Ministre de la Guerre : elle eut assez à faire de le tirer du Havre, où la vie est horriblement chère, et de le ramener à Paris quand elle n'eut plus que l'argent du voyage. La Descoings et Joseph, qui attendaient le proscrit à son débarquer dans la cour des Messageries royales, furent frappés de l'altération du visage d'Agathe.

— Ta mère a pris dix ans en deux mois, dit la Descoings à Joseph au milieu des embrassades et pendant qu'on déchargeait les deux malles.

— Bonjour, mère Descoings, fut le mot de tendresse du colonel pour la vieille épicière que Joseph appelait affectueusement maman Descoings.

– Nous n'avons pas d'argent pour le fiacre, dit Agathe d'une voix dolente.

– J'en ai, lui répondit le jeune peintre. Mon frère est d'une superbe couleur, s'écria-t-il à l'aspect de Philippe.

– Oui, je me suis culotté comme une pipe. Mais, toi, tu n'es pas changé, petit.

Alors âgé de vingt et un ans, et d'ailleurs apprécié par quelques amis qui le soutinrent dans ses jours d'épreuves, Joseph sentait sa force et avait la conscience de son talent ; il représentait la peinture dans un Cénacle formé par des jeunes gens dont la vie était adonnée aux sciences, aux lettres, à la politique et la philosophie ; il fut donc blessé par l'expression de mépris que son frère marqua encore par un geste : Philippe lui tortilla l'oreille comme à un enfant. Agathe observa l'espèce de froideur qui succédait chez la Descoings et chez Joseph à l'effusion de leur tendresse ; mais elle répara tout en leur parlant des souffrances endurées par Philippe pendant son exil. La Descoings, qui voulait faire un jour de fête du retour de l'enfant qu'elle nommait prodigue, mais tout bas, avait préparé le meilleur dîner possible, auquel étaient conviés le vieux Claparon et Desroches le père. Tous les amis de la maison devaient venir, et vinrent le soir, Joseph avait averti Léon Giraud, d'Arthez, Michel Chrestien, Fulgence Ridal et Bianchon, ses amis du Cénacle. La Descoings dit à Bixiou, son prétendu beau-fils, qu'on ferait entre jeunes gens un écarté. Desroches le fils, devenu par la roide volonté de son père licencié en Droit, fut aussi de la soirée. Du Bruel, Claparon, Desroches et l'abbé Loraux étudièrent le proscrit dont les manières et la contenance grossières, la voix altérée par l'usage des liqueurs, la phraséologie populaire et le regard les effrayèrent. Aussi, pendant que Joseph arrangeait les tables de jeu, les plus dévoués entourèrent-ils Agathe en lui disant : – Que comptez-vous faire de Philippe ?

– Je ne sais pas, répondit-elle ; mais il ne veut toujours pas servir les Bourbons.

– Il est bien difficile de lui trouver une place en France. S'il ne rentre pas dans l'armée, il ne se casera pas de sitôt dans l'administration, dit le vieux du Bruel. Certes, il suffit de l'entendre pour voir qu'il n'aura pas, comme mon fils, la ressource de faire fortune avec des pièces de théâtre.

Au mouvement d'yeux par lequel Agathe répondit, chacun comprit combien l'avenir de Philippe l'inquiétait ; et, comme aucun de ses amis n'avait de ressources à lui présenter, tous gardèrent le silence. Le proscrit, Desroches fils et Bixiou jouèrent à l'écarté, jeu qui faisait alors fureur.

– Maman Descoings, mon frère n'a pas d'argent pour jouer, vint dire Joseph à l'oreille de la bonne et excellente femme.

L'actionnaire de la Loterie Royale alla chercher vingt francs et les remit à l'artiste, qui les glissa secrètement dans la main de son frère. Tout le monde arriva. Il y eut deux tables de boston, et la soirée s'anima. Philippe se montra mauvais joueur. Après avoir d'abord gagné beaucoup, il perdit ; puis, vers onze heures, il devait cinquante francs à Desroches fils et à Bixiou. Le tapage et les disputes de la table d'écarté résonnèrent plus d'une fois aux oreilles des paisibles joueurs de boston, qui observèrent Philippe à la dérobée. Le proscrit donna les preuves d'une si mauvaise nature que, dans sa dernière querelle où Desroches fils, qui n'était pas non plus très bon, se trouvait mêlé, Desroches père, quoique son fils eût raison, lui donna tort et lui défendit de jouer. Madame Descoings en fit autant avec son petit-fils, qui commençait à lancer des mots si spirituels, que Philippe ne les comprit pas, mais qui pouvaient mettre ce cruel railleur en péril au cas où l'une de ses flèches barbelées fût entrée dans l'épaisse intelligence du colonel.

– Tu dois être fatigué, dit Agathe à l'oreille de Philippe, viens te coucher.

– Les voyages forment la jeunesse, dit Bixiou en souriant quand le colonel et madame Bridau furent sortis.

Joseph, qui se levait au jour et se couchait de bonne heure, ne vit pas la fin de cette soirée. Le lendemain matin, Agathe et la Descoings, en préparant le déjeuner dans la première pièce, ne purent s'empêcher de penser que les soirées seraient excessivement chères, si Philippe continuait à jouer ce jeu-là, selon l'expression de la Descoings. Cette vieille femme, alors âgée de soixante-seize ans, proposa de vendre son mobilier, de rendre son appartement au second étage au propriétaire qui ne demandait pas mieux que de le reprendre, de faire sa chambre du salon d'Agathe, et de convertir la première pièce en un salon où l'on mangerait. On économiserait ainsi sept cents francs par an. Ce retranchement dans la dépense permettrait de donner cinquante francs par mois à Philippe en attendant qu'il se plaçât. Agathe accepta ce sacrifice. Lorsque le colonel descendit, quand sa mère lui eût demandé s'il s'était trouvé bien dans sa petite chambre, les deux veuves lui exposèrent la situation de la famille. Madame Descoings et Agathe possédaient, en réunissant leurs revenus, cinq mille trois cents francs de rentes, dont les quatre mille de la Descoings étaient viagères. La Descoings faisait six cents francs de pension à Bixiou, qu'elle avouait pour son petit-fils depuis six mois, et six cents francs à Joseph ; le reste de son revenu passait, ainsi que celui d'Agathe, au ménage et à leur entretien. Toutes les économies avaient été dévorées.

– Soyez tranquilles, dit le lieutenant-colonel, je vais chercher une place, je ne serai pas à votre charge, je ne demande pour le moment que la pâtée et la niche.

Agathe embrassa son fils, et la Descoings glissa cent francs dans la main de Philippe pour payer la dette du jeu faite la veille. En dix jours la vente du mobilier, la remise de l'appartement et le changement intérieur de celui d'Agathe se firent avec cette célérité qui ne se voit qu'à Paris. Pendant ces dix jours, Philippe décampa régulièrement après le déjeuner, revint pour dîner, s'en alla le soir, et ne rentra se coucher que vers minuit. Voici les habitudes que ce militaire réformé contracta presque machinalement et qui s'enracinèrent : il faisait cirer ses bottes sur le Pont-Neuf pour les deux sous qu'il eût donnés en prenant par le pont des Arts pour gagner le Palais-Royal où il consommait deux petits verres d'eau-de-vie en lisant les journaux, occupation qui le menait jusqu'à midi ; vers cette heure, il cheminait par la rue Vivienne et se rendait au café Minerve où se brassait alors la politique libérale et où il jouait au billard avec d'anciens officiers. Tout en gagnant ou perdant, Philippe avalait toujours trois ou quatre petits verres de diverses liqueurs, et fumait dix cigares de la régie en allant, revenant et flânant par les rues. Après avoir fumé quelques pipes le soir à l'Estaminet Hollandais, il montait au jeu vers dix heures, le garçon de salle lui donnait une carte et une épingle ; il s'enquérait auprès de quelques joueurs émérites de l'état de la Rouge et de la Noire, et jouait dix francs au moment le plus opportun, sans jouer jamais plus de trois coups, perte ou gain. Quand il avait gagné, ce qui arrivait presque toujours, il consommait un bol de punch et regagnait sa mansarde ; mais il parlait alors d'assommer les Ultras, les Gardes-du-corps, et chantait dans les escaliers : *Veillons au salut de l'Empire* ! Sa pauvre mère, en l'entendant, disait : – Il est gai ce soir, Philippe ; et elle montait l'embrasser, sans se plaindre des odeurs fétides du punch, des petits verres et du tabac.

– Tu dois être contente de moi, ma chère mère ? lui dit-il vers la fin de janvier, je mène la vie la plus régulière du monde.

Philippe avait dîné cinq fois au restaurant avec d'anciens camarades. Ces vieux soldats s'étaient communiqué l'état de leurs affaires en parlant des espérances que donnait la construction d'un bateau sous-marin pour la délivrance de l'Empereur. Parmi ses anciens camarades retrouvés, Philippe affectionna particulièrement un vieux capitaine des Dragons de la Garde, nommé Giroudeau, dans la compagnie duquel il avait débuté. Cet ancien dragon fut cause que Philippe compléta ce que Rabelais appellerait l'équipage du diable, en ajoutant au petit verre, au cigare et au jeu, une quatrième roue. Un soir, au commencement de février, Giroudeau emmena Philippe, après dîner, à la Gaîté, dans une loge donnée à un petit journal de théâtre appartenant à son neveu Finot, où il tenait la caisse, les écritures, pour lequel il faisait et vérifiait les bandes. Vêtus, selon la mode des officiers bonapartistes appartenant à l'opposition constitutionnelle, d'une ample redingote à collet carré, boutonnée jusqu'au menton, tombant sur les talons et décorée de la rosette, armés d'un jonc à pomme plombée qu'ils tenaient par un cordon de cuir tressé, les deux anciens troupiers s'étaient, pour employer une de leurs expressions, *donné une culotte*, et s'ouvraient mutuellement leurs cœurs en entrant dans la loge. À travers les vapeurs d'un certain nombre de bouteilles et de petits verres de diverses liqueurs, Giroudeau montra sur la scène à Philippe une petite, grasse et agile figurante nommée Florentine dont les bonnes grâces et l'affection lui venaient, ainsi que la loge, par la toute-puissance du journal.

– Mais, dit Philippe, jusqu'où vont ses bonnes grâces pour un vieux troupier gris-pommelé comme toi ?

– Dieu merci, répondit Giroudeau, je n'ai pas abandonné les vieilles doctrines de notre glorieux uniforme ! Je n'ai jamais dépensé deux liards pour une femme.

– Comment ? s'écria Philippe en se mettant un doigt sur l'œil gauche.

– Oui, répondit Giroudeau. Mais, entre nous, le journal y est pour beaucoup. Demain, dans deux lignes, nous conseillerons l'administration de faire danser un pas à mademoiselle Florentine. Ma foi, mon cher enfant, je suis très heureux, dit Giroudeau.

– Eh ! pensa Philippe, si ce respectable Giroudeau, malgré son crâne poli comme mon genou, ses quarante-huit ans, son gros ventre, sa figure de vigneron et son nez en forme de pomme de terre, est l'ami d'une figurante, je dois être celui de la première actrice de Paris. Où ça se trouve-t-il ? dit-il tout haut à Giroudeau.

– Je te ferai voir ce soir le ménage de Florentine. Quoique ma Dulcinée n'ait que cinquante francs par mois au théâtre, grâce à un ancien marchand de soieries nommé Cardot, qui lui offre cinq cents francs par mois, elle est encore assez bien ficelée !

– Eh ! mais ?... dit le jaloux Philippe.

– Bah ! fit Giroudeau, le véritable amour est aveugle.

Après le spectacle, Giroudeau mena Philippe chez mademoiselle Florentine, qui demeurait à deux pas du Théâtre, rue de Crussol.

– Tenons-nous bien, lui dit Giroudeau. Florentine a sa mère ; tu comprends que je n'ai pas les moyens de lui en payer une, et que la bonne femme est sa vraie mère. Cette femme fut portière, mais elle ne manque pas d'intelligence, et se nomme Cabirolle, appelle la madame, elle y tient.

Florentine avait ce soir-là chez elle une amie, une certaine Marie Godeschal, belle comme un ange, froide comme une danseuse, et d'ailleurs élève de Vestris qui lui prédisait les plus hautes destinées chorégraphiques. Mademoiselle Godeschal, qui voulait alors débuter au Panorama-Dramatique sous le nom de Mariette, comptait sur la protection d'un Premier Gentilhomme de la Chambre, à qui Vestris devait la présenter depuis longtemps. Vestris, encore vert à cette époque, ne trouvait pas son élève encore suffisamment savante. L'ambitieuse Marie Godeschal rendit fameux son pseudonyme de Mariette ; mais son ambition fut d'ailleurs très louable. Elle avait un frère, clerc chez Derville. Orphelins et misérables, mais s'aimant tous deux, le frère et la sœur avaient vu la vie comme elle est à Paris : l'un voulait devenir avoué pour établir sa sœur, et vivait avec dix sous par jour ; l'autre avait résolu froidement de devenir danseuse, et de profiter autant de sa beauté que de ses jambes pour acheter une Étude à son frère. En dehors de leurs sentiments l'un pour l'autre, de leurs intérêts et de leur vie commune, tout, pour eux, était, comme autrefois pour les Romains et pour les Hébreux, barbare, étranger, ennemi. Cette amitié si belle, et que rien ne devait altérer, expliquait Mariette à ceux qui la connaissaient intimement. Le frère et la sœur demeuraient alors au huitième étage d'une maison de la Vieille rue du Temple. Mariette s'était mise à l'étude dès l'âge de dix ans, et comptait alors seize printemps. Hélas ! faute d'un peu de toilette, sa beauté trotte-menu, cachée sous un cachemire de poil de lapin, montée sur des patins en fer, vêtue d'indienne et mal tenue, ne pouvait être devinée que par les Parisiens adonnés à la chasse des grisettes et à la piste des beautés malheureuses. Philippe devint amoureux de Mariette. Mariette vit en Philippe le commandant aux Dragons de la Garde, l'officier d'ordonnance de l'Empereur, le jeune homme de vingt-sept ans et le plaisir de se montrer supérieure à Florentine par l'évidente supériorité de Philippe sur Giroudeau. Florentine et Giroudeau, lui pour faire le bonheur de son camarade, elle pour donner un protecteur son amie, poussèrent Mariette et Philippe à faire un mariage *en détrempe*. Cette expression du langage parisien équivaut à celle de *mariage morganatique* employée pour les rois et les reines. Philippe, en sortant, confia sa misère à Giroudeau ; mais le vieux roué le rassura beaucoup.

– Je parlerai de toi à mon neveu Finot, lui dit Giroudeau. Vois-tu, Philippe, le règne des péquins et des phrases est arrivé, soumettons-nous. Aujourd'hui l'écritoire fait tout. L'encre remplace la poudre, et la parole est substituée à la balle. Après tout, ces petits crapauds de rédacteurs sont très ingénieux et assez bons enfants. Viens me voir demain au journal, j'aurai dit deux mots de ta position à mon neveu. Dans quelque temps, tu auras une place dans un journal quelconque. Mariette, qui, dans ce moment (ne t'abuse pas), te prend parce qu'elle n'a rien, ni engagement, ni possibilité de débuter, et à qui j'ai dit que tu allais être comme moi dans un journal, Mariette te prouvera qu'elle t'aime pour toi-même et tu le croiras ! Fais comme moi, maintiens-la figurante tant que tu pourras ! J'étais si amoureux que, dès que Florentine a voulu danser son pas, j'ai prié Finot de demander son début ; mais mon neveu m'a dit : – Elle a du talent, n'est-ce pas ? Eh ! bien, le jour où elle aura dansé son pas elle te fera passer celui de sa porte. Oh ! mais voilà Finot. Tu verras un gars bien dégourdi.

Le lendemain, sur les quatre heures, Philippe se trouva rue du Sentier, dans un petit entresol où il aperçut Giroudeau encagé comme un animal féroce dans une espèce de poulailler à chatière où se trouvaient un petit poêle, une petite table, deux petites chaises, et de petites bûches. Cet appareil était relevé par ces mots magiques : *Bureau d'abonnement*, imprimés sur la porte en lettres noires, et par le mot *Caisse* écrit à la main et attaché au-dessus du grillage. Le long du mur qui faisait face à l'établissement du capitaine s'étendait une banquette où déjeunait alors un invalide amputé d'un bras, appelé par Giroudeau Coloquinte, sans doute à cause de la couleur égyptienne de sa figure.

– Joli ! dit Philippe en examinant cette pièce. Que fais-tu là, toi qui as été de la charge du pauvre colonel Chabert à Eylau ? Nom de nom ! Mille noms de nom, des officiers supérieurs !...

Un invalide amputé d'un bras, appelé Coloquinte

– Eh ! bien ! oui ! – broum ! broum ! – un officier supérieur faisant des quittances de journal, dit Giroudeau qui raffermit son bonnet de soie noire. Et, de plus, je suis l'éditeur responsable de ces farces-là, dit-il en montrant le journal.

– Et moi qui suis allé en Égypte, je vais maintenant au Timbre, dit l'invalide.

– Silence, Coloquinte, dit Giroudeau, tu es devant un brave qui a porté les ordres de l'Empereur à la bataille de Montmirail.

– Présent ! dit Coloquinte, j'y ai perdu le bras qui me manque.

– Coloquinte, garde la boutique, je monte chez mon neveu.

Les deux anciens militaires allèrent au quatrième étage, dans une mansarde, au fond d'un corridor, et trouvèrent un jeune homme à l'œil pâle et froid, couché sur un mauvais canapé. Le péquin ne se dérangea pas, tout en offrant des cigares à son oncle et à l'ami de son oncle.

– Mon ami, lui dit d'un ton doux et humble Giroudeau, voilà ce brave chef d'escadron de la Garde impériale de qui je t'ai parlé.

– Eh ! bien ? dit Finot en toisant Philippe qui perdit toute son énergie comme Giroudeau devant le diplomate de la presse.

– Mon cher enfant, dit Giroudeau qui tâchait de se poser en oncle, le colonel revient du Texas.

– Ah ! vous avez donné dans le Texas, dans le Champ-d'Asile. Vous étiez cependant encore bien jeune pour vous faire *Soldat Laboureur.*

L'acerbité de cette plaisanterie ne peut être comprise que de ceux qui se souviennent du déluge de gravures, de paravents, de pendules, de bronze et de plâtres auxquelles donna lieu l'idée du Soldat Laboureur, grande image du sort de Napoléon et de ses braves qui a fini par engendrer plusieurs vaudevilles. Cette idée a produit au moins un million. Vous trouvez encore des Soldats Laboureurs sur des papiers de tenture, au fond des provinces. Si ce jeune homme n'eût pas été le neveu de Giroudeau, Philippe lui aurait appliqué une paire de soufflets.

– Oui, j'ai donné là-dedans, j'y ai perdu douze mille francs et mon temps, reprit Philippe en essayant de grimacer un sourire.

– Et vous aimez toujours l'Empereur ! dit Finot.

– Il est mon Dieu, reprit Philippe Bridau.

– Vous êtes libéral ?

– Je serai toujours de l'Opposition Constitutionnelle. Oh ! Foy ! oh ! Manuel ! oh ! Lafitte ! voilà des hommes ! Ils nous débarrasseront de ces misérables revenus à la suite de l'étranger !

– Eh ! bien, reprit froidement Finot, il faut tirer parti de votre malheur, car vous êtes une victime des Libéraux, mon cher ! Restez libéral si vous tenez à votre opinion ; mais menacez les Libéraux de dévoiler les sottises du Texas. Vous n'avez pas eu deux liards de la souscription nationale, n'est-ce pas ? Eh ! bien, vous êtes dans une belle position, demandez compte de la souscription. Voici ce qui vous arrivera : il se crée un nouveau journal d'Opposition, sous le patronage des Députés de la Gauche ; vous en serez le caissier, à mille écus d'appointements, une place éternelle. Il suffit de vous procurer vingt mille francs de cautionnement ; trouvez-les, vous serez casé dans huit jours. Je donnerai le conseil de se débarrasser de vous en vous faisant offrir la place ; mais criez, et criez fort !

Giroudeau laissa descendre quelques marches à Philippe, qui se confondait en remerciements, et dit à son neveu : – Eh ! bien, tu es encore drôle, toi !... tu me gardes ici à douze cents francs.

– Le journal ne tiendra pas un an, répondit Finot. J'ai mieux que cela pour toi.

– Nom de nom ! dit Philippe à Giroudeau, ce n'est pas une ganache, ton neveu ! Je n'avais pas songé à tirer, comme il le dit, parti de ma position.

Le soir, au café Lemblin, au café Minerve, le colonel Philippe déblatéra contre le parti libéral qui faisait des souscriptions, qui vous envoyait au Texas, qui parlait hypocritement des Soldats Laboureurs, qui laissait des braves sans secours, dans la misère, après leur avoir mangé des vingt mille francs et les avoir promenés pendant deux ans.

– Je vais demander compte de la souscription pour le Champ d'Asile, dit-il à l'un des habitués du café Minerve qui le redit à des journalistes de la Gauche.

Philippe ne rentra pas rue Mazarine, il alla chez Mariette lui annoncer la nouvelle de sa coopération future à un journal qui devait avoir dix mille abonnés, et où ses prétentions chorégraphiques seraient chaudement appuyées. Agathe et la Descoings attendirent Philippe en se mourant de peur, car le duc de Berry venait d'être assassiné. Le lendemain, le colonel arriva quelques instants après le déjeuner ; quand sa mère lui témoigna les inquiétudes que son absence lui avait causées, il se mit en colère, il demanda s'il était majeur.

– Nom de nom ! je vous apporte une bonne nouvelle, et vous avez l'air de catafalques. Le duc de Berry est mort, eh ! bien, tant mieux ! c'est un de moins. Moi, je vais être caissier d'un journal à mille écus d'appointements, et vous voilà tirées d'embarras pour ce qui me concerne.

– Est-ce possible ? dit Agathe.

– Oui, si vous pouvez me faire vingt mille francs de cautionnement ; il ne s'agit que de déposer votre inscription de treize cents francs de rente, vous toucherez tout de même vos semestres.

Depuis près de deux mois, les deux veuves, qui se tuaient à chercher ce que faisait Philippe, où et comment le placer, furent si heureuses de cette perspective, qu'elles ne pensèrent plus aux diverses catastrophes du moment. Le soir, le vieux du Bruel, Claparon qui se mourait, et l'inflexible Desroches père, ces sages de la Grèce furent unanimes : ils conseillèrent tous à la veuve de cautionner son fils. Le journal, constitué très heureusement avant l'assassinat du duc de Berry, évita le coup qui fût alors porté par M. Decaze à la Presse. L'inscription de treize cents francs de la veuve Bridau fut affectée au cautionnement de Philippe, nommé caissier. Ce bon fils promit aussitôt de donner cent francs par mois aux deux veuves pour son logement, pour sa nourriture, et fut proclamé le meilleur des enfants. Ceux qui avaient mal auguré de lui félicitèrent Agathe.

– Nous l'avions mal jugé, dirent-ils.

Le pauvre Joseph, pour ne pas rester en arrière de son frère, essaya de se suffire à lui-même, et y parvint. Trois mois après, le colonel, qui mangeait et buvait comme quatre, qui faisait le difficile et entraînait, sous prétexte de sa pension, les deux veuves à des dépenses de table, n'avait pas encore donné deux liards. Ni sa mère, ni la Descoings ne voulaient, par délicatesse, lui rappeler sa promesse. L'année se passa sans qu'une seule de ces pièces, si énergiquement appelées par Léon Gozlan *un tigre à cinq griffes*, eût passé de la poche de Philippe dans le ménage. Il est vrai qu'à cet égard le colonel avait calmé les scrupules de sa conscience : il dînait rarement à la maison.

– Enfin il est heureux, dit sa mère, il est tranquille, il a une place !

Par l'influence du feuilleton que rédigeait Vernou, l'un des amis de Bixiou, de Finot et de Giroudeau, Mariette débuta non pas au Panorama-Dramatique, mais à la Porte-Saint-Martin où elle eut du succès à côté de la Bégrand. Parmi les directeurs de ce théâtre, se trouvait alors un riche et fastueux officier-général amoureux d'une actrice et qui s'était fait *impresario* pour elle. À Paris, il se rencontre toujours des gens épris d'actrices, de danseuses ou de cantatrices qui se mettent Directeurs de Théâtre par amour. Cet officier-général connaissait Philippe et Giroudeau. Le petit journal de Finot et celui de Philippe y aidant, le début de Mariette fut une affaire d'autant plus promptement arrangée entre les trois officiers, qu'il semble que les passions soient toutes solidaires en fait de folies. Le malicieux Bixiou apprit bientôt à sa grand-mère et à la dévote Agathe que le caissier Philippe, le brave des braves, aimait Mariette, la célèbre danseuse de la Porte-Saint-Martin. Cette vieille nouvelle fut comme un coup de foudre pour les deux veuves : d'abord les sentiments religieux d'Agathe lui faisaient regarder les femmes de théâtre comme des tisons d'enfer ; puis il leur semblait à toutes deux que ces femmes vivaient d'or, buvaient des perles, et ruinaient les plus grandes fortunes.

– Eh ! bien, dit Joseph à sa mère, croyez-vous que mon frère soit assez imbécile pour donner de l'argent à sa Mariette ? Ces femmes-là ne ruinent que les riches.

– On parle déjà d'engager Mariette à l'Opéra, dit Bixiou. Mais n'ayez pas peur, madame Bridau, le corps diplomatique se montre à la

Porte-Saint-Martin, cette belle fille ne sera pas longtemps avec votre fils. On parle d'un ambassadeur amoureux-fou de Mariette. Autre nouvelle ! Le père Claparon est mort, on l'enterre demain, et son fils, devenu banquier, qui roule sur l'or et sur l'argent, a commandé un convoi de dernière classe. Ce garçon manque d'éducation. Ça ne se passe pas ainsi en Chine !

Philippe proposa, dans une pensée cupide, à la danseuse de l'épouser ; mais, à la veille d'entrer à l'Opéra, mademoiselle Godeschal le refusa, soit qu'elle eût deviné les intentions du colonel, soit qu'elle eût compris combien son indépendance était nécessaire à sa fortune. Pendant le reste de cette année, Philippe vint tout au plus voir sa mère deux fois par mois. Où était-il ? À sa caisse, au théâtre ou chez Mariette. Aucune lumière sur sa conduite ne transpira dans le ménage de la rue Mazarine. Giroudeau, Finot, Bixiou, Vernou, Lousteau lui voyaient mener une vie de plaisirs. Philippe était de toutes les parties de Tullia, l'un des premiers sujets de l'Opéra, de Florentine qui remplaça Mariette à la Porte-Saint-Martin, de Florine et de Matifat, de Coralie et de Camusot. À partir de quatre heures, moment où il quittait sa caisse, il s'amusait jusqu'à minuit ; car il y avait toujours une partie de liée la veille, un bon dîner donné par quelqu'un, une soirée de jeu, un souper. Philippe vécut alors comme dans son élément. Ce carnaval qui dura dix-huit mois n'alla pas sans soucis. La belle Mariette, lors de son début à l'Opéra, en janvier 1821, soumit à sa loi l'un des ducs les plus brillants de la cour de Louis XVIII. Philippe essaya de lutter contre le duc ; mais, malgré quelque bonheur au jeu, au renouvellement du mois d'avril il fut obligé, par sa passion, de puiser dans la caisse du journal. Au mois de mai, il devait onze mille francs. Dans ce mois fatal, Mariette partit pour Londres y exploiter les lords pendant le temps qu'on bâtissait la salle provisoire de l'Opéra, dans l'hôtel Choiseul, rue Lepelletier. Le malheureux Philippe en était arrivé, comme cela se pratique, à aimer Mariette malgré ses patentes infidélités ; mais elle n'avait jamais vu dans ce garçon qu'un militaire brutal et sans esprit, un premier échelon sur lequel elle ne voulait pas longtemps rester. Aussi, prévoyant le moment où Philippe n'aurait plus d'argent, la danseuse avait-elle su conquérir des appuis dans le journalisme qui la dispensaient de conserver Philippe ; néanmoins, elle eut la reconnaissance particulière à ces sortes de femmes pour celui qui, le premier, leur a pour ainsi dire aplani les difficultés de l'horrible carrière du théâtre.

Forcé de laisser aller sa terrible maîtresse à Londres sans l'y suivre, Philippe reprit ses quartiers d'hiver, pour employer ses expressions, et revint rue Mazarine dans sa mansarde ; il y fit de sombres réflexions en se couchant et se levant. Il sentit en lui-même l'impossibilité de vivre autrement qu'il n'avait vécu depuis un an. Le luxe qui régnait chez Mariette, les dîners et les soupers, la soirée dans les coulisses, l'entrain des gens d'esprit et des journalistes, l'espèce de bruit qui se faisait autour de lui, toutes les caresses qui en résultaient pour les sens et pour la vanité ; cette vie, qui ne se trouve d'ailleurs qu'à Paris, et qui offre chaque jour quelque chose de neuf, était devenue plus qu'une habitude pour Philippe ; elle constituait une nécessité comme son tabac et ses petits verres. Aussi reconnut-il qu'il ne pouvait pas vivre sans ces continuelles jouissances. L'idée du suicide lui passa par la tête, non pas à cause du déficit qu'on allait reconnaître dans sa caisse, mais à cause de l'impossibilité de vivre avec Mariette et dans l'atmosphère de plaisirs où il se chafriolait depuis un an. Plein de ces sombres idées, il vint pour la première fois dans l'atelier de son frère qu'il trouva travaillant, en blouse bleue, à copier un tableau pour un marchand.

– Voici donc comment se font les tableaux ? dit Philippe pour entrer en matière.

– Non, répondit Joseph, mais voilà comment ils se copient.

– Combien te paye-t-on cela ?

– Hé ! jamais assez, deux cent cinquante francs ; mais j'étudie la manière des maîtres, j'y gagne de l'instruction, je surprends les secrets du métier. Voilà l'un de mes tableaux, lui dit-il en lui indiquant du bout de sa brosse une esquisse dont les couleurs étaient encore humides.

– Et que mets-tu dans ton sac par année, maintenant ?

– Malheureusement je ne suis encore connu que des peintres. Je suis appuyé par Schinner qui doit me procurer des travaux au château de Presles où j'irai vers octobre faire des arabesques, des encadrements, des ornements très bien payés par le comte de Sérizy. Avec ces *brocantes-là*, avec les commandes des marchands, je pourrai désormais faire dix-huit cents à deux mille francs, tous frais payés. Bah ! à l'Exposition prochaine, je présenterai ce tableau-là ; s'il est goûté, mon affaire sera faite : mes amis en sont contents.

– Je ne m'y connais pas, dit Philippe d'une voix douce qui força Joseph à le regarder.

– Qu'as-tu ? demanda l'artiste en trouvant son frère pâli.

– Je voudrais savoir en combien de temps tu ferais mon portrait.

– Mais en travaillant toujours, si le temps est clair, en trois ou quatre jours j'aurai fini.

– C'est trop de temps, je n'ai que la journée à te donner. Ma pauvre mère m'aime tant que je voulais lui laisser ma ressemblance. N'en parlons plus.

– Eh ! bien, est-ce que tu t'en vas encore ?

– Je m'en vais pour ne plus revenir, dit Philippe d'un air faussement gai.

– Ah çà ! Philippe, mon ami, qu'as-tu ? Si c'est quelque chose de grave, je suis un homme, je ne suis pas un niais ; je m'apprête à de rudes combats ; et, s'il faut de la discrétion, j'en aurai.

– Est-ce sûr ?

– Sur mon honneur.

– Tu ne diras rien à qui que ce soit au monde ?

– À personne.

– Eh ! bien, je vais me brûler la cervelle.

– Toi ! tu vas donc te battre ?

– Je vais me tuer.

– Et pourquoi ?

– J'ai pris onze mille francs dans ma caisse, et je dois rendre mes comptes demain, mon cautionnement sera diminué de moitié ; notre pauvre mère sera réduite à six cents francs de rente. Ça ! ce n'est rien, je pourrais lui rendre plus tard une fortune ; mais je suis déshonoré ! Je ne veux pas vivre dans le déshonneur.

– Tu ne seras pas déshonoré pour avoir restitué, mais tu perdras ta place, il ne te restera plus que les cinq cents francs de ta croix, et avec cinq cents francs on peut vivre.

– Adieu ! dit Philippe qui descendit rapidement et ne voulut rien entendre.

Joseph quitta son atelier et descendit chez sa mère pour déjeuner ; mais la confidence de Philippe lui avait ôté l'appétit. Il prit la Descoings à part et lui dit l'affreuse nouvelle. La vieille femme fit une épouvantable exclamation, laissa tomber un poêlon de lait qu'elle avait à la main, et se jeta sur une chaise. Agathe accourut. D'exclamations en exclamations, la fatale vérité fut avouée à la mère.

– Lui ! manquer à l'honneur ! le fils de Bridau prendre dans la caisse qui lui est confiée !

La veuve trembla de tous ses membres, ses yeux s'agrandirent, devinrent fixes, elle s'assit et fondit en larmes.

– Où est-il ? s'écria-t-elle au milieu de ses sanglots. Peut-être s'est-il jeté dans la Seine !

– Il ne faut pas vous désespérer, dit la Descoings, parce que le pauvre garçon a rencontré une mauvaise femme, et qu'elle lui a fait faire des folies. Mon Dieu ! cela se voit souvent. Philippe a eu jusqu'à son retour tant d'infortunes, et il a eu si peu d'occasions d'être heureux et aimé, qu'il ne faut pas s'étonner de sa passion pour cette créature. Toutes les passions mènent à des excès ! J'ai dans ma vie un reproche de ce genre à me faire, et je me crois cependant une honnête femme ! Une seule faute ne fait pas le vice ! Et puis, après tout, il n'y a que ceux qui ne font rien qui ne se trompent pas !

Le désespoir d'Agathe l'accablait tellement que la Descoings et Joseph furent obligés de diminuer la faute de Philippe en lui disant que dans toutes les familles il arrivait de ces sortes d'affaires.

– Mais il a vingt-huit ans, s'écriait Agathe, et ce n'est plus un enfant.

Mot terrible et qui révèle combien la pauvre femme pensait à la conduite de son fils.

– Ma mère, je t'assure qu'il ne songeait qu'à ta peine et au tort qu'il te fait, lui dit Joseph.

– Oh ! mon Dieu, qu'il revienne ! qu'il vive, et je lui pardonne tout ! s'écria la pauvre mère à l'esprit de laquelle s'offrit l'horrible tableau de Philippe retiré mort de l'eau.

Un sombre silence régna pendant quelques instants. La journée se passa dans les plus cruelles alternatives. Tous les trois ils s'élançaient à la fenêtre du salon au moindre bruit, et se livraient à une foule de conjectures. Pendant le temps où sa famille se désolait, Philippe mettait tranquillement tout en ordre à sa caisse. Il eut l'audace de rendre ses comptes en disant que, craignant quelque malheur, il avait les onze mille francs chez lui. Le drôle sortit à quatre heures en prenant cinq cents francs de plus à sa caisse, et monta froidement au jeu, où il n'était pas allé depuis qu'il occupait sa place, car il avait bien compris qu'un caissier ne peut pas hanter les maisons de jeu. Ce garçon ne manquait pas de calcul. Sa conduite postérieure prouvera d'ailleurs qu'il tenait plus de son aïeul Rouget que de son vertueux père. Peut-être eût-il fait un bon général ; mais, dans sa vie privée, il fut un de ces profonds scélérats qui abritent leurs entreprises et leurs mauvaises actions derrière le paravent de la légalité et sous le toit discret de la famille. Philippe garda tout son sang-froid dans cette suprême entreprise. Il gagna d'abord et alla jusqu'à une masse de six mille francs ; mais il se laissa éblouir par le désir de terminer son incertitude d'un coup. Il quitta le Trente-et-Quarante en apprenant qu'à la roulette la Noire venait de passer seize fois ; il alla jouer cinq mille francs sur la Rouge, et la Noire sortit encore une dix-septième fois. Le colonel mit alors son billet de mille francs sur la Noire et gagna. Malgré cette étonnante entente du hasard, il avait la tête fatiguée ; et, quoiqu'il le sentît, il voulut continuer ; mais le sens divinatoire qu'écoutent les joueurs et qui procède par éclairs était altéré déjà. Vinrent des inter-mittences qui sont la perte des joueurs. La lucidité, de même que les rayons du soleil, n'a d'effet que par la fixité de la ligne droite, elle ne devine qu'à la condition de ne pas rompre son regard ; elle se trouble dans les sautillements de la chance. Philippe perdit tout. Après de si fortes épreuves, l'âme la plus insouciante comme la plus intrépide s'affaisse. Aussi, en revenant chez lui, Philippe pensait-il d'autant moins à sa promesse de suicide, qu'il n'avait jamais voulu se tuer. Il ne songeait plus ni à sa place perdue, ni à son cautionnement entamé, ni à sa mère, ni à Mariette, la cause de sa ruine ; il allait machinalement. Quand il entra, sa mère en pleurs, la Descoings et son frère lui sautèrent au cou, l'embrassèrent et le portèrent avec joie au coin du feu.

– Tiens ! pensa-t-il, l'annonce a fait son effet.

Ce monstre prit alors d'autant mieux une figure de circonstance que la séance au jeu l'avait profondément ému. En voyant son atroce Benjamin pâle et défait, la pauvre mère se mit à ses genoux, lui baisa les mains, se les mit sur le cœur et le regarda longtemps les yeux pleins de larmes.

– Philippe, lui dit-elle d'une voix étouffée, promets-moi de ne pas te tuer, nous oublierons tout !

Philippe regarda son frère attendri, la Descoings qui avait la larme à l'œil ; il se dit à lui-même : – C'est de bonnes gens ! Il prit alors sa mère, la releva, l'assit sur ses genoux, la pressa sur son cœur, et lui dit à l'oreille en l'embrassant : – Tu me donnes une seconde fois la vie !

La Descoings trouva le moyen de servir un excellent dîner, d'y joindre deux bouteilles de vieux vin, et un peu de liqueur des îles, trésor provenant de son ancien fonds.

– Agathe, il faut lui laisser fumer ses cigares ! dit-elle au dessert. Et elle offrit des cigares à Philippe.

Les deux pauvres créatures avaient imaginé qu'en laissant prendre toutes ses aises à ce garçon, il aimerait la maison et s'y tiendrait, et toutes deux essayèrent de s'habituer à la fumée du tabac qu'elles exécraient. Cet immense sacrifice ne fut pas même aperçu par Philippe. Le lendemain Agathe avait vieilli de dix années. Une fois ses inquiétudes calmées, la réflexion vint, et la pauvre femme ne put fermer l'œil pendant cette horrible nuit. Elle allait être réduite à six cents francs de rente. Comme toutes les femmes grasses et friandes, la Descoings, douée d'une toux catarrhale opiniâtre, devenait lourde ; son pas, dans les escaliers, retentissait comme des coups de bûche ; elle pouvait donc mourir de moment en moment ; avec elle, disparaîtraient quatre mille francs. N'était-il pas ridicule de compter sur cette ressource ? Que faire ? Que devenir ? Décidée à se mettre à garder des malades plutôt que d'être à charge à ses enfants, Agathe ne songeait pas à elle. Mais que ferait Philippe réduit aux cinq cents francs de sa croix d'officier de la Légion-d'Honneur ? Depuis onze ans, la Descoings, en donnant mille écus chaque année, avait payé presque deux fois sa dette, et continuait à immoler les intérêts de son petit-fils à ceux de la famille Bridau. Quoique tous les sentiments probes et rigoureux d'Agathe fussent froissés au milieu de ce désastre horrible, elle se disait : – Pauvre garçon, est-ce sa faute ? il est fidèle à ses serments. Moi, j'ai eu tort de ne pas le marier. Si je lui avais trouvé une femme, il ne se serait pas lié avec cette danseuse. Il est si fortement constitué !...

La vieille commerçante avait aussi réfléchi, pendant la nuit, à la manière de sauver l'honneur de la famille. Au jour, elle quitta son lit et vint dans la chambre de son amie.

– Ce n'est ni à vous ni à Philippe à traiter cette affaire délicate, lui dit-elle. Si nos deux vieux amis, Claparon et du Bruel sont morts, il nous reste le père Desroches qui a une bonne judiciaire, et je vais aller chez lui ce matin. Desroches dira que Philippe a été victime de sa confiance dans un ami ; que sa faiblesse, en ce genre, le rend tout à fait impropre à gérer une caisse. Ce qui lui arrive aujourd'hui pourrait recommencer. Philippe préférera donner sa démission, il ne sera donc pas renvoyé.

Agathe, en voyant par ce mensonge officieux l'honneur de son fils mis à couvert, au moins aux yeux des étrangers, embrassa la Descoings, qui sortit arranger cette horrible affaire. Philippe avait dormi du sommeil des justes.

– Elle est rusée, la vieille ! dit-il en souriant quand Agathe apprit à son fils pourquoi leur déjeuner était retardé.

Le vieux Desroches, le dernier ami de ces deux pauvres femmes, et qui, malgré la dureté de son caractère, se souvenait toujours d'avoir été placé par Bridau, s'acquitta, en diplomate consommé, de la mission délicate que lui confia la Descoings. Il vint dîner avec la famille, avertir Agathe d'aller signer le lendemain au Trésor, rue Vivienne, le transfert de la partie de la rente vendue, et de retirer le coupon de six cents francs qui lui restait. Le vieil employé ne quitta pas cette maison désolée sans avoir obtenu de Philippe de signer une pétition au Ministre de la Guerre par laquelle il demandait sa réintégration dans les cadres de l'armée. Desroches promit aux deux femmes de suivre la pétition dans les Bureaux de la Guerre, et de profiter du triomphe du duc sur Philippe chez la danseuse pour obtenir protection de ce grand seigneur.

– Avant trois mois, il sera lieutenant-colonel dans le régiment du duc de Maufrigneuse, et vous serez débarrassées de lui.

Desroches s'en alla comblé des bénédictions des deux femmes et de Joseph. Quant au journal, deux mois après, selon les prévisions de Finot, il cessa de paraître. Ainsi la faute de Philippe n'eut, dans le monde, aucune portée. Mais la maternité d'Agathe avait reçu la plus profonde blessure. Sa croyance en son fils une fois ébranlée, elle vécut dès lors en des transes perpétuelles, mêlées de satisfactions quand elle voyait ses sinistres appréhensions trompées.

Lorsque les hommes doués du courage physique mais lâches et ignobles au moral, comme l'était Philippe, ont vu la nature des choses reprenant son cours autour d'eux après une catastrophe où leur moralité s'est à peu près perdue, cette complaisance de la famille ou des amitiés est pour eux une prime d'encouragement. Ils comptent sur l'impunité : leur esprit faussé, leurs passions satisfaites les portent à étudier comment ils ont réussi à tourner les lois sociales, et ils deviennent alors horriblement adroits. Quinze jours après, Philippe, redevenu l'homme oisif, ennuyé, reprit donc fatalement sa vie de café, ses stations embellies de petits verres, ses longues parties de billard au punch, sa séance de nuit au jeu où il risquait à propos une faible mise, et réalisait un petit gain qui suffisait à l'entretien de son désordre. En apparence économe, pour mieux tromper sa mère et la Descoings, il portait un chapeau presque crasseux, pelé sur le tour et aux bords, des bottes rapiécées, une redingote râpée où brillait à peine sa rosette rouge, brunie par un long séjour à la boutonnière et salie par des gouttes de liqueur ou de café. Ses gants verdâtres en peau de daim lui duraient longtemps. Enfin il n'abandonnait son col de satin qu'au moment où il ressemblait à de la bourre. Mariette fut le seul amour de ce garçon ; aussi la trahison de cette danseuse lui endurcit-elle beaucoup le cœur. Quand par hasard il réalisait des gains inespérés, ou s'il soupait avec son vieux camarade Giroudeau, Philippe s'adressait à la Vénus des carrefours par une sorte de dédain brutal pour le sexe entier. Régulier d'ailleurs, il déjeunait, dînait au logis, et rentrait toutes les nuits vers une heure. Trois mois de cette vie horrible rendirent quelque confiance à la pauvre Agathe. Quant à Joseph, qui travaillait au tableau magnifique auquel il dut sa réputation, il vivait dans son atelier. Sur la foi de son petit-fils, la Descoings, qui croyait à la gloire de Joseph, prodiguait au peintre des soins maternels ; elle lui portait à déjeuner le matin, elle faisait ses courses, elle lui nettoyait ses bottes. Le peintre ne se montrait guère qu'au dîner, et ses soirées appartenaient à ses amis du Cénacle. Il lisait d'ailleurs beaucoup, il se donnait cette profonde et sérieuse instruction que l'on ne tient que de soi-même, et à laquelle tous les gens de talent se sont livrés entre vingt et trente ans. Agathe, voyant peu Joseph, et sans inquiétude sur son compte, n'existait que par Philippe, qui seul lui donnait les alternatives de craintes soulevées, de terreurs apaisées qui sont un peu la vie des sentiments, et tout aussi nécessaires à la maternité qu'à l'amour. Desroches, qui venait environ une fois par semaine voir la veuve de son ancien chef et ami, lui donnait des espérances : le duc de Maufrigneuse avait demandé Philippe dans son régiment, le Ministre de la Guerre se faisait faire un rapport ; et, comme le nom de Bridau ne se trouvait sur aucune liste de police, sur aucun dossier de palais, dans les premiers mois de l'année prochaine Philippe recevrait sa lettre de service et de réintégration. Pour réussir, Desroches avait mis toutes ses connaissances en mouvement, ses informations à la préfecture de police lui apprirent alors que Philippe allait tous les soirs au jeu, et il jugea nécessaire de confier ce secret à la Descoings seulement, en l'engageant à surveiller le futur lieutenant-colonel, car un éclat pouvait tout perdre ; pour le moment, le Ministre de la Guerre n'irait pas rechercher si Philippe était joueur. Or, une fois sous les drapeaux, le lieutenant-colonel abandonnerait une passion née de son désœuvrement. Agathe, qui le soir n'avait plus personne, lisait ses prières au coin de son feu pendant que la Descoings se tirait les cartes, s'expliquait ses rêves et appliquait les règles de la *cabale* à ses mises. Cette joueuse obstinée ne manquait jamais un tirage : elle poursuivait son terne, qui n'était pas encore sorti. Ce terne allait avoir vingt et un ans, il atteignait à sa majorité. La vieille actionnaire fondait beaucoup d'espoir sur cette puérile circonstance. L'un des numéros était resté au fond de toutes les roues depuis la création de la loterie ; aussi la Descoings chargeait-elle énormément ce numéro et toutes les combinaisons de ces trois chiffres. Le dernier matelas de son lit servait de dépôt aux économies de la pauvre vieille ; elle le décousait, y mettait la pièce d'or conquise sur ses besoins, bien enveloppée de laine, et le recousait après. Elle voulait, au dernier tirage de Paris, risquer toutes ses économies sur les combinaisons de son terne chéri. Cette passion, si universellement condamnée, n'a jamais été étudiée. Personne n'y a vu l'opium de la misère. La loterie, la plus puissante fée du monde, ne développait-elle pas des espérances magiques ? Le coup de roulette qui faisait voir aux joueurs des masses d'or et de jouissances ne durait que ce que dure un éclair ; tandis que la loterie donnait cinq jours d'existence à ce magnifique éclair. Quelle est aujourd'hui la puissance sociale qui peut, pour quarante sous, vous rendre heureux pendant cinq jours et vous livrer idéalement tous les bonheurs de la civilisation ? Le tabac, impôt mille fois plus immoral que le jeu, détruit le corps, attaque l'intelligence, il hébète une nation ; tandis que la loterie ne causait pas le moindre malheur de ce genre. Cette passion était d'ailleurs forcée de se régler et par la distance qui séparait les tirages, et par la roue que chaque joueur affectionnait. La Descoings ne mettait que sur la roue de Paris. Dans l'espoir de voir triompher ce terne nourri depuis vingt ans, elle s'était soumise à d'énormes privations pour pouvoir faire en toute liberté sa mise du dernier tirage de l'année. Quand elle avait des rêves cabalistiques, car tous les rêves ne correspondaient point aux nombres de la loterie, elle allait les raconter à Joseph, car il était le seul être qui l'écoutât, non seulement sans la gronder, mais en lui disant de ces douces paroles par lesquelles les artistes consolent les folies de l'esprit. Tous les grands talents respectent et comprennent les passions vraies, ils se les expliquent et en retrouvent les racines dans le cœur ou dans la tête. Selon Joseph, son frère aimait le tabac et les liqueurs, sa vieille maman Descoings aimait les ternes, sa mère aimait Dieu, Desroches fils aimait les procès, Desroches père aimait la pêche à la ligne, tout le monde, disait-il, aimait quelque chose. Il aimait, lui, le beau idéal en tout ; il aimait la poésie de Byron, la peinture de Géricault, la musique de Rossini, les romans de Walter Scott. – Chacun son goût, maman, s'écria-t-il. Seulement votre terne lanterne beaucoup.

– Il sortira, tu seras riche, et mon petit Bixiou aussi !

– Donnez tout à votre petit-fils, s'écriait Joseph. Au surplus, faites comme vous voudrez !

– Hé ! s'il sort, j'en aurais assez pour tout le monde. Toi, d'abord, tu auras un bel atelier, tu ne te priveras pas d'aller aux Italiens pour payer tes modèles et ton marchand de couleurs. Sais-tu, mon enfant, lui dit-elle, que tu ne me fais pas jouer un beau rôle dans ce tableau-là ?

Par économie, Joseph avait fait poser la Descoings dans son magnifique tableau d'une jeune courtisane amenée par une vieille femme chez un sénateur vénitien. Ce tableau, un des chefs-d'œuvre de la peinture moderne, pris par Gros lui-même pour un Titien, prépara merveilleusement les jeunes artistes à reconnaître et à proclamer la supériorité de Joseph au salon de 1823.

– Ceux qui vous connaissent savent bien qui vous êtes, lui répondit-il gaiement, et pourquoi vous inquiéteriez-vous de ceux qui ne vous connaissent pas ?

Depuis une dizaine d'années, la Descoings avait pris les tons mûrs d'une pomme de reinette à Pâques. Ses rides s'étaient formées dans la plénitude de sa chair, devenue froide et douillette. Ses yeux, pleins de vie, semblaient animés par une pensée encore jeune et vivace qui pouvait d'autant mieux passer pour une pensée de cupidité qu'il y a toujours quelque chose de cupide chez le joueur. Son visage grassouillet offrait les traces d'une dissimulation profonde et d'une arrière-pensée enterrée au fond du cœur. Sa passion exigeait le secret. Elle avait dans le mouvement des lèvres quelques indices de gourmandise. Aussi, quoique ce fût la probe et excellente femme que vous connaissez, l'œil pouvait-il s'y tromper. Elle présentait donc un admirable modèle de la vieille femme que Bridau voulait peindre. Coralie, jeune actrice d'une beauté sublime, morte à la fleur de l'âge, la maîtresse d'un jeune poète, un ami de Bridau, Lucien de Rubempré, lui avait donné l'idée de ce tableau. On accusa cette belle toile d'être un pastiche, quoiqu'elle fût une splendide mise en scène de trois portraits. Michel Chrestien, un des jeunes gens du Cénacle, avait prêté pour le sénateur sa tête républicaine, sur laquelle Joseph jeta quelques tons de maturité, de même qu'il força l'expression du visage de la Descoings. Ce grand tableau qui devait faire tant de bruit, et qui suscita tant de haines, tant de jalousies et d'admiration à Joseph, était ébauché ; mais contraint d'en interrompre l'exécution pour faire des travaux de commande afin de vivre, il copiait les tableaux des vieux maîtres en se

La Descoings

pénétrant de leurs procédés ; aussi sa brosse est-elle une des plus savantes. Son bon sens d'artiste lui avait suggéré l'idée de cacher à la Descoings et à sa mère les gains qu'il commençait à récolter, en leur voyant à l'une et à l'autre une cause de ruine dans Philippe et dans la loterie. L'espèce de sang-froid déployé par le soldat dans sa catastrophe, le calcul caché sous le prétendu suicide et que Joseph découvrit, le souvenir des fautes commises dans une carrière qu'il n'aurait pas dû abandonner, enfin les moindres détails de la conduite de son frère, avaient fini par dessiller les yeux de Joseph. Cette perspicacité manque rarement aux peintres : occupés pendant des journées entières, dans le silence de leurs ateliers, à des travaux qui laissent jusqu'à un certain point la pensée libre, ils ressemblent un peu aux femmes ; leur esprit peut tourner autour des petits faits de la vie et en pénétrer le sens caché. Joseph avait acheté un de ces bahuts magnifiques, alors ignorés de la mode, pour en décorer un coin de son atelier où se portait la lumière qui papillotait dans les bas-reliefs, en donnant tout son lustre à ce chef-d'œuvre des artisans du seizième siècle. Il y reconnut l'existence d'une cachette, et y accumulait un pécule de prévoyance. Avec la confiance naturelle aux vrais artistes, il mettait habituellement l'argent qu'il s'accordait pour sa dépense du mois dans une tête de mort placée sur une des cases du bahut. Depuis le retour de son frère au logis, il trouvait un désaccord constant entre le chiffre de ses dépenses et celui de cette somme. Les cent francs du mois disparaissaient avec une incroyable vitesse. En ne trouvant rien, après n'avoir dépensé que quarante à cinquante francs, il se dit une première fois : Il paraît que mon argent a pris la poste ! Une seconde fois, il fit attention à ses dépenses ; mais il eut beau compter, comme Robert-Macaire, seize et cinq font vingt-trois, il ne s'y retrouva point. En s'apercevant, pour la troisième fois, d'une plus forte erreur, il communiqua ce sujet de peine à la vieille Descoings, par laquelle il se sentait aimé de cet amour maternel, tendre, confiant, crédule, enthousiaste qui manquait à sa mère, quelque bonne qu'elle fût, et tout aussi nécessaire aux commencements de l'artiste que les soins de la poule à ses petits jusqu'à ce qu'ils aient des plumes. À elle seule, il pouvait confier ses horribles soupçons. Il était sûr de ses amis comme de lui-même, la Descoings ne lui prenait certes rien pour mettre à la loterie ; et, à cette idée qu'il exprima, la pauvre femme se tordit les mains ; Philippe seul pouvait donc commettre ce petit vol domestique.

– Pourquoi ne me demande-t-il pas ce dont il a besoin ? s'écria Joseph en prenant de la couleur sur sa palette et brouillant tous les tons sans s'en apercevoir. Lui refuserais-je de l'argent ?

– Mais c'est dépouiller un enfant, s'écria la Descoings dont ce visage exprima la plus profonde horreur.

– Non, reprit Joseph, il le peut, il est mon frère, ma bourse est la sienne ; mais il devrait m'avertir.

– Mets ce matin une somme fixe en monnaie et n'y touche pas, lui dit la Descoings, je saurai qui vient à ton atelier ; et, s'il n'y a que lui qui y soit entré, tu auras une certitude.

Le lendemain même, Joseph eut ainsi la preuve des emprunts forcés que lui faisait son frère. Philippe entrait dans l'atelier quand Joseph n'y était pas, et y prenait les petites sommes qui lui manquaient. L'artiste trembla pour son petit trésor.

– Attends ! attends ! je vais te pincer, mon gaillard, dit-il à la Descoings en riant.

– Et tu feras bien ; nous devons le corriger, car je ne suis pas non plus sans trouver quelquefois du déficit dans ma bourse. Mais le pauvre garçon, il lui faut du tabac, il en a l'habitude.

– Pauvre garçon, pauvre garçon, reprit l'artiste, je suis un peu de l'avis de Fulgence et de Bixiou : Philippe nous tire constamment aux jambes ; tantôt il se fourre dans les émeutes et il faut l'envoyer en Amérique, il coûte alors douze mille francs à notre mère ; il ne sait rien trouver dans les forêts du Nouveau-Monde, et son retour coûte autant que son départ. Sous prétexte d'avoir répété deux mots de Napoléon à un général, Philippe se croit un grand militaire et obligé de faire la grimace aux Bourbons ; en attendant, il s'amuse, il voyage, il voit du pays ; moi, je ne donne pas dans la colle de ses malheurs, il n'a pas la mine d'un homme à ne pas être au mieux partout ! On trouve à mon gaillard une excellente place, il mène une vie de Sardanapale avec une fille d'Opéra, mange la grenouille d'un journal, et coûte encore douze mille francs à notre mère. Certes, pour ce qui me regarde, je m'en bats l'œil ; mais Philippe mettra la pauvre femme sur la paille. Il me regarde comme rien du tout, parce que je n'ai pas été dans les Dragons de la Garde ! Et c'est peut-être moi qui ferai vivre cette bonne chère mère dans ses vieux jours, tandis que, s'il continue, ce soudard finira je ne sais comment. Bixiou me disait : – C'est un fameux farceur, ton frère ! Eh ! bien, votre petit-fils a raison : Philippe inventera quelque frasque où l'honneur de la famille sera compromis, et il faudra trouver encore des dix ou douze mille francs ! Il joue tous les soirs, il laisse tomber sur l'escalier, quand il rentre soûl comme un templier, des cartes piquées qui lui ont servi à marquer les tours de la Rouge et de la Noire. Le père Desroches se remue pour faire rentrer Philippe dans l'armée, et moi je crois qu'il serait, ma parole d'honneur ! au désespoir de reservir. Auriez-vous cru qu'un garçon qui a de si beaux yeux bleus, si limpides, et un air de chevalier Bayard, tournerait au Sacripan ?

Malgré la sagesse et le sang-froid avec lesquels Philippe jouait ses masses le soir, il éprouvait de temps en temps ce que les joueurs appellent des *lessives*. Poussé par l'irrésistible désir d'avoir l'enjeu de sa soirée, dix francs, il faisait alors main-basse dans le ménage sur l'argent de son frère, sur celui que la Descoings laissait traîner, ou sur celui d'Agathe. Une fois déjà la pauvre veuve avait eu, dans son premier sommeil, une épouvantable vision : Philippe était entré dans sa chambre, il y avait pris dans les poches de sa robe tout l'argent qui s'y trouvait. Agathe avait feint de dormir, mais elle avait alors passé le reste de la nuit à pleurer. Elle y voyait clair. Une faute n'est pas le vice, avait dit la Descoings ; mais, après de constantes récidives, le vice fut visible. Agathe n'en pouvait plus douter, son fils le plus aimé n'avait ni délicatesse ni honneur. Le lendemain de cette affreuse vision, après le déjeuner, avant que Philippe ne partît, elle l'avait attiré dans sa chambre pour le prier, avec le ton de la supplication, de lui demander l'argent qui lui serait nécessaire. Les demandes se renouvelèrent alors si souvent que, depuis quinze jours, Agathe avait épuisé toutes ses économies. Elle se trouvait sans un liard, elle pensait à travailler ; elle avait pendant plusieurs soirées discuté avec la Descoings les moyens de gagner de l'argent par son travail. Déjà la pauvre mère était allée demander de la tapisserie à remplir au *Père de famille*, ouvrage qui donne environ vingt sous par jour. Malgré la profonde discrétion de sa nièce, la Descoings avait bien deviné le motif de cette envie de gagner de l'argent par un travail de femme. Les changements de la physionomie d'Agathe étaient d'ailleurs assez éloquents : son frais visage se desséchait, la peau se collait aux tempes, aux pommettes, et le front se ridait ; les yeux perdaient de leur limpidité ; évidemment quelque feu intérieur la consumait, elle pleurait pendant la nuit ; mais ce qui causait le plus de ravages était la nécessité de taire ses douleurs, ses souffrances, ses appréhensions. Elle ne s'endormait jamais avant que Philippe ne fût rentré, elle l'attendait dans la rue, elle avait étudié les variations de sa voix, de sa démarche, le langage de sa canne traînée sur le pavé. Elle n'ignorait rien : elle savait à quel degré d'ivresse Philippe était arrivé, elle tremblait en l'entendant trébucher dans les escaliers, elle y avait une nuit ramassé des pièces d'or à l'endroit où il s'était laissé tomber ; quand il avait bu et gagné, sa voix était enrouée, sa canne traînait ; mais quand il avait perdu, son pas avait quelque chose de sec, de net, de furieux ; il chantonnait d'une voix claire et tenait sa canne en l'air, au port d'armes ; au déjeuner, quand il avait gagné, sa contenance était gaie et presque affectueuse ; il badinait avec grossièreté, mais il badinait avec la Descoings, avec Joseph et avec sa mère ; sombre, au contraire, quand il avait perdu, sa parole brève et saccadée, son regard dur, sa tristesse effrayaient. Cette vie de débauche et l'habitude des liqueurs changeaient de jour en jour cette physionomie jadis si belle. Les veines du visage étaient injectées de sang, les traits grossissaient, les yeux perdaient leurs cils et se desséchaient. Enfin, peu soigneux de sa personne, Philippe exhalait les miasmes de l'estaminet, une odeur de bottes boueuses qui, pour un étranger, eût semblé le sceau de la crapule.

– Vous devriez bien, dit la Descoings à Philippe dans les premiers jours de décembre, vous faire faire des vêtements neufs de la tête aux pieds.

– Et qui les payera ? répondit-il d'une voix aigre. Ma pauvre mère n'a plus le sou ; moi j'ai cinq cents francs par an. Il faudrait un an de ma pension pour avoir des habits, et j'ai engagé ma pension pour trois ans...

– Et pourquoi ? dit Joseph.

– Une dette d'honneur. Giroudeau avait pris mille francs à Florentine pour me les prêter... Je ne suis pas flambant, c'est vrai ; mais quand on pense que Napoléon est à Sainte-Hélène et vend son argenterie pour vivre, les soldats qui lui sont fidèles peuvent bien marcher sur leurs tiges, dit-il en montrant ses bottes sans talons. Et il sortit.

– Ce n'est pas un mauvais garçon, dit Agathe, il a de bons sentiments.

– On peut aimer l'Empereur et faire sa toilette, dit Joseph. S'il avait soin de lui-même et de ses habits, il n'aurait pas l'air d'un va-nu-pieds !

– Joseph, il faut avoir de l'indulgence pour ton frère, dit Agathe. Tu fais ce que tu veux, toi ! tandis qu'il n'est certes pas à sa place.

– Pourquoi l'a-t-il quittée ? demanda Joseph. Qu'importe qu'il y ait les punaises de Louis XVIII ou le coucou de Napoléon sur les drapeaux, si ces chiffons sont français ? La France est la France ! Je peindrais pour le diable, moi ! Un soldat doit se battre, s'il est soldat, pour l'amour de l'art. Et s'il était resté tranquillement à l'armée, il serait général aujourd'hui...

– Vous êtes injustes pour lui, dit Agathe. Ton père qui adorait l'Empereur, l'eût approuvé. Mais enfin il consent à rentrer dans l'armée ! Dieu connaît le chagrin que cause à ton frère ce qu'il regarde comme une trahison...

Joseph se leva pour monter à son atelier ; mais Agathe le prit par la main, et lui dit : – Sois bon pour ton frère, il est si malheureux !

Quand l'artiste revint à son atelier, suivi par la Descoings qui lui disait de ménager la susceptibilité de sa mère, en lui faisant observer combien elle changeait, et combien de souffrances intérieures ce changement révélait, ils y trouvèrent Philippe, à leur grand étonnement.

– Joseph, mon petit, lui dit-il d'un air dégagé, j'ai bien besoin d'argent. Nom d'une pipe ! je dois pour trente francs de cigares à mon bureau de tabac, et je n'ose point passer devant cette maudite boutique sans les payer. Voici dix fois que je les promets.

– Eh ! bien, j'aime mieux cela, répondit Joseph, prends dans la tête.

– Mais j'ai tout pris, hier soir, après le dîner.

– Il y avait quarante-cinq francs.

– Eh ! oui, c'est bien mon compte répondit Philippe, je les ai trouvés. Ai-je mal fait ? reprit-il.

– Non, mon ami, non, répondit l'artiste. Si tu étais riche, je ferais comme toi ; seulement, avant de prendre, je te demanderais si cela te convient.

– C'est bien humiliant de demander, reprit Philippe. J'aimerais mieux te voir prenant comme moi, sans rien dire : il y a plus de confiance. À l'armée, un camarade meurt, il a une bonne paire de bottes, on en a une mauvaise, on change avec lui.

– Oui, mais on ne la lui prend pas quand il est vivant !

– Oh ! des petitesses, reprit Philippe en haussant les épaules. Ainsi, tu n'as pas d'argent ?

– Non, dit Joseph qui ne voulait pas montrer sa cachette.

– Dans quelques jours nous serons riches, dit la Descoings.

– Oui, vous, vous croyez que votre terne sortira le 25, au tirage de Paris. Il faudra que vous fassiez une fameuse mise si vous vous voulez nous enrichir tous.

– Un terne sec de deux cents francs donne trois millions, sans compter les ambes et les extraits déterminés.

– À quinze mille fois la mise, oui, c'est juste deux cents francs qu'il vous faut ! s'écria Philippe.

La Descoings se mordit les lèvres, elle avait dit un mot imprudent. En effet, Philippe se demandait dans l'escalier : – Où cette vieille sorcière peut-elle cacher l'argent de sa mise ? C'est de l'argent perdu, je l'emploierais si bien ! Avec quatre masses de cinquante francs on peut gagner deux cent mille francs ! Et c'est un peu plus sûr que la réussite d'un terne ! Il cherchait en lui-même la cachette probable de la Descoings. La veille des fêtes, Agathe allait à l'église et y restait longtemps, elle se confessait sans doute et se préparait à communier. On était à la veille de Noël, la Descoings devait nécessairement aller acheter quelques friandises pour le réveillon ; mais aussi peut-être ferait-elle en même temps sa mise. La loterie avait un tirage de cinq en cinq jours, aux roues de Bordeaux, de Lyon, de Lille, de Strasbourg et de Paris. La loterie de Paris se tirait le 25 de chaque mois, et les listes se fermaient le 24 à minuit. Le soldat étudia toutes ces circonstances et se mit en observation. Vers midi, Philippe revint au logis, d'où la

Descoings était sortie ; mais elle en avait emporté la clef. Ce ne fut pas une difficulté. Philippe feignit d'avoir oublié quelque chose, et pria la portière d'aller chercher elle-même un serrurier qui demeurait à deux pas, rue Guénegaud, et qui vint ouvrir la porte. La première pensée du soudard se porta sur le lit : il le défit, tâta les matelas avant d'interroger le bois ; et, au dernier matelas, il palpa les pièces d'or enveloppées de papier. Il eut bientôt décousu la toile, ramassé vingt napoléons ; puis, sans prendre la peine de recoudre la toile, il refit le lit avec assez d'habileté pour que la Descoings ne s'aperçût de rien.

Le joueur détala d'un pied agile, en se proposant de jouer à trois reprises différentes, de trois heures en trois heures, chaque fois pendant dix minutes seulement. Les vrais joueurs, depuis 1786, époque à laquelle les jeux publics furent inventés, les grands joueurs que l'administration redoutait, et qui ont mangé, selon l'expression des tripots, de l'argent à la banque, ne jouèrent jamais autrement. Mais avant d'obtenir cette expérience on perdait des fortunes. Toute la philosophie des fermiers et leur gain venaient de l'impassibilité de leur caisse, des coups égaux appelés *le refait* dont la moitié restait acquise à la Banque, et de l'insigne mauvaise foi autorisée par le gouvernement qui consistait à ne tenir, à ne payer que facultativement les enjeux des joueurs. En un mot, le jeu, qui refusait la partie du joueur riche et de sang-froid, dévorait la fortune du joueur assez sottement entêté pour se laisser griser par le rapide mouvement de cette machine. Les tailleurs du Trente-et-Quarante allaient presque aussi vite que la Roulette. Philippe avait fini par acquérir ce sang-froid de général en chef qui permet de conserver l'œil clair et l'intelligence nette au milieu du tourbillon des choses. Il était arrivé à cette haute politique du jeu qui, disons-le en passant, faisait vivre à Paris un millier de personnes assez fortes pour contempler tous les soirs un abîme sans avoir le vertige. Avec ses quatre cents francs, Philippe résolut de faire fortune dans cette journée. Il mit en réserve deux cents francs dans ses bottes, et garda deux cents francs dans sa poche. À trois heures, il vint au salon maintenant occupé par le théâtre du Palais-Royal, où les banquiers tenaient les plus fortes sommes. Il sortit une demi-heure après riche de sept mille francs. Il alla voir Florentine, à laquelle il devait cinq cents francs, il les lui rendit, et lui proposa de souper au Rocher de Cancale après le spectacle. En revenant il passa rue du Sentier, au bureau du journal, prévenir son ami Giroudeau du gala projeté. À six heures Philippe gagna vingt-cinq mille francs, et sortit au bout de dix minutes en se tenant parole. Le soir, à dix heures, il avait gagné soixante quinze mille francs. Après le souper, qui fut magnifique, ivre et confiant Philippe revint au jeu vers minuit. À l'encontre de la loi qu'il s'était imposée, il joua pendant une heure, et doubla sa fortune. Les banquiers à qui, par sa manière de jouer, il avait extirpé cent cinquante mille francs, le regardaient avec curiosité.

– Sortira-t-il, restera-t-il ? se disaient-ils par un regard. S'il reste, il est perdu.

Philippe crut être dans une veine de bonheur, et resta. Vers trois heures du matin, les cent cinquante mille francs étaient rentrés dans la caisse des jeux. L'officier, qui avait considérablement bu du grog en jouant, sortit dans un état d'ivresse que le froid par lequel il fut saisi porta au plus haut degré ; mais un garçon de salle le suivit, le ramassa, et le conduisit dans une de ces horribles maisons à la porte desquelles se lisent ces mots sur un réverbère : *Ici on loge à la nuit.* Le garçon paya pour le joueur ruiné qui fut mis tout habillé sur un lit, où il demeura jusqu'au soir de Noël. L'administration des jeux avait des égards pour ses habitués et pour les grands joueurs. Philippe ne s'éveilla qu'à sept heures, la bouche pâteuse, la figure enflée, et en proie à une fièvre nerveuse. La force de son tempérament lui permit de gagner à pied la maison paternelle, où il avait, sans le vouloir, mis le deuil, la désolation, la misère et la mort.

La veille, lorsque son dîner fut prêt, la Descoings et Agathe attendirent Philippe pendant environ deux heures. On ne se mit à table qu'à sept heures. Agathe se couchait presque toujours à dix heures ; mais comme elle voulait assister à la messe de minuit, elle alla se coucher aussitôt après le dîner. La Descoings et Joseph restèrent seuls au coin du feu, dans ce petit salon qui servait à tout, et la vieille femme le pria de lui calculer sa fameuse mise, sa mise monstre, sur le célèbre terne. Elle voulait jouer les ambes et les extraits déterminés, enfin réunir toutes les chances. Après avoir bien savouré la poésie de ce coup, avoir versé les deux cornes d'abondance aux pieds de son enfant d'adoption, et lui avoir raconté ses rêves en démontrant la certitude du gain en ne s'inquiétant que de la difficulté de soutenir un pareil bonheur, de l'attendre depuis minuit jusqu'au lendemain dix heures, Joseph, qui ne voyait pas les quatre cents francs de la mise, s'avisa d'en parler. La vieille femme sourit et l'emmena dans l'ancien salon, devenu sa chambre.

– Tu vas voir ! dit-elle.

La Descoings défit assez précipitamment son lit, et chercha ses ciseaux pour découdre le matelas, elle prit ses lunettes, examina la toile, la vit défaite et lâcha le matelas. En entendant jeter à cette vieille femme un soupir venu des profondeurs de la poitrine et comme étranglé par le sang qui se porta au cœur, Joseph tendit instinctivement les bras à la vieille actionnaire de la loterie, et la mit sur un fauteuil évanouie en criant à sa mère de venir. Agathe se leva, mit sa robe de chambre, accourut ; et, à la lueur d'une chandelle, elle fit à sa tante évanouie les remèdes vulgaires : de l'eau de Cologne aux tempes, de l'eau froide au front ; elle lui brûla une plume sous le nez, et la vit enfin revenir à la vie.

– Ils y étaient ce matin ; mais *il* les a pris, le monstre !

– Quoi ? dit Joseph.

– J'avais vingt louis dans mon matelas, mes économies de deux ans, Philippe seul a pu les prendre...

– Mais quand ? s'écria la pauvre mère accablée, il n'est pas revenu depuis le déjeuner.

– Je voudrais bien me tromper, s'écria la vieille. Mais ce matin, dans l'atelier de Joseph, quand j'ai parlé de ma mise, j'ai eu un pressentiment ; j'ai eu tort de ne pas descendre prendre mon petit saint-frusquin pour faire ma mise à l'instant. Je le voulais, et je ne sais plus ce qui m'en a empêchée. Oh ! mon Dieu ! je suis allée lui acheter des cigares !

– Mais, dit Joseph, l'appartement était fermé. D'ailleurs c'est si infâme que je ne puis y croire. Philippe vous aurait espionnée, il aurait décousu votre matelas, il aurait prémédité... non !

– Je les ai sentis ce matin en faisant mon lit, après le déjeuner, répéta la Descoings.

Agathe épouvantée descendit, demanda si Philippe était revenu pendant la journée, et la portière lui raconta le roman de Philippe. La mère, frappée au cœur, revint entièrement changée. Aussi blanche que la percale de sa chemise, elle marchait comme on se figure que doivent marcher les spectres, sans bruit, lentement et par l'effet d'une puissance surhumaine et cependant presque mécanique. Elle tenait un bougeoir à la main qui l'éclairait en plein et montra ses yeux fixes d'horreur. Sans qu'elle le sût, ses cheveux s'étaient éparpillés par un mouvement de ses mains sur son front ; et cette circonstance la rendait si belle d'horreur, que Joseph resta cloué par l'apparition de ce remords, par la vision de cette statue de l'Épouvante et du Désespoir.

– Ma tante, dit-elle, prenez mes couverts, j'en ai six, cela fait votre somme, car je l'ai prise pour Philippe, j'ai cru pouvoir la remettre avant que vous ne vous en aperçussiez. Oh ! j'ai bien souffert.

Elle s'assit. Ses yeux secs et fixes vacillèrent alors un peu.

– C'est lui qui a fait le coup, dit la Descoings tout bas à Joseph.

– Non, non, reprit Agathe. Prenez mes couverts, vendez-les, ils me sont inutiles, nous mangeons avec les vôtres.

Elle alla dans sa chambre, prit la boîte à couverts, la trouva légère, l'ouvrit et y vit une reconnaissance du Mont-de-Piété. La pauvre mère jeta un horrible cri. Joseph et la Descoings accoururent, regardèrent la boîte, et le sublime mensonge de la mère devint inutile. Tous trois restèrent silencieux en évitant de se jeter un regard. En ce moment, par un geste presque fou, Agathe se mit un doigt sur les lèvres pour recommander le secret que personne ne voulait divulguer. Tous trois ils revinrent devant le feu dans le salon.

– Tenez, mes enfants, s'écria la Descoings, je suis frappée au cœur : mon terne sortira, j'en suis sûre. Je ne pense plus à moi, mais à vous deux ! Philippe, dit-elle à sa nièce, est un monstre ; il ne vous aime point malgré tout ce que vous faites pour lui. Si vous ne prenez pas de précautions contre lui, le misérable vous mettra sur la paille. Promettez-moi de vendre vos rentes, d'en réaliser le capital et de le placer en viager. Joseph a un bon état qui le fera vivre. En prenant ce parti, ma petite, vous ne serez jamais à la charge de Joseph. Monsieur Desroches veut établir son fils. Le petit Desroches (il avait alors vingt-six ans) a trouvé une Étude, il vous prendra vos douze mille francs à rente viagère.

Joseph saisit le bougeoir de sa mère et monta précipitamment à son atelier, il en revint avec trois cents francs : – Tenez, maman Descoings, dit-il en lui offrant son pécule, nous n'avons pas à rechercher ce que vous faites de votre argent, nous vous devons celui qui vous manque, et le voici presque en entier !

– Prendre ton pauvre petit magot, le fruit de tes privations qui me font tant souffrir ! Es-tu fou, Joseph ? s'écria la vieille actionnaire de la loterie royale de France visiblement partagée entre sa foi brutale en son terne et cette action qui lui semblait un sacrilège.

– Oh ! faites-en ce que vous voudrez, dit Agathe que le mouvement de son vrai fils émut aux larmes.

La Descoings prit Joseph par la tête et le baisa sur le front : – Mon enfant, ne me tente pas. Tiens, je perdrais encore. C'est des bêtises, la loterie !

Jamais rien de si héroïque n'a été dit dans les drames inconnus de la vie privée. Et, en effet, n'est-ce pas l'affection triomphant d'un vice invétéré ? En ce moment, les cloches de la messe de minuit sonnèrent.

– Et puis il n'est plus temps, reprit la Descoings.

– Oh ! dit Joseph, voilà vos calculs de cabale.

Le généreux artiste sauta sur les numéros, s'élança dans l'escalier et courut faire la mise. Quand Joseph ne fut plus là, Agathe et la Descoings fondirent en larmes.

– Il y va, le cher amour, s'écriait la joueuse. Mais ce sera tout pour lui, car c'est son argent !

Malheureusement Joseph ignorait entièrement la situation des bureaux de loterie que, dans ce temps, les habitués connaissaient dans Paris comme aujourd'hui les fumeurs connaissent les débits de tabac. Le peintre alla comme un fou regardant les lanternes.

Lorsqu'il demanda à des passants de lui enseigner un bureau de loterie, on lui répondit qu'ils étaient fermés, mais que celui du Perron au Palais-Royal restait quelquefois ouvert un peu plus tard. Aussitôt l'artiste vola vers le Palais-Royal, où il trouva le bureau fermé.

– Deux minutes de moins et vous auriez pu faire votre mise, lui dit un des crieurs de billets qui stationnaient au bas du Perron en vociférant ces singulières paroles : – Douze cents francs pour quarante sous ! et offrant des billets tout faits.

À la lueur du réverbère et des lumières du café de la Rotonde, Joseph examina si par hasard il y aurait sur ces billets quelques-uns des numéros de la Descoings ; mais il n'en vit pas un seul, et revint avec la douleur d'avoir fait en vain tout ce qui dépendait de lui pour satisfaire la vieille femme, à laquelle il raconta ses disgrâces. Agathe et sa tante allèrent ensemble à la messe de minuit à Saint-Germain-des-Prés. Joseph se coucha. Le réveillon n'eut pas lieu. La Descoings avait perdu la tête, Agathe avait au cœur un deuil éternel. Les deux femmes se levèrent tard. Dix heures sonnèrent quand la Descoings essaya de se remuer pour faire le déjeuner, qui ne fut prêt qu'à onze heures et demie. Vers cette heure, des cadres oblongs appendus au-dessus de la porte des bureaux de loterie contenaient les numéros sortis. Si la Descoings avait eu son billet, elle serait allée à neuf heures et demie rue Neuve-des-Petits-Champs savoir son sort, qui se décidait dans un hôtel contigu au Ministère des Finances, et dont la place est maintenant occupée par le théâtre et la place Ventadour. Tous les jours de tirage, les curieux pouvaient admirer à la porte de cet hôtel un attroupement de vieilles femmes, de cuisinières et de vieillards qui, dans ce temps, formait un spectacle aussi curieux que celui de la queue des rentiers le jour du paiement des rentes au Trésor.

– Eh ! bien, vous voilà richissime ! s'écria le vieux Desroches en entrant au moment où la Descoings savourait sa dernière gorgée de café.

– Comment ? s'écria la pauvre Agathe.

– Son terne est sorti, dit-il en présentant la liste des numéros écrits sur un petit papier et que les buralistes mettaient par centaines dans une sébile sur leurs comptoirs.

Joseph lut la liste. Agathe lut la liste. La Descoings ne lut rien, elle fut renversée comme par un coup de foudre ; au changement de son visage, au cri qu'elle jeta, le vieux Desroches et Joseph la portèrent sur son lit. Agathe alla chercher un médecin. L'apoplexie foudroyait la pauvre femme, qui ne reprit sa connaissance que vers les quatre heures du soir ; le vieil Haudry, son médecin, annonça que, malgré ce mieux, elle devait penser à ses affaires et à son salut. Elle n'avait prononcé qu'un seul mot : – Trois millions !...

Desroches, le père, mis au fait des circonstances, mais avec les réticences nécessaires, par Joseph, cita plusieurs exemples de joueurs à qui la fortune avait échappé le jour où ils avaient par fatalité oublié de faire leurs mises ; mais il comprit combien un pareil coup devait être mortel quand il arrivait après vingt ans de persévérance. À cinq heures, au moment où le plus profond silence régnait dans ce petit appartement et où la malade, gardée par Joseph et par sa mère, assis l'un au pied, l'autre au chevet du lit, attendait son petit-fils que le vieux Desroches était allé chercher, le bruit des pas de Philippe et celui de sa canne retentirent dans l'escalier.

– Le voilà ! le voilà ! s'écria la Descoings qui se mit sur son séant et put remuer sa langue paralysée.

Agathe et Joseph furent impressionnés par le mouvement d'horreur qui agitait si vivement la malade. Leur pénible attente fut entièrement justifiée par le spectacle de la figure bleuâtre et décomposée de Philippe, par sa démarche chancelante, par l'état horrible de ses yeux profondément cernés, ternes, et néanmoins hagards ; il avait un violent frisson de fièvre, ses dents claquaient.

– Misère en Prusse ! s'écria-t-il. Ni pain ni pâte, et j'ai le gosier en feu. Eh ! bien, qu'y a-t-il ? Le diable se mêle toujours de nos affaires. Ma vieille Descoings est au lit et me fait des yeux grands comme des soucoupes.

– Taisez-vous, monsieur, lui dit Agathe en se levant, et respectez au moins le malheur que vous avez causé.

– Oh ! *monsieur* ?... dit-il en regardant sa mère. Ma chère petite mère, ce n'est pas bien, vous n'aimez donc plus votre garçon ?

– Êtes-vous digne d'être aimé ? ne vous souvenez-vous plus de ce que vous avez fait hier ? Aussi pensez à chercher un appartement, vous ne demeurerez plus avec nous. À compter de demain, reprit-elle, car, dans l'état où vous êtes, il est bien difficile...

– De me chasser, n'est-ce pas ? reprit-il. Ah ! vous jouez ici le mélodrame du *Fils banni* ? Tiens ! tiens ! voilà comment vous prenez les choses ? Eh ! bien vous êtes tous de jolis cocos. Qu'ai-je donc fait de mal ? J'ai pratiqué sur les matelas de la vieille un petit nettoyage. L'argent ne se met pas dans la laine, que diable ! Et où est le crime ? Ne vous a-t-elle pas pris vingt mille francs, elle ! Ne sommes-nous pas ses créanciers ? Je me suis remboursé d'autant. Et voilà !...

– Mon Dieu ! mon Dieu ! cria la mourante en joignant les mains et priant.

– Tais-toi ! s'écria Joseph en sautant sur son frère et lui mettant la main sur la bouche.

– Quart de conversion, par le flanc gauche, moutard de peintre ! répliqua Philippe en mettant sa forte main sur l'épaule de Joseph qu'il fit tourner et tomber sur une bergère. On ne touche pas comme ça à la moustache d'un chef d'escadron aux Dragons de la Garde Impériale.

– Mais elle m'a rendu tout ce qu'elle me devait s'écria Agathe en se levant et montrant à son fils un visage irrité. D'ailleurs cela ne regarde que moi, vous la tuez. Sortez, mon fils dit-elle en faisant un geste qui usa ses forces, et ne reparaissez jamais devant moi. Vous êtes un monstre.

– Je la tue ?

– Mais son terne est sorti, cria Joseph, et tu lui as volé l'argent de sa mise.

– Si elle crève d'un terne rentré, ce n'est donc pas moi qui la tue, répondit l'ivrogne.

– Mais sortez donc, dit Agathe, vous me faites horreur. Vous avez tous les vices ! Mon Dieu est-ce mon fils ?

Un râle sourd, parti du gosier de la Descoings, avait accru l'irritation d'Agathe.

– Je vous aime bien encore, vous, ma mère, qui êtes la cause de tous mes malheurs, dit Philippe. Vous me mettez à la porte, un jour de

Noël, jour de naissance de... comment s'appelle-t-il ?... Jésus ! Qu'aviez-vous fait à grand-papa Rouget, à votre père, pour qu'il vous chassât et vous déshéritât ? Si vous ne lui aviez pas déplu, nous aurions été riches et je n'aurais pas été réduit à la dernière des misères. Qu'avez-vous fait à votre père, vous qui êtes une bonne femme ? Vous voyez bien que je puis être un bon garçon et tout de même être mis à la porte ; moi, la gloire de la famille.

– La honte ! cria la Descoings.

– Tu sortiras ou tu me tueras ! s'écria Joseph qui s'élança sur son frère avec une fureur de lion.

– Mon Dieu ! mon Dieu ! dit Agathe en se levant et voulant séparer les deux frères.

En ce moment Bixiou et Haudry le médecin entrèrent. Joseph avait terrassé son frère et l'avait couché par terre.

– C'est une vraie bête féroce ! dit-il. Ne parle pas ! ou je te...

– Je me souviendrai de cela, beuglait Philippe.

– Une explication en famille ? dit Bixiou.

– Relevez-le, dit le médecin, il est aussi malade que la bonne femme, déshabillez-le, couchez-le, et tirez-lui ses bottes.

– C'est facile à dire, s'écria Bixiou ; mais il faut les lui couper, ses jambes sont trop enflées...

Agathe prit une paire de ciseaux. Quand elle eut fendu les bottes, qui dans ce temps se portaient par-dessus des pantalons collants, dix pièces d'or roulèrent sur le carreau.

– Le voilà, son argent, dit Philippe en murmurant. Satané bête que je suis, j'ai oublié la réserve. Et moi aussi j'ai raté la fortune !

Le délire d'une horrible fièvre saisit Philippe, qui se mit à extravaguer. Joseph, aidé par Desroches père qui survint, et par Bixiou, put donc transporter ce malheureux dans sa chambre. Le docteur Haudry fut obligé d'écrire un mot pour demander à l'hôpital de la Charité une camisole de force, car le délire s'accrut au point de faire craindre que Philippe ne se tuât : il devint furieux. À neuf heures, le calme se rétablit dans le ménage. L'abbé Loraux et Desroches essayaient de consoler Agathe qui ne cessait de pleurer au chevet de sa tante, elle écoutait en secouant la tête, et gardait un silence obstiné ; Joseph et la Descoings connaissaient seuls la profondeur et l'étendue de sa plaie intérieure.

– Il se corrigera, ma mère, dit enfin Joseph quand Desroches père et Bixiou furent partis.

– Oh ! s'écria la veuve, Philippe a raison : mon père m'a maudite. Je n'ai pas le droit de... Le voilà, l'argent, dit-elle à la Descoings en réunissant les trois cents francs de Joseph et les deux cents francs trouvés sur Philippe. Va voir s'il ne faut pas à boire à ton frère, dit-elle à Joseph.

– Tiendrez-vous une promesse faite à un lit de mort ? dit la Descoings qui sentait son intelligence près de lui échapper.

– Oui, ma tante.

– Eh ! bien, jurez-moi de donner vos fonds en viager au petit Desroches. Ma rente va vous manquer, et, d'après ce que je vous entends dire, vous vous laisseriez gruger jusqu'au dernier sou par ce misérable...

– Je vous le jure, ma tante.

La vieille épicière mourut le 31 décembre, cinq jours après avoir reçu l'horrible coup que le vieux Desroches lui avait innocemment porté. Les cinq cents francs, le seul argent qu'il y eût dans le ménage, suffirent à peine à payer les frais de l'enterrement de la veuve Descoings. Elle ne laissait qu'un peu d'argenterie et de mobilier, dont la valeur fut donnée à son petit-fils par madame Bridau. Réduite à huit cents francs de rente viagère que lui fit Desroches fils qui traita définitivement d'un titre nu, c'est-à-dire d'une charge sans clientèle, et qui prit alors ce capital de douze mille francs, Agathe rendit au propriétaire son appartement au troisième étage, et vendit tout le mobilier inutile. Quand, au bout d'un mois, le malade entra en convalescence, Agathe lui expliqua froidement que les frais de la maladie avaient absorbé tout l'argent comptant, elle serait désormais obligée de travailler pour vivre, elle l'engagea donc de la manière la plus affectueuse à reprendre du service et à se suffire à lui-même.

– Vous auriez pu vous épargner ce sermon, dit Philippe en regardant sa mère d'un œil qu'une complète indifférence rendait froid. J'ai bien vu que ni vous ni mon frère vous ne m'aimez plus. Je suis maintenant seul au monde : j'aime mieux cela !

– Rendez-vous digne d'affection, répondit la pauvre mère atteinte jusqu'au fond du cœur, et nous vous rendrons la nôtre.

– Des bêtises ! s'écria-t-il en l'interrompant.

Il prit son vieux chapeau pelé sur les bords, sa canne, se mit le chapeau sur l'oreille et descendit les escaliers en sifflant.

– Philippe ! où vas-tu sans argent ? lui cria sa mère qui ne put réprimer ses larmes. Tiens...

Elle lui tendit cent francs en or enveloppés d'un papier, Philippe remonta les marches qu'il avait descendues et prit l'argent.

– Eh ! bien, tu ne m'embrasses pas ? dit-elle en fondant en larmes.

Il serra sa mère sur son cœur, mais sans cette effusion de sentiment qui donne seule du prix à un baiser.

– Et où vas-tu ? lui dit Agathe.

– Chez Florentine, la maîtresse à Giroudeau. En voilà, des amis ! répondit-il brutalement.

Il descendit. Agathe rentra, les jambes tremblantes, les yeux obscurcis, le cœur serré. Elle se jeta à genoux, pria Dieu de prendre cet enfant dénaturé sous sa protection, et abdiqua sa pesante maternité.

En février 1822, madame Bridau s'était établie dans la chambre précédemment occupée par Philippe et située au-dessus de la cuisine de son ancien appartement. L'atelier et la chambre du peintre se trouvaient en face, de l'autre côté de l'escalier. En voyant sa mère réduite à ce point, Joseph avait voulu du moins qu'elle fût le mieux possible. Après le départ de son frère, il se mêla de l'arrangement de la mansarde, à laquelle il imprima le cachet des artistes. Il y mit un tapis. Le lit, disposé simplement, mais avec un goût exquis, eut un caractère de simplicité monastique. Les murs, tendus d'une percaline à bon marché, bien choisie, d'une couleur en harmonie avec le mobilier remis à neuf, rendirent cet intérieur élégant et propre. Il ajouta sur le carré une double porte et à l'intérieur une portière. La fenêtre fut cachée par un store qui donnait un jour doux. Si la vie de cette pauvre mère se restreignait à la plus simple expression que puisse prendre à Paris la vie d'une femme, Agathe fut du moins mieux que qui que ce soit dans une situation pareille, grâce à son fils. Pour éviter à sa mère les ennuis les plus cruels des ménages parisiens, Joseph l'emmena tous les jours dîner à une table d'hôte de la rue de Beaune où se trouvaient des femmes comme il faut, des députés, des gens titrés, et qui pour chaque personne coûtait quatre-vingt-dix francs par mois. Chargée uniquement du déjeuner, Agathe reprit pour le fils l'habitude que jadis elle avait pour le père. Malgré les pieux mensonges de Joseph, elle finit par savoir que son dîner coûtait environ cent francs par mois. Épouvantée par l'énormité de cette dépense, et n'imaginant pas que son fils pût gagner beaucoup d'argent à peindre des femmes nues, elle obtint, grâce à l'abbé Loraux, son confesseur, une place de sept cents francs par an dans un bureau de loterie appartenant à la comtesse de Bauvan, la veuve d'un chef de chouans. Les bureaux de loterie, le lot des veuves protégées, faisaient assez ordinairement vivre une famille qui s'employait à la gérance. Mais, sous la Restauration, la difficulté de récompenser, dans les limites du gouvernement constitutionnel, tous les services rendus, fit donner à des femmes titrées malheureuses, non pas un, mais deux bureaux de loterie, dont les recettes valaient de six à dix mille francs. Dans ce cas, la veuve du général ou du noble ainsi protégée ne tenait pas ses bureaux par elle-même, elle avait des gérants intéressés. Quand ces gérants étaient garçons, ils ne pouvaient se dispenser d'avoir avec eux un employé ; car le bureau devait rester toujours ouvert depuis le matin jusqu'à minuit, et les écritures exigées par le Ministère des Finances étaient d'ailleurs considérables. La comtesse de Bauvan, à qui l'abbé Loraux expliqua la position de la veuve Bridau, promit, au cas où son gérant s'en irait, la survivance pour Agathe ; mais en attendant, elle stipula pour la veuve six cents francs d'appointements. Obligée d'être au bureau dès dix heures du matin, la pauvre Agathe eut à peine le temps de dîner. Elle revenait à sept heures du soir au bureau, d'où elle ne sortait pas avant minuit. Jamais Joseph, pendant deux ans, ne faillit un seul jour à venir chercher sa mère le soir pour la ramener rue Mazarine, et souvent il l'allait prendre pour dîner ; ses amis lui virent quitter l'Opéra, les Italiens et les plus brillants salons pour se trouver avant minuit rue Vivienne.

Agathe contracta bientôt cette monotone régularité d'existence dans laquelle les personnes atteintes par les chagrins violents trouvent un point d'appui. Le matin, après avoir fini sa chambre où il n'y avait plus ni chats ni petits oiseaux, et préparé le déjeuner au coin de sa cheminée, elle le portait dans l'atelier, où elle déjeunait avec son fils. Elle arrangeait la chambre de Joseph, éteignait le feu chez elle, venait travailler dans l'atelier près du petit poêle en fonte, et sortait dès qu'il venait un camarade ou des modèles. Quoiqu'elle ne comprît rien à l'art ni à ses moyens, le silence profond de l'atelier lui convenait. Sous ce rapport, elle ne fit pas un progrès, elle n'y mettait aucune hypocrisie, elle s'étonnait naïvement de voir l'importance qu'on attachait à la Couleur, à la Composition, au Dessin. Quand un des amis du Cénacle ou quelque peintre ami de Joseph, comme Schinner, Pierre Grassou, Léon de Lora, très jeune rapin qu'on appelait alors Mistigris, discutaient, elle venait regarder avec attention et ne découvrait rien de ce qui donnait lieu à ces grands mots et à ces chaudes disputes. Elle faisait le linge de son fils, lui raccommodait ses bas, ses chaussettes ; elle arriva jusqu'à lui nettoyer sa palette, à lui ramasser des linges pour essuyer ses brosses, à tout mettre en ordre dans l'atelier. En voyant sa mère avoir l'intelligence de ces petits détails, Joseph la comblait de soins. Si la mère et le fils ne s'entendaient point en fait d'Art, ils s'unirent admirablement par la tendresse. La mère avait son projet. Quand Agathe eut amadoué Joseph, un matin, pendant qu'il esquissait un immense tableau, réalisé plus tard et qui ne fut pas compris, elle se hasarda à dire tout haut : – Mon Dieu ! que fait-il ?

– Qui ?

– Philippe !

– Ah ! dam ! ce garçon-là mange de la vache enragée. Il se formera.

– Mais il a déjà connu la misère, et peut-être est-ce la misère qui nous l'a changé. S'il était heureux, il serait bon...

– Tu crois, ma chère mère, qu'il a souffert dans son voyage ? mais tu te trompes, il a fait le carnaval à New-York comme il le fait encore ici...

– S'il souffrait cependant près de nous, ce serait affreux...

– Oui, répondit Joseph. Quant à ce qui me regarde, je donnerais volontiers de l'argent, mais je ne veux pas le voir. Il a tué la pauvre Descoings.

– Ainsi, reprit Agathe, tu ne ferais pas son portrait ?

– Pour toi, ma mère, je souffrirais le martyre. Je puis bien ne me souvenir que d'une chose : c'est qu'il est mon frère.

– Son portrait en capitaine de dragons à cheval ?

– Oui, j'ai là un beau cheval d'après Gros, et je ne sais à quoi l'utiliser.

– Eh ! bien, va donc savoir chez son ami ce qu'il devient.

– J'irai.

Agathe se leva : ses ciseaux, tout tomba par terre ; elle vint embrasser Joseph sur la tête et cacha deux larmes dans ses cheveux.

– C'est ta passion, à toi, ce garçon ! dit-il, et nous avons tous notre passion malheureuse.

Le soir Joseph alla rue du Sentier, et y trouva, vers quatre heures, son frère qui remplaçait Giroudeau. Le vieux capitaine de dragons était passé caissier à un journal hebdomadaire entrepris par son neveu. Quoique Finot restât propriétaire du petit journal qu'il avait mis en actions, et dont toutes les actions étaient entre ses mains, le propriétaire et le rédacteur en chef visible était un de ses amis nommé Lousteau, précisément le fils du subdélégué d'Issoudun de qui le grand-père de Bridau avait voulu se venger, et conséquemment le neveu de madame Hochon. Pour être agréable à son oncle, Finot lui avait donné Philippe pour remplaçant, en diminuant toutefois de moitié les appointements. Puis, tous les jours à cinq heures, Giroudeau vérifiait la caisse et emportait l'argent de la recette journalière. Coloquinte, l'invalide qui servait de garçon de bureau et qui faisait les courses, surveillait un peu le capitaine Philippe. Philippe se comportait bien d'ailleurs. Six cents francs d'appointements et cinq cents francs de sa croix le faisaient d'autant mieux vivre, que, chauffé pendant la journée et passant ses soirées aux théâtres où il allait gratis, il n'avait qu'à penser à sa nourriture et à son logement. Coloquinte partait avec du papier timbré sur la tête, et Philippe brossait ses fausses manches en toile verte quand Joseph entra.

– Tiens, voilà le moutard, dit Philippe. Eh ! bien, nous allons dîner ensemble, tu viendras à l'Opéra, Florine et Florentine ont une loge. J'y vais avec Giroudeau, tu en seras, et tu feras connaissance avec Nathan !

Il prit sa canne plombée et mouilla son cigare.

– Je ne puis pas profiter de ton invitation, j'ai notre mère à conduire ; nous dînons à table d'hôte.

– Eh ! bien, comment va-t-elle, cette pauvre bonne femme ?

– Mais elle ne va pas mal, répondit le peintre. J'ai refait le portrait de notre père et celui de notre tante Descoings. J'ai fini le mien, et je voudrais donner à notre mère le tien, en uniforme des Dragons de la Garde Impériale.

– Bien !

– Mais il faut venir poser...

– Je suis tenu d'être, tous les jours, dans cette cage à poulet depuis neuf heures jusqu'à cinq heures...

– Deux dimanches suffiront.

– Convenu, petit, reprit l'ancien officier d'ordonnance de Napoléon en allumant son cigare à la lampe du portier.

Quand Joseph expliqua la position de Philippe à sa mère en allant dîner rue de Beaune, il lui sentit trembler le bras sur le sien, la joie illumina ce visage passé, la pauvre femme respira comme une personne débarrassée d'un poids énorme. Le lendemain elle eut pour Joseph des attentions que son bonheur et la reconnaissance lui inspirèrent, elle lui garnit son atelier de fleurs et lui acheta deux jardinières. Le premier dimanche pendant lequel Philippe dut venir poser, Agathe eut soin de préparer dans l'atelier un déjeuner exquis. Elle mit tout sur la table, sans oublier un flacon d'eau-de-vie qui n'était qu'à moitié plein. Elle resta derrière un paravent auquel elle fit un trou. L'ex-dragon avait envoyé la veille son uniforme, qu'elle ne put s'empêcher d'embrasser. Quand Philippe posa tout habillé sur un de ces chevaux empaillés qu'ont les selliers et que Joseph avait loué, Agathe fut obligée, pour ne pas se trahir, de confondre le léger bruit de ses larmes avec la conversation des deux frères. Philippe posa deux heures avant et deux heures après le déjeuner. À trois heures après-midi le dragon reprit ses habits ordinaires, et, tout en fumant un cigare, il proposa pour la seconde fois à son frère d'aller dîner ensemble au Palais-Royal. Il fit sonner de l'or dans son gousset.

– Bon, répondit Joseph, tu m'effraies quand je te vois de l'or.

– Ah ! çà, vous aurez donc toujours mauvaise opinion de moi ici ? s'écria le lieutenant-colonel d'une voix tonnante. On ne peut donc pas faire des économies !

– Non, non, répondit Agathe en sortant de sa cachette et venant embrasser son fils. Allons dîner avec lui, Joseph.

Joseph n'osa pas gronder sa mère, il s'habilla, et Philippe les mena vers la rue Montorgueil, au Rocher de Cancale, où il leur donna un dîner splendide dont la carte s'éleva jusqu'à cent francs.

– Diantre ! dit Joseph inquiet, avec onze cents francs d'appointements, tu fais, comme Ponchard dans *la Dame Blanche*, des économies à pouvoir acheter des terres.

– Bah ! je suis en veine, répondit le dragon qui avait énormément bu.

En entendant ce mot dit sur le pas de la porte et avant de monter en voiture pour aller au spectacle, car Philippe menait sa mère au Cirque-Olympique, seul théâtre où son confesseur lui permît d'aller, Joseph serra le bras de sa mère qui feignit aussitôt d'être indisposée, et qui refusa le spectacle. Philippe reconduisit alors sa mère et son frère rue Mazarine, où, quand elle se trouva seule avec Joseph dans sa mansarde, elle resta profondément silencieuse. Le dimanche suivant, Philippe vint poser. Cette fois sa mère assista visiblement à la séance. Elle servit le déjeuner et put questionner le dragon. Elle apprit alors que le neveu de la vieille madame Hochon, l'amie de sa mère, jouait un certain rôle dans la littérature. Philippe et son ami Giroudeau se trouvaient dans une société de journalistes, d'actrices, de libraires, et y étaient considérés en qualité de caissiers. Philippe, qui buvait toujours du kirsch en posant après le déjeuner, eut la langue déliée. Il se vanta de redevenir un personnage avant peu de temps. Mais, sur une question de Joseph relative à ses moyens pécuniaires, il garda le silence. Par hasard il n'y avait pas de journal le lendemain à cause d'une fête, et Philippe, pour en finir, proposa de venir poser le lendemain. Joseph lui représenta que l'époque du Salon approchait, il n'avait pas l'argent des deux cadres pour ses tableaux, et ne pouvait se le procurer qu'en achevant la copie d'un Rubens que voulait avoir un marchand de tableaux nommé Magus. L'original appartenait à un riche banquier suisse qui ne l'avait prêté que pour dix jours, la journée de demain était la dernière, il fallait donc absolument remettre la séance au prochain dimanche. – C'est ça ? dit Philippe en regardant le tableau de Rubens posé sur un chevalet.

– Oui, répondit Joseph. Cela vaut vingt mille francs. Voilà ce que peut le génie. Il y a des morceaux de toile qui valent des cent mille francs.

– Moi, j'aime mieux ta copie, dit le Dragon.

– Elle est plus jeune, dit Joseph en riant ; mais ma copie ne vaut que mille francs. Il me faut demain pour lui donner tous les tons de l'original et la vieillir afin qu'on ne les reconnaisse pas.

– Adieu, ma mère, dit Philippe en embrassant Agathe. À dimanche prochain.

Le lendemain, Élie Magus devait venir chercher sa copie. Un ami de Joseph, qui travaillait pour ce marchand, Pierre Grassou, voulut voir cette copie finie. Pour lui jouer un tour, en l'entendant frapper, Joseph Bridau mit sa copie vernie avec un vernis particulier à la place de l'original, et plaça l'original sur son chevalet. Il mystifia complètement Pierre Grassou de Fougères, qui fut émerveillé de ce tour de force.

– Tromperais-tu le vieil Élie Magus ? lui dit Pierre Grassou.

– Nous allons voir, dit Joseph.

Le marchand ne vint pas, il était tard. Agathe dînait chez madame Desroches qui venait de perdre son mari. Joseph proposa donc à Pierre Grassou de venir à sa table d'hôte. En descendant il laissa, suivant ses habitudes, la clef de son atelier à la portière.

– Je dois poser ce soir, dit Philippe à la portière une heure après le départ de son frère. Joseph va revenir et je vais l'attendre dans l'atelier.

La portière donna la clef, Philippe monta, prit la copie en croyant prendre le tableau, puis il redescendit, remit la clef à la portière en paraissant avoir oublié quelque chose et alla vendre le Rubens trois mille francs. Il avait eu la précaution de prévenir Élie Magus de la part de son frère de ne venir que le lendemain. Le soir, quand Joseph, qui ramenait sa mère de chez madame veuve Desroches, rentra, le portier lui parla de la lubie de son frère, qui était aussitôt sorti qu'entré.

– Je suis perdu s'il n'a pas eu la délicatesse de ne prendre que la copie, s'écria le peintre en devinant le vol. Il monta rapidement les trois étages, se précipita dans son atelier, et dit : – Dieu soit loué ! il a été ce qu'il sera toujours, un vil coquin !

Agathe, qui avait suivi Joseph, ne comprenait rien à cette parole ; mais quand son fils la lui eut expliquée, elle resta debout sans larmes aux yeux.

– Je n'ai donc plus qu'un fils, dit-elle d'une voix faible.

– Nous n'avons pas voulu le déshonorer aux yeux des étrangers, reprit Joseph ; mais maintenant il faut le consigner chez le portier. Désormais nous garderons nos clefs. J'achèverai sa maudite figure de mémoire, il y manque peu de chose.

– Laisse-la comme elle est, il me ferait trop de mal à voir, répondit la mère atteinte au fond du cœur et stupéfaite de tant de lâcheté.

Philippe savait à quoi devait servir l'argent de cette copie, il connaissait l'abîme où il plongeait son frère, et n'avait rien respecté. Depuis ce dernier crime, Agathe ne parla plus de Philippe, sa figure prit l'expression d'un désespoir amer, froid et concentré ; une pensée la tuait.

– Quelque jour, se disait-elle, nous verrons Bridau devant les tribunaux !

Deux mois après, au moment où Agathe allait entrer dans son bureau de loterie, un matin, il se présenta, pour voir madame Bridau, qui déjeunait avec Joseph, un vieux militaire se disant l'ami de Philippe et amené par une affaire urgente.

Quand Giroudeau se nomma, la mère et le fils tremblèrent d'autant plus que l'ex-dragon avait une physionomie de vieux loup de mer peu rassurante. Ses deux yeux gris éteints, sa moustache pie, ses restes de chevelure ébouriffés autour de son crâne couleur beurre frais offraient je ne sais quoi d'éraillé, de libidineux. Il portait une vieille redingote gris de fer ornée de la rosette d'officier de la Légion d'honneur, et qui croisait difficilement sur un ventre de cuisinier en harmonie avec sa bouche fendue jusqu'aux oreilles, avec de fortes épaules. Son torse reposait sur de petites jambes grêles. Enfin il montrait un teint enluminé aux pommettes qui révélait une vie joyeuse. Le bas des joues, fortement ridé, débordait un col de velours noir usé. Entre autres enjolivements, l'ex-dragon avait d'énormes boucles d'or aux oreilles.

– Quel *noceur !* se dit Joseph en employant une expression populaire passée dans les ateliers.

– Madame, dit l'oncle et le caissier de Finot, votre fils se trouve dans une situation si malheureuse, qu'il est impossible à ses amis de ne pas vous prier de partager les charges assez lourdes qu'il leur impose ; il ne peut plus remplir sa place au journal, et mademoiselle Florentine de la Porte-Saint-Martin le loge chez elle, rue de Vendôme, dans une pauvre mansarde. Philippe est mourant, si son frère et vous vous ne pouvez payer le médecin et les remèdes, nous allons être forcés, dans l'intérêt même de sa guérison, de le faire transporter aux Capucins ; tandis que pour trois cents francs nous le garderions : il lui faut absolument une garde, il sort le soir pendant que mademoiselle Florentine est au théâtre, il prend alors des choses irritantes, contraires à sa maladie et à son traitement ; et comme nous l'aimons, il nous rend vraiment malheureux. Ce pauvre garçon a engagé sa pension pour trois ans, il est remplacé provisoirement au journal et n'a plus rien ; mais il va se tuer, madame, si nous ne le mettons pas à la maison de santé du docteur Dubois. Cet hospice décent coûtera dix francs par jour. Nous ferons, Florentine et moi, la moitié d'un mois, faites l'autre ?... Allez ! il n'en aura guère que pour deux mois !

– Monsieur, il est difficile qu'une mère ne vous soit pas éternellement reconnaissante de ce que vous faites pour son fils, répondit Agathe ; mais ce fils est retranché de mon cœur ; et, quant à de l'argent, je n'en ai point. Pour ne pas être à la charge de mon fils que voici, qui travaille nuit et jour, qui se tue et qui mérite tout l'amour de sa mère, j'entre après demain dans un bureau de loterie comme sous-gérante. À mon âge !

– Et vous, jeune homme, dit le vieux dragon à Joseph, voyons ? Ne ferez-vous pas pour votre frère ce que font une pauvre danseuse de la Porte-Saint-Martin et un vieux militaire ?...

– Tenez, voulez-vous, dit Joseph impatienté, que je vous exprime en langage d'artiste l'objet de votre visite ? Eh ! bien, vous venez nous *tirer une carotte.*

– Demain, donc, votre frère ira à l'hôpital du Midi.

– Il y sera très bien, reprit Joseph. Si jamais j'étais en pareil cas, j'irais, moi !

Giroudeau se retira très désappointé, mais aussi très sérieusement humilié d'avoir à mettre aux Capucins un homme qui avait porté les ordres de l'Empereur pendant la bataille de Montereau. Trois mois après, vers la fin du mois de juillet, un matin, en allant à son bureau de loterie, Agathe, qui prenait par le Pont-Neuf pour éviter de donner le sou du Pont-des-Arts, aperçut le long des boutiques du quai de l'École où elle longeait le parapet, un homme portant la livrée de la misère du second ordre et qui lui causa un éblouissement : elle lui trouva quelque ressemblance avec Philippe. Il existe en effet à Paris trois Ordres de misère. D'abord, la misère de l'homme qui conserve les apparences et à qui l'avenir appartient : misère des jeunes gens, des artistes, des gens du monde momentanément atteints. Les indices de cette misère ne sont visibles qu'au microscope de l'observateur le plus exercé. Ces gens constituent l'Ordre Équestre de la misère, ils vont encore en cabriolet. Dans le second Ordre se trouvent les vieillards à qui tout est indifférent, qui mettent au mois de juin la croix de la Légion-d'Honneur sur une redingote d'alpaga. C'est la misère des vieux rentiers, des vieux employés qui vivent à Sainte-Périne, et qui du vêtement extérieur ne se soucient plus guère. Enfin la misère en haillons, la misère du peuple, la plus poétique d'ailleurs, et que Callot, qu'Hogart, que Murillo, Charlet, Raffet, Gavarni, Meissonnier, que l'Art adore et cultive, au carnaval surtout ! L'homme en qui la pauvre Agathe crut reconnaître son fils était à cheval sur les deux derniers Ordres. Elle aperçut un col horriblement usé, un chapeau galeux, des bottes éculées et rapiécées, une redingote filandreuse à boutons sans moule, dont les capsules béantes ou recroquevillées étaient en parfaite harmonie avec des poches usées et un collet crasseux. Des vestiges de duvet disaient assez que, si la redingote contenait quelque chose, ce ne pouvait être que de la poussière. L'homme sortit des mains aussi noires que celles d'un ouvrier, d'un pantalon gris de fer, décousu. Enfin, sur la poitrine, un gilet de laine tricotée, bruni par l'usage, qui débordait les manches, qui passait au-dessus du pantalon, se voyait partout et tenait sans doute lieu de linge. Philippe portait un garde-vue en taffetas vert et en fil d'archal. Sa tête presque chauve, son teint, sa figure hâve disaient assez qu'il sortait du terrible hôpital du Midi. Sa redingote bleue, blanchie aux lisières, était toujours décorée de la rosette. Aussi les passants regardaient-ils ce *brave*, sans doute une victime du gouvernement, avec une curiosité mêlée de pitié ; car la rosette inquiétait le regard et jetait l'ultra le plus féroce en des doutes honorables pour la Légion-d'Honneur. En ce temps, quoiqu'on eût essayé de déconsidérer cet Ordre par des promotions sans frein, il n'y avait pas en France cinquante-trois mille personnes décorées. Agathe sentit tressaillir son être intérieur.

S'il lui était impossible d'aimer ce fils, elle pouvait encore beaucoup souffrir par lui. Atteinte par un dernier rayon de maternité, elle pleura quand elle vit faire au brillant officier d'ordonnance de l'Empereur le geste d'entrer dans un débit de tabac pour y acheter un cigare, et s'arrêter sur le seuil : il avait fouillé dans sa poche et n'y trouvait rien. Agathe traversa rapidement le quai, prit sa bourse, la mit dans la main de Philippe et se sauva comme si elle venait de commettre un crime. Elle resta deux jours sans pouvoir rien prendre : elle avait toujours devant les yeux l'horrible figure de son fils mourant de faim dans Paris.

– Après avoir épuisé l'argent de ma bourse, qui lui en donnera ? pensait-elle. Giroudeau ne nous trompait pas : Philippe sort de l'hôpital.

Elle ne voyait plus l'assassin de sa pauvre tante, le fléau de la famille, le voleur domestique, le joueur, le buveur, le débauché de bas étage ; elle voyait un convalescent mourant de faim, un fumeur sans tabac. Elle devint, à quarante-sept ans, comme une femme de soixante-dix ans. Ses yeux se ternirent alors dans les larmes et la prière. Mais ce ne fut pas le dernier coup que ce fils devait lui porter, et sa prévision la plus horrible fut réalisée. On découvrit alors une conspiration d'officiers au sein de l'armée, et l'on cria par les rues l'extrait du *Moniteur* qui contenait des détails sur les arrestations.

Agathe entendit du fond de sa cage, dans le bureau de loterie de la rue Vivienne, le nom de Philippe Bridau. Elle s'évanouit et le gérant, qui comprit sa peine et la nécessité de faire des démarches lui donna un congé de quinze jours.

– Ah ! mon ami, c'est nous, avec notre rigueur, qui l'avons poussé là, dit-elle à Joseph en se mettant au lit.

– Je vais aller voir Desroches, lui répondit Joseph.

Pendant que l'artiste confiait les intérêts de son frère à Desroches, qui passait pour le plus madré, le plus astucieux des avoués de Paris, et qui d'ailleurs rendait des services à plusieurs personnages, entre autres à Des Lupeaulx, alors Secrétaire-Général d'un Ministère, Giroudeau se présentait chez la veuve qui, cette fois, eut confiance en lui.

– Madame, lui dit-il, trouvez douze mille francs, et votre fils sera mis en liberté, faute de preuves. Il s'agit d'acheter le silence de deux témoins.

– Je les aurai, dit la pauvre mère sans savoir où ni comment.

Inspirée par le danger, elle écrivit à sa marraine, la vieille madame Hochon, de les demander à Jean-Jacques Rouget, pour sauver Philippe.

Si Rouget refusait, elle pria madame Hochon de les lui prêter en s'engageant à les lui rendre en deux ans. Courrier par courrier, elle reçut la lettre suivante.

« Ma petite, quoique votre frère ait, bel et bien, quarante mille livres de rente, sans compter l'argent économisé depuis dix-sept années, que monsieur Hochon estime à plus de six cent mille francs, il ne donnera pas deux liards pour des neveux qu'il n'a jamais vus. Quant à moi, vous ignorez que je ne disposerai pas de six livres tant que mon mari vivra. Hochon est le plus grand avare d'Issoudun, j'ignore ce qu'il fait de son argent, il ne donne pas vingt francs par an à ses petits-enfants ; pour emprunter, j'aurais besoin de son autorisation, et il me la refuserait. Je n'ai pas même tenté de faire parler à votre frère, qui a chez lui une concubine de laquelle il est le très humble serviteur. C'est pitié que de voir comment le pauvre homme est traité chez lui, quand il a une sœur et des neveux. Je vous ai fait sous-entendre à plusieurs reprises que votre présence à Issoudun pouvait sauver votre frère, et arracher pour vos enfants des griffes de cette vermine une fortune de quarante et peut-être soixante mille livres de rente ; mais vous ne me répondez pas ou vous paraissez ne m'avoir jamais comprise. Aussi suis-je obligée de vous écrire aujourd'hui sans aucune précaution épistolaire. Je prends bien part au malheur qui vous arrive, mais je ne puis que vous plaindre, ma chère mignonne. Voici pourquoi je ne puis vous être bonne à rien : à quatre-vingt-cinq ans, Hochon fait ses quatre repas, mange de la salade avec des œufs durs le soir, et court comme un lapin. J'aurai passé ma vie entière, car il fera mon épitaphe, sans avoir vu vingt livres dans ma bourse. Si vous voulez venir à Issoudun combattre l'influence de la concubine sur votre frère, comme il y a des raisons pour que Rouget ne vous reçoive pas chez lui, j'aurai déjà bien de la peine à obtenir de mon mari la permission de vous avoir chez moi. Mais vous pouvez y venir, il m'obéira sur ce point. Je connais un moyen d'obtenir ce que je veux de lui, c'est de lui parler de mon testament. Cela me semble si horrible que je n'y ai jamais eu recours ; mais pour vous, je ferai l'impossible. J'espère que votre Philippe s'en tirera, surtout si vous prenez un bon avocat ; mais arrivez le plus tôt possible à Issoudun. Songez qu'à cinquante-sept ans votre imbécile de frère est plus chétif et plus vieux que monsieur Hochon. Ainsi la chose presse. On parle déjà d'un testament qui vous priverait de la succession ; mais, au dire de monsieur Hochon, il est toujours temps de le faire révoquer. Adieu, ma petite Agathe, que Dieu vous aide ! et comptez aussi sur votre marraine qui vous aime,

» Maximilienne Hochon, née Lousteau.

» *P.-S.* Mon neveu Étienne, qui écrit dans les journaux et qui s'est lié, dit-on, avec votre fils Philippe, est-il venu vous rendre ses devoirs ? Mais venez, nous causerons de lui. »

Cette lettre occupa fortement Agathe, elle la montra nécessairement à Joseph, à qui elle fut forcée de raconter la proposition de Giroudeau. L'artiste, qui devenait prudent dès qu'il s'agissait de son frère, fit remarquer à sa mère qu'elle devait tout communiquer à Desroches.

Frappés de la justesse de cette observation, le fils et la mère allèrent le lendemain matin, dès six heures, trouver Desroches, rue de Bussy. Cet avoué, sec comme défunt son père, à la voix aigre, au teint âpre, aux yeux implacables, à visage de fouine qui se lèche les lèvres du sang des poulets, bondit comme un tigre en apprenant la visite et la proposition de Giroudeau.

– Ah ça, mère Bridau, s'écria-t-il de sa petite voix cassée, jusqu'à quand serez-vous la dupe de votre maudit brigand de fils ? Ne donnez pas deux liards ! Je vous réponds de Philippe, c'est pour sauver son avenir que je tiens à le laisser juger par la Cour des Pairs, vous avez peur de le voir condamné, mais Dieu veuille que son avocat laisse obtenir une condamnation contre lui. Allez à Issoudun, sauvez la fortune de vos enfants. Si vous n'y parvenez pas, si votre frère a fait un testament en faveur de cette femme, et si vous ne savez pas le faire révoquer... eh ! bien, rassemblez au moins les éléments d'un procès en captation, je le mènerai. Mais vous êtes trop honnête femme pour savoir trouver les bases d'une instance de ce genre ! Aux vacances, j'irai, moi ! à Issoudun... si je puis.

Ce : « J'irai, moi ! » fit trembler l'artiste dans sa peau. Desroches cligna de l'œil pour dire à Joseph de laisser aller sa mère un peu en avant, et il le garda pendant un moment seul.

– Votre frère est un grand misérable, il est volontairement ou involontairement la cause de la découverte de la conspiration, car le drôle est si fin qu'on ne peut pas savoir la vérité là-dessus. Entre niais ou traître, choisissez-lui un rôle. Il sera sans doute mis sous la surveillance de la haute police, voilà tout. Soyez tranquille, il n'y a que moi qui sache ce secret. Courez à Issoudun avec votre mère, vous avez de l'esprit, tâchez de sauver cette succession.

– Allons, ma pauvre mère, Desroches a raison, dit-il en rejoignant Agathe dans l'escalier ; j'ai vendu mes deux tableaux, partons pour le Berry, puisque tu as quinze jours à toi.

Après avoir écrit à sa marraine pour lui annoncer son arrivée, Agathe et Joseph se mirent en route le lendemain soir pour Issoudun, abandonnant Philippe à sa destinée. La diligence passa par la rue d'Enfer pour prendre la route d'Orléans. Quand Agathe aperçut le Luxembourg où Philippe avait été transféré, elle ne put s'empêcher de dire : – Sans les Alliés il ne serait pourtant pas là !

Bien des enfants auraient fait un mouvement d'impatience, auraient souri de pitié ; mais l'artiste, qui se trouvait seul avec sa mère dans le coupé, la saisit, la pressa contre son cœur, en disant : – Ô mère ! tu es mère comme Raphaël était peintre ! Et tu seras toujours une imbécile de mère !

Bientôt arrachée à ses chagrins par les distractions de la route, madame Bridau fut contrainte à songer au but de son voyage. Naturellement, elle relut la lettre de madame Hochon qui avait si fort ému l'avoué Desroches. Frappée alors des mots *concubine* et *vermine* que la plume d'une septuagénaire aussi pieuse que respectable avait employés pour désigner la femme en train de dévorer la fortune de Jean-Jacques Rouget, traité lui-même d'*imbécile*, elle se demanda comment elle pouvait, par sa présence à Issoudun, sauver une succession. Joseph, ce pauvre artiste si désintéressé, savait peu de chose du Code, et l'exclamation de sa mère le préoccupa.

– Avant de nous envoyer sauver une succession, notre ami Desroches aurait bien dû nous expliquer les moyens par lesquels on s'en empare, s'écria-t-il.

– Autant que ma tête, étourdie encore à l'idée de savoir Philippe en prison, sans tabac peut-être, sur le point de comparaître à la Cour des Pairs, me laisse de mémoire, repartit Agathe, il me semble que le jeune Desroches nous a dit de rassembler les éléments d'un procès en captation, pour le cas où mon frère aurait fait un testament en faveur de cette... cette... femme.

– Il est bon là, Desroches !... s'écria le peintre. Bah ! si nous n'y comprenons rien, je le prierai d'y aller.

– Ne nous cassons pas la tête inutilement, dit Agathe. Quand nous serons à Issoudun, ma marraine nous guidera.

Cette conversation, tenue au moment où, après avoir changé de voiture à Orléans, madame Bridau et Joseph entraient en Sologne, indique assez l'incapacité du peintre et de sa mère à jouer le rôle auquel le terrible maître Desroches les destinait. Mais en revenant à Issoudun après trente ans d'absence, Agathe allait y trouver de tels changements dans les mœurs qu'il est nécessaire de tracer en peu de mots un tableau de cette ville. Sans cette peinture, on comprendrait difficilement l'héroïsme que déployait madame Hochon en secourant sa filleule, et l'étrange situation de Jean-Jacques Rouget. Quoique le docteur eût fait considérer Agathe comme une étrangère à son fils, il y avait, pour un frère, quelque chose d'un peu trop extraordinaire à rester trente ans sans donner signe de vie à sa sœur. Ce silence reposait évidemment sur des circonstances bizarres que des parents, autres que Joseph et Agathe, auraient depuis longtemps voulu connaître. Enfin il existait entre l'état de la ville et les intérêts des Bridau certains rapports qui se reconnaîtront dans le cours même du récit.

N'en déplaise à Paris, Issoudun, est une des plus vieilles villes de France. Malgré les préjugés historiques qui font de l'Empereur Probus le Noé des Gaules, César a parlé de l'excellent vin de Champ-Fort (*de Campo Forti*), un des meilleurs clos d'Issoudun. Rigord s'exprime sur le compte de cette ville en termes qui ne laissent aucun doute sur sa grande population et sur son immense commerce. Mais ces deux témoignages assigneraient un âge assez médiocre à cette ville en comparaison de sa haute antiquité. En effet, des fouilles récemment opérées par un savant archéologue de cette ville, M. Armand Pérémet, ont fait découvrir sous la célèbre tour d'Issoudun une basilique du cinquième siècle, la seule probablement qui existe en France. Cette église garde, dans ses matériaux même, la signature d'une civilisation antérieure, car ses pierres proviennent d'un temple romain qu'elle a remplacé. Ainsi, d'après les recherches de cet antiquaire, Issoudun comme toutes les villes de France dont la terminaison ancienne ou moderne comporte le DUN (*dunum*), offrirait dans son nom le certificat d'une existence autochtone. Ce mot Dun, l'apanage de toute éminence consacrée par le culte druidique, annoncerait un établissement militaire et religieux des Celtes. Les Romains auraient bâti sous le Dun des Gaulois un temple à Isis. De là, selon Chaumeau, le nom de la ville : Is-sous-Dun ! Is serait l'abréviation d'Isis. Richard-Cœur-de-Lion a bien certainement bâti la fameuse tour où il a frappé monnaie, au-dessus d'une basilique du cinquième siècle, le troisième monument de la troisième religion de cette vieille ville. Il s'est servi de cette église comme d'un point d'arrêt nécessaire à l'exhaussement de son rempart, et l'a conservée en la couvrant de ses fortifications féodales, comme d'un manteau. Issoudun était alors le siège de la puissance éphémère des Routiers et des Cottereaux, *condottieri* que Henri II opposa à son fils Richard, lors de sa révolte comme comte de Poitou. L'histoire de l'Aquitaine, qui n'a pas été faite par les Bénédictins, ne se fera sans doute point, car il n'y a plus de Bénédictins. Aussi ne saurait-on trop éclaircir ces ténèbres archéologiques dans l'histoire de nos mœurs, toutes les fois que l'occasion s'en présente. Il existe un autre témoignage de l'antique puissance d'Issoudun dans la canalisation de la Tournemine, petite rivière exhaussée de plusieurs mètres sur une grande étendue de pays au-dessus du niveau de la Théols, la rivière qui entoure la ville. Cet ouvrage est dû, sans aucun doute, au génie romain. Enfin le faubourg qui s'étend du Château vers le nord est traversé par une rue, nommée depuis plus de deux mille ans, la rue de Rome. Le faubourg lui-même s'appelle faubourg de Rome. Les habitants de ce faubourg, dont la race, le sang, la physionomie ont d'ailleurs un cachet particulier, se disent descendants des Romains. Ils sont presque tous vignerons et d'une remarquable roideur de mœurs, due sans doute à leur origine, et peut-être à leur victoire sur les Cottereaux et les Routiers, qu'ils ont exterminés au douzième siècle dans la plaine de Charost. Après l'insurrection de 1830, la France fut trop agitée pour avoir donné son attention à l'émeute des vignerons d'Issoudun, qui fut terrible, dont les détails n'ont pas été d'ailleurs publiés, et pour cause. D'abord, les bourgeois d'Issoudun ne permirent point aux troupes d'entrer en ville. Ils voulurent répondre eux-mêmes de leur cité, selon les us et coutumes de la bourgeoisie au Moyen-Âge. L'autorité fut obligée de céder à des gens appuyés par six ou sept mille vignerons qui avaient brûlé toutes les archives et les bureaux des Contributions Indirectes, et qui traînaient de rue en rue un employé de l'Octroi, disant à chaque réverbère : – C'est là que faut le pendre ! Le pauvre homme fut arraché à ces furieux par la Garde nationale, qui lui sauva la vie en le conduisant en prison sous prétexte de lui faire son procès. Le général n'entra qu'en vertu d'une capitulation faite avec les vignerons, et il y eut du courage à pénétrer leurs masses ; car, au moment où il parut à l'Hôtel-de-Ville, un homme du faubourg de Rome lui passa son *volant* au cou (le volant est cette grosse serpe attachée à une perche qui sert à tailler les arbres), et lui cria : – *Pu d'coumis ou y a rin de fait !*

Ce vigneron aurait abattu la tête à celui que seize ans de guerre avaient respecté, sans la rapide intervention d'un des chefs de la révolte à qui l'on promit de *demander aux Chambres la suppression des rats de cave !...*

Au quatorzième siècle Issoudun avait encore seize à dix-sept mille habitants, reste d'une population double au temps de Rigord. Charles VII y possédait un hôtel qui subsiste, et connu jusqu'au dix-huitième siècle sous le nom de Maison du Roy. Cette ville, alors le centre du commerce des laines, en approvisionnait une partie de l'Europe et fabriquait sur une grande échelle des draps, des chapeaux, et d'excellents gants de *chevreautin*. Sous Louis XIV, Issoudun, à qui l'on dut Baron et Bourdaloue, était toujours citée comme une ville d'élégance, de beau langage et de bonne société. Dans son histoire de Sancerre, le curé Poupart prétendait les habitants d'Issoudun remarquables, entre tous les Berrichons, par leur finesse et par leur *esprit naturel*. Aujourd'hui cette splendeur et cet esprit ont disparu complètement. Issoudun, dont l'étendue atteste l'ancienne importance, se donne douze mille âmes de population en y comprenant les vignerons de quatre énormes faubourgs : ceux de Saint-Paterne, de Vilatte, de Rome et des Alouettes, qui sont des petites villes. La bourgeoisie, comme celle de Versailles, est au large dans les rues. Issoudun conserve encore le marché des laines du Berry, commerce menacé par les améliorations de la race ovine qui s'introduisent partout et que le Berry n'adopte point. Les vignobles d'Issoudun produisent un vin qui se boit dans deux départements, et qui, s'il se fabriquait comme la Bourgogne et la Gascogne fabriquent le leur, deviendrait un des meilleurs vins de France. Hélas ! *faire comme faisaient nos pères*, ne rien innover, telle est la loi du pays. Les vignerons continuent donc à laisser la râpe pendant la fermentation, ce qui rend détestable un vin qui pourrait être la source de nouvelles richesses et un objet d'activité pour le pays. Grâce à l'âpreté que la râpe lui communique et qui, dit-on, se modifie avec l'âge, ce vin traverse un siècle. Cette raison donnée par le Vignoble est assez importante en œnologie pour être publiée. Guillaume-le-Breton a d'ailleurs célébré dans sa Philippide cette propriété par quelques vers.

La décadence d'Issoudun s'explique donc par l'esprit d'immobilisme poussé jusqu'à l'ineptie et qu'un seul fait fera comprendre. Quand on s'occupa de la route de Paris à Toulouse, il était naturel de la diriger de Vierzon sur Châteauroux, par Issoudun. La route eût été plus courte qu'en la dirigeant, comme elle l'est, par Vatan. Mais les

notabilités du pays et le conseil municipal d'Issoudun, dont la délibéra-
tion existe, dit-on, demandèrent la direction par Vatan, en objectant
que, si la grande route traversait leur ville, les vivres augmenteraient de
prix, et que l'on serait exposé à payer les poulets trente sous. On ne
trouve l'analogue d'un pareil acte que dans les contrées les plus
sauvages de la Sardaigne, pays si peuplé, si riche autrefois, aujourd'hui
si désert. Quand le roi Charles-Albert, dans une louable pensée de
civilisation, voulut joindre Sassari, seconde capitale de l'île, à Cagliari
par une belle et magnifique route, la seule qui existe dans cette savane
appelée la Sardaigne, le tracé direct exigeait qu'elle passât par Bonorva,
district habité par des gens insoumis, d'autant plus comparables à nos
tribus arabes qu'ils descendent des Maures. En se voyant sur le point
d'être gagnés par la civilisation, les sauvages de Bonorva, sans prendre
la peine de délibérer, signifièrent leur opposition au tracé. Le gouvernement ne tint aucun compte de cette opposition. Le premier
ingénieur qui vint planter le premier jalon reçut une balle dans la tête
et mourut sur son jalon. On ne fit aucune recherche à ce sujet, et la
route décrit une courbe qui l'allonge de huit lieues.

À Issoudun, l'avilissement croissant du prix des vins qui se
consomment sur place, en satisfaisant ainsi le désir de la bourgeoisie de
vivre à bon marché, prépare la ruine des vignerons, de plus en plus
accablés par les frais de culture et par l'impôt ; de même que la ruine
du commerce des laines et du pays est préparée par l'impossibilité
d'améliorer la race ovine. Les gens de la campagne ont une horreur
profonde pour toute espèce de changement, même pour celui qui leur
paraît utile à leurs intérêts. Un Parisien trouve dans la campagne un
ouvrier qui mangeait à dîner une énorme quantité de pain, de fromage
et de légumes ; il lui prouve que, s'il substituait à cette nourriture une
portion de viande, il se nourrirait mieux, à meilleur marché, qu'il
travaillerait davantage, et n'userait pas si promptement son capital
d'existence. Le Berrichon reconnaît la justesse du calcul. – Mais les
disettes ! monsieur répondit-il. – Quoi les *disettes* ? – Eh ! bien, oui,
quoi qu'on dirait ? – Il serait la fable de tout le pays, fit observer le
propriétaire sur les terres de qui la scène avait lieu, on le croirait riche
comme un bourgeois, il a enfin peur de l'opinion publique, il a peur
d'être montré au doigt, de passer pour un homme faible ou malade.
Voilà comme nous sommes dans ce pays-ci ! Beaucoup de bourgeois
disent cette dernière phrase avec un sentiment d'orgueil caché. Si
l'ignorance et la routine sont invincibles dans les campagnes où l'on

abandonne les paysans à eux-mêmes, la ville d'Issoudun est arrivée à une complète stagnation sociale. Obligée de combattre la dégénérescence des fortunes par une économie sordide, chaque famille vit chez soi. D'ailleurs, la société s'y trouve à jamais privée de l'antagonisme qui donne du ton aux mœurs. La ville ne connaît plus cette opposition de deux forces à laquelle on a dû la vie des États italiens au Moyen-âge. Issoudun n'a plus de nobles. Les Cottereaux, les Routiers, la Jacquerie, les guerres de religion et la Révolution y ont totalement supprimé la noblesse. La ville est très fière de ce triomphe. Issoudun a constamment refusé, toujours pour maintenir le bon marché des vivres, d'avoir une garnison. Elle a perdu ce moyen de communication avec le siècle, en perdant aussi les profits qui se font avec la troupe. Avant 1756, Issoudun était une des plus agréables villes de garnison. Un drame judiciaire qui occupa toute la France, l'affaire du Lieutenant-Général au Bailliage contre le marquis de Chapt, dont le fils, officier de dragons, fut, à propos de galanterie, justement peut-être mais traîtreusement mis à mort, priva la ville de garnison à partir de cette époque. Le séjour de la 44ᵉ demi-brigade, imposé durant la guerre civile, ne fut pas de nature à réconcilier les habitants avec la gent militaire. Bourges, dont la population décroît tous les dix ans, est atteinte de la même maladie sociale. La vitalité déserte ces grands corps. Certes, l'administration est coupable de ces malheurs. Le devoir d'un gouvernement est d'apercevoir ces taches sur le Corps Politique, et d'y remédier en envoyant des hommes énergiques dans ces localités malades pour y changer la face des choses. Hélas ! loin de là, on s'applaudit de cette funeste et funèbre tranquillité. Puis, comment envoyer de nouveaux administrateurs ou des magistrats capables ? Qui de nos jours est soucieux d'aller s'enterrer en des Arrondissements où le bien à faire est sans éclat ? Si, par hasard, on y case des ambitieux étrangers au pays, ils sont bientôt gagnés par la force d'inertie, et se mettent au diapason de cette atroce vie de province. Issoudun aurait engourdi Napoléon. Par suite de cette situation particulière, l'arrondissement d'Issoudun était, en 1822, administré par des hommes appartenant tous au Berry. L'autorité s'y trouvait donc annulée ou sans force, hormis les cas, naturellement très rares, où la Justice est forcée d'agir à cause de leur gravité patente. Le Procureur du Roi, monsieur Mouilleron, était le cousin de tout le monde, et son Substitut appartenait à une famille de la ville. Le Président du Tribunal, avant d'arriver à cette dignité, se rendit célèbre par un de ces mots qui en province coiffent pour toute sa vie un homme d'un bonnet d'âne. Après avoir terminé l'instruction d'un procès criminel qui devait entraîner la peine de mort, il dit à l'accusé : – « Mon pauvre Pierre, ton affaire est claire, tu auras le cou coupé. Que cela te serve de leçon. » Le commissaire de police, commissaire depuis la Restauration, avait des parents dans tout l'Arrondissement. Enfin, non seulement l'influence de la religion était nulle, mais le curé ne jouissait d'aucune considération. Cette bourgeoisie, libérale, taquine et ignorante, racontait des histoires plus ou moins comiques sur les relations de ce pauvre homme avec sa servante. Les enfants n'en allaient pas moins au catéchisme, et n'en faisaient pas moins leur première communion ; il n'y en avait pas moins un collège ; on disait bien la messe, on fêtait toujours les fêtes ; on payait les contributions, seule chose que Paris veuille de la province ; enfin le maire y prenait des Arrêtés ; mais ces actes de la vie sociale s'accomplissaient par routine. Ainsi, la mollesse de l'administration concordait admirablement à la situation intellectuelle et morale du pays. Les événements de cette histoire peindront d'ailleurs les effets de cet état de choses qui n'est pas si singulier qu'on pourrait le croire. Beaucoup de villes en France, et particulièrement dans le Midi, ressemblent à Issoudun. L'état dans lequel le triomphe de la Bourgeoisie a mis ce chef-lieu d'arrondissement est celui qui attend toute la France et même Paris, si la Bourgeoisie continue à rester maîtresse de la politique extérieure et intérieure de notre pays.

Maintenant, un mot de la topographie. Issoudun s'étale du nord au sud sur un coteau qui s'arrondit vers la route de Châteauroux. Au bas de cette éminence, on a jadis pratiqué pour les besoins des fabriques ou pour inonder les douves des remparts au temps où florissait la ville, un canal appelé maintenant *la Rivière-Forcée*, et dont les eaux sont prises à la Théols. La Rivière-Forcée forme un bras artificiel qui se décharge dans la rivière naturelle, au-delà du faubourg de Rome, au point où s'y jettent aussi la Tournemine et quelques autres courants. Ces petits cours d'eau vive, et les deux rivières arrosent des prairies assez étendues que cerclent de toutes parts des collines jaunâtres ou blanches parsemées de points noirs. Tel est l'aspect des vignobles d'Issoudun pendant sept mois de l'année. Les vignerons recèpent la vigne tous les ans et ne laissent qu'un moignon hideux et sans échalas au milieu d'un entonnoir. Aussi quand on arrive de Vierzon, de Vatan ou de Châteauroux, l'œil attristé par des plaines monotones est-il agréablement surpris à la vue des prairies d'Issoudun, l'oasis de cette partie du Berry, qui fournit de légumes le pays à dix lieues à la ronde. Au-dessous du faubourg de Rome, s'étend un vaste marais entièrement cultivé en potagers et divisé en deux régions qui portent le nom de bas et de haut Baltan. Une vaste et longue avenue ornée de deux contre-allées de peupliers, mène de la ville au travers des prairies à un ancien couvent nommé Frapesle, dont les jardins anglais, uniques dans l'Arrondissement, ont reçu le nom ambitieux de Tivoli. Le dimanche, les couples amoureux se font par là leurs confidences. Nécessairement les traces de l'ancienne grandeur d'Issoudun se révèlent à un observateur attentif, et les plus marquantes sont les divisions de la ville. Le Château, qui formait autrefois à lui seul une ville avec ses murailles et ses douves, constitue un quartier distinct où l'on ne pénètre aujourd'hui que par les anciennes portes, d'où l'on ne sort que par trois ponts jetés sur les bras des deux rivières et qui seul a la physionomie d'une vieille ville. Les remparts montrent encore de place en place leurs formidables assises sur lesquelles s'élèvent des maisons. Au-dessus du Château se dresse la Tour, qui en était la forteresse. Le maître de la ville étalée autour de ces deux points fortifiés, avait à prendre et la Tour et le Château. La possession du Château ne donnait pas encore celle de la Tour. Le faubourg de Saint-Paterne, qui décrit comme une palette au-delà de la Tour en mordant sur la prairie, est trop considérable pour ne pas avoir été dans les temps les plus reculés la ville elle-même. Depuis le Moyen-Âge, Issoudun, comme Paris, aura gravi sa colline, et se sera groupée au-delà de la Tour et du Château. Cette opinion tirait, en 1822, une sorte de certitude de l'existence de la charmante église de Saint-Paterne, récemment démolie par l'héritier de celui qui l'acheta de la Nation. Cette église, un des plus jolis *specimen* d'église romane que possédât la France, a péri sans que personne ait pris le dessin du portail, dont la conservation était parfaite. La seule voix qui s'éleva pour sauver le monument ne trouva d'écho nulle part, ni dans la ville, ni dans le département. Quoique le Château d'Issoudun ait le caractère d'une vieille ville avec ses rues étroites et ses vieux logis, la ville proprement dite, qui fut prise et brûlée plusieurs fois à différentes époques, notamment durant la Fronde où elle brûla tout entière, a un aspect moderne. Des rues spacieuses, relativement à l'état des autres villes, et des maisons bien bâties forment avec l'aspect du Château un contraste assez frappant qui vaut à Issoudun, dans quelques géographies, le nom de Jolie.

Dans une ville ainsi constituée, sans aucune activité même commerciale, sans goût pour les arts, sans occupations savantes, où chacun reste dans son intérieur, il devait arriver et il arriva, sous la Restauration, en 1816, quand la guerre eut cessé, que, parmi les jeunes gens de la ville, plusieurs n'eurent aucune carrière à suivre, et ne surent que faire en attendant leur mariage ou la succession de leurs parents. Ennuyés au logis, ces jeunes gens ne trouvèrent aucun élément de distraction en ville ; et comme, suivant un mot du pays, *il faut que jeunesse jette sa gourme*, ils firent leurs farces aux dépens de la ville même. Il leur fut bien difficile d'opérer en plein jour, ils eussent été reconnus ; et, la coupe de leurs crimes une fois comblée, ils auraient fini par être traduits, à la première peccadille un peu trop forte, en police correctionnelle ; ils choisirent donc assez judicieusement la nuit pour faire leurs mauvais tours. Ainsi dans ces vieux restes de tant de civilisations diverses disparues, brilla comme une dernière flamme un vestige de l'esprit de drôlerie qui distinguait les anciennes mœurs. Ces jeunes gens s'amusèrent comme jadis s'amusaient Charles IX et ses courtisans, Henri V et ses compagnons, et comme on s'amusa jadis dans beaucoup de villes de province. Une fois confédérés par la nécessité de s'entraider, de se défendre, et d'inventer des tours plaisants, il se développa chez eux, par le choc des idées, cette somme de malignité que comporte la jeunesse et qui s'observe jusque dans les animaux. La confédération leur donna de plus les petits plaisirs que procure le mystère d'une conspiration permanente. Ils se nommèrent *les Chevaliers de la Désœuvrance*. Pendant le jour, ces jeunes singes étaient de petits saints, ils affectaient tous d'être extrêmement tranquilles ; et, d'ailleurs, ils dormaient assez tard après les nuits pendant lesquelles ils avaient accompli quelque méchante œuvre. Les Chevaliers de la Désœuvrance commencèrent par des farces vulgaires, comme de décrocher et de changer des enseignes, de sonner aux portes, de précipiter avec fracas un tonneau oublié par quelqu'un à sa porte dans la cave du voisin, alors réveillé par un bruit qui faisait croire à l'explosion d'une mine. À Issoudun comme dans beaucoup de villes, on descend à la cave par une trappe dont la bouche placée à l'entrée de la maison est recouverte d'une forte planche à charnières, avec un gros cadenas pour fermeture. Ces nouveaux Mauvais-Garçons n'étaient pas encore sortis, vers la fin de 1816, des plaisanteries que font dans toutes les provinces les gamins et les jeunes gens. Mais en janvier 1817, l'Ordre de la Désœuvrance eut un Grand-Maître, et se distingua par des tours qui, jusqu'en 1823, répandirent une sorte de terreur dans Issoudun, ou du moins en tinrent les artisans et la bourgeoisie en de continuelles alarmes.

Ce chef fut un certain Maxence Gilet, appelé plus simplement Max, que ses antécédents, non moins que sa force et sa jeunesse, destinaient à ce rôle. Maxence Gilet passait dans Issoudun pour être le fils naturel de ce Subdélégué, monsieur Lousteau, dont la galanterie a laissé beaucoup de souvenirs, le frère de madame Hochon, et qui s'était attiré, comme vous l'avez vu, la haine du vieux docteur Rouget, à propos de la naissance d'Agathe. Mais l'amitié qui liait ces deux hommes avant leur brouille fut tellement étroite, que, selon une expression du pays et du temps, ils passaient volontiers par les mêmes chemins. Aussi prétendait-on que Max pouvait tout aussi bien être le fils du docteur que celui du Subdélégué ; mais il n'appartenait ni à l'un ni à l'autre, car son père fut un charmant officier de dragons en garnison à Bourges. Néanmoins, par suite de leur inimitié, fort heureusement pour l'enfant, le docteur et le Subdélégué se disputèrent constamment cette paternité. La mère de Max, femme d'un pauvre sabotier du faubourg de Rome, était, pour la perdition de son âme, d'une beauté surprenante, une beauté de Trastéverine, seul bien qu'elle transmit à son fils. Madame Gilet, grosse de Max en 1788, avait pendant longtemps désiré cette bénédiction du ciel, qu'on eut la méchanceté d'attribuer à la galanterie des deux amis, sans doute pour les animer l'un contre l'autre. Gilet, vieil ivrogne à triple broc, favorisait les désordres de sa femme par une collusion et une complaisance qui ne sont pas sans exemple dans la classe inférieure. Pour procurer des protecteurs à son fils, la Gilet se garda bien d'éclairer les pères postiches. À Paris, elle eût été millionnaire ; à Issoudun, elle vécut tantôt à l'aise, tantôt misérablement, et à la longue méprisée. Madame Hochon, sœur de monsieur Lousteau, donna quelque dix écus par an pour que Max allât à l'école. Cette libéralité que madame Hochon était hors d'état de se permettre, par suite de l'avarice de son mari, fut naturellement attribuée à son frère, alors à Sancerre. Quand le docteur Rouget, qui n'était pas heureux en garçon, eut remarqué la beauté de Max, il paya jusqu'en 1805 la pension au collège de celui qu'il appelait *le jeune drôle*. Comme le Subdélégué mourut en 1800, et qu'en payant pendant cinq ans la pension de Max, le docteur paraissait obéir à un sentiment d'amour-propre, la question de paternité resta toujours indécise. Maxence Gilet, texte de mille plaisanteries, fut d'ailleurs bientôt oublié. Voici comment. En 1806, un an après la mort du docteur Rouget, ce garçon, qui semblait avoir été créé pour une vie hasardeuse, doué d'ailleurs d'une force et d'une agilité remarquables, se permettait une foule de méfaits plus ou moins dangereux à commettre. Il s'entendait déjà avec les petit-fils de monsieur Hochon pour faire enrager les épiciers de la ville, il récoltait les fruits avant les propriétaires, ne se gênant point pour escalader des murailles. Ce démon n'avait pas son pareil aux exercices violents, il jouait aux barres en perfection, il aurait attrapé les lièvres à la course. Doué d'un coup d'œil digne de celui de Bas-de-Cuir, il aimait déjà la chasse avec passion. Au lieu d'étudier, il passait son temps à tirer à la cible. Il employait l'argent soustrait au vieux docteur à acheter de la poudre et des balles pour un mauvais pistolet que le père Gilet, le sabotier, lui avait donné. Or, pendant l'automne de 1806, Max, alors âgé de dix-sept ans, commit un meurtre involontaire en effrayant, à la tombée de la nuit, une jeune femme grosse qu'il surprit dans son jardin où il allait voler des fruits. Menacé de la guillotine par son père le sabotier qui voulait sans doute se défaire de lui, Max se sauva d'une seule traite jusqu'à Bourges, y rejoignit un régiment en route pour l'Espagne, et s'y engagea. L'affaire de la jeune femme morte n'eut aucune suite.

Un garçon du caractère de Max devait se distinguer, et il se distingua si bien qu'en trois campagnes il devint capitaine, car le peu d'instruction qu'il avait reçue le servit puissamment. En 1809, en Portugal, il fut laissé pour mort dans une batterie anglaise où sa compagnie avait pénétré sans avoir pu s'y maintenir. Max, pris par les Anglais, fut envoyé sur les pontons espagnols de Cabrera, les plus horribles de tous. On demanda bien pour lui la croix de la Légion-d'Honneur et le grade de chef de bataillon ; mais l'Empereur était alors en Autriche, il réservait ses faveurs aux actions d'éclat qui se faisaient sous ses yeux ; il n'aimait pas ceux qui se laissaient prendre, et fut d'ailleurs assez mécontent des affaires de Portugal. Max resta sur les pontons de 1810 à 1814. Pendant ces quatre années, il s'y démoralisa complètement, car les pontons étaient le Bagne, moins le crime et l'infamie. D'abord, pour conserver son libre arbitre et se défendre de la corruption qui ravageait ces ignobles prisons indignes d'un peuple civilisé, le jeune et beau capitaine tua en duel (on s'y battait en duel dans un espace de six pieds carrés) sept bretteurs ou tyrans, dont il débarrassa son ponton, à la grande joie des victimes. Max régna sur son ponton, grâce à l'habileté prodigieuse qu'il acquit dans le maniement des armes, à sa force corporelle et son adresse. Mais il commit à son tour des actes arbitraires, il eut des complaisants qui travaillèrent pour lui, qui se firent ses courtisans. Dans cette école de douleur, où les caractères aigris ne rêvaient que vengeance, où les sophismes éclos dans ces cervelles entassées légitimaient les pensées mauvaises, Max se déprava tout à fait. Il écouta les opinions de ceux qui rêvaient la fortune à tout prix, sans reculer devant les résultats d'une action criminelle, pourvu qu'elle fût accomplie sans preuves. Enfin, à la paix, il sortit perverti quoique innocent, capable d'être un grand politique dans une haute sphère, et un misérable dans la vie privée, selon les circonstances de sa destinée. De retour à Issoudun, il apprit la déplorable fin de son père et de sa mère. Comme tous les gens qui se livrent à leurs passions et qui font, selon le proverbe, la vie courte et bonne, les Gilet étaient morts dans la plus affreuse indigence, à l'hôpital. Presque aussitôt la nouvelle du débarquement de Napoléon à Cannes se répandit par toute la France. Max n'eut alors rien de mieux à faire que d'aller demander à Paris son grade de chef de bataillon et sa croix. Le Maréchal qui eut alors le portefeuille de la guerre se souvint de la belle conduite du capitaine Gilet en Portugal ; il le plaça dans la Garde comme capitaine, ce qui lui donnait, dans la Ligne, le grade de chef de bataillon ; mais il ne put lui obtenir la croix. – L'Empereur a dit que vous sauriez bien la gagner à la première affaire, lui dit le Maréchal. En effet, l'Empereur nota le brave capitaine pour être décoré le soir du combat de Fleurus, où Gilet se fit remarquer. Après la bataille de Waterloo, Max se retira sur la Loire. Au licenciement, le Maréchal Feltre ne reconnut à Gilet ni son grade ni sa croix. Le soldat de Napoléon revint à Issoudun dans un état d'exaspération assez facile à concevoir, il ne voulait servir qu'avec la croix et le grade de chef de bataillon. Les Bureaux trouvèrent ces conditions exorbitantes chez un jeune homme de vingt-cinq ans, sans nom, et qui pouvait devenir ainsi colonel à trente ans. Max envoya donc sa démission. Le commandant, car entre eux les Bonapartistes se reconnurent les grades acquis en 1815, perdit ainsi le maigre traitement, appelé la demi-solde, qui fut alloué aux officiers de l'armée de la Loire. En voyant ce beau jeune homme, dont tout l'avoir consistait en vingt napoléons, on s'émut à Issoudun en sa faveur, et le maire lui donna une place de six cents francs d'appointements à la Mairie. Max, qui remplit cette place pendant six mois environ, la quitta de lui-même, et fut remplacé par un capitaine nommé Carpentier, resté comme lui fidèle à Napoléon. Déjà Grand-Maître de l'ordre de la Désœuvrance, Gilet avait pris un genre de vie qui lui fit perdre la considération des premières familles de la ville, sans qu'on le lui témoignât d'ailleurs ; car il était violent et redouté par tout le monde, même par les officiers de l'ancienne armée, qui refusèrent comme lui de servir, et qui revinrent planter leurs choux en Berry. Le peu d'affection des gens nés à Issoudun pour les Bourbons n'a rien de surprenant d'après le tableau qui précède. Aussi, relativement à son peu d'importance, y eut-il dans cette petite ville plus de Bonapartistes que partout ailleurs. Les Bonapartistes se firent, comme on sait, presque tous Libéraux. On comptait à Issoudun ou dans les environs une douzaine d'officiers dans la position de Maxence, et qui le prirent pour chef, tant il leur plut ; à l'exception cependant de ce Carpentier, son successeur, et d'un certain monsieur Mignonnet, ex-capitaine d'artillerie dans la Garde. Carpentier, officier de cavalerie parvenu, se maria tout d'abord, et appartint à l'une des familles les plus considérables de la ville, les Borniche-Héreau. Mignonnet, élevé à l'École Polytechnique, avait servi dans un corps qui s'attribue une espèce de supériorité sur les autres. Il y eut, dans les armées impériales, deux nuances chez les militaires. Une grande partie eut pour le bourgeois, pour *le péquin*, un mépris égal à celui des nobles pour les vilains, du conquérant pour le conquis. Ceux-là n'observaient pas toujours les lois de l'honneur dans leurs relations avec le Civil, ou ne blâmaient pas trop ceux qui sabraient le bourgeois. Les autres, et surtout l'Artillerie, par suite de son républicanisme peut-être, n'adoptèrent pas cette doctrine, qui ne tendait à rien moins qu'à faire deux Frances : une France militaire et une France civile. Si donc le commandant Potel et le capitaine Renard, deux officiers du faubourg de Rome, dont les opinions sur les péquins ne varièrent pas, furent les amis *quand même* de Maxence Gilet, le commandant Mignonnet et le capitaine Carpentier se rangèrent du côté de la bourgeoisie, en trouvant la conduite de Max indigne d'un homme d'honneur. Le commandant Mignonnet, petit homme sec, plein de dignité, s'occupa des problèmes que la machine à vapeur offrait à résoudre, et vécut modestement en faisant sa société de monsieur et de madame Carpentier. Ses mœurs douces et ses occupations scientifiques lui méritèrent la considération de toute la ville. Aussi disait-on que messieurs Mignonnet et Carpentier étaient de *tout autres gens* que le commandant Potel et les capitaines Renard, Maxence et autres habitués du café Militaire qui conservaient les mœurs soldatesques et les errements de l'Empire.

Au moment où madame Bridau revenait à Issoudun, Max était donc exclu du monde bourgeois. Ce garçon se rendait d'ailleurs lui-même justice en ne se présentant point à la Société, dite le Cercle, et ne se plaignant jamais de la triste réprobation dont il était l'objet, quoiqu'il fût le jeune homme le plus élégant, le mieux mis de tout Issoudun, qu'il y fît une grande dépense et qu'il eût, par exception, un cheval, chose aussi étrange à Issoudun que celui de lord Byron à Venise. On va voir comment, pauvre et sans ressources, Maxence fut mis en état d'être le fashionable d'Issoudun ; car les moyens honteux qui lui valurent le mépris des gens timorés ou religieux tiennent aux intérêts qui amenaient Agathe et Joseph à Issoudun. À l'audace de son maintien, à l'expression de sa physionomie, Max paraissait se soucier fort peu de l'opinion publique ; il comptait sans doute prendre un jour sa revanche, et régner sur ceux-là mêmes qui le méprisaient. D'ailleurs, si la bourgeoisie mésestimait Max, l'admiration que son caractère excitait parmi le peuple formait un contrepoids à cette opinion ; son courage, sa prestance, sa décision devaient plaire à la masse, à qui sa dépravation fut d'ailleurs inconnue, et que les bourgeois ne soupçonnaient même point dans toute son étendue. Max jouait à Issoudun un rôle presque semblable à celui du Forgeron dans la Jolie Fille de Perth, il y était le champion du Bonapartisme et de l'Opposition. On comptait sur lui comme les bourgeois de Perth comptaient sur Smith dans les grandes occasions. Une affaire mit surtout en relief le héros et la victime des Cent-Jours.

En 1819, un bataillon commandé par des officiers royalistes, jeunes gens sortis de la Maison Rouge, passa par Issoudun en allant à Bourges y tenir garnison. Ne sachant que faire dans une ville aussi constitutionnelle qu'Issoudun, les officiers allèrent passer le temps au Café Militaire. Dans toutes les villes de province, il existe un Café Militaire. Celui d'Issoudun, bâti dans un coin du rempart sur la Place d'Armes et tenu par la veuve d'un ancien officier, servait naturellement de club aux Bonapartistes de la ville, aux officiers en demi-solde, ou à ceux qui partageaient les opinions de Max et à qui l'esprit de la ville permettait l'expression de leur culte pour l'Empereur. Dès 1816, il se fit à Issoudun, tous les ans, un repas pour fêter l'anniversaire du couronnement de Napoléon. Les trois premiers Royalistes qui vinrent demandèrent les journaux, et entre autres la *Quotidienne*, le *Drapeau Blanc*. Les opinions d'Issoudun, celles du Café Militaire surtout, ne comportaient point de journaux royalistes. Le Café n'avait que le *Commerce*, nom que le Constitutionnel, supprimé par un Arrêt, fut forcé de prendre pendant quelques années. Mais, comme en paraissant pour la première fois sous ce titre, il commença son Premier Paris par ces mots : *Le*

Commerce est essentiellement Constitutionnel, on continuait à l'appeler le Conſtitutionnel. Tous les abonnés saisirent le calembour plein d'opposition et de malice par lequel on les priait de ne pas faire attention à l'enseigne, le vin devant être toujours le même. Du haut de son comptoir, la grosse dame répondit aux Royaliſtes qu'elle n'avait pas les journaux demandés. – Quels journaux recevez-vous donc ? fit un des officiers, un capitaine. Le garçon, un petit jeune homme en veſte de drap bleu, et orné d'un tablier de grosse toile, apporta le *Commerce.* – Ah ! c'eſt là votre journal, en avez-vous un autre ? – Non, dit le garçon, c'eſt le seul. Le capitaine déchire la feuille de l'Opposition, la jette en morceaux, et crache dessus en disant : – Des dominos ! En dix minutes, la nouvelle de l'insulte faite à l'Opposition conſtitutionnelle et au libéralisme dans la personne du sacro-saint journal, qui attaquait les prêtres avec le courage et l'eſprit que vous savez, courut par les rues, se répandit comme la lumière dans les maisons ; on se la conta de place en place. Le même mot fut à la fois dans toutes les bouches : – Avertissons Max ! Max sut bientôt l'affaire. Les officiers n'avaient pas fini leur partie de dominos que Max, accompagné du commandant Potel et du capitaine Renard, suivi de trente jeunes gens curieux de voir la fin de cette aventure et qui presque tous reſtèrent groupés sur la place d'Armes, entra dans le café. Le café fut bientôt plein. – Garçon, mon journal ? dit Max d'une voix douce. On joua une petite comédie. La grosse femme, d'un air craintif et conciliateur, dit : – Capitaine, je l'ai prêté. – Allez le chercher, s'écria un des amis de Max. – Ne pouvez-vous pas vous passer du journal ? dit le garçon, nous ne l'avons plus. Les jeunes officiers riaient et jetaient des regards en coulisse sur les bourgeois. – On l'a déchiré ! s'écria un jeune homme de la ville en regardant aux pieds du jeune capitaine royaliſte. – Qui donc s'eſt permis de déchirer le journal ? demanda Max d'une voix tonnante, les yeux enflammés et se levant les bras croisés. – Et nous avons craché dessus, répondirent les trois jeunes officiers en se levant et regardant Max. – Vous avez insulté toute la ville, dit Max devenu blême. – Eh ! bien, après ?... demanda le plus jeune officier. Avec une adresse, une audace et une rapidité que ces jeunes gens ne pouvaient prévoir, Max appliqua deux soufflets au premier officier qui se trouvait en ligne, et lui dit : – Comprenez-vous le français ? On alla se battre dans l'allée de Frapesle, trois contre trois. Potel et Renard ne voulurent jamais permettre que Maxence Gilet fît raison à lui seul aux officiers. Max tua son homme. Le commandant Potel blessa si grièvement le sien que le malheureux, un fils de famille, mourut le lendemain à l'hôpital où il fut transporté. Quant au troisième, il en fut quitte pour un coup d'épée et blessa le capitaine Renard, son adversaire. Le bataillon partit pour Bourges dans la nuit. Cette affaire, qui eut du retentissement en Berry, posa définitivement Maxence Gilet en héros.

Les chevaliers de la Désœuvrance, tous jeunes, le plus âgé n'avait pas vingt-cinq ans, admiraient Maxence. Quelques-uns d'entre eux, loin de partager la pruderie, la rigidité de leurs familles à l'égard de Max, enviaient sa position et le trouvaient bien heureux. Sous un tel chef, l'Ordre fit des merveilles. À partir du mois de janvier 1817, il ne se passa pas de semaine que la ville ne fût mise en émoi par un nouveau tour. Max, par point d'honneur, exigea des chevaliers certaines conditions. On promulgua des statuts. Ces diables devinrent alertes comme des élèves d'Amoros, hardis comme des milans, habiles à tous les exercices, forts et adroits comme des malfaiteurs. Ils se perfectionnèrent dans le métier de grimper sur les toits, d'escalader les maisons, de sauter, de marcher sans bruit, de gâcher du plâtre et de condamner une porte. Ils eurent un arsenal de cordes, d'échelles, d'outils, de déguisements. Aussi les chevaliers de la Désœuvrance arrivèrent-ils au beau idéal de la malice, non seulement dans l'exécution mais encore dans la conception de leurs tours. Ils finirent par avoir ce génie du mal qui réjouissait tant Panurge, qui provoque le rire et qui rend la victime si ridicule qu'elle n'ose se plaindre. Ces fils de famille avaient d'ailleurs dans les maisons des intelligences qui leur permettaient d'obtenir les renseignements utiles à la perpétration de leurs attentats.

Par un grand froid, ces diables incarnés transportaient très bien un poêle de la salle dans la cour, et le bourraient de bois de manière à ce que le feu durât encore au matin. On apprenait alors par la ville que monsieur un tel (un avare !) avait essayé de chauffer sa cour.

Ils se mettaient quelquefois tous en embuscade dans la Grand-Rue ou dans la rue Basse, deux rues qui sont comme les deux artères de la ville, et où débouchent beaucoup de petites rues transversales. Tapis, chacun à l'angle d'un mur, au coin d'une de ces petites rues, et la tête au vent, au milieu du premier sommeil de chaque ménage ils criaient d'une voix effarée, de porte en porte, d'un bout de la ville à l'autre : – Eh ! bien, qu'est-ce ?... Qu'est-ce ? Ces demandes répétées éveillaient les bourgeois qui se montraient en chemise et en bonnet de coton, une lumière à la main, en s'interrogeant tous, en faisant les plus étranges colloques et les plus curieuses faces du monde.

Il y avait un pauvre relieur, très vieux, qui croyait aux démons. Comme presque tous les artisans de province, il travaillait dans une petite boutique basse. Les Chevaliers, déguisés en diables, envahissaient sa boutique à la nuit, le mettaient dans son coffre aux rognures, et le laissaient criant à lui seul comme trois brûlés. Le pauvre homme réveillait les voisins, auxquels il racontait les apparitions de Lucifer, et les voisins ne pouvaient guère le détromper. Ce relieur faillit devenir fou.

Au milieu d'un rude hiver, les Chevaliers démolirent la cheminée du cabinet du Receveur des Contributions, et la lui rebâtirent en une nuit, parfaitement semblable, sans faire de bruit, sans avoir laissé la moindre trace de leur travail. Cette cheminée était intérieurement arrangée de manière à enfumer l'appartement. Le Receveur fut deux mois à souffrir avant de reconnaître pourquoi sa cheminée, qui allait si bien, de laquelle il était si content, lui jouait de pareils tours, et il fut obligé de la reconstruire.

Ils mirent un jour trois bottes de paille soufrées et des papiers huilés dans la cheminée d'une vieille dévote, amie de madame Hochon. Le matin, en allumant son feu, la pauvre femme, une femme tranquille et douce, crut avoir allumé un volcan. Les pompiers arrivèrent, la ville entière accourut, et comme parmi les pompiers il se trouvait quelques Chevaliers de la Désœuvrance, ils inondèrent la maison de la vieille femme à laquelle ils firent peur de la noyade après lui avoir donné la terreur du feu. Elle fut malade de frayeur.

Quand ils voulaient faire passer à quelqu'un la nuit tout entière en armes et dans de mortelles inquiétudes, ils lui écrivaient une lettre anonyme pour le prévenir qu'il devait être volé ; puis ils allaient un à un le long de ses murs ou de ses croisées, en s'appelant par des coups de sifflet.

Un de leurs plus jolis tours, dont s'amusa longtemps la ville où il se raconte encore, fut d'adresser à tous les héritiers d'une vieille dame fort avare, et qui devait laisser une belle succession, un petit mot qui leur annonçait sa mort en les invitant à être exacts pour l'heure où les scellés seraient mis. Quatre-vingts personnes environ arrivèrent de Vatan, de Saint-Florent, de Vierzon et des environs, tous en grand deuil, mais assez joyeux, les uns avec leurs femmes, les veuves avec leurs fils, les enfants avec leurs pères, qui dans une carriole, qui dans un cabriolet d'osier, qui dans une méchante charrette. Imaginez les scènes entre la servante de la vieille dame et les premiers arrivés ? puis les consultations chez les notaires !... Ce fut comme une émeute dans Issoudun.

Enfin, un jour, le Sous-Préfet s'avisa de trouver cet ordre de choses d'autant plus intolérable qu'il était impossible de savoir qui se permettait ces plaisanteries. Les soupçons pesaient bien sur les jeunes gens ; mais comme la Garde Nationale était alors purement nominale à Issoudun, qu'il n'y avait point de garnison, que le lieutenant de gendarmerie n'avait pas plus de huit gendarmes avec lui, qu'il ne se faisait pas de patrouilles, il était impossible d'avoir des preuves. Le Sous-Préfet fut mis à *l'Ordre de nuit,* et pris aussitôt pour *bête noire.* Ce fonctionnaire avait l'habitude de déjeuner de deux œufs frais. Il nourrissait des poules dans sa cour, et joignait à la manie de manger des œufs frais celle de vouloir les faire cuire lui-même. Ni sa femme, ni sa servante, ni personne, selon lui, ne savait faire un œuf comme il faut ; il regardait à sa montre, et se vantait de l'emporter en ce point sur tout le monde. Il cuisait ses œufs depuis deux ans avec un succès qui lui méritait mille plaisanteries. On enleva pendant un mois, toutes les nuits, les œufs de ses poules, auxquels on en substitua de durs. Le Sous-Préfet y perdit son latin et sa réputation de *Sous-Préfet à l'œuf.* Il finit par déjeûner autrement. Mais il ne soupçonna point les Chevaliers de la Désœuvrance, dont le tour était trop bien fait. Max inventa de lui graisser les tuyaux de ses poêles, toutes les nuits, d'une huile saturée d'odeurs si fétides, qu'il était impossible de tenir chez lui. Ce ne fut pas assez : un jour, sa femme, en voulant aller à la messe, trouva son châle intérieurement collé par une substance si tenace, qu'elle fut obligée de s'en passer. Le Sous-Préfet demanda son changement. La couardise et la soumission de ce fonctionnaire établirent définitivement l'autorité drolatique et occulte des Chevaliers de la Désœuvrance.

Entre la rue des Minimes et la place Misère, il existait alors une portion de quartier encadrée par le bras de la Rivière-Forcée vers le bas, et en haut par le rempart, à partir de la Place d'Armes jusqu'au Marché à la Poterie. Cet espèce de carré informe était rempli par des maisons d'un aspect misérable, pressées les unes contre les autres et divisées par des rues si étroites, qu'il est impossible d'y passer deux à la fois. Cet endroit de la ville, espèce de Cour des Miracles, était occupé par des gens pauvres ou exerçant des professions peu lucratives, logés dans ces taudis et dans des logis si pittoresquement appelés, en langage familier, des maisons borgnes. À toutes les époques, ce fut sans doute un quartier maudit, repaire des gens de mauvaise vie, car une de ces rues se nomme *la rue du Bourriau.* Il est constant que le bourreau de la ville y eut sa maison *à porte rouge* pendant plus de cinq siècles. L'aide du bourreau de Châteauroux y demeure encore, s'il faut en croire le bruit public, car la bourgeoisie ne le voit jamais. Les vignerons entretiennent seuls des relations avec cet être mystérieux qui a hérité de ses prédécesseurs le don de guérir les fractures et les plaies. Jadis les filles de joie, quand la ville se donnait des airs de capitale, y tenaient leurs assises. Il y avait des revendeurs de choses qui semblent ne pas devoir trouver d'acheteurs, puis des fripiers dont l'étalage empeste, enfin cette population apocryphe qui se rencontre dans un lieu semblable en presque toutes les villes, et où dominent un ou deux juifs. Au coin d'une de ces rues sombres, du côté le plus vivant de ce quartier, il exista de 1815 à 1823, et peut-être plus tard, un bouchon tenu par une femme appelée la mère Cognette. Ce bouchon consistait en une maison assez bien bâtie en chaînes de pierre blanche dont les intervalles étaient remplis de moellons et de mortier, élevée d'un étage et d'un grenier. Au-dessus de la porte, brillait cette énorme branche de pin semblable à du bronze de florence. Comme si ce symbole ne parlait pas assez, l'œil était saisi par le bleu d'une affiche collée au chambranle et où se voyait au-dessous de ces mots : BONNE BIÈRE DE MARS, un soldat offrant à une femme très décolletée un jet de mousse qui se rend du cruchon au verre qu'elle tend, en décrivant une arche de pont, le tout d'une couleur à faire évanouir Delacroix. Le rez-de-chaussée se composait d'une immense salle servant à la fois de cuisine et de salle à manger, aux solives de laquelle pendaient accrochées à des clous les provisions nécessaires à l'exploitation de ce commerce. Derrière cette salle, un escalier de meunier menait à l'étage supérieur, mais au pied de cet escalier s'ouvrait une porte donnant dans une petite pièce longue, éclairée sur une de ces cours de province qui ressemblent à un tuyau de cheminée, tant elles sont étroites, noires et hautes. Cachée par un appentis et dérobée à tous les regards par des murailles, cette petite salle servait aux Mauvais-Garçons d'Issoudun à tenir leur cour plénière. Ostensiblement le père Cognet hébergeait les gens de la campagne aux jours de marché ; mais secrètement il était l'hôtelier des Chevaliers de la Désœuvrance. Ce père Cognet, jadis palefrenier dans quelque maison riche, avait fini par épouser la Cognette, une ancienne cuisinière de bonne maison. Le faubourg de Rome continue, comme en Italie et en Pologne, à féminiser, à la manière latine, le nom du mari pour la femme. En réunissant leurs économies, le père Cognet et sa femme avaient acheté cette maison pour s'y établir cabaretiers. La Cognette, femme d'environ quarante ans, de haute taille, grassouillette, ayant le nez à la Roxelane, la peau bistrée, les cheveux d'un noir de jais, les yeux bruns, ronds et vifs, un air intelligent et rieur, fut choisie par Maxence Gilet pour être la Léonarde de l'Ordre, à cause de son caractère et de ses talents en cuisine. Le père Cognet pouvait avoir cinquante-six ans, il était trapu, soumis à sa femme, et, selon la plaisanterie incessamment répétée par elle, il ne pouvait voir les choses que d'un bon œil, car il était borgne. En sept ans, de 1816 à 1823, ni le mari ni la femme ne commirent la plus légère indiscrétion sur ce qui se faisait nuitamment chez eux ou sur ce qui s'y complotait, et ils eurent toujours la plus vive affection pour tous les Chevaliers ; quant à leur dévouement, il était absolu ; mais peut-être le trouvera-t-on moins beau, si l'on vient à songer que leur intérêt cautionnait leur silence et leur affection. À quelque heure de nuit que les Chevaliers tombassent chez la Cognette, en frappant d'une certaine manière, le père Cognet, averti par ce signal, se levait, allumait le feu et des chandelles, ouvrait la porte, allait chercher à la cave des vins achetés exprès pour l'Ordre, et la Cognette leur cuisinait un exquis souper, soit avant, soit après les expéditions résolues ou la veille, ou pendant la journée.

Pendant que madame Bridau voyageait d'Orléans à Issoudun, les Chevaliers de la Désœuvrance préparèrent un de leurs meilleurs tours. Un vieil Espagnol, ancien prisonnier de guerre, et qui, lors de la paix, était resté dans le pays, où il faisait un petit commerce de grains, vint de bonne heure au marché, et laissa sa charrette vide au bas de la Tour d'Issoudun. Maxence, arrivé le premier au rendez-vous indiqué pour cette nuit au pied de la Tour, fut interpellé par cette question faite à voix basse : – Que ferons-nous cette nuit ?

– La charrette du père Fario est là, répondit-il, j'ai failli me casser le nez dessus, montons-la d'abord sur la butte de la Tour, nous verrons après.

Quand Richard construisit la Tour d'Issoudun, il la planta, comme il a été dit, sur les ruines de la basilique assise à la place du temple romain et du Dun Celtique. Ces ruines, qui représentaient chacune une longue période de siècles, formèrent une montagne grosse des monuments de trois âges. La tour de Richard-Cœur-de-Lion se trouve donc au sommet d'un cône dont la pente est de toutes parts également roide et où l'on ne parvient que par escalade. Pour bien peindre en peu de mots l'attitude de cette tour, on peut la comparer à l'obélisque de Luxor sur son piédestal. Le piédestal de la Tour d'Issoudun, qui recélait alors tant de trésors archéologiques inconnus, a du côté de la ville quatre-vingts pieds de hauteur. En une heure, la charrette fut démontée, hissée pièce à pièce sur la butte au pied de la tour par un travail semblable à celui des soldats qui portèrent l'artillerie au passage du Mont Saint-Bernard. On remit la charrette en état et l'on fit disparaître toutes les traces du travail avec un tel soin qu'elle semblait avoir été transportée là par le diable ou par la baguette d'une fée. Après ce haut fait, les Chevaliers, ayant faim et soif, revinrent tous chez la Cognette, et se virent bientôt attablés dans la petite salle basse, où ils riaient par avance de la figure que ferait le Fario, quand, vers les dix heures, il chercherait sa charrette.

Naturellement les Chevaliers ne faisaient pas leurs farces toutes les nuits. Le génie des Sganarelle, des Mascarille et des Scapin réunis n'eût pas suffi à trouver trois cent soixante mauvais tours par année. D'abord les circonstances ne s'y prêtaient pas toujours : il faisait un trop beau clair de lune, le dernier tour avait trop irrité les gens sages ; puis tel ou tel refusait son concours quand il s'agissait d'un parent. Mais si les drôles ne se voyaient pas toutes les nuits chez la Cognette, ils se rencontraient pendant la journée, et se livraient ensemble aux plaisirs permis de la chasse ou des vendanges en automne, et du patin en hiver. Dans cette réunion de vingt jeunes gens de la ville qui protestaient ainsi contre sa somnolence sociale, il s'en trouva quelques-uns plus étroitement liés que les autres avec Max, ou qui firent de lui leur idole. Un pareil caractère fanatise souvent la jeunesse. Or, les deux petits-fils de madame Hochon, François Hochon et Baruch Borniche, étaient les séides de Max. Ces deux garçons regardaient Max presque comme leur cousin, en admettant l'opinion du pays sur sa parenté de la main gauche avec les Lousteau. Max prêtait d'ailleurs généreusement à ces deux jeunes gens l'argent que leur grand-père Hochon refusait à leurs plaisirs ; il les emmenait à la chasse, il les formait ; il exerçait enfin sur eux une influence bien supérieure à celle de la famille. Orphelins tous deux, ces deux jeunes gens restaient, quoique majeurs, sous la tutelle de monsieur Hochon, leur grand-père, à cause de circonstances qui seront expliquées au moment où le fameux monsieur Hochon paraîtra dans cette scène.

En ce moment, François et Baruch (nommons-les par leurs prénoms pour la clarté de cette histoire) étaient, l'un à droite, l'autre à gauche de Max, au milieu de la table assez mal éclairée par la lueur fuligineuse de quatre chandelles des huit à la livre. On avait bu douze à quinze bouteilles de vins différents, car la réunion ne comptait pas plus de onze Chevaliers. Baruch, dont le prénom indique assez un restant de calvinisme à Issoudun, dit à Max, au moment où le vin avait délié toutes les langues : – Tu vas te trouver menacé dans ton centre...

– Qu'entends-tu par ces paroles ? demanda Max.

– Mais, ma grand-mère a reçu de madame Bridau, sa filleule, une lettre par laquelle elle lui annonce son arrivée et celle de son fils. Ma grand-mère a fait arranger hier deux chambres pour les recevoir.

– Et qu'est-ce que cela me fait ? dit Max en prenant son verre, le vidant d'un trait et le remettant sur la table par un geste comique.

Max avait alors trente-quatre ans. Une des chandelles placée près de lui projetait sa lueur sur sa figure martiale, illuminait bien son front et faisait admirablement ressortir son teint blanc, ses yeux de feu, ses cheveux noirs un peu crépus, et d'un brillant de jais. Cette chevelure se retroussait vigoureusement d'elle-même au-dessus du front et aux tempes, en dessinant ainsi nettement cinq langues noires que nos ancêtres appelaient *les cinq pointes*. Malgré ces brusques oppositions de blanc et de noir, Max avait une physionomie très douce qui tirait son charme d'une coupe semblable à celle que Raphaël donne à ses figures de vierge, d'une bouche bien modelée et sur les lèvres de laquelle errait un sourire gracieux, espèce de contenance que Max avait fini par prendre. Le riche coloris qui nuance les figures berrichonnes ajoutait encore à son air de bonne humeur. Quand il riait vraiment, il montrait trente-deux dents dignes de parer la bouche d'une petite maîtresse. D'une taille de cinq pieds quatre pouces, Max était admirablement bien proportionné, ni gras, ni maigre. Si ses mains soignées étaient blanches et assez belles, ses pieds rappelaient le faubourg de Rome et le fantassin de l'Empire. Il eût certes fait un magnifique Général de Division ; il avait des épaules à porter une fortune de Maréchal de France, et une poitrine assez large pour tous les Ordres de l'Europe. L'intelligence animait ses mouvements. Enfin, né gracieux, comme presque tous les enfants de l'amour, la noblesse de son vrai père éclatait en lui.

– Tu ne sais donc pas, Max, lui cria du bout de la table le fils d'un ancien chirurgien-major appelé Goddet, le meilleur médecin de la ville, que la filleule de madame Hochon est la sœur de Rouget ? Si elle vient avec son fils le peintre, c'est sans doute pour r'avoir la succession du bonhomme, et adieu ta vendange...

Max fronça les sourcils. Puis, par un regard qui courut de visage en visage autour de la table, il examina l'effet produit par cette apostrophe sur les esprits, et il répondit encore : – Qu'est-ce que ça me fait ?

Il eût certes fait un magnifique Général de Division

– Mais, reprit François, il me semble que si le vieux Rouget révoquait son testament, dans le cas où il en aurait fait un au profit de la Rabouilleuse...

Ici Max coupa la parole à son séide par ces mots : – Quand, en venant ici, je vous ai entendu nommer *un des cinq Hochons*, suivant le calembour qu'on faisait sur vos noms depuis trente ans, j'ai fermé le bec à celui qui t'appelait ainsi, mon cher François, et d'une si verte manière, que, depuis, personne à Issoudun n'a répété cette niaiserie, devant moi du moins ! Et voilà comment tu t'acquittes avec moi : tu te sers d'un surnom méprisant pour désigner une femme à laquelle on me sait attaché.

Jamais Max n'en avait tant dit sur ses relations avec la personne à qui François venait de donner le surnom sous lequel elle était connue à Issoudun. L'ancien prisonnier des pontons avait assez d'expérience, le commandant des Grenadiers de la Garde savait assez ce qu'est l'honneur, pour deviner d'où venait la mésestime de la ville. Aussi n'avait-il jamais laissé qui que ce fût lui dire un mot au sujet de mademoiselle Flore Brazier, cette servante-maîtresse de Jean-Jacques Rouget, si énergiquement appelée vermine par la respectable madame Hochon. D'ailleurs chacun connaissait Max trop chatouilleux pour lui parler à ce sujet sans qu'il commençât, et il n'avait jamais commencé. Enfin, il était trop dangereux d'encourir la colère de Max ou de le fâcher pour que ses meilleurs amis plaisantassent de la Rabouilleuse. Quand on s'entretint de la liaison de Max avec cette fille devant le commandant Potel et le capitaine Renard, les deux officiers avec lesquels il vivait sur un pied d'égalité, Potel avait répondu : – S'il est le frère naturel de Jean-Jacques Rouget, pourquoi ne voulez-vous pas qu'il y demeure ? – D'ailleurs, après tout, reprit le capitaine Renard, cette fille est un morceau de roi ; et quand il l'aimerait, où est le mal ?... Est-ce que le fils Goddet n'aime pas madame Fichet pour avoir la fille en récompense de cette corvée ?

Après cette semonce méritée, François ne retrouva plus le fil de ses idées ; mais il le retrouva bien moins encore quand Max lui dit avec douceur : – Continue...

– Ma foi, non ! s'écria François.

– Tu te fâches à tort, Max, cria le fils Goddet. N'est-il pas convenu que chez la Cognette on peut tout se dire ? Ne serions-nous pas tous les ennemis mortels de celui d'entre nous qui se souviendrait hors d'ici de ce qui s'y dit, de ce qui s'y pense ou de ce qui s'y fait ? Toute la ville désigne Flore Brazier sous le surnom de la Rabouilleuse, si ce surnom a, par mégarde, échappé à François, est-ce un crime contre *la Désœuvrance ?*

– Non, dit Max, mais contre notre amitié particulière. La réflexion m'est venue, j'ai pensé que nous étions *en désœuvrance*, et je lui ai dit : Continue...

Un profond silence s'établit. La pause fut si gênante pour tout le monde, que Max s'écria : – Je vais continuer pour lui (sensation), pour vous tous (étonnement) !... et vous dire ce que vous pensez (profonde sensation) ! Vous pensez que Flore, la Rabouilleuse, la Brazier, la gouvernante au père Rouget, car on l'appelle le père Rouget, ce vieux garçon qui n'aura jamais d'enfants ! vous pensez, dis-je, que cette femme fournit, depuis mon retour à Issoudun, à tous mes besoins. Si je puis jeter par les fenêtres trois cents francs par mois, vous régaler souvent comme je le fais ce soir, et vous prêter de l'argent à tous, je prends les écus dans la bourse de mademoiselle Brazier ? Eh ! bien, oui (profonde sensation) ! Sacrebleu, oui ! mille fois oui !... Oui, mademoiselle Brazier a couché en joue la succession de ce vieillard...

– Elle l'a bien gagnée de père en fils, dit le fils Goddet dans son coin.

– Vous croyez, continua Max après avoir souri du mot du fils Goddet, que j'ai conçu le plan d'épouser Flore après la mort du père Rouget, et qu'alors cette sœur et son fils, de qui j'entends parler pour la première fois, vont mettre mon avenir en péril ?

– C'est cela ! s'écria François.

– Voilà ce que pensent tous ceux qui sont autour de la table, dit Baruch.

– Eh ! bien, soyez calmes, mes amis, répondit Max. Un homme averti en vaut deux ! Maintenant, je m'adresse aux chevaliers de la Désœuvrance. Si, pour renvoyer ces Parisiens, j'ai besoin de l'Ordre, me prêtera-t-on la main ? Oh ! dans les limites que nous nous sommes imposées pour faire nos farces, ajouta-t-il vivement en apercevant un mouvement général. Croyez-vous que je veuille les tuer, les empoisonner ?... Dieu merci, je ne suis pas imbécile. Et, après tout, les Bridau réussiraient, Flore n'aurait que ce qu'elle a, je m'en contenterais, entendez-vous ? Je l'aime assez pour la préférer à mademoiselle Fichet, si mademoiselle Fichet voulait de moi !...

Mademoiselle Fichet était la plus riche héritière d'Issoudun, et la main de la fille entrait pour beaucoup dans la passion du fils Goddet pour la mère. La franchise a tant de prix, que les onze chevaliers se levèrent comme un seul homme.

– Tu es un brave garçon, Max !

– Voilà parler, Max, nous serons les chevaliers de la Délivrance.

– Bran pour les Bridau !

– Nous les briderons, les Bridau !

– Après tout, on s'est vu trois épouser des bergères !

– Que diable ! le père Lousteau a bien aimé madame Rouget, n'y a-t-il pas moins de mal à aimer une gouvernante, libre et sans fers ?

– Et si défunt Rouget est un peu le père de Max, ça se passe en famille.

– Les opinions sont libres !

– Vive Max !

– À bas les hypocrites !

– Buvons à la santé de la belle Flore ?

Telles furent les onze réponses, acclamations ou toasts que poussèrent les Chevaliers de la Désœuvrance, et autorisés, disons-le, par leur morale excessivement relâchée. On voit quel intérêt avait Max, en se faisant le Grand-Maître de l'Ordre de la Désœuvrance. En inventant des farces, en obligeant les jeunes gens des principales familles, Max voulait s'en faire des appuis pour le jour de sa réhabilitation. Il se leva gracieusement, brandit son verre plein de vin de Bordeaux, et l'on attendit son allocution.

– Pour le mal que je vous veux, je vous souhaite à tous une femme qui vaille la belle Flore ! Quant à l'invasion des parents, je n'ai pour le moment aucune crainte ; et pour l'avenir, nous verrons !...

– N'oublions pas la charrette à Fario !...

– Parbleu ! elle est en sûreté, dit le fils Goddet.

– Oh ! je me charge de finir cette farce-là, s'écria Max. Soyez au marché de bonne heure, et venez m'avertir quand le bonhomme cherchera sa brouette...

On entendit sonner trois heures et demie du matin, les Chevaliers sortirent alors en silence pour rentrer chacun chez eux en serrant les murailles sans faire le moindre bruit, chaussés qu'ils étaient de chaussons de lisières. Max regagna lentement la place Saint-Jean, située dans la partie haute de la ville, entre la porte Saint-Jean et la porte Villate, le quartier des riches bourgeois. Le commandant Gilet avait déguisé ses craintes ; mais cette nouvelle l'atteignait au cœur. Depuis son séjour sur ou sous les pontons, il était devenu d'une dissimulation égale en profondeur à sa corruption. D'abord, et avant tout, les quarante mille livres de rente en fonds de terre que possédait le père Rouget, constituaient la passion de Gilet pour Flore Brazier, croyez-le bien ? À la manière dont il se conduisait, il est facile d'apercevoir combien de sécurité la Rabouilleuse avait su lui inspirer sur l'avenir financier qu'elle devait à la tendresse du vieux garçon. Néanmoins, la nouvelle de l'arrivée des héritiers légitimes était de nature à ébranler la foi de Max dans le pouvoir de Flore. Les économies faites depuis dix-sept ans étaient encore placées au nom de Rouget. Or si le testament, que Flore disait avoir été fait depuis longtemps en sa faveur, se révoquait, ces économies pouvaient du moins être sauvées en les faisant mettre au nom de mademoiselle Brazier.

– Cette imbécile de fille ne m'a pas dit, en sept ans, un mot des neveux et de la sœur ! s'écria Max en tournant de la rue Marmouse dans la rue l'Avenier. Sept cent cinquante mille francs placés dans dix ou douze études différentes, à Bourges, à Vierzon, à Châteauroux, ne peuvent ni se réaliser ni se placer sur l'État, en une semaine, et sans qu'on le sache dans un pays *à disettes* ! Avant tout, il faut se débarrasser de la parenté ; mais une fois que nous en serons délivrés, nous nous dépêcherons de réaliser cette fortune. Enfin, j'y songerai...

Max était fatigué. À l'aide de son passe-partout, il rentra chez le père Rouget, et se coucha sans faire de bruit, en se disant : – Demain, mes idées seront nettes.

Il n'est pas inutile de dire d'où venait à la sultane de la Place Saint-Jean ce surnom de Rabouilleuse, et comment elle s'était impatronisée dans la maison Rouget.

En avançant en âge, le vieux médecin, père de Jean-Jacques et de madame Bridau, s'aperçut de la nullité de son fils ; il le tint alors assez durement, afin de le jeter dans une routine qui lui servit de sagesse ; mais il le préparait ainsi, sans le savoir, à subir le joug de la première tyrannie qui pourrait lui passer un licou. Un jour, en revenant de sa tournée, ce malicieux et vicieux vieillard aperçut une petite fille ravissante au bord des prairies dans l'avenue de Tivoli. Au bruit du cheval, l'enfant se dressa du fond d'un des ruisseaux qui, vus du haut d'Issoudun, ressemblent à des rubans d'argent au milieu d'une robe verte. Semblable à une naïade, la petite montra soudain au docteur une des plus belles têtes de vierge que jamais un peintre ait pu rêver. Le vieux Rouget, qui connaissait tout le pays, ne connaissait pas ce miracle de beauté. La fille, quasi nue, portait une méchante jupe courte trouée et déchiquetée, en mauvaise étoffe de laine alternativement rayée de bistre et de blanc. Une feuille de gros papier attachée par un brin d'osier lui servait de coiffure. Dessous ce papier plein de bâtons et d'O, qui justifiait bien son nom de papier-écolier, était tordue et rattachée, par un peigne à peigner la queue des chevaux, la plus belle chevelure blonde qu'ait pu souhaiter une fille d'Ève. Sa jolie poitrine hâlée, son cou à peine couvert par un fichu en loques, qui jadis fut un madras, montrait des places blanches au-dessous du hâle. La jupe, passée entre les jambes, relevée à mi-corps et attachée par une grosse épingle, faisait assez l'effet d'un caleçon de nageur. Les pieds, les jambes, que l'eau claire permettait d'apercevoir, se recommandaient par une délicatesse digne de la statuaire au Moyen-Âge.

La fille portait une méchante jupe courte trouée

Ce charmant corps exposé au soleil avait un ton rougeâtre qui ne manquait pas de grâce. Le col et la poitrine méritaient d'être enveloppés de cachemire et de soie. Enfin, cette nymphe avait des yeux bleus garnis de cils dont le regard eût fait tomber à genoux un peintre et un poète. Le médecin, assez anatomiste pour reconnaître une taille délicieuse, comprit tout ce que les Arts perdraient si ce charmant modèle se détruisait au travail des champs.

– D'où es-tu, ma petite ? Je ne t'ai jamais vue, dit le vieux médecin alors âgé de soixante-dix ans.

Cette scène se passait au mois de septembre de l'année 1799.

– Je suis de Vatan, répondit la fille.

En entendant la voix d'un bourgeois, un homme de mauvaise mine, placé à deux cents pas de là, dans le cours supérieur du ruisseau, leva la tête.

– Eh ! bien, qu'as-tu donc, Flore ? cria-t-il, tu causes au lieu de *rabouiller*, la marchandise s'en ira !

– Et que viens-tu faire de Vatan, ici ? demanda le médecin sans s'inquiéter de l'apostrophe.

– Je *rabouille* pour mon oncle Brazier que voilà.

Rabouiller est un mot berrichon qui peint admirablement ce qu'il veut exprimer : l'action de troubler l'eau d'un ruisseau en la faisant bouillonner à l'aide d'une grosse branche d'arbre dont les rameaux sont disposés en forme de raquette. Les écrevisses effrayées par cette opération, dont le sens leur échappe, remontent précipitamment le cours d'eau, et dans leur trouble se jettent au milieu des engins que le pêcheur a placés à une distance convenable. Flore Brazier tenait à la main son *rabouilloir* avec la grâce naturelle à l'innocence.

– Mais ton oncle a-t-il la permission de pêcher des écrevisses ?

– Eh ! bien, ne sommes-nous plus sous la République une et indivisible ? cria de sa place l'oncle Brazier.

– Nous sommes sous le Directoire, dit le médecin, et je ne connais pas de loi qui permette à un homme de Vatan de venir pêcher sur le territoire de la commune d'Issoudun, répondit le médecin. As-tu ta mère, ma petite ?

– Non, monsieur, et mon père est à l'hospice de Bourges ; il est devenu fou à la suite d'un coup de soleil qu'il a reçu dans les champs, sur la tête...

– Que gagnes-tu ?

– Cinq sous par jour pendant toute la saison du rabouillage, j'allons rabouiller jusque dans la Braisne. Durant la moisson, je glane. L'hiver, je file.

– Tu vas sur douze ans...

– Oui, monsieur...

– Veux-tu venir avec moi ? tu seras bien nourrie, bien habillée, et tu auras de jolis souliers...

– Non, non, ma nièce doit rester avec moi, j'en suis chargé devant Dieu et devant *léz-houmes*, dit l'oncle Brazier qui s'était rapproché de sa nièce et du médecin. Je suis son tuteur, voyez-vous !

Le médecin retint un sourire et garda son air grave qui, certes, eût échappé à tout le monde à l'aspect de l'oncle Brazier. Ce tuteur avait sur la tête un chapeau de paysan rongé par la pluie et par le soleil, découpé comme une feuille de chou sur laquelle auraient vécu plusieurs chenilles, et rapetassé en fil blanc. Sous le chapeau se dessinait une figure noire et creusée, où la bouche, le nez et les yeux formaient quatre points noirs. Sa méchante veste ressemblait à un morceau de tapisserie, et son pantalon était en toile à torchons.

– Je suis le docteur Rouget, dit le médecin ; et puisque tu es le tuteur de cette enfant, amène-la chez moi, Place Saint-Jean, tu n'auras pas fait une mauvaise journée, ni elle non plus...

Et sans attendre un mot de réponse, sûr de voir arriver chez lui l'oncle Brazier avec la jolie Rabouilleuse, le docteur Rouget piqua des deux vers Issoudun. En effet, au moment où le médecin se mettait à table, sa cuisinière lui annonça le citoyen et la citoyenne Brazier.

– Asseyez-vous, dit le médecin à l'oncle et à la nièce.

Flore et son tuteur, toujours pieds nus, regardaient la salle du docteur avec des yeux hébétés. Voici pourquoi.

La maison que Rouget avait héritée des Descoings occupe le milieu de la place Saint-Jean, espèce de carré long et très étroit, planté de quelques tilleuls malingres. Les maisons en cet endroit sont mieux bâties que partout ailleurs, et celle des Descoings est une des plus belles. Cette maison, située en face de celle de monsieur Hochon, a trois croisées de façade au premier étage, et au rez-de-chaussée une porte cochère qui donne entrée dans une cour au-delà de laquelle s'étend un jardin. Sous la voûte de la porte cochère se trouve la porte d'une vaste salle éclairée par deux croisées sur la rue. La cuisine est derrière la salle, mais séparée par un escalier qui conduit au premier étage et aux mansardes situées au-dessus. En retour de la cuisine, s'étendent un bûcher, un hangar où l'on faisait la lessive, une écurie pour deux chevaux, et une remise, au-dessus desquels il y a de petits greniers pour l'avoine, le foin, la paille, et où couchait alors le domestique du docteur. La salle si fort admirée par la petite paysanne et par son oncle avait pour décoration une boiserie sculptée comme on sculptait sous Louis XV et peinte en gris, une belle cheminée en marbre, au-dessus de laquelle Flore se mirait dans une grande glace sans trumeau supérieur et dont la bordure sculptée était dorée. Sur cette boiserie, de distance en distance, se voyaient quelques tableaux, dépouilles des abbayes de Déols, d'Issoudun, de Saint-Gildas, de la Prée, du Chézal-Benoît, de Saint-Sulpice, des couvents de Bourges et d'Issoudun, que la libéralité de nos rois et des fidèles avaient enrichis de dons précieux et des plus belles œuvres dues à la Renaissance. Aussi dans les tableaux conservés par les Descoings et passés aux Rouget, se trouvait-il une Sainte Famille de l'Albane, un Saint Jérôme du Dominiquin, une tête de Christ de Jean Bellin, une Vierge de Léonard de Vinci, un Portement de croix du Titien qui venait du marquis de Belabre, celui qui soutint un siège et eut la tête tranchée sous Louis XIII ; un Lazare de Paul Véronèse, un Mariage de la Vierge du Prêtre Génois, deux tableaux d'église de Rubens et une copie d'un tableau du Pérugin faite par le Pérugin ou par Raphaël ; enfin, deux Corrége et un André del Sarto. Les Descoings avaient trié ces richesses dans trois cents tableaux d'église, sans en connaître la valeur, et en les choisissant uniquement d'après leur conservation. Plusieurs avaient non seulement des cadres magnifiques, mais encore quelques-uns étaient sous verre. Ce fut à cause de la beauté des cadres et de la valeur que les *vitres* semblaient annoncer que les Descoings gardèrent ces toiles. Les meubles de cette salle ne manquaient donc pas de ce luxe tant prisé de nos jours, mais alors sans aucun prix à Issoudun. L'horloge placée sur la cheminée entre deux superbes chandeliers d'argent à six branches se recommandait par une magnificence abbatiale qui annonçait Boulle. Les fauteuils en bois de chêne sculpté, garnis tous en tapisserie due à la dévotion de quelques femmes du haut rang, eussent été prisés haut aujourd'hui, car ils étaient tous surmontés de couronnes et d'armes. Entre les deux croisées, il existait une riche console venue d'un château, et sur le marbre de laquelle s'élevait un immense pot de la Chine, où le docteur mettait son tabac. Ni le médecin, ni son fils, ni la cuisinière, ni le domestique n'avaient soin de ces richesses. On crachait sur un foyer d'une exquise délicatesse dont les moulures dorées étaient jaspées de vert-de-gris. Un joli lustre moitié cristal, moitié en fleurs de porcelaine, était criblé, comme le plafond d'où il pendait, de points noirs qui attestaient la liberté dont jouissaient les mouches. Les Descoings avaient drapé aux fenêtres des rideaux en brocatelle arrachés au lit de quelque abbé commendataire. À gauche de la porte, un bahut, d'une valeur de quelques milliers de francs, servait de buffet.

– Voyons, Fanchette, dit le médecin à sa cuisinière, deux verres ?... Et donnez-nous du chenu.

Fanchette, grosse servante berrichonne qui passait avant la Cognette pour être la meilleure cuisinière d'Issoudun, accourut avec une prestesse qui décelait le despotisme du médecin, et aussi quelque curiosité chez elle.

– Que vaut un arpent de vigne dans ton pays ? dit le médecin en versant un verre au grand Brazier.

– *Cint* écus en argent...

– Eh ! bien, laisse-moi ta nièce comme servante, elle aura cent écus de gages, et, en ta qualité de tuteur, tu toucheras les cent écus...

– Tous les *eins* ?... fit Brazier en ouvrant des yeux qui devinrent grands comme des soucoupes.

– Je laisse la chose à ta conscience, répondit le docteur, elle est orpheline. Jusqu'à dix-huit ans, Flore n'a rien à voir aux recettes.

– *À va su* douze *eins*, ça ferait donc six arpents de vigne, dit l'oncle. *Mè all êt ben* gentille, douce *coume* un *igneau, ben* faite, et *ben* agile, et *ben* obéissante... la *pôvr'criature, all* était la joie *edz'yeux* de*mein pôvr'freire* !

– Et je paye une année d'avance, fit le médecin.

– Ah ! ma foi, dit alors l'oncle, mettez deux *eins*, et je vous la lairrons, car *all* sera mieux chez vous que chez nous, que ma *fâme* la bat, *all* ne peut pas la *souffri...* Il n'y a que moi qui la *proutègeon, cte* sainte *criature* qu'est *innocinte coume l'infant* qui vient de *nettre.*

En entendant cette dernière phrase, le médecin, frappé par ce mot d'*innocente*, fit un signe à l'oncle Brazier et sortit avec lui dans la cour et de là dans le jardin, laissant la Rabouilleuse devant la table servie entre Fanchette et Jean-Jacques qui la questionnèrent et à qui elle raconta naïvement sa rencontre avec le docteur.

– Allons, chère petite mignonne, adieu, fit l'oncle Brazier en revenant embrasser Flore au front, tu peux bien dire que j'ai *fè* ton bonheur en te plaçant chez ce brave et digne père des indigents, faut lui obéir *coume à mé...* sois ben sage, ben gentille et *fé* tout *ce qui* voudra...

– Vous arrangerez la chambre au-dessus de la mienne, dit le médecin à Fanchette. Cette petite Flore, qui certes est bien nommée, y couchera dès ce soir. Demain, nous ferons venir pour elle le cordonnier et la couturière. Mettez-lui sur-le-champ un couvert, elle va nous tenir compagnie.

Le soir, dans tout Issoudun, il ne fut question que de l'établissement d'une petite Rabouilleuse chez le docteur Rouget. Ce surnom resta dans un pays de moquerie à mademoiselle Brazier, avant, pendant et après sa fortune.

Le médecin voulait sans doute faire en petit pour Flore Brazier ce que Louis XV fit en grand pour mademoiselle de Romans ; mais il s'y prenait trop tard : Louis XV était encore jeune, tandis que le docteur se trouvait à la fleur de la vieillesse. De douze à quatorze ans, la charmante Rabouilleuse connut un bonheur sans mélange. Bien mise et beaucoup mieux nippée que la plus riche fille d'Issoudun, elle portait une montre d'or et des bijoux que le docteur lui donna pour encourager ses études ; car elle eut un maître chargé de lui apprendre à lire, à écrire et à compter. Mais la vie presque animale des paysans avait mis en Flore de telles répugnances pour le vase amer de la science que le docteur en resta là de cette éducation. Ses desseins à l'égard de cette enfant, qu'il décrassait, instruisait et formait avec des soins d'autant plus touchants qu'on le croyait incapable de tendresse, furent diversement interprétés par la caqueteuse bourgeoisie de la ville, dont les *disettes* accréditaient, comme à propos de la naissance de Max et d'Agathe, de fatales erreurs. Il n'est pas facile au public des petites villes de démêler la vérité dans les mille conjectures, au milieu des commentaires contradictoires, et à travers toutes les suppositions auxquelles un fait y donne lieu. La Province, comme autrefois les politiques de la petite Provence aux Tuileries, veut tout expliquer, et finit par tout savoir. Mais chacun tient à la face qu'il affectionne dans l'événement ; il y voit le vrai, le démontre et tient sa version pour la seule bonne. La vérité, malgré la vie à jour et l'espionnage des petites villes, est donc souvent obscurcie, et veut, pour être reconnue, ou le temps après lequel la vérité devient indifférente, ou l'impartialité que l'historien et l'homme supérieur prennent en se plaçant à un point de vue élevé.

– Que voulez-vous que ce vieux singe fasse à son âge d'une petite fille de quinze ans ? disait-on deux ans après l'arrivée de la Rabouilleuse.

– Vous avez raison, répondait-on, il y a longtemps qu'*ils sont passés, ses jours de fête*...

– Mon cher, le docteur est révolté de la stupidité de son fils, et il persiste dans sa haine contre sa fille Agathe ; dans cet embarras, peut-être n'a-t-il vécu si sagement depuis deux ans que pour épouser cette petite, s'il peut avoir d'elle un beau garçon agile et découplé, bien vivant comme Max, faisait observer une tête forte.

– Laissez-nous donc tranquilles, est-ce qu'après avoir mené la vie que Lousteau et Rouget ont faite de 1770 à 1787, on peut avoir des enfants à soixante-douze ans ? Tenez, ce vieux scélérat a lu l'ancien Testament, ne fût-ce que comme médecin, et il y a vu comment le roi David réchauffait sa vieillesse... Voilà tout, bourgeois !

– On dit que Brazier, quand il est gris, se vante, à Vatan, de l'avoir volé ! s'écriait un de ces gens qui croient plus particulièrement au mal.

– Eh ! mon Dieu, voisin, que ne dit-on pas à Issoudun ?

De 1800 à 1805, pendant cinq ans, le docteur eut les plaisirs de l'éducation de Flore, sans les ennuis que l'ambition et les prétentions de mademoiselle de Romans donnèrent, dit-on, à Louis-le-Bien-Aimé. La petite Rabouilleuse était si contente, en comparant sa situation chez le docteur à la vie qu'elle eût menée avec son oncle Brazier, qu'elle se plia sans doute aux exigences de son maître, comme eût fait une esclave en Orient. N'en déplaise aux faiseurs d'idylles ou aux philanthropes, les gens de la campagne ont peu de notions sur certaines vertus ; et, chez eux, les scrupules viennent d'une pensée intéressée, et non d'un sentiment du bien ou du beau ; élevés en vue de la pauvreté, du travail constant, de la misère, cette perspective leur fait considérer tout ce qui peut les tirer de l'enfer de la faim et du labeur éternel, comme permis, surtout quand la loi ne s'y oppose point. S'il y a des exceptions, elles sont rares. La vertu, socialement parlant, est la compagne du bien-être, et commence à l'instruction. Aussi la Rabouilleuse était-elle un objet d'envie pour toutes les filles à dix lieues à la ronde, quoique sa conduite fût, aux yeux de la Religion, souverainement répréhensible. Flore, née en 1787, fut élevée au milieu des saturnales de 1793 et de 1798, dont les reflets éclairèrent ces campagnes privées de prêtres, de culte, d'autels, de cérémonies religieuses, où le mariage était un accouplement légal, et où les maximes révolutionnaires laissèrent de profondes empreintes, à Issoudun surtout, pays où la Révolte est traditionnelle. En 1802, le culte catholique était à peine rétabli. Ce fut pour l'Empereur une œuvre difficile que de trouver des prêtres. En 1806, bien des paroisses en France étaient encore veuves, tant la réunion d'un Clergé décimé par l'échafaud fut lente, après une si violente dispersion. En 1802, rien ne pouvait donc blâmer Flore, si ce n'est sa conscience. La conscience ne devait-elle pas être plus faible que l'intérêt chez la pupille de l'oncle Brazier ? Si, comme tout le fit supposer, le cynique docteur fut forcé par son âge de respecter une enfant de quinze ans, la Rabouilleuse n'en passa pas moins pour une fille très *délurée*, un mot du pays. Néanmoins, quelques personnes voulurent voir pour elle un certificat d'innocence dans la cessation des soins et des attentions du docteur, qui lui marqua pendant les deux dernières années de sa vie plus que du refroidissement.

Le vieux Rouget avait assez tué de monde pour savoir prévoir sa fin ; or, en le trouvant drapé sur son lit de mort dans le manteau de la philosophie encyclopédiste, son notaire le pressa de faire quelque chose en faveur de cette jeune fille, alors âgée de dix-sept ans.

– Eh ! bien, émancipons-la, dit-il.

Ce mot peint ce vieillard qui ne manquait jamais de tirer ses sarcasmes de la profession même de celui à qui il répondait. En couvrant d'esprit ses mauvaises actions, il se les faisait pardonner dans un pays où l'esprit a toujours raison, surtout quand il s'appuie sur l'intérêt personnel bien entendu. Le notaire vit dans ce mot le cri de la haine concentrée d'un homme chez qui la nature avait trompé les calculs de la débauche, une vengeance contre l'innocent objet d'un impuissant amour. Cette opinion fut en quelque sorte confirmée par l'entêtement du docteur, qui ne laissa rien à la Rabouilleuse, et qui dit avec un sourire amer : – elle est bien assez riche de sa beauté ! quand le notaire insista de nouveau sur ce sujet.

Jean-Jacques Rouget ne pleura point son père que Flore pleurait. Le vieux médecin avait rendu son fils très malheureux, surtout depuis sa majorité, et Jean-Jacques fut majeur en 1791 ; tandis qu'il avait donné à la petite paysanne le bonheur matériel qui, pour les gens de la campagne, est l'idéal du bonheur. Quand, après l'enterrement du défunt, Fanchette dit à Flore : – Eh ! bien, qu'allez-vous devenir maintenant que monsieur n'est plus ? Jean-Jacques eut des rayons dans les yeux, et pour la première fois sa figure immobile s'anima, parut s'éclairer aux rayons d'une pensée, et peignit un sentiment.

– Laissez-nous, dit-il à Fanchette qui desservait alors la table.

À dix-sept ans, Flore conservait encore cette finesse de taille et de traits, cette distinction de beauté qui séduisit le docteur et que les femmes du monde savent conserver, mais qui se fanent chez les paysannes aussi rapidement que la fleur des champs. Cependant, cette tendance à l'embonpoint qui gagne toutes les belles campagnardes quand elles ne mènent pas aux champs et au soleil leur vie de travail et de privations, se faisait déjà remarquer en elle. Son corsage était développé. Ses épaules grasses et blanches dessinaient des plans riches et harmonieusement rattachés à son cou qui se plissait déjà. Mais le contour de sa figure restait pur, et le menton était encore fin.

– Flore, dit Jean-Jacques d'une voix émue, vous êtes bien habituée à cette maison ?...

– Oui, monsieur Jean...

Au moment de faire sa déclaration, l'héritier se sentit la langue glacée par le souvenir du mort enterré si fraîchement, il se demanda jusqu'où la bienfaisance de son père était allée. Flore, qui regarda son nouveau maître sans pouvoir en soupçonner la simplicité attendit

Jean-Jacques

pendant quelque temps que Jean-Jacques reprit la parole ; mais elle le quitta ne sachant que penser du silence obstiné qu'il garda. Quelle que fût l'éducation que la Rabouilleuse tenait du docteur, il devait se passer plus d'un jour avant qu'elle connût le caractère de Jean-Jacques, dont voici l'histoire en peu de mots.

À la mort de son père, Jacques, âgé de trente-sept ans était aussi timide et soumis à la discipline paternelle que peut l'être un enfant de douze ans. Cette timidité doit expliquer son enfance, sa jeunesse et sa vie à ceux qui ne voudraient pas admettre ce caractère ou les faits de cette histoire, hélas ! bien communs partout, même chez les princes, car Sophie Dawes fut prise par le dernier des Condé dans une situation pire que celle de la Rabouilleuse. Il y a deux timidités : la timidité d'esprit, la timidité de nerfs ; une timidité physique et une timidité morale. L'une est indépendante de l'autre. Le corps peut avoir peur et trembler pendant que l'esprit reste calme et courageux, et *vice versa*. Ceci donne la clef de bien des bizarreries morales. Quand les deux timidités se réunissent chez un homme, il sera nul pendant toute sa vie. Cette timidité complète est celle des gens dont nous disons : – C'est un imbécile. Il se cache souvent dans cet imbécile de grandes qualités comprimées. Peut-être devons-nous à cette double infirmité quelques moines qui ont vécu dans l'extase. Cette malheureuse disposition physique et morale est produite aussi bien par la perfection des organes et par celle de l'âme que par des défauts encore inobservés. La timidité de Jean-Jacques venait d'un certain engourdissement de ses facultés qu'un grand instituteur, ou un chirurgien comme Desplein eussent réveillées. Chez lui, comme chez les crétins, le sens de l'amour avait hérité de la force et de l'agilité qui manquait à l'intelligence, quoiqu'il lui restât encore assez de sens pour se conduire dans la vie. La violence de sa passion, dénuée de l'idéal où elle s'épanche chez tous les jeunes gens, augmentait encore sa timidité. Jamais il ne put se décider, selon l'expression familière, à faire la cour à une femme à Issoudun. Or, ni les jeunes filles, ni les bourgeoises ne pouvaient faire les avances à un jeune homme de moyenne taille, d'attitude pleine de honte et de mauvaise grâce, à figure commune, que deux gros yeux d'un vert pâle et saillants eussent rendue assez laide si déjà les traits écrasés et un teint blafard ne la vieillissaient avant le temps. La compagnie d'une femme annulait, en effet, ce pauvre garçon qui se sentait poussé par la passion aussi violemment qu'il était retenu par le peu d'idées dû à son éducation. Immobile entre deux forces égales, il ne savait alors que dire, et tremblait d'être interrogé, tant il avait peur d'être obligé de répondre ! Le désir, qui délie si promptement la langue, lui glaçait la sienne. Jean-Jacques resta donc solitaire, et rechercha la solitude en ne s'y trouvant pas gêné. Le docteur aperçut, trop tard pour y remédier, les ravages produits par ce tempérament et par ce caractère. Il aurait bien voulu marier son fils ; mais, comme il s'agissait de le livrer à une domination qui deviendrait absolue, il dut hésiter. N'était-ce pas abandonner le maniement de sa fortune à une étrangère, à une fille inconnue ? Or, il savait combien il est difficile d'avoir des prévisions exactes sur le moral de la Femme, en étudiant la Jeune Fille. Aussi, tout en cherchant une personne dont l'éducation ou les sentiments lui offrissent des garanties, essaya-t-il de jeter son fils dans la voie de l'avarice. À défaut d'intelligence, il espérait ainsi donner à ce niais une sorte d'instinct. Il l'habitua d'abord à une vie mécanique, et lui légua des idées arrêtées pour le placement de ses revenus ; puis il lui évita les principales difficultés de l'administration d'une fortune territoriale, en lui laissant des terres en bon état et louées par de longs baux. Le fait qui devait dominer la vie de ce pauvre être échappa cependant à la perspicacité de ce vieillard si fin. La timidité ressemble à la dissimulation, elle en a toute la profondeur. Jean-Jacques aima passionnément la Rabouilleuse. Rien de plus naturel d'ailleurs. Flore fut la seule femme qui restât près de ce garçon, la seule qu'il pût voir à son aise, en la contemplant en secret, en l'étudiant à toute heure ; Flore illumina pour lui la maison paternelle, elle lui donna sans le savoir les seuls plaisirs qui lui dorèrent sa jeunesse. Loin d'être jaloux de son père, il fut enchanté de l'éducation qu'il donnait à Flore : ne lui fallait-il pas une femme facile, et avec laquelle il n'y eût pas de cour à faire ? La passion qui, remarquez-le, porte son esprit avec elle, peut donner aux niais, aux sots, aux imbéciles une sorte d'intelligence, surtout pendant la jeunesse. Chez l'homme le plus brute, il se rencontre toujours l'instinct animal dont la persistance ressemble à une pensée.

Le lendemain Flore, à qui le silence de son maître avait fait faire des réflexions, s'attendit à quelque communication importante ; mais, quoiqu'il tournât autour d'elle et la regardât sournoisement avec des expressions de concupiscence, Jean-Jacques ne put rien trouver à dire. Enfin au moment du dessert, le maître recommença la scène de la veille.

– Vous vous trouvez bien ici ? dit il à Flore.

– Oui, monsieur Jean.

– Eh ! bien, restez-y.

– Merci, monsieur Jean.

Cette situation étrange dura trois semaines. Par une nuit où nul bruit ne troublait le silence, Flore, qui se réveilla par hasard, entendit le souffle égal d'une respiration humaine à sa porte, et fut effrayée en reconnaissant sur le palier Jean-Jacques couché comme un chien, et qui, sans doute, avait fait lui-même un trou par en bas pour voir dans la chambre.

– Il m'aime, pensa-t-elle ; mais il attrapera des rhumatismes à ce métier-là.

Le lendemain, Flore regarda son maître d'une certaine façon. Cet amour muet et presque instinctif l'avait émue, elle ne trouva plus si laid ce pauvre niais dont les tempes et le front chargés de boutons semblables à des ulcères portaient cette horrible couronne, attribut des sangs gâtés.

– Vous ne voudriez pas retourner aux champs, n'est-ce pas ? lui dit Jean-Jacques quand ils se trouvèrent seuls.

– Pourquoi me demandez-vous cela ? dit-elle en le regardant.

– Pour le savoir, fit Rouget en devenant de la couleur des homards cuits.

– Est-ce que vous voulez m'y renvoyer ? demanda-t-elle.

– Non, mademoiselle.

– Eh ! bien, que voulez-vous donc savoir ? Vous avez une raison...

– Oui, je voudrais savoir...

– Quoi ? dit Flore.

– Vous ne me le diriez pas ! fit Rouget.

– Si, foi d'honnête fille...

– Ah ! voilà, reprit Rouget effrayé. Vous êtes une honnête fille...

– Pardè !

– Là, vrai ?...

– Quand je vous le dis...

– Voyons ? Êtes-vous la même que quand vous étiez là, pieds nus, amenée par votre oncle ?

– Belle question ! ma foi, répondit Flore en rougissant.

L'héritier atterré baissa la tête et ne la releva plus. Flore, stupéfaite de voir une réponse si flatteuse pour un homme accueillie par une semblable consternation, se retira.

Trois jours après, au même moment, car l'un et l'autre ils semblaient se désigner le dessert comme leur champ de bataille, Flore dit la première à son maître : – Est-ce que vous avez quelque chose contre moi ?...

– Non, mademoiselle, répondit-il, non... (une pause). Au contraire.

– Vous avez paru contrarié hier de savoir que j'étais une honnête fille...

– Non ; je voulais seulement savoir... (autre pause). Mais vous ne me le diriez pas...

– Ma foi, reprit-elle, je vous dirai toute la vérité...

– Toute la vérité sur... mon père... demanda-t-il d'une voix étranglée.

– Votre père, dit-elle en plongeant son regard dans les yeux de son maître, était un brave homme... il aimait à rire... Quoi !... un brin... Mais, pauvre cher homme !... c'était pas la bonne volonté qui lui manquait... Enfin, rapport à je ne sais quoi contre vous, il avait des intentions... Oh ! de tristes intentions. Souvent il me faisait rire, quoi !... Voilà... Après ?...

– Eh ! bien, Flore, dit l'héritier en prenant la main de la Rabouilleuse, puisque mon père ne vous était de rien.

– Et, de quoi voulez-vous qu'il me fût ?... s'écria-t-elle en fille offensée d'une supposition injurieuse.

– Eh ! bien, écoutez donc ?

– Il était mon bienfaiteur, voilà tout. Ah ! il aurait bien voulu que je fusse sa femme... mais...

– Mais, dit Rouget en reprenant la main que Flore lui avait retirée, puisqu'il ne vous a rien été, vous pourriez rester ici avec moi ?...

– Si vous voulez, répondit-elle en baissant les yeux.

– Non, non, si vous vouliez, vous, reprit Rouget. Oui, vous pouvez être... la maîtresse. Tout ce qui est ici sera pour vous, vous y prendrez soin de ma fortune, elle sera quasiment la vôtre... car je vous aime, et vous ai toujours aimée depuis le moment où vous êtes entrée, ici, là, pieds nus.

Flore ne répondit pas. Quand le silence devint gênant, Jean-Jacques inventa cet argument horrible : – Voyons, cela ne vaut-il pas mieux que de retourner aux champs ? lui demanda-t-il avec une visible ardeur.

– Dame ! monsieur Jean, comme vous voudrez, répondit-elle.

Néanmoins, malgré ce : *comme vous voudrez !* le pauvre Rouget ne se trouva pas plus avancé. Les hommes de ce caractère ont besoin de certitude. L'effort qu'ils font en avouant leur amour est si grand et leur coûte tant, qu'ils se savent hors d'état de le recommencer. De là vient leur attachement à la première femme qui les accepte. On ne peut présumer les événements que par le résultat. Dix mois après la mort de son père, Jean-Jacques changea complètement : son visage pâle et plombé, dégradé par des boutons aux tempes et au front, s'éclaircit, se nettoya, se colora de teintes rosées. Enfin sa physionomie respira le bonheur. Flore exigea que son maître prît des soins minutieux de sa personne, elle mit son amour-propre à ce qu'il fût bien mis ; elle le regardait s'en allant à la promenade en restant sur le pas de la porte, jusqu'à ce qu'elle ne le vit plus. Toute la ville remarqua ces changements, qui firent de Jean-Jacques un tout autre homme.

– Savez-vous la nouvelle ? se disait-on dans Issoudun.

– Eh ! bien, quoi ?

– Jean-Jacques a tout hérité de son père, même la Rabouilleuse...

– Est-ce que vous ne croyez pas feu le docteur assez malin pour avoir laissé une gouvernante à son fils ?

– C'est un trésor pour Rouget, c'est vrai, fut le cri général.

– C'est une finaude ! elle est bien belle, elle se fera épouser.

– Cette fille-là a-t-elle eu de la chance !

– C'est une chance qui n'arrive qu'aux belles filles.

– Ah ! bah, vous croyez cela, mais j'ai eu mon oncle Borniche-Héreau. Eh ! bien, vous avez entendu parler de mademoiselle Ganivet, elle était laide comme les sept péchés capitaux, elle n'en a pas moins eu de lui mille écus de rente...

– Bah ! c'était en 1778 !

– C'est égal, Rouget a tort, son père lui laisse quarante bonnes mille livres de rente, il aurait pu se marier avec mademoiselle Héreau...

– Le docteur a essayé, elle n'en a pas voulu, Rouget est trop bête...

– Trop bête ! les femmes sont bien heureuses avec les gens de cet acabit.

– Votre femme est-elle heureuse ?

Tels fut le sens des propos qui coururent dans Issoudun. Si l'on commença, selon les us et coutumes de la province, par rire de ce quasi-mariage, on finit par louer Flore de s'être dévouée à ce pauvre garçon. Voilà comment Flore Brazier parvint au gouvernement de la maison Rouget, de père en fils, selon l'expression du fils Goddet. Maintenant il n'est pas inutile d'esquisser l'histoire de ce gouvernement pour l'instruction des célibataires.

La vieille Fanchette fut la seule dans Issoudun à trouver mauvais que Flore Brazier devint la reine chez Jean-Jacques Rouget, elle protesta contre l'immoralité de cette combinaison et prit le parti de la morale outragée, il est vrai qu'elle se trouvait humiliée, à son âge, d'avoir pour maîtresse une Rabouilleuse, une petite fille venue pieds nus dans la maison. Fanchette possédait trois cents francs de rente dans les fonds, car le docteur lui avait fait ainsi placer ses économies, feu monsieur venait de lui léguer cent écus de rente viagère, elle pouvait donc vivre à son aise, et quitta la maison neuf mois après l'enterrement de son vieux maître, le 15 avril 1806. Cette date n'indique-t-elle pas aux gens perspicaces l'époque à laquelle Flore cessa d'être une honnête fille ?

La Rabouilleuse, assez fine pour prévoir la défection de Fanchette, car il n'y a rien comme l'exercice du pouvoir pour vous apprendre la politique, avait résolu de se passer de servante. Depuis six mois elle étudiait, sans en avoir l'air, les procédés culinaires qui faisaient de Fanchette un Cordon Bleu digne de servir un médecin. En fait de gourmandise, on peut mettre les médecins au même rang que les évêques. Le docteur avait perfectionné Fanchette. En province, le défaut d'occupation et la monotonie de la vie attirent l'activité de l'esprit sur la cuisine. On ne dîne pas aussi luxueusement en province qu'à Paris, mais on y dîne mieux ; les plats y sont médités, étudiés. Au fond des provinces, il existe des Carêmes en jupon, génies ignorés, qui savent rendre un simple plat de haricots digne du hochement de tête par lequel Rossini accueille une chose parfaitement réussie. En prenant ses degrés à Paris, le docteur y avait suivi les cours de chimie de Rouelle, et il lui en était resté des notions qui tournèrent au profit de la chimie culinaire. Il est célèbre à Issoudun par plusieurs améliorations peu connues en dehors du Berry. Il a découvert que l'omelette était beaucoup plus délicate quand on ne battait pas le blanc et le jaune des œufs ensemble avec la brutalité que les cuisinières mettent à cette opération. On devait, selon lui, faire arriver le blanc à l'état de mousse, y introduire par degrés le jaune, et ne pas se servir d'une poêle, mais d'un *cagnard* en porcelaine ou de faïence. Le cagnard est une espèce de plat épais qui a quatre pieds, afin que, mis sur le fourneau, l'air, en circulant, empêche le feu de le faire éclater. En Touraine, le cagnard s'appelle un cauquemarre. Rabelais, je crois, parle de ce *cauquemarre* à cuire les cocquesigrues, ce qui démontre la haute antiquité de cet ustensile. Le docteur avait aussi trouvé le moyen d'empêcher l'âcreté des roux ; mais ce secret, que par malheur il restreignit à sa cuisine, a été perdu.

Flore, née friturière et rôtisseuse, les deux qualités qui ne peuvent s'acquérir ni par l'observation ni par le travail, surpassa Fanchette en peu de temps. En devenant Cordon Bleu, elle pensait au bonheur de Jean-Jacques ; mais elle était aussi, disons-le, passablement gourmande. Hors d'état, comme les personnes sans instruction, de s'occuper par la cervelle, elle déploya son activité dans le ménage. Elle frotta les meubles, leur rendit leur lustre, et tint tout au logis dans une propreté digne de la Hollande. Elle dirigea ces avalanches de linge sale et ces déluges qu'on appelle les lessives, et qui, selon l'usage des provinces, ne se font que trois fois par an. Elle observa le linge d'un œil de ménagère, et le raccommoda. Puis, jalouse de s'initier par degrés aux secrets de la fortune, elle s'assimila le peu de science des affaires que savait Rouget, et l'augmenta par des entretiens avec le notaire du feu docteur, monsieur Héron. Aussi donna-t-elle d'excellents conseils à son petit Jean-Jacques. Sûre d'être toujours la maîtresse, elle eut pour les intérêts de ce garçon autant de tendresse et d'avidité que s'il s'agissait d'elle-même. Elle n'avait pas à craindre les exigences de son oncle. Deux mois avant la mort du docteur, Brazier était mort d'une chute en sortant du cabaret où, depuis sa fortune, il passait sa vie. Flore avait également perdu son père. Elle servit donc son maître avec toute l'affection que devait avoir une orpheline heureuse de se faire une famille et de trouver un intérêt dans la vie.

Cette époque fut le paradis pour le pauvre Jean-Jacques, qui prit les douces habitudes d'une vie animale embellie par une espèce de régularité monastique. Il dormait la grasse matinée. Flore qui, dès le matin, allait à la provision ou faisait le ménage, éveillait son maître de façon à ce qu'il trouvât le déjeuner prêt quand il avait fini sa toilette. Après le déjeuner, sur les onze heures, Jean-Jacques se promenait, causait avec ceux qui le rencontraient, et revenait à trois heures pour lire les journaux, celui du Département et un journal de Paris qu'il recevait trois jours après leur publication, gras des trente mains par lesquelles ils avaient passé, salis par les nez à tabac qui s'y étaient oubliés, brunis par toutes les tables sur lesquelles ils avaient traîné. Le célibataire atteignait ainsi l'heure de son dîner, et il y employait le plus de temps possible. Flore lui racontait les histoires de la ville, les caquetages qui couraient et qu'elle avait récoltés. Vers huit heures les lumières s'éteignaient. Aller au lit de bonne heure est une économie de chandelle et de feu très pratiquée en province, mais qui contribue à l'hébétement des gens par les abus du lit. Trop de sommeil alourdit et encrasse l'intelligence.

Telle fut la vie de ces deux êtres pendant neuf ans, vie à la fois pleine et vide, où les grands événements furent quelques voyages à Bourges, à Vierzon, à Châteauroux ou plus loin quand ni les notaires de ces villes ni monsieur Héron n'avaient de placements hypothécaires. Rouget prêtait son argent à cinq pour cent par première hypothèque, avec subrogation dans les droits de la femme quand le prêteur était marié. Jamais il ne donnait plus du tiers de la valeur réelle des biens, et il se faisait faire des billets à son ordre qui représentaient un supplément d'intérêt de deux et demi pour cent échelonnés pendant la durée du prêt. Telles étaient les lois que son père lui avait dit de toujours observer. L'usure, ce rémora mis sur l'ambition des paysans, dévore les campagnes. Ce taux de sept et demi pour cent paraissait donc si raisonnable, que Jean-Jacques Rouget choisissait les affaires ; car les notaires, qui se faisaient allouer de belles commissions par les gens auxquels ils procuraient de l'argent à si bon compte, prévenaient le vieux garçon.

Durant ces neuf années, Flore prit à la longue, insensiblement et sans le vouloir, un empire absolu sur son maître. Elle traita d'abord Jean-Jacques très familièrement ; puis, sans lui manquer de reſpeɕt, elle le prima par tant de supériorité, d'intelligence et de force, qu'il devint le serviteur de sa servante. Ce grand enfant alla de lui-même au-devant de cette domination, en se laissant rendre tant de soins, que Flore fut avec lui comme une mère eſt avec son fils. Aussi Jean-Jacques finit-il par avoir pour Flore le sentiment qui rend nécessaire à un enfant la proteɕtion maternelle. Mais il y eut entre eux des nœuds bien autrement serrés ! D'abord, Flore faisait les affaires et conduisait la maison. Jean-Jacques se reposait si bien sur elle de toute eſpèce de geſtion, que sans elle la vie lui eût paru, non pas difficile, mais impossible. Puis cette femme était devenue un besoin de son exiſtence, elle caressait toutes ses fantaisies, elle les connaissait si bien ! Il aimait à voir cette figure heureuse qui lui souriait toujours, la seule qui lui eût souri, la seule où devait se trouver un sourire pour lui ! Ce bonheur, purement matériel, exprimé par des mots vulgaires qui sont le fond de la langue dans les ménages berrichons, et peint sur cette magnifique physionomie, était en quelque sorte le reflet de son bonheur à lui. L'état dans lequel fut Jean-Jacques lorsqu'il vit Flore assombrie par quelques contrariétés révéla l'étendue de son pouvoir à cette fille, qui, pour s'en assurer, voulut en user. User chez les femmes de cette sorte, veut toujours dire abuser. La Rabouilleuse fit sans doute jouer à son maître quelques-unes de ces scènes ensevelies dans les myſtères de la vie privée, et dont Otway a donné le modèle au milieu de sa tragédie de *Venise Sauvée*, entre le Sénateur et Aquilina, scène qui réalise le magnifique de l'horrible ! Flore se vit alors si certaine de son empire, qu'elle ne songea pas, malheureusement pour elle et pour ce célibataire, à se faire épouser.

Vers la fin de 1815, à vingt-sept ans, Flore était arrivée à l'entier développement de sa beauté. Grasse et fraîche, blanche comme une fermière du Bessin, elle offrait bien l'idéal de ce que nos ancêtres appelaient *une belle commère*. Sa beauté, qui tenait de celle d'une superbe fille d'auberge, mais agrandie et nourrie, la faisait ressembler, noblesse impériale à part, à mademoiselle Georges dans son beau temps. Flore avait ces beaux bras ronds éclatants, cette plénitude de formes, cette pulpe satinée, ces contours attrayants, mais moins sévères que ceux de l'aɕtrice. L'expression de Flore était la tendresse et la douceur. Son regard ne commandait pas le reſpeɕt comme celui de la plus belle Agrippine qui, depuis celle de Racine, ait foulé les planches du Théâtre-Français, il invitait à la grosse joie.

En 1816, la Rabouilleuse vit Maxence Gilet, et s'éprit de lui à la première vue. Elle reçut à travers le cœur cette flèche mythologique, admirable expression d'un effet naturel, que les Grecs devaient ainsi représenter, eux qui ne concevaient point l'amour chevaleresque, idéal et mélancolique enfanté par le Christianisme. Flore était alors trop belle pour que Max dédaignât cette conquête. La Rabouilleuse connut donc, à vingt-huit ans, le véritable amour, l'amour idolâtre, infini, cet amour qui comporte toutes les manières d'aimer, celle de Gulnare et celle de Médora. Dès que l'officier sans fortune apprit la situation respective de Flore et de Jean-Jacques Rouget, il vit mieux qu'une amourette dans une liaison avec la Rabouilleuse. Aussi, pour bien assurer son avenir, ne demanda-t-il pas mieux que de loger chez Rouget, en reconnaissant la débile nature de ce garçon. La passion de Flore influa nécessairement sur la vie et sur l'intérieur de Jean-Jacques. Pendant un mois, le célibataire, devenu craintif outre mesure, vit terrible, morne et maussade le visage si riant et si amical de Flore. Il subit les éclats d'une mauvaise humeur calculée, absolument comme un homme marié dont l'épouse médite une infidélité. Quand, au milieu des plus cruelles rebuffades, le pauvre garçon s'enhardit à demander à Flore la cause de ce changement, elle eut dans le regard des flammes chargées de haine, et dans la voix des tons agressifs et méprisants, que le pauvre Jean-Jacques n'avait jamais entendus ni reçus.

– Parbleu, dit-elle, vous n'avez ni cœur ni âme. Voilà seize ans que je donne ici ma jeunesse, et je ne m'étais pas aperçue que vous avez une pierre, là !... fit-elle en se frappant le cœur. Depuis deux mois, vous voyez venir ici ce brave commandant, une victime des Bourbons, qui était fait pour être général, et qu'est dans la débine, acculé dans un trou de pays où la fortune n'a pas de quoi se promener. Il est obligé de rester sur une chaise toute une journée à la Municipalité, pour gagner... quoi ?... six cents misérables francs, la belle poussée ! Et vous, qu'avez six cent cinquante-neuf mille livres de placées, soixante mille francs de rente, et qui, grâce à moi, ne dépensez pas plus de mille écus par an, tout compris, même mes jupes, enfin tout, vous ne pensez pas à lui offrir un logis ici, où tout le deuxième est vide ! Vous aimez mieux que les souris et les rats y dansent plutôt que d'y mettre un humain, enfin un garçon que votre père a toujours pris pour son fils !... Voulez-vous savoir ce que vous êtes ? Je vais vous le dire : vous êtes un fratricide !

Après cela, je sais bien pourquoi ! Vous avez vu que je lui portais intérêt, et ça vous chicane ! Quoique vous paraissiez bête, vous avez plus de malice que les plus malicieux dans ce que vous êtes... Eh ! bien, oui, je lui porte intérêt, et un vif encore...

– Mais, Flore...

– Oh ! il n'y a pas de *mais Flore* qui tienne. Ah ! vous pouvez bien en chercher une autre Flore (si vous en trouvez une !), car je veux que ce verre de vin me serve de poison si je ne laisse pas là votre baraque de maison. Je ne vous aurai, Dieu merci, rien coûté pendant les douze ans que j'y suis restée, et vous aurez eu de l'agrément à bon marché. Partout ailleurs, j'aurais bien gagné ma vie à tout faire comme ici : savonner, repasser, veiller aux lessives, aller au marché, faire la cuisine, prendre vos intérêts en toutes choses, m'exterminer du matin au soir... Eh ! bien, voilà ma récompense...

– Mais Flore...

– Oui, Flore, vous en aurez des Flore, à cinquante et un ans que vous avez, et que vous vous portez très mal, et que vous baissez que c'en est effrayant, je le sais bien ! Puis, avec ça, que vous n'êtes pas amusant...

– Mais, Flore...

– Laissez-moi tranquille !

Elle sortit en fermant la porte avec une violence qui fit retentir la maison et parut l'ébranler sur ses fondements. Jean-Jacques Rouget ouvrit tout doucement la porte et alla plus doucement encore dans la cuisine, où Flore grommelait toujours.

– Mais, Flore, dit ce mouton, voilà la première nouvelle que j'ai de ton désir, comment sais-tu si je le veux ou si je ne le veux pas...

– D'abord, reprit-elle, il y a besoin d'un homme dans la maison. On sait que vous avez des dix, des quinze, des vingt mille francs ; et si l'on venait vous voler, on nous assassinerait. Moi, je ne me soucie pas du tout de me réveiller un beau matin coupée en quatre morceaux, comme on a fait de cette pauvre servante qu'a eu la bêtise de défendre son maître ! Eh ! bien, si l'on nous voit chez nous un homme brave comme César, et qui ne se mouche pas du pied... Max avalerait trois voleurs, le temps de le dire... eh ! bien, je dormirais plus tranquille. On vous dira peut-être des bêtises... que je l'aime par ci, que je l'adore par là !... Savez-vous ce que vous direz ?... eh ! bien, vous répondrez que vous le savez, mais que votre père vous avait recommandé son pauvre Max à son lit de mort. Tout le monde se taira, car les pavés d'Issoudun vous diront qu'il lui payait sa pension au collège, *na* ! Voilà neuf ans que je mange votre pain...

– Flore, Flore...

– Il y en a eu par la ville plus d'un qui m'a fait la cour, *da* ! On m'offrait des chaînes d'or par ci, des montres par là... Ma petite Flore, si tu veux quitter cet imbécile de père Rouget, car voilà ce qu'on me disait de vous. Moi, le quitter ? ah ! bien, plus souvent, un innocent comme ça ! que qui deviendrait, ai-je toujours répondu. Non, non, où la chèvre est attachée, il faut qu'elle broute...

– Oui, Flore, je n'ai que toi au monde, et je suis trop heureux... Si ça te fait plaisir, mon enfant, eh ! bien, nous aurons ici Maxence Gilet, il mangera avec nous...

– Parbleu ! je l'espère bien...

– Là, là, ne te fâche pas...

– Quand il y a pour un, il y a bien pour deux, répondit-elle en riant. Mais si vous êtes gentil, savez-vous ce que vous ferez, mon bichon ?... Vous irez vous promener aux environs de la Mairie, à quatre heures, et vous vous arrangerez pour rencontrer monsieur le commandant Gilet, que vous inviterez à dîner. S'il fait des façons, vous lui direz que ça me fera plaisir, il est trop galant pour refuser. Pour lors, entre la poire et le fromage, s'il vous parle de ses malheurs, des pontons, que vous aurez bien l'esprit de le mettre là-dessus, vous lui offrirez de demeurer ici. S'il trouve quelque chose à redire, soyez tranquille, je saurai bien le déterminer...

En se promenant avec lenteur sur le boulevard Baron, le célibataire réfléchit, autant qu'il le pouvait, à cet événement. S'il se séparait de Flore... (à cette idée, il n'y voyait plus clair) quelle autre femme retrouverait-il ? Se marier ? À son âge, il serait épousé pour sa fortune, et encore plus cruellement exploité par sa femme légitime que par Flore. D'ailleurs, la pensée d'être privé de cette tendresse, fût-elle illusoire, lui causait une horrible angoisse. Il fut donc pour le commandant Gilet aussi charmant qu'il pouvait l'être. Ainsi que Flore le désirait, l'invitation fut faite devant témoins, afin de ménager l'honneur de Maxence.

La réconciliation se fit entre Flore et son maître ; mais depuis cette journée Jean-Jacques aperçut des nuances qui prouvaient un changement complet dans l'affection de la Rabouilleuse. Flore Brazier se plaignit pendant une quinzaine de jours, chez les fournisseurs, au marché, près des commères avec lesquelles elle bavardait, de la tyrannie de monsieur Rouget, qui s'avisait de prendre son soi-disant frère naturel chez lui. Mais personne ne fut la dupe de cette comédie, et Flore fut regardée comme une créature excessivement fine et retorse.

Le père Rouget se trouva très heureux de l'impatronisation de Max au logis, car il eut une personne qui fut aux petits soins pour lui, mais sans servilité cependant. Gilet causait, politiquait et se promenait quelquefois avec le père Rouget. Dès que l'officier fut installé, Flore ne voulut plus être cuisinière. La cuisine, dit-elle, lui gâtait les mains. Sur le désir du Grand-Maître de l'Ordre, la Cognette indiqua l'une de ses parentes, une vieille fille dont le maître, un curé, venait de mourir sans lui rien laisser, une excellente cuisinière, qui serait dévouée à la vie à la mort à Flore et à Max. D'ailleurs, la Cognette promit à sa parente, au nom de ces deux puissances, une rente de trois cents livres après dix ans de bons, loyaux, discrets et probes services. Âgée de soixante ans, la Védie était remarquable par une figure ravagée par la petite vérole et d'une laideur convenable. Après l'entrée en fonctions de la Védie, la Rabouilleuse devint madame Brazier. Elle porta des corsets, elle eut des robes en soie, en belles étoffes de laine et de coton suivant les saisons ! Elle eut des collerettes, des fichus fort chers, des bonnets brodés, des gorgerettes de dentelles, se chaussa de brodequins et se maintint dans une élégance et une richesse de mise qui la rajeunit. Elle fut comme un diamant brut, taillé, moulé par le bijoutier pour valoir tout son prix. Elle voulait faire honneur à Max. À la fin de la première année, en 1817, elle fit venir de Bourges un cheval, dit anglais, pour le pauvre commandant, ennuyé de se promener à pied. Max avait racolé, dans les environs, un ancien lancier de la Garde Impériale, un Polonais, nommé Kouski, tombé dans la misère, qui ne demanda pas mieux que d'entrer chez monsieur Rouget en qualité de domestique du commandant.

Max fut l'idole de Kouski, surtout après le duel des trois royalistes. À compter de 1817, la maison du père Rouget fut donc composée de cinq personnes, dont trois maîtres, et la dépense s'éleva environ à huit mille francs par an.

Au moment où madame Bridau revenait à Issoudun pour, selon l'expression de maître Desroches, sauver une succession si sérieusement compromise, le père Rouget était arrivé par degrés à un état quasi-végétatif. D'abord, dès l'impatronisation de Max, mademoiselle Brazier mit la table sur un pied épiscopal. Rouget, jeté dans la voie de la bonne chère, mangea toujours davantage, emporté par les excellents plats que faisait la Védie. Malgré cette exquise et abondante nourriture, il engraissa peu. De jour en jour, il s'affaissa comme un homme fatigué, par ses digestions peut-être, et ses yeux se cernèrent fortement. Mais si, pendant ses promenades, des bourgeois l'interrogeaient sur sa santé : – Jamais, disait-il, il ne s'était mieux porté. Comme il avait toujours passé pour être d'une intelligence excessivement bornée, on ne remarqua point la dépression constante de ses facultés. Son amour pour Flore était le seul sentiment qui le faisait vivre, il n'existait que par elle ; sa faiblesse avec elle n'avait point alors de bornes, il obéissait à un regard, il guettait les mouvements de cette créature comme un chien guette les moindres gestes de son maître. Enfin, selon l'expression de madame Hochon, à cinquante-sept ans, le père Rouget semblait être plus vieux que monsieur Hochon, alors octogénaire.

Chacun imagine, avec raison, que l'appartement de Max était digne de ce charmant garçon. En effet, en six ans le commandant avait, d'année en année, perfectionné le confort, embelli les moindres détails de son logement, autant pour lui-même que pour Flore. Mais ce n'était que le confort d'Issoudun : des carreaux mis en couleur, des papiers de tenture assez élégants, des meubles en acajou, des glaces à bordure dorée, des rideaux en mousseline ornés de bandes rouges, un lit à couronne et à rideaux disposés comme les arrangent les tapissiers de province pour une riche mariée, et qui paraît alors le comble de la magnificence, mais qui se voit dans les vulgaires gravures de modes, et si commun que les détaillants de Paris n'en veulent plus pour leurs noces. Il y avait, chose monstrueuse et qui fit causer dans Issoudun, des nattes de jonc dans l'escalier, sans doute pour assourdir le bruit des pas ; aussi, en rentrant au petit jour, Max n'avait-il éveillé personne. Rouget ne soupçonna jamais la complicité de son hôte dans les œuvres nocturnes des Chevaliers de la Désœuvrance.

Vers les huit heures, Flore, vêtue d'une robe de chambre en jolie étoffe de coton à mille raies roses, coiffée d'un bonnet de dentelles, les pieds dans des pantoufles fourrées, ouvrit doucement la porte de la chambre de Max ; mais, en le voyant endormi, elle resta debout devant le lit.

– Il est rentré si tard, dit-elle, à trois heures et demie. Il faut avoir un fier tempérament pour résister à ces amusements-là. Est-il fort, cet amour d'homme !... Qu'auront-ils fait cette nuit ?

– Tiens, te voilà, ma petite Flore, dit Max en s'éveillant à la manière des militaires accoutumés par les événements de la guerre à trouver leurs idées au complet et leur sang-froid au réveil, quelque subit qu'il soit.

– Tu dors, je m'en vais...

– Non, reste, il y a des choses graves.

– Vous avez fait quelque sottise cette nuit ?...

– Ah ! ouin !... Il s'agit de nous et de cette vieille bête. Ah ! ça, tu ne m'avais jamais parlé de sa famille... Eh ! bien, elle arrive ici, la famille, sans doute pour nous tailler des croupières...

– Ah ! je m'en vais le secouer, dit Flore.

– Mademoiselle Brazier, dit gravement Max, il s'agit de choses trop sérieuses pour y aller à l'étourdie. Envoie-moi mon café, je le prendrai dans mon lit, où je vais songer à la conduite que nous devons tenir... Reviens à neuf heures, nous causerons. En attendant, fais comme si tu ne savais rien.

Saisie par cette nouvelle, Flore laissa Max et alla lui préparer son café ; mais, un quart d'heure après, Baruch entra précipitamment, et dit au Grand-Maître : – Fario cherche sa brouette !...

En cinq minutes, Max fut habillé, descendit, et, tout en ayant l'air de flâner, il gagna le bas de la Tour, où il vit un rassemblement assez considérable.

– Qu'est-ce ? fit Max en perçant la foule et pénétrant jusqu'à l'Espagnol.

Fario, petit homme sec, était d'une laideur comparable à celle d'un grand d'Espagne. Des yeux de feu comme percés avec une vrille et très rapprochés du nez l'eussent fait passer à Naples pour un jeteur de sorts. Ce petit homme paraissait doux parce qu'il était grave, calme, lent dans ses mouvements. Aussi le nommait-on le bonhomme Fario. Mais son teint couleur de pain d'épice et sa douceur déguisaient aux ignorants et annonçaient à l'observateur le caractère à demi mauritain d'un paysan de Grenade que rien n'avait encore fait sortir de son flegme et de sa paresse.

– Êtes-vous sûr, lui dit Max après avoir écouté les doléances du marchand de grains, d'avoir amené votre voiture ? car il n'y a, Dieu merci, pas de voleurs à Issoudun...

– Elle était là...

– Si le cheval est resté attelé, ne peut-il pas avoir emmené la voiture ?

– Le voilà, mon cheval, dit Fario en montrant sa bête harnachée à trente pas de là.

Max alla gravement à l'endroit où se trouvait le cheval, afin de pouvoir, en levant les yeux, voir le pied de la Tour, car le rassemblement était au bas. Tout le monde suivit Max, et c'est ce que le drôle voulait.

– Quelqu'un a-t-il mis par distraction une voiture dans ses poches ? cria François.

– Allons, fouillez-vous ! dit Baruch.

Des éclats de rire partirent de tous côtés. Fario jura. Chez un Espagnol, des jurons annoncent le dernier degré de la colère.

– Est-elle légère, ta voiture ? dit Max.

– Légère ?... répondit Fario. Si ceux qui rient de moi l'avaient sur les pieds, leurs cors ne leur feraient plus mal.

– Il faut cependant qu'elle le soit diablement, répondit Max en montrant la Tour, car elle a volé sur la butte.

À ces mots, tous les yeux se levèrent, et il y eut en un instant comme une émeute au marché. Chacun se montrait cette voiture-fée. Toutes les langues étaient en mouvement.

– Le diable protège les aubergistes qui se damnent tous, dit le fils Goddet au marchand stupéfait, il a voulu t'apprendre à ne pas laisser traîner de charrettes dans les rues, au lieu de les remiser à l'auberge.

À cette apostrophe, des huées partirent de la foule, car Fario passait pour avare.

– Allons, mon brave homme, dit Max, il ne faut pas perdre courage. Nous allons monter à la Tour pour savoir comment ta brouette est venue là. Nom d'un canon, nous te donnerons un coup de main. Viens-tu, Baruch ? – Toi, dit-il à François en lui parlant dans l'oreille, fais ranger le monde et qu'il n'y ait personne au bas de la butte quand tu nous y verras.

Fario, Max, Baruch et trois autres Chevaliers montèrent à la Tour. Pendant cette ascension assez périlleuse, Max constatait avec Fario qu'il n'existait ni dégâts ni traces qui indiquassent le passage de la charrette. Aussi Fario croyait-il à quelque sortilège, il avait la tête perdue. Arrivés tous au sommet, en y examinant les choses, le fait parut sérieusement impossible.

– Comment que j'allons la descendre ?... dit l'Espagnol dont les petits yeux noirs exprimaient pour la première fois l'épouvante, et dont la figure jaune et creuse, qui paraissait ne devoir jamais changer de couleur, pâlit.

– Comment ! dit Max, mais cela ne me paraît pas difficile...

Et, profitant de la stupéfaction du marchand de grains, il mania de ses bras robustes la charrette par les deux brancards, de manière à la lancer ; puis, au moment où elle devait lui échapper, il cria d'une voix tonnante : – Gare là-dessous !...

Mais il ne pouvait y avoir aucun inconvénient : le rassemblement, averti par Baruch et pris de curiosité, s'était retiré sur la place à la distance nécessaire pour voir ce qui se passerait sur la butte. La charrette se brisa de la manière la plus pittoresque en un nombre infini de morceaux.

– La voilà descendue, dit Baruch.

– Ah ! brigands ! ah ! canailles ! s'écria Fario, c'est peut-être vous autres qui l'avez montée ici...

Max, Baruch et leurs trois compagnons se mirent à rire des injures de l'Espagnol.

– On a voulu te rendre service, dit froidement Max, j'ai failli, en manœuvrant ta damnée charrette, être emporté avec elle, et voilà comment tu nous remercies ?... De quel pays es-tu donc ?...

– Je suis d'un pays où l'on ne pardonne pas, répliqua Fario qui tremblait de rage. Ma charrette vous servira de cabriolet pour aller au diable !... à moins, dit-il en devenant doux comme un mouton, que vous ne vouliez me la remplacer par une neuve ?

– Parlons de cela, dit Max en descendant.

Quand ils furent au bas de la Tour et en rejoignant les premiers groupes de rieurs, Max prit Fario par un bouton de sa veste et lui dit : – Oui, mon brave père Fario, je te ferai cadeau d'une magnifique charrette, si tu veux me donner deux cent cinquante francs ; mais je ne garantis pas qu'elle sera, comme celle-ci, faite aux tours.

Cette dernière plaisanterie trouva Fario froid comme s'il s'agissait de conclure un marché.

– Dame ! répliqua-t-il, vous me donneriez de quoi me remplacer ma pauvre charrette, que vous n'auriez jamais mieux employé l'argent du père Rouget.

Max pâlit, il leva son redoutable poing sur Fario ; mais Baruch, qui savait qu'un pareil coup ne frapperait pas seulement sur l'Espagnol, enleva Fario comme une plume et dit tout bas à Max :

– Ne va pas faire des bêtises !

Le commandant, rappelé à l'ordre, se mit à rire et répondit à Fario : – Si je t'ai, par mégarde, fracassé ta charrette, tu essaies de me calomnier, nous sommes quittes.

– *Pas core* ! dit en murmurant Fario. Mais je suis bien aise de savoir ce que valait ma charrette !

– Ah ! Max, tu trouves à qui parler ? dit un témoin de cette scène qui n'appartenait pas à l'Ordre de la Désœuvrance.

– Adieu, monsieur Gilet, je ne vous remercie pas encore de votre coup de main, fit le marchand de grains en enfourchant son cheval et disparaissant au milieu d'un hourra.

– On vous gardera le fer des cercles... lui cria un charron venu pour contempler l'effet de cette chute.

Un des limons s'était planté droit comme un arbre. Max restait pâle et pensif, atteint au cœur par la phrase de l'Espagnol. On parla pendant cinq jours à Issoudun de la charrette à Fario. Elle était destinée à voyager, comme dit le fils Goddet, car elle fit le tour du Berry où l'on se raconta les plaisanteries de Max et de Baruch. Ainsi, ce qui fut le plus sensible à l'Espagnol, il était encore huit jours après l'événement, la fable de trois Départements, et le sujet de toutes les *disettes*. Max et la Rabouilleuse, à propos des terribles réponses du vindicatif Espagnol, furent aussi le sujet de mille commentaires qu'on se disait à l'oreille dans Issoudun, mais tout haut à Bourges, à Vatan, à Vierzon et à Châteauroux. Maxence Gilet connaissait assez le pays pour deviner combien ces propos devaient être envenimés.

– On ne pourra pas les empêcher de causer, pensait-il. Ah ! j'ai fait là un mauvais coup.

– Hé ! bien, Max, lui dit François en lui prenant le bras, ils arrivent ce soir...

– Qui ?...

– Les Bridau ! Ma grand-mère vient de recevoir une lettre de sa filleule.

– Écoute, mon petit, lui dit Max à l'oreille, j'ai réfléchi profondément à cette affaire. Flore ni moi, nous ne devons pas paraître en vouloir aux Bridau. Si les héritiers quittent Issoudun, c'est vous autres, les Hochon, qui devez les renvoyer. Examine bien ces Parisiens ; et, quand je les aurai toisés, demain, chez la Cognette, nous verrons ce que nous pourrons leur faire et comment les mettre mal avec ton grand-père ?...

– L'Espagnol a trouvé le défaut de la cuirasse à Max, dit Baruch à son cousin François en rentrant chez monsieur Hochon et regardant leur ami qui rentrait chez lui.

Pendant que Max faisait son coup, Flore, malgré les recommandations de son commensal, n'avait pu contenir sa colère ; et, sans savoir si elle en servait ou si elle en dérangeait les plans, elle éclatait contre le pauvre célibataire. Quand Jean-Jacques encourait la colère de sa bonne, on lui supprimait tout d'un coup les soins et les chatteries vulgaires qui faisaient sa joie. Enfin, Flore mettait son maître en pénitence. Ainsi, plus de ces petits mots d'affection dont elle ornait la conversation avec des tonalités différentes et des regards plus ou moins tendres : – mon petit chat, – mon gros bichon, – mon bibi, – mon chou, – mon rat, etc... Un *vous*, sec et froid, ironiquement respectueux, entrait alors dans le cœur du malheureux garçon comme une lame de couteau. Ce *vous* servait de déclaration de guerre. Puis, au lieu d'assister au lever du bonhomme, de lui donner ses affaires, de prévoir ses désirs, de le regarder avec cette espèce d'admiration que toutes les femmes savent exprimer, et qui, plus elle est grossière, plus elle charme, en lui disant : – Vous êtes frais comme une rose ! – Allons, vous vous portez à merveille. – Que tu es beau, vieux Jean ! – enfin au lieu de le régaler pendant son lever, des drôleries et des gaudrioles qui l'amusaient, Flore le laissait s'habiller tout seul. S'il appelait la Rabouilleuse, elle répondait du bas de l'escalier : – Eh ! je ne puis pas tout faire à la fois, veiller à votre déjeuner, et vous servir dans votre chambre. N'êtes-vous pas assez grand garçon pour vous habiller tout seul ?

– Mon Dieu ! que lui ai-je fait ? se demanda le vieillard en recevant une de ces rebuffades au moment où il demanda de l'eau pour se faire la barbe.

– Védie, montez de l'eau chaude à monsieur, cria Flore.

– Védie ?... fit le bonhomme hébété par l'appréhension de la colère qui pesait sur lui, Védie, qu'a donc madame ce matin ?

Flore Brazier se faisait appeler madame par son maître, par Védie, par Kouski et par Max.

– Elle aurait, à ce qu'il paraît, appris quelque chose de vous qui ne serait pas beau, répondit Védie en prenant un air profondément affecté. Vous avez tort, monsieur. Tenez, je ne suis qu'une pauvre servante, et vous pouvez me dire que je n'ai que faire de fourrer le nez dans vos affaires ; mais vous chercheriez parmi toutes les femmes de la terre, comme ce roi de l'Écriture Sainte, vous ne trouveriez pas la pareille à madame. Vous devriez baiser la marque de ses pas par où elle passe... Dame ! si vous lui donnez du chagrin, c'est vous percer le cœur à vous-même ! Enfin elle en avait les larmes aux yeux.

Védie laissa le pauvre homme atterré, il tomba sur un fauteuil, regarda dans l'espace comme un fou mélancolique, et oublia de faire sa barbe. Ces alternatives de tendresse et de froideur opéraient sur cet être faible, qui ne vivait que par la fibre amoureuse, les effets morbides produits sur le corps par le passage subit d'une chaleur tropicale à un froid polaire. C'était autant de pleurésies morales qui l'usaient comme autant de maladies. Flore, seule au monde, pouvait agir ainsi sur lui ; car uniquement pour elle, il était aussi bon qu'il était niais.

– Hé ! bien, vous n'avez pas fait votre barbe ? dit-elle en se montrant sur la porte.

Elle causa le plus violent sursaut au père Rouget qui, de pâle et défait, devint rouge pour un moment sans oser se plaindre de cet assaut.

– Votre déjeuner vous attend ! Mais vous pouvez bien descendre en robe de chambre et en pantoufles, allez, vous déjeunerez seul.

Et, sans attendre de réponse, elle disparut. Laisser le bonhomme déjeuner seul était celle de ses pénitences qui lui causait le plus de chagrin : il aimait à causer en mangeant. En arrivant au bas de l'escalier, Rouget fut pris par une quinte, car l'émotion avait réveillé son catarrhe.

– Tousse ! tousse ! dit Flore dans la cuisine, sans s'inquiéter d'être ou non entendue par son maître. Pardè, le vieux scélérat est assez fort pour résister sans qu'on s'inquiète de lui. S'il tousse jamais son âme, celui-là, ce ne sera qu'après nous...

Telles étaient les aménités que la Rabouilleuse adressait à Rouget en ses moments de colère. Le pauvre homme s'assit dans une profonde tristesse, au milieu de la salle, au coin de la table, et regarda ses vieux meubles, ses vieux tableaux d'un air désolé.

– Vous auriez bien pu mettre une cravate, dit Flore en entrant. Croyez-vous que c'est agréable à voir un cou comme le vôtre qu'est plus rouge, plus ridé que celui d'un dindon.

– Mais que vous ai-je fait ? demanda-t-il en levant ses gros yeux vert-clair pleins de larmes vers Flore en affrontant sa mine froide.

– Ce que vous avez fait ?... dit-elle. Vous ne le savez pas ! En voilà un hypocrite ?... Votre sœur Agathe, qui est votre sœur comme je suis celle de la Tour d'Issoudun, à entendre votre père, et qui ne vous est de rien du tout, arrive de Paris avec son fils, ce méchant peintre de deux sous, et viennent vous voir...

– Ma sœur et mes neveux viennent à Issoudun ?... dit-il tout stupéfait.

– Oui, jouez l'étonné, pour me faire croire que vous ne leur avez pas écrit de venir ? Cette malice cousue de fil blanc ! Soyez tranquille, nous ne troublerons point vos Parisiens, car, avant qu'ils n'aient mis les pieds ici, les nôtres n'y feront plus de poussière. Max et moi nous serons partis pour ne jamais revenir. Quant à votre testament, je le déchirerai en quatre morceaux à votre nez et à votre barbe, entendez-vous... Vous laisserez votre bien à votre famille, puisque nous ne sommes pas votre famille. Après, vous verrez si vous serez aimé pour vous-même par des gens qui ne vous ont pas vu depuis trente ans, qui ne vous ont même jamais vu ! C'est pas votre sœur qui me remplacera ! Une dévote à trente-six carats !

– N'est-ce que cela, ma petite Flore ? dit le vieillard, je ne recevrai ni ma sœur, ni mes neveux... Je te jure que voilà la première nouvelle que j'ai de leur arrivée, et c'est un coup monté par madame Hochon, la vieille dévote...

Max, qui put entendre la réponse du père Rouget, se montra tout à coup en disant d'un ton de maître : – Qu'y a-t-il ?...

– Mon bon Max, reprit le vieillard heureux d'acheter la protection du soldat qui par une convention faite avec Flore prenait toujours le parti de Rouget, je jure par ce qu'il y a de plus sacré que je viens d'apprendre la nouvelle. Je n'ai jamais écrit à ma sœur : mon père m'a fait promettre de ne lui rien laisser de mon bien, de le donner plutôt à l'église... Enfin, je ne recevrai ni ma sœur Agathe, ni ses fils.

– Votre père avait tort, mon cher Jean-Jacques, et madame a bien plus tort encore, répondit Max. Votre père avait ses raisons, il est mort, sa haine doit mourir avec lui... Votre sœur est votre sœur, vos neveux sont vos neveux. Vous vous devez à vous-même de les bien accueillir, et à nous aussi. Que dirait-on dans Issoudun ?... S... tonnerre ! j'en ai assez sur le dos, il ne manquerait plus que de m'entendre dire que nous vous séquestrons, que vous n'êtes pas libre, que nous vous avons animé contre vos héritiers, que nous captons votre succession... Que le diable m'emporte si je ne déserte pas le camp à la seconde calomnie. Et c'est assez d'une ! Déjeunons.

Flore, redevenue douce comme une hermine, aida la Védie à mettre le couvert. Le père Rouget, plein d'admiration pour Max, le prit par les mains, l'emmena dans l'embrasure d'une des croisées et là lui dit à voix basse : – Ah ! Max, j'aurais un fils, je ne l'aimerais pas autant que je t'aime. Et Flore avait raison : à vous deux, vous êtes ma famille... Tu as de l'honneur, Max, et tout ce que tu viens de dire est très bien.

– Vous devez fêter votre sœur et votre neveu, mais ne rien changer à vos dispositions, lui dit alors Max en l'interrompant. Vous satisferez ainsi votre père et le monde...

– Eh ! bien, mes chers petits amours, s'écria Flore d'un ton gai, le salmis va se refroidir. Tiens, mon vieux rat, voilà une aile, dit-elle en souriant à Jean-Jacques Rouget.

À ce mot, la figure chevaline du bonhomme perdit ses teintes cadavéreuses ; il eut, sur ses lèvres pendantes, un sourire de thériaki ; mais la toux le reprit, car le bonheur de rentrer en grâce lui donnait une émotion aussi violente que celle d'être en pénitence. Flore se leva, s'arracha de dessus les épaules un petit châle de cachemire et le mit en cravate au cou du vieillard en lui disant : – C'est bête de se faire du mal comme ça pour des riens. Tenez, vieil imbécile ! ça vous fera du bien, c'était sur mon cœur...

– Quelle bonne créature ! dit Rouget à Max pendant que Flore alla chercher un bonnet de velours noir pour en couvrir la tête presque chauve du célibataire.

– Aussi bonne que belle, répondit Max, mais elle est vive, comme tous ceux qui ont le cœur sur la main.

Peut-être blâmera-t-on la crudité de cette peinture, et trouvera-t-on les éclats du caractère de la Rabouilleuse empreints de ce vrai que le peintre doit laisser dans l'ombre ? Hé ! bien, cette scène, cent fois recommencée avec d'épouvantables variantes, est, dans sa forme grossière et dans son horrible véracité, le type de celles que jouent toutes les femmes, à quelque bâton de l'échelle sociale qu'elles soient perchées, quand un intérêt quelconque les a diverties de leur ligne d'obéissance et qu'elles ont saisi le pouvoir. Comme chez les grands politiques, à leurs yeux tous les moyens sont légitimés par la fin. Entre Flore Brazier et la duchesse, entre la duchesse et la plus riche bourgeoise, entre la bourgeoise et la femme la plus splendidement entretenue, il n'y a de différences que celles dues à l'éducation qu'elles ont reçue et aux milieux où elles vivent. Les bouderies de la grande dame remplacent les violences de la Rabouilleuse. À tout étage, les amères plaisanteries, des moqueries spirituelles, un froid dédain, des plaintes hypocrites, de fausses querelles obtiennent le même succès que les propos populaciers de cette madame Éverard d'Issoudun.

Max se mit à raconter si drôlement l'histoire de Fario, qu'il fit rire le bonhomme. Védie et Kouski, venus pour entendre ce récit, éclatèrent dans le couloir. Quant à Flore, elle fut prise du fou-rire. Après le déjeuner, pendant que Jean-Jacques lisait les journaux, car on s'était abonné au *Constitutionnel* et à la *Pandore*, Max emmena Flore chez lui.

– Es-tu sûre que, depuis qu'il t'a instituée son héritière, il n'a pas fait quelque autre testament ?

– Il n'a pas de quoi écrire, répondit-elle.

– Il a pu en dicter un à quelque notaire, fit Max. S'il ne l'a pas fait, il faut prévoir ce cas-là. Donc, accueillons à merveille les Bridau, mais tachons de réaliser, et promptement, tous les placements hypothécaires. Nos notaires ne demanderont pas mieux que de faire des transports : ils y trouvent à boire et à manger. Les rentes montent tous les jours ; on va conquérir l'Espagne, et délivrer Ferdinand VII de ses Cortès : ainsi, l'année prochaine, les rentes dépasseront peut-être le pair. C'est donc une bonne affaire que de mettre les sept cent cinquante mille francs du bonhomme sur le grand livre à 89 !... Seulement essaie de les faire mettre en ton nom. Ce sera toujours cela de sauvé !

– Une fameuse idée, dit Flore.

– Et, comme on aura cinquante mille francs de rentes pour huit cent quatre-vingt-dix mille francs, il faudrait lui faire emprunter cent quarante mille francs pour deux ans, à rendre par moitié. En deux ans, nous toucherons cent mille francs de Paris, et quatre-vingt-dix ici, nous ne risquons donc rien.

– Sans toi, mon beau Max, que serions-nous devenus ? dit-elle.

– Oh ! demain soir, chez la Cognette, après avoir vu les Parisiens, je trouverai les moyens de les faire congédier par les Hochon eux-mêmes.

– As-tu de l'esprit, mon ange ! Tiens, tu es un amour d'homme.

La place Saint-Jean est située au milieu d'une rue appelée Grande-Narette dans sa partie supérieure, et Petite-Narette dans l'inférieure. En Berry, le mot Narette exprime la même situation de terrain que le mot génois *salita*, c'est-à-dire une rue en pente roide. La Narette est très rapide de la place Saint-Jean à la porte Vilatte. La maison du vieux monsieur Hochon est en face de celle où demeurait Jean-Jacques Rouget. Souvent on voyait, par celle des fenêtres de la salle où se tenait madame Hochon, ce qui se passait chez le père Rouget, *et vice-versa*, quand les rideaux étaient tirés ou que les portes restaient ouvertes. La maison de monsieur Hochon ressemble tant à celle de Rouget, que ces deux édifices furent sans doute bâtis par le même architecte. Hochon, jadis Receveur des Tailles à Selles en Berry, né d'ailleurs à Issoudun, était revenu s'y marier avec la sœur du Subdélégué, le galant Lousteau, en échangeant sa place de Selles contre la recette d'Issoudun. Déjà retiré des affaires en 1786, il évita les orages de la Révolution, aux principes de laquelle il adhéra d'ailleurs pleinement, comme tous les *honnêtes gens* qui hurlent avec les vainqueurs. Monsieur Hochon ne volait pas sa réputation de grand avare. Mais ne serait-ce pas s'exposer à des redites que de le peindre ? Un des traits d'avarice qui le rendirent célèbre suffira sans doute pour vous expliquer monsieur Hochon tout entier.

Lors du mariage de sa fille, alors morte, et qui épousait un Borniche, il fallut donner à dîner à la famille Borniche. Le prétendu, qui devait hériter d'une grande fortune, mourut de chagrin d'avoir fait de mauvaises affaires, et surtout du refus de ses père et mère qui ne voulurent pas l'aider. Ces vieux Borniche vivaient encore en ce moment, heureux d'avoir vu monsieur Hochon se chargeant de la tutelle, à cause de la dot de sa fille qu'il se fit fort de sauver. Le jour de la signature du contrat, les grands parents des deux familles étaient réunis dans la salle, les Hochon d'un côté, les Borniche de l'autre, tous endimanchés. Au milieu de la lecture du contrat que faisait gravement le jeune notaire Héron, la cuisinière entre et demande à monsieur Hochon de la ficelle pour ficeler un dinde, partie essentielle du repas. L'ancien Receveur des Tailles tire du fond de la poche de sa redingote un bout de ficelle qui sans doute avait déjà servi à quelque paquet, il le donna ; mais avant que la servante eût atteint la porte, il lui cria : – Gritte, tu me le rendras !

Gritte est en Berry l'abréviation usitée de Marguerite.

Vous comprenez dès-lors et monsieur Hochon et la plaisanterie faite par la ville sur cette famille composée du père, de la mère et de trois enfants : les cinq Hochon !

D'année en année, le vieil Hochon était devenu plus vétilleux, plus soigneux, et il avait en ce moment quatre-vingt-cinq ans ! Il appartenait à ce genre d'hommes qui se baissent au milieu d'une rue, par une conversation animée, qui ramassent une épingle en disant : – Voilà la journée d'une femme ! et qui piquent l'épingle au parement de leur manche. Il se plaignait très bien de la mauvaise fabrication des draps modernes en faisant observer que sa redingote ne lui avait duré que dix ans. Grand, sec, maigre, à teint jaune, parlant peu, lisant peu, ne se fatiguant point, observateur des formes comme un Oriental, il maintenait au logis un régime d'une grande sobriété, mesurant le boire et le manger à sa famille, d'ailleurs assez nombreuse, et composée de sa femme, née Lousteau, de son petit-fils Baruch et de sa sœur Adolphine, héritiers des vieux Borniche, enfin de son autre petit-fils François Hochon.

Hochon, son fils aîné, pris en 1813 par cette réquisition d'enfants de famille échappés à la conscription et appelés *les gardes d'honneur*, avait péri au combat d'Hanau. Cet héritier présomptif avait épousé de très bonne heure une femme riche, afin de ne pas être repris par une conscription quelconque ; mais alors il mangea toute sa fortune en prévoyant sa fin. Sa femme, qui suivit de loin l'armée française, mourut à Strasbourg en 1814, y laissant des dettes que le vieil Hochon ne paya point, en opposant aux créanciers cet axiome de l'ancienne jurisprudence : *Les femmes sont des mineurs.*

On pouvait donc toujours dire les cinq Hochon, puisque cette maison se composait encore de trois petits enfants et des deux grands parents. Aussi la plaisanterie durait-elle toujours, car aucune plaisanterie ne vieillit en province. Gritte, alors âgée de soixante ans, suffisait à tout.

La maison, quoique vaste, avait peu de mobilier. Néanmoins on pouvait très bien loger Joseph et madame Bridau dans deux chambres au deuxième étage. Le vieil Hochon se repentit alors d'y avoir conservé deux lits accompagnés chacun d'eux d'un vieux fauteuil en bois naturel et garnis en tapisserie, d'une table en noyer sur laquelle figurait un pot à eau du genre dit Gueulard dans sa cuvette bordée de bleu. Le vieillard mettait sa récolte de pommes et de poires d'hiver, de nèfles et de coings sur de la paille dans ces deux chambres où dansaient les rats et les souris ; aussi exhalaient-elles une odeur de fruit et de souris. Madame Hochon y fit tout nettoyer : le papier décollé par places fut recollé au moyen de pains à cacheter, elle orna les fenêtres de petits rideaux qu'elle tailla dans de vieux fourreaux de mousseline à elle. Puis, sur le refus de son mari d'acheter de petits tapis en lisière, elle donna *sa descente de lit* à sa petite Agathe, en disant de cette mère de quarante-sept ans sonnés : pauvre petite ! Madame Hochon emprunta deux tables de nuit aux Borniche, et loua très audacieusement chez un fripier, le voisin de la Cognette, deux vieilles commodes à poignées de cuivre. Elle conservait deux paires de flambeaux en bois précieux, tournés par son propre père qui avait la manie du *tour*. De 1770 à 1780, ce fut un ton chez les gens riches d'apprendre un métier, et monsieur Lousteau le père, ancien premier Commis des Aides, fut tourneur, comme Louis XVI fut serrurier. Ces flambeaux avaient pour garnitures des cercles en racines de rosier, de pêcher, d'abricotier. Madame Hochon risqua ces précieuses reliques... Ces préparatifs et ce sacrifice redoublèrent la gravité de monsieur Hochon qui ne croyait pas encore à l'arrivée des Bridau. Le matin même de cette journée illustrée par le tour fait à Fario, madame Hochon dit après le déjeuner à son mari : – J'espère, Hochon, que vous recevrez comme il faut madame Bridau, ma filleule. Puis, après s'être assurée que ses petits-enfants étaient partis, elle ajouta : – Je suis maîtresse de mon bien, ne me contraignez pas à dédommager Agathe dans mon testament de quelque mauvais accueil.

– Croyez-vous, madame, répondit Hochon d'une voix douce, qu'à mon âge je ne connaisse pas la civilité puérile et honnête...

– Vous savez bien ce que je veux dire, vieux sournois. Soyez aimable pour nos hôtes, et souvenez-vous combien j'aime Agathe...

– Vous aimiez aussi Maxence Gilet, qui va dévorer une succession due à votre chère Agathe !... Ah ! vous avez réchauffé là un serpent dans votre sein ; mais, après tout, l'argent des Rouget devait appartenir à un Lousteau quelconque.

Après cette allusion à la naissance présumée d'Agathe et de Max, Hochon voulut sortir ; mais la vieille madame Hochon, femme encore droite et sèche, coiffée d'un bonnet rond à coques et poudrée, ayant une jupe de taffetas gorge de pigeon, à manches justes, et les pieds dans des mules, posa sa tabatière sur sa petit table, et dit : – En vérité, comment un homme d'esprit comme vous, monsieur Hochon, peut-il répéter des niaiseries qui, malheureusement, ont coûté le repos à ma pauvre amie et la fortune de son père à ma pauvre filleule ? Max Gilet n'est pas le fils de mon frère, à qui j'ai bien conseillé dans le temps d'épargner ses écus. Enfin vous savez aussi bien que moi que madame Rouget était la vertu même...

– Et la fille est digne de la mère, car elle me paraît bien bête. Après avoir perdu toute sa fortune, elle a si bien élevé ses enfants, qu'en voilà un en prison sous le coup d'un procès criminel à la Cour des Pairs, pour le fait d'une conspiration à la Berton. Quant à l'autre, il est dans une situation pire, il est peintre !... Si vos protégés restent ici jusqu'à ce qu'ils aient dépêtré cet imbécile de Rouget des grilles de la Rabouilleuse et de Gilet, nous mangerons plus d'un minot de sel avec eux.

– Assez, monsieur Hochon, souhaitez qu'ils en tirent pied ou aile...

Monsieur Hochon prit son chapeau, sa canne à pomme d'ivoire, et sortit pétrifié par cette terrible phrase, car il ne croyait pas à tant de résolution chez sa femme. Madame Hochon, elle, prit son livre de prières pour lire l'Ordinaire de la Messe, car son grand âge l'empêchait d'aller tous les jours à l'église : elle avait de la peine à s'y rendre les dimanches et les jours fériés. Depuis qu'elle avait reçu la réponse d'Agathe, elle ajoutait à ses prières habituelles une prière pour supplier Dieu de dessiller les yeux à Jean-Jacques Rouget, de bénir Agathe et de faire réussir l'entreprise à laquelle elle l'avait poussée. En se cachant de ses deux petits enfants, à qui elle reprochait d'être des *parpaillots*, elle avait prié le curé de dire, pour ce succès, des messes pendant une neuvaine accomplie par sa petite-fille Adolphine Borniche, qui s'acquittait des prières à l'église par procuration.

Adolphine, alors âgée de dix-huit ans, et qui, depuis sept ans, travaillait aux côtés de sa grand-mère dans cette froide maison à mœurs méthodiques et monotones, fit d'autant plus volontiers la neuvaine qu'elle souhaitait inspirer quelque sentiment à Joseph Bridau, cet artiste incompris par monsieur Hochon, et auquel elle prenait le plus vif intérêt à cause des monstruosités que son grand-père prêtait à ce jeune Parisien.

Les vieillards, les gens sages, la tête de la ville, les pères de famille approuvaient d'ailleurs la conduite de madame Hochon ; et leurs vœux en faveur de sa filleule et de ses enfants étaient d'accord avec le mépris secret que leur inspirait depuis longtemps la conduite de Maxence Gilet. Ainsi la nouvelle de l'arrivée de la sœur et du neveu du père Rouget produisit deux partis dans Issoudun ; celui de la haute et vieille bourgeoisie, qui devait se contenter de faire des vœux et de regarder les événements sans y aider, celui des Chevaliers de la Désœuvrance et des partisans de Max, qui malheureusement étaient capables de commettre bien des malices à l'encontre des Parisiens.

Ce jour-là donc, Agathe et Joseph débarquèrent sur la place Misère, au bureau des Messageries, à trois heures. Quoique fatiguée, madame Bridau se sentit rajeunie à l'aspect de son pays natal, où elle reprenait à chaque pas ses souvenirs et ses impressions de jeunesse. Dans les conditions où se trouvait alors la ville d'Issoudun, l'arrivée des Parisiens fut sue dans toute la ville à la fois en dix minutes. Madame Hochon alla sur le pas de sa porte pour recevoir sa filleule et l'embrassa comme si c'eût été sa fille. Après avoir parcouru pendant soixante-douze ans une carrière à la fois vide et monotone où, en se retournant, elle comptait les cercueils de ses trois enfants, morts tous malheureux, elle s'était fait une sorte de maternité factice pour une jeune personne qu'elle avait eue, selon son expression, dans ses poches pendant seize ans. Dans les ténèbres de la province, elle avait caressé cette vieille amitié, cette enfance et ses souvenirs, comme si Agathe eût été présente ; aussi s'était-elle passionnée pour les intérêts des Bridau. Agathe fut menée en triomphe dans la salle où le digne monsieur Hochon resta froid comme un four miné.

– Voilà monsieur Hochon, comment le trouves-tu ? dit la marraine à sa filleule.

– Mais absolument comme quand je l'ai quitté, dit la Parisienne.

– Ah ! l'on voit que vous venez de Paris, vous êtes complimenteuse, fit le vieillard.

Les présentations eurent lieu ; celle du petit Baruch Borniche, grand jeune homme de vingt-deux ans ; celle du petit François Hochon, âgé de vingt-quatre ans, et celle de la petite Adolphine, qui rougissait, ne savait que faire de ses bras et surtout de ses yeux ; car elle ne voulait pas avoir l'air de regarder Joseph Bridau, curieusement observé par les deux jeunes gens et par le vieux Hochon, mais à des points de vue différents. L'avare se disait : – Il sort de l'hôpital, il doit avoir faim comme un convalescent. Les deux jeunes gens se disaient : – Quel brigand ! quelle tête ! il nous donnera bien du fil à retordre.

– Voilà mon fils le peintre, mon bon Joseph ! dit enfin Agathe en montrant l'artiste.

Il y eut dans l'accent du mot *bon* un effort où se révélait tout le cœur d'Agathe qui pensait à la prison du Luxembourg.

– Il a l'air malade, s'écria madame Hochon, il ne te ressemble pas...

– Non, madame, reprit Joseph avec la brutale naïveté de l'artiste, je ressemble à mon père, et en laid encore !

Madame Hochon serra la main d'Agathe qu'elle tenait, et lui jeta un regard. Ce geste, ce regard voulaient dire : – Ah ! je conçois bien, mon enfant, que tu lui préfères ce mauvais sujet de Philippe.

– Je n'ai jamais vu votre père, mon cher enfant, répondit à haute voix madame Hochon ; mais il vous suffit d'être le fils de votre mère pour que je vous aime. D'ailleurs vous avez du talent, à ce que m'écrivait feu madame Descoings, la seule de la maison qui me donnât de vos nouvelles dans les derniers temps.

– Du talent ! fit l'artiste, pas encore ; mais, avec le temps et la patience, peut-être pourrai-je gagner à la fois gloire et fortune.

– En peignant ?... dit monsieur Hochon avec une profonde ironie.

– Allons, Adolphine, dit madame Hochon, va voir au dîner.

– Ma mère, dit Joseph, je vais faire placer nos malles qui arrivent.

– Hochon, montre les chambres à monsieur Bridau, dit la grand-mère à François.

Comme le dîner se servait à quatre heures et qu'il était trois heures et demie, Baruch alla dans la ville y donner des nouvelles de la famille Bridau, peindre la toilette d'Agathe, et surtout Joseph dont la figure ravagée, maladive, et si caractérisée ressemblait au portrait idéal que l'on se fait d'un brigand. Dans tous les ménages, ce jour-là, Joseph défraya la conversation.

– Il paraît que la sœur du père Rouget a eu pendant sa grossesse un regard de quelque singe, disait-on ; son fils ressemble à un macaque. – Il a une figure de brigand, et des yeux de basilic. – On dit qu'il est curieux à voir, effrayant. – Tous les artistes à Paris sont comme cela. – Ils sont méchants comme des ânes rouges, et malicieux comme des singes. – C'est même dans leur état. – Je viens de voir monsieur Beaussier, qui dit qu'il ne voudrait pas le rencontrer la nuit au coin d'un bois ; il l'a vu à la diligence. – Il a dans la figure des salières comme un cheval, et il fait des gestes de fou. – Ce garçon-là paraît être capable de tout ; c'est lui qui peut-être est cause que son frère, qui était un grand bel homme, a mal tourné. – La pauvre madame Bridau n'a pas l'air d'être heureuse avec lui. Si nous profitions de ce qu'il est ici pour *faire tirer* nos portraits ?

Il résulta de ces opinions, semées comme par le vent dans la ville, une excessive curiosité. Tous ceux qui avaient le droit d'aller voir les Hochon se promirent de leur faire visite le soir même pour examiner les Parisiens. L'arrivée de ces deux personnages équivalait dans une ville stagnante comme Issoudun à la solive tombée au milieu des grenouilles.

Après avoir mis les effets de sa mère et les siens dans les deux chambres en mansarde et les avoir examinées, Joseph observa cette maison silencieuse où les murs, l'escalier, les boiseries étaient sans ornement et distillaient le froid, où il n'y avait en tout que le strict nécessaire. Il fut alors saisi de cette brusque transition du poétique Paris à la muette et sèche province. Mais quand, en descendant, il aperçut monsieur Hochon coupant lui-même pour chacun des tranches de pain, il comprit, pour la première fois de sa vie, Harpagon de Molière.

– Nous aurions mieux fait d'aller à l'auberge, se dit-il en lui-même.

L'aspect du dîner confirma ses appréhensions. Après une soupe dont le bouillon clair annonçait qu'on tenait plus à la quantité qu'à la qualité, on servit un bouilli triomphalement entouré de persil. Les légumes, mis à part dans un plat, comptaient dans l'ordonnance du repas. Ce bouilli trônait au milieu de la table, accompagné de trois autres plats : des œufs durs sur de l'oseille placés en face des légumes ; puis une salade tout accommodée à l'huile de noix en face de petits pots de crème où la vanille était remplacée par de l'avoine brûlée, et qui ressemble à la vanille comme le café de chicorée ressemble au moka. Du beurre et des radis dans deux plateaux aux deux extrémités, des radis noirs et des cornichons complétaient ce service, qui eut l'approbation de madame Hochon. La bonne vieille fit un signe de tête en femme heureuse de voir que son mari, pour le premier jour du moins, avait bien fait les choses. Le vieillard répondit par une œillade et un mouvement d'épaules facile à traduire : – Voilà les folies que vous me faites faire !...

Immédiatement après avoir été comme disséqué par monsieur Hochon en tranches semblables à des semelles d'escarpins, le bouilli fut remplacé par trois pigeons. Le vin du cru fut du vin de 1811. Par un conseil de sa grand-mère Adolphine avait orné de deux bouquets les bouts de la table.

– À la guerre comme à la guerre, pensa l'artiste en contemplant la table.

Et il se mit à manger en homme qui avait déjeuné à Vierzon, à six heures du matin, d'une exécrable tasse de café. Quand Joseph eut avalé son pain et qu'il en redemanda, monsieur Hochon se leva, chercha lentement une clef dans le fond de la poche de sa redingote, ouvrit une armoire derrière lui, brandit le chanteau d'un pain de douze livres, en coupa cérémonieusement une autre rouelle, la fendit en deux, la posa sur une assiette et passa l'assiette à travers la table au jeune peintre avec le silence et le sang-froid d'un vieux soldat qui se dit au commencement d'une bataille : – Allons, aujourd'hui, je puis être tué. Joseph prit la moitié de cette rouelle et comprit qu'il ne devait plus redemander de pain. Aucun membre de la famille ne s'étonna de cette scène si monstrueuse pour Joseph. La conversation allait son train. Agathe apprit que la maison où elle était née, la maison de son père avant qu'il eût hérité de celle des Descoings, avait été achetée par les Borniche, elle manifesta le désir de la revoir.

– Sans doute, lui dit sa marraine, les Borniche viendront ce soir, car nous aurons toute la ville qui voudra vous examiner, dit-elle à Joseph, et ils vous inviteront à venir chez eux.

La servante apporta pour dessert le fameux fromage mou de la Touraine et du Berry, fait avec du lait de chèvre et qui reproduit si bien en nielles les dessins des feuilles de vigne sur lesquelles on le sert, qu'il aurait dû faire inventer la gravure en Touraine. De chaque côté de ces petits fromages, Gritte mit avec une sorte de cérémonie des noix et des biscuits inamovibles.

– Allons donc, Gritte, du fruit ? dit madame Hochon.

– Mais, madame, n'y en a plus de pourri, répondit Gritte.

Joseph partit d'un éclat de rire comme s'il était dans son atelier avec des camarades, car il comprit tout à coup que la précaution de commencer par les fruits attaqués était dégénérée en habitude.

– Bah ! nous les mangerons tout de même, répondit-il avec l'entrain de gaieté d'un homme qui prend son parti.

– Mais va donc, monsieur Hochon, s'écria la vieille dame.

Monsieur Hochon, très scandalisé du mot de l'artiste, rapporta des pêches de vigne, des poires et des prunes de Sainte-Catherine.

– Adolphine, va nous cueillir du raisin, dit madame Hochon à sa petite-fille.

Joseph regarda les deux jeunes gens d'un air qui disait : – Est-ce à ce régime-là que vous devez vos figures prospères ?

Baruch comprit ce coup d'œil incisif et se prit à sourire, car son cousin Hochon et lui s'étaient montrés discrets. La vie au logis était assez indifférente à des gens qui soupaient trois fois par semaine chez la Cognette. D'ailleurs avant le dîner, Baruch avait reçu l'avis que le Grand-Maître convoquait l'Ordre au complet à minuit pour le traiter avec magnificence en demandant un coup de main. Ce repas de bienvenue offert à ses hôtes par le vieil Hochon, explique combien les festoiements nocturnes chez la Cognette étaient nécessaires à l'alimentation de ces deux grands garçons bien endentés qui n'en manquaient pas un.

– Nous prendrons la liqueur au salon, dit madame Hochon en se levant et demandant par un geste le bras de Joseph. En sortant la première, elle put dire au peintre : – Eh ! bien, mon pauvre garçon, ce dîner ne te donnera pas d'indigestion ; mais j'ai eu bien de la peine à te l'obtenir. Tu feras carême ici, tu ne mangeras que ce qu'il faut pour vivre, et voilà tout. Ainsi prends la table en patience...

La bonhomie de cette excellente vieille qui se faisait ainsi son procès à elle-même plut à l'artiste.

– J'aurai vécu cinquante ans avec cet homme-là, sans avoir entendu vingt écus *battant* dans ma bourse ! Oh ! s'il ne s'agissait pas de vous sauver une fortune, je ne vous aurais jamais attirés, ta mère et toi, dans ma prison.

– Mais comment vivez-vous encore ? dit naïvement le peintre avec cette gaieté qui n'abandonne jamais les artistes français.

– Ah ! voilà, reprit-elle. Je prie.

Joseph eut un léger frisson en entendant ce mot, qui lui grandissait tellement cette vieille femme qu'il se recula de trois pas pour contempler sa figure ; il la trouva radieuse, empreinte d'une sérénité si tendre qu'il lui dit :

– Je ferai votre portrait !...

– Non, non, dit-elle, je me suis trop ennuyée sur la terre pour vouloir y rester en peinture !

En disant gaiement cette triste parole, elle tirait d'une armoire une fiole contenant du cassis, une liqueur de ménage faite par elle, car elle en avait eu la recette de ces si célèbres religieuses auxquelles on doit le gâteau d'Issoudun, l'une des plus grandes créations de la confiturerie française, et qu'aucun chef d'office, cuisinier, pâtissier et confiturier n'a pu contrefaire. M. de Rivière, ambassadeur à Constantinople, en demandait tous les ans d'énormes quantités pour le sérail de Mahmoud. Adolphine tenait une assiette de laque pleine de ces vieux petits verres à pans gravés et dont le bord est doré ; puis, à mesure que sa grand-mère en remplissait un, elle allait l'offrir.

– À la ronde, mon père en aura ! s'écria gaiement Agathe à qui cette immuable cérémonie rappela sa jeunesse.

– Hochon va tout à l'heure à sa Société lire les journaux, nous aurons un petit moment à nous, lui dit tout bas la vieille dame.

En effet, dix minutes après, les trois femmes et Joseph se trouvèrent seuls dans ce salon dont le parquet n'était jamais frotté, mais seulement balayé ; dont les tapisseries encadrées dans des cadres de chêne à gorges et à moulures, dont tout le mobilier simple et presque sombre apparut à madame Bridau dans l'état où elle l'avait laissé. La Monarchie, la Révolution, l'Empire, la Restauration, qui respectèrent peu de chose, avaient respecté cette salle où leurs splendeurs et leurs désastres ne laissaient pas la moindre trace.

– Ah ! ma marraine, ma vie a été cruellement agitée en comparaison de la vôtre, s'écria madame Bridau surprise de retrouver jusqu'à un serin, qu'elle avait connu vivant, empaillé sur la cheminée entre la vieille pendule, les vieux bras de cuivre et des flambeaux d'argent. – Ah ! mon enfant, répondit la vieille femme, les orages sont dans le cœur. Plus nécessaire et grande fut la résignation, plus nous avons eu de luttes avec nous-mêmes. Ne parlons pas de moi, parlons de vos affaires. Vous êtes précisément en face de l'ennemi, reprit-elle en montrant la salle de la maison Rouget.

– Ils se mettent à table, dit Adolphine.

Cette jeune fille, quasi recluse, regardait toujours par les fenêtres espérant saisir quelque lumière sur les énormités imputées à Maxence Gilet, à la Rabouilleuse, à Jean-Jacques, et dont quelques mots arrivaient à ses oreilles quand on la renvoyait pour parler d'eux. La vieille dame dit à sa petite-fille de la laisser seule avec monsieur et madame Bridau jusqu'à ce qu'une visite arrivât.

– Car, dit-elle en regardant les deux Parisiens, je sais mon Issoudun par cœur, nous aurons ce soir dix à douze fournées de curieux.

À peine madame Hochon avait-elle pu raconter aux deux Parisiens les événements et les détails relatifs à l'étonnant empire conquis sur Jean-Jacques Rouget par la Rabouilleuse et par Maxence Gilet, sans prendre la méthode synthétique avec laquelle ils viennent d'être présentés ; mais en y joignant les mille commentaires, les descriptions et les hypothèses dont ils étaient ornés par les bonnes et par les méchantes langues de la ville, qu'Adolphine vint annoncer les Borniche, les Beaussier, les Lousteau-Prangin, les Fichet, les Goddet-Héreau, en tout quatorze personnes qui se dessinaient dans le lointain.

– Vous voyez, ma petite, dit en terminant la vieille dame, que ce n'est pas une petite affaire que de retirer cette fortune de la gueule du loup...

– Cela me semble si difficile avec un gredin comme vous venez de nous le dépeindre et une commère comme cette luronne-là, que ce doit être impossible, répondit Joseph. Il nous faudrait rester à Issoudun au moins une année pour combattre leur influence et renverser leur empire sur mon oncle... La fortune ne vaut pas ces tracas-là, sans compter qu'il faut s'y déshonorer en faisant mille bassesses. Ma mère n'a que quinze jours de congé, sa place est sûre, elle ne doit pas la compromettre. Moi, j'ai dans le mois d'octobre des travaux importants que Schinner m'a procurés chez un pair de France... Et, voyez-vous, madame, ma fortune à moi est dans mes pinceaux !...

Ce discours fut accueilli par une profonde stupéfaction. Madame Hochon, quoique supérieure relativement à la ville où elle vivait, ne croyait pas à la peinture. Elle regarda sa filleule, et lui serra de nouveau la main.

– Ce Maxence est le second tome de Philippe, dit Joseph à l'oreille de sa mère ; mais avec plus de politique, avec plus de tenue que n'en a

Philippe. – Allons ! madame, s'écria-t-il tout haut, nous ne contrarierons pas pendant longtemps monsieur Hochon par notre séjour ici !

– Ah ! vous êtes jeune, vous ne savez rien du monde ! dit la vieille dame. En quinze jours avec un peu de politique on peut obtenir quelques résultats ; écoutez mes conseils, et conduisez-vous d'après mes avis.

– Oh ! bien volontiers, répondit Joseph, je me sens d'une incapacité mirobolante en fait de politique domestique ; et je ne sais pas, par exemple, ce que Desroches lui-même nous dirait de faire si, demain, mon oncle refuse de nous voir ?

Mesdames Borniche, Goddet-Héreau, Beaussier, Lousteau-Prangin et Fichet ornées de leurs époux, entrèrent. Après les compliments d'usage, quand ces quatorze personnes furent assises, madame Hochon ne put se dispenser de leur présenter sa filleule Agathe et Joseph. Joseph resta sur un fauteuil occupé sournoisement à étudier les soixante figures qui, de cinq heures et demie à neuf heures, vinrent poser devant lui gratis, comme il le dit à sa mère. L'attitude de Joseph pendant cette soirée en face des patriciens d'Issoudun ne fit pas changer l'opinion de la petite ville sur son compte : chacun s'en alla saisi de ses regards moqueurs, inquiet de ses sourires, ou effrayé de cette figure, sinistre pour des gens qui ne savaient pas reconnaître l'étrangeté du génie.

À dix heures, quand tout le monde se coucha, la marraine garda sa filleule dans sa chambre jusqu'à minuit. Sûres d'êtres seules, ces deux femmes, en se confiant les chagrins de leur vie, échangèrent alors leurs douleurs. En reconnaissant l'immensité du désert où s'était perdue la force d'une belle âme inconnue, en écoutant les derniers retentissements de cet esprit dont la destinée fut manquée, en apprenant les souffrances de ce cœur essentiellement généreux et charitable, dont la générosité, dont la charité ne s'étaient jamais exercées, Agathe ne se regarda plus comme la plus malheureuse en voyant combien de distractions et de petits bonheurs l'existence parisienne avait apportés aux amertumes envoyées par Dieu.

– Vous qui êtes pieuse, ma marraine, expliquez-moi mes fautes, et dites-moi ce que Dieu punit en moi ?...

– Il nous prépare, mon enfant, répondit la vieille dame au moment où minuit sonna.

À minuit, les Chevaliers de la Désœuvrance se rendaient un à un comme des ombres sous les arbres du boulevard Baron, et s'y promenaient en causant à voix basse.

– Que va-t-on faire ? fut la première parole de chacun en s'abordant.

– Je crois, dit François, que l'intention de Max est tout bonnement de nous régaler.

– Non, les circonstances sont graves pour la Rabouilleuse et pour lui. Sans doute, il aura conçu quelque farce contre les Parisiens...

– Ce serait assez gentil de les renvoyer.

– Mon grand-père, dit Baruch, déjà très effrayé d'avoir deux bouches de plus dans la place, saisirait avec joie un prétexte...

– Eh ! bien, chevaliers ! s'écria doucement Max en arrivant, pourquoi regarder les étoiles ? elles ne nous distilleront pas du kirsch. Allons ! à la Cognette ! à la Cognette !

– À la Cognette !

Ce cri poussé en commun produisit une clameur horrible qui passa sur la ville comme un hourra de troupes à l'assaut ; puis, le plus profond silence régna. Le lendemain, plus d'une personne dut dire à sa voisine : – Avez-vous entendu cette nuit, vers une heure, des cris affreux ? j'ai cru que le feu était quelque part.

Un souper digne de la Cognette égaya les regards des vingt-deux convives, car l'Ordre fut au grand complet. À deux heures, au moment où l'on commençait à *siroter*, mot du dictionnaire de la Désœuvrance et qui peint assez bien l'action de boire à petites gorgées en dégustant le vin, Max prit la parole.

– Mes chers enfants, ce matin, à propos du tour mémorable que nous avons fait avec la charrette de Fario, votre Grand-Maître a été si fortement atteint dans son honneur par ce vil marchand de grains, et de plus Espagnol !... (oh ! les pontons !...), que j'ai résolu de faire sentir le poids de ma vengeance à ce drôle, tout en restant dans les conditions de nos amusements. Après y avoir réfléchi pendant toute la journée, j'ai trouvé le moyen de mettre à exécution une excellente farce, une farce capable de le rendre fou. Tout en vengeant l'Ordre atteint en ma personne, nous nourrirons des animaux vénérés par les Égyptiens, de petites bêtes qui sont après tout les créatures de Dieu, et que les hommes persécutent injustement. Le bien est fils du mal, et le mal est fils du bien ; telle est la loi suprême ! Je vous ordonne donc à tous, sous peine de déplaire à votre très humble Grand-Maître, de vous procurer le plus clandestinement possible chacun vingt rats ou vingt rates pleines, si Dieu le permet. Ayez réuni votre contingent dans l'espace de trois jours. Si vous pouvez en prendre davantage, le surplus sera bien

Max prit la parole

reçu. Gardez ces intéressants rongeurs sans leur rien donner, car il est essentiel que ces chères petites bêtes aient une faim dévorante. Remarquez que j'accepte pour rats, les souris et les mulots. Si nous multiplions vingt-deux par vingt nous aurons quatre cent et tant de complices qui, lâchés dans la vieille église des Capucins où Fario a mis tous les grains qu'il vient d'acheter, en consommeront une certaine quantité. Mais soyons agiles ! Fario doit livrer une forte partie de grains dans huit jours ; or, je veux que mon Espagnol, qui voyage aux environs pour ses affaires, trouve un effroyable déchet. Messieurs, je n'ai pas le mérite de cette invention, dit-il en apercevant les marques d'une admiration générale. Rendons à César ce qui appartient à César, et à Dieu ce qui est à Dieu. Ceci est une contrefaçon des renards de Samson dans la Bible. Mais Samson fut incendiaire, et conséquemment peu philanthrope ; tandis que, semblables aux Brahmes, nous sommes les protecteurs des races persécutées. Mademoiselle Flore Brazier a déjà tendu toutes ses souricières, et Kouski, mon bras droit, est à la chasse des mulots. J'ai dit.

– Je sais, dit le fils Goddet, où trouver un animal qui vaudra quarante rats à lui seul.

– Quoi ?

– Un écureuil.

– Et moi, j'offre un petit singe, lequel se grisera de blé, fit un novice.

– Mauvais ! fit Max. On saurait d'où viennent ces animaux.

– On peut y amener pendant la nuit, dit le fils Beaussier, un pigeon pris à chacun des pigeonniers des fermes voisines, en le faisant passer par une trouée ménagée dans la couverture, et il y aura bientôt plusieurs milliers de pigeons.

– Donc, pendant une semaine, le magasin à Fario est à l'Ordre de Nuit, s'écria Gilet en souriant au grand Beaussier fils. Vous savez qu'on se lève de bonne heure à Saint-Paterne. Que personne n'y aille sans avoir mis au rebours les semelles de ses chaussons de lisière. Le cheva-lier Beaussier, inventeur des pigeons, en a la direction. Quant à moi, je prendrai le soin de signer mon nom dans les tas de blé. Soyez, vous, les maréchaux-des-logis de messieurs les rats. Si le garçon de magasin couche aux Capucins, il faudra le faire griser par des camarades, et adroitement, afin de l'emmener loin du théâtre de cette orgie offerte aux animaux rongeurs.

– Tu ne nous dis rien des Parisiens ? demanda le fils Goddet.

– Oh ! fit Max, il faut les étudier. Néanmoins, j'offre mon beau fusil de chasse qui vient de l'Empereur, un chef-d'œuvre de la manufacture de Versailles, il vaut deux mille francs, à quiconque trouvera les moyens de jouer un tour à ces Parisiens qui les mette si mal avec monsieur et madame Hochon, qu'ils soient renvoyés par ces deux vieillards, ou qu'ils s'en aillent d'eux-mêmes, sans, bien entendu, nuire par trop aux ancêtres de mes deux amis Baruch et François.

– Ça va ! j'y songerai, dit le fils Goddet, qui aimait la chasse à la passion.

– Si l'auteur de la farce ne veut pas de mon fusil, il aura mon cheval ! fit observer Maxence.

Depuis ce souper, vingt cerveaux se mirent à la torture pour ourdir une trame contre Agathe et son fils, en se conformant à ce programme. Mais le diable seul ou le hasard pouvait réussir, tant les conditions imposées rendaient la chose difficile.

Le lendemain matin, Agathe et Joseph descendirent un moment avant le second déjeuner, qui se faisait à dix heures. On donnait le nom de premier déjeuner à une tasse de lait accompagnée d'une tartine de pain beurrée qui se prenait au lit ou au sortir du lit. En attendant madame Hochon qui malgré son âge accomplissait minutieusement toutes les cérémonies que les duchesses du temps de Louis XV faisaient à leur toilette, Joseph vit sur la porte de la maison en face Jean-Jacques Rouget planté sur ses deux pieds ; il le montra naturellement à sa mère qui ne put reconnaître son frère, tant il ressemblait si peu à ce qu'il était quand elle l'avait quitté.

– Voilà votre frère, dit Adolphine qui donnait le bras à sa grand-mère.

– Quel crétin ! s'écria Joseph.

Agathe joignit les mains et leva les yeux au ciel : – Dans quel état l'a-t-on mis ? Mon Dieu, est-ce là un homme de cinquante-sept ans ?

Elle voulut regarder attentivement son frère, et vit derrière le vieillard Flore Brazier coiffée en cheveux, laissant voir sous la gaze d'un fichu garni de dentelles un dos de neige et une poitrine éblouissante, soignée comme une courtisane riche, portant une robe à corset en grenadine, une étoffe de soie alors de mode, à manches dites à gigot, et terminées au poignet par des bracelets superbes. Une chaîne d'or ruisselait sur le corsage de la Rabouilleuse, qui apportait à Jean-Jacques son bonnet de soie noire afin qu'il ne s'enrhumât pas : une scène évidemment calculée.

– Voilà, s'écria Joseph, une belle femme ! et c'est rare !... Elle est faite, comme on dit, à peindre ! Quelle carnation ! Oh ! les beaux tons ! quels méplats, quelles rondeurs, et des épaules ! C'est une magnifique Cariatide ! Ce serait un fameux modèle pour une Vénus-Titien.

Adolphine et madame Hochon crurent entendre parler grec ; mais Agathe, en arrière de son fils, leur fit un signe comme pour leur dire qu'elle était habituée à cet idiome.

– Vous trouvez belle une fille qui vous enlève une fortune ? dit madame Hochon.

– Ça ne l'empêche pas d'être un beau modèle ! précisément assez grasse, sans que les hanches et les formes soient gâtées...

– Mon ami, tu n'es pas dans ton atelier, dit Agathe, et Adolphine est là...

– C'est vrai, j'ai tort ; mais aussi, depuis Paris jusqu'ici, sur toute la route, je n'ai vu que des guenons...

– Mais, ma chère marraine, dit Agathe, comment pourrais-je voir mon frère ?... car s'il est avec cette créature...

– Bah ! dit Joseph, j'irai le voir, moi !... Je ne le trouve plus si crétin du moment où il a l'esprit de se réjouir les yeux par une Vénus du Titien.

– S'il n'était pas imbécile, dit monsieur Hochon qui survint, il se serait marié tranquillement, il aurait eu des enfants, et vous n'auriez pas la chance d'avoir sa succession. À quelque chose malheur est bon.

– Votre fils a eu là une bonne idée, il ira le premier rendre visite à son oncle, dit madame Hochon ; il lui fera entendre que, si vous vous présentez, il doit être seul.

– Et vous froisserez mademoiselle Brazier ? dit monsieur Hochon. Non, non, madame, avalez cette douleur... Si vous n'avez pas la succession, tâchez d'avoir au moins un petit legs...

Les Hochon n'étaient pas de force à lutter avec Maxence Gilet. Au milieu du déjeuner, le Polonais apporta, de la part de son maître, monsieur Rouget, une lettre adressée à sa sœur madame Bridau. Voici cette lettre, que madame Hochon fit lire à son mari :

« Ma chère sœur,

» J'apprends par des étrangers votre arrivée à Issoudun. Je devine le motif qui vous a fait préférer la maison de monsieur et madame Hochon à la mienne ; mais, si vous venez me voir, vous serez reçue chez moi comme vous devez l'être. Je serais allé le premier vous faire visite si ma santé ne me contraignait en ce moment à rester au logis. Je vous présente mes affectueux regrets. Je serai charmé de voir mon neveu, que j'invite à dîner avec moi aujourd'hui ; car les jeunes gens sont moins susceptibles que les femmes sur la compagnie. Aussi me fera-t-il plaisir en venant accompagné de messieurs Baruch Borniche et François Hochon. »

» Votre affectionné frère,

» J. J. ROUGET. »

– Dites que nous sommes à déjeuner, que madame Bridau répondra tout à l'heure et que les invitations sont acceptées, fit monsieur Hochon à sa servante.

Et le vieillard se mit un doigt sur les lèvres pour imposer silence à tout le monde. Quand la porte de la rue fut fermée, monsieur Hochon, incapable de soupçonner l'amitié qui liait ses deux petits fils à Maxence, jeta sur sa femme et sur Agathe un de ses plus fins regards : – Il a écrit cela comme je suis en état de donner vingt-cinq louis... c'est le soldat avec qui nous correspondrons.

– Qu'est-ce que cela veut dire ? demanda madame Hochon. N'importe, nous répondrons. Quant à vous, monsieur, ajouta-t-elle en regardant le peintre, allez-y dîner ; mais si...

La vieille dame s'arrêta sous un regard de son mari. En reconnaissant combien était vive l'amitié de sa femme pour Agathe, le vieil Hochon craignit de lui voir faire quelques legs à sa filleule, dans le cas où celle-ci perdrait toute la succession de Rouget. Quoique plus âgé de quinze ans que sa femme, cet avare espérait hériter d'elle, et se voir un jour à la tête de tous les biens. Cette espérance était son idée fixe. Aussi madame Hochon avait-elle bien deviné le moyen d'obtenir de son mari quelques concessions, en le menaçant de faire un testament. Monsieur Hochon prit donc parti pour ses hôtes. Il s'agissait d'ailleurs d'une succession énorme ; et, par un esprit de justice sociale, il voulait la voir aller aux héritiers naturels au lieu d'être pillée par des étrangers indignes d'estime. Enfin, plus tôt cette question serait vidée, plus tôt ses hôtes partiraient. Depuis que le combat entre les capteurs de la succession et les héritiers, jusqu'alors en projet dans l'esprit de sa femme, se réalisait, l'activité d'esprit de monsieur Hochon, endormie par la vie de province, se réveilla. Madame Hochon fut assez agréablement surprise quand, le matin même, elle s'aperçut, à quelques mots d'affection dits par le vieil Hochon sur sa filleule, que cet auxiliaire si compétent et si subtil était acquis aux Bridau.

Vers midi, les intelligences réunies de monsieur et madame Hochon, d'Agathe et de Joseph assez étonnés de voir les deux vieillards si scrupuleux dans le choix de leurs mots, avaient accouché de la réponse suivante, faite uniquement pour Flore et Maxence.

« Mon cher frère,

» Si je suis restée trente ans sans revenir ici, sans y entretenir de relations avec qui que ce soit, pas même avec vous, la faute en est, non seulement aux étranges et fausses idées que mon père avait conçues contre moi, mais encore aux malheurs, et aussi au bonheur de ma vie à Paris ; car si Dieu fit la femme heureuse, il a bien frappé la mère. Vous n'ignorez point que mon fils, votre neveu Philippe, est sous le coup d'une accusation capitale, à cause de son dévouement à l'Empereur. Ainsi, vous ne serez pas étonné d'apprendre qu'une veuve obligée, pour vivre, d'accepter un modique emploi dans un bureau de loterie, soit venue chercher des consolations et des secours auprès de ceux qui l'ont vue naître. L'état embrassé par celui de mes fils qui m'accompagne est un de ceux qui veulent le plus de talent, le plus de sacrifices, le plus d'études avant d'offrir des résultats. La gloire y précède la fortune. N'est-ce pas vous dire que quand Joseph illustrera notre famille, il sera pauvre encore. Votre sœur, mon cher Jean-Jacques, aurait supporté silencieusement les effets de l'injustice paternelle ; mais pardonnez à la mère de vous rappeler que vous avez deux neveux, l'un qui portait les ordres de l'Empereur à la bataille de Montereau, qui servait dans la Garde impériale à Waterloo, et qui maintenant est en prison ; l'autre qui, depuis l'âge de treize ans, est entraîné par la vocation dans une carrière difficile, mais glorieuse. Aussi vous remercié-je de votre lettre, mon frère, avec une vive effusion de cœur, et pour mon compte, et pour celui de Joseph, qui se rendra certainement à votre invitation. La maladie excuse tout, mon cher Jean-Jacques, j'irai donc vous voir chez vous. Une sœur est toujours bien chez son frère, quelle que soit la vie qu'il ait adoptée. Je vous embrasse avec tendresse.

» AGATHE ROUGET. »

– Voilà l'affaire engagée. Quand vous irez, dit monsieur Hochon à la Parisienne, vous pourrez lui parler nettement de ses neveux...

La lettre fut portée par Gritte qui revint dix minutes après, rendre compte à ses maîtres de tout ce qu'elle avait appris ou pu voir, selon l'usage de la province.

– Madame, dit-elle, on a, depuis hier au soir, approprié toute la maison que madame laissait...

– Qui, madame ? demanda le vieil Hochon.

– Mais on appelle ainsi dans la maison la Rabouilleuse, répondit Gritte. Elle laissait la salle et tout ce qui regardait monsieur Rouget dans un état à faire pitié ; mais, depuis hier, la maison est redevenue ce qu'elle était avant l'arrivée de monsieur Maxence. On s'y mirerait. La Védie m'a raconté que Kouski est monté à cheval ce matin à cinq heures ; il est revenu sur les neuf heures, apportant des provisions. Enfin, il y aura le meilleur dîner, un dîner comme pour l'archevêque de Bourges. On met les petits pots dans les grands, et tout est par places dans la cuisine : « – Je veux fêter mon neveu », qu'il dit le bonhomme en se faisant rendre compte de tout ! Il paraît que les Rouget ont été très flattés de la lettre. Madame est venue me le dire... Oh ! elle a fait une toilette !... une toilette ! Je n'ai rien vu de plus beau, quoi ! Madame a deux diamants aux oreilles, deux diamants de chacun mille écus, m'a dit la Védie, et des dentelles ! et des anneaux dans les doigts, et des bracelets que vous diriez une vraie châsse, et une robe de soie belle comme un devant d'autel !... Pour lors, qu'elle m'a dit : « – Monsieur est charmé de savoir sa sœur si bonne enfant, et j'espère qu'elle nous permettra de la fêter comme elle le mérite. Nous comptons sur la bonne opinion qu'elle aura de nous d'après l'accueil que nous ferons à son fils. Monsieur est très impatient de voir son neveu. Madame avait des petits souliers de satin noir et des bas... Non, c'est des merveilles ! Il y a comme des fleurs dans la soie et des trous que vous diriez une dentelle, on voit sa chair rose à travers. Enfin elle est sur ses cinquante et un ! avec un petit tablier si gentil devant elle, que la Védie m'a dit que ce tablier-là valait deux années de nos gages...

– Allons, il faut se ficeler, dit en souriant l'artiste.

– Eh ! bien, à quoi penses-tu, monsieur Hochon ?... dit la vieille dame quand Gritte fut partie.

Madame Hochon montrait à sa filleule son mari la tête dans ses mains, le coude sur le bras de son fauteuil et plongé dans ses réflexions.

– Vous avez affaire à un maître Gonin ! dit le vieillard. Avec vos idées, jeune homme, ajouta-t-il en regardant Joseph, vous n'êtes pas de force à lutter contre un gaillard trempé comme l'est Maxence. Quoi que je vous dise, vous ferez des sottises ; mais au moins racontez-moi bien ce soir tout ce que vous aurez vu, entendu, et fait. Allez !... À la grâce de Dieu ! Tâchez de vous trouver seul avec votre oncle. Si, malgré tout votre esprit, vous n'y parvenez point, ce sera déjà quelque lumière sur leur plan ; mais si vous êtes un instant avec lui, seul, sans être écouté, dam !... il faut lui tirer les vers du nez sur sa situation qui n'est pas heureuse, et plaider la cause de votre mère...

À quatre heures, Joseph passa le détroit qui séparait la maison Hochon de la maison Rouget, cette espèce d'allée de tilleuls souffrants, longue de deux cents pieds et large comme la grande Narette. Quand le neveu se présenta, Kouski, en bottes cirées, en pantalon de drap noir, en gilet blanc et en habit noir, le précéda pour l'annoncer. La table était déjà mise dans la salle, et Joseph, qui distingua facilement son oncle, alla droit à lui, l'embrassa, salua Flore et Maxence.

– Nous ne nous sommes point vus depuis que j'existe, mon cher oncle, dit gaiement le peintre ; mais vaut mieux tard que jamais.

– Vous êtes le bienvenu, mon ami, dit le vieillard en regardant son neveu d'un air hébété.

– Madame, dit Joseph à Flore avec l'entrain d'un artiste, j'enviais, ce matin, à mon oncle le plaisir qu'il a de pouvoir vous admirer tous les jours !

– N'est-ce pas qu'elle est belle ? dit le vieillard dont les yeux ternis devinrent presque brillants.

– Belle à pouvoir servir de modèle à un peintre.

– Mon neveu, dit le père Rouget que Flore poussa par le coude, voici monsieur Maxence Gilet, un homme qui a servi l'Empereur, comme ton frère, dans la Garde Impériale.

Joseph se leva, s'inclina.

– Monsieur votre frère était dans les dragons, je crois, et moi j'étais dans les pousse-cailloux, dit Maxence.

– À cheval ou à pied, dit Flore, on n'en risquait pas moins sa peau !

Joseph observait Max autant que Max observait Joseph. Max était mis comme les jeunes gens élégants se mettaient alors ; car il se faisait habiller à Paris. Un pantalon de drap bleu de ciel, à gros plis très amples, faisait valoir ses pieds en ne laissant voir que le bout de sa botte ornée d'éperons. Sa taille était pincée par son gilet blanc à boutons d'or façonnés, et lacé par derrière pour lui servir de ceinture. Ce gilet boutonné jusqu'au col dessinait bien sa large poitrine, et son col en satin noir l'obligeait à tenir la tête haute, à la façon des militaires. Il portait un petit habit noir très bien coupé. Une jolie chaîne d'or pendait de la poche de son gilet, où paraissait à peine une montre plate. Il jouait avec cette clef dite à *criquet*, que Breguet venait d'inventer.

– Ce garçon est très bien, se dit Joseph en admirant comme peintre la figure vive, l'air de force et les yeux gris spirituels que Max tenait de son père le gentilhomme. Mon oncle doit être bien embêtant, cette belle fille a cherché des compensations, et ils font ménage à trois. Ça se voit !

En ce moment Baruch et François arrivèrent.

– Vous n'êtes pas encore allé voir la Tour d'Issoudun ? demanda Flore à Joseph. Si vous vouliez faire une petite promenade en attendant le dîner, qui ne sera servi que dans une heure, nous vous montrerions la grande curiosité de la ville ?...

– Volontiers ? dit l'artiste incapable d'apercevoir en ceci le moindre inconvénient.

Pendant que Flore alla mettre son chapeau, ses gants et son châle de cachemire, Joseph se leva soudain à la vue des tableaux, comme si quelque enchanteur l'eût touché de sa baguette.

– Ah ! vous avez des tableaux, mon oncle ? dit-il en examinant celui qui l'avait frappé.

– Oui, répondit le bonhomme, ça nous vient des Descoings qui, pendant la Révolution, ont acheté la défroque des maisons religieuses et des églises du Berry.

Joseph n'écoutait plus, il admirait chaque tableau : – Magnifique ! s'écriait-il. Oh ! mais voilà une toile... Celui-là ne les gâtait pas ! Allons, de plus fort en plus fort, comme chez Nicolet...

– Il y en a sept ou huit très grands qui sont dans le grenier et qu'on a gardés à cause des cadres, dit Gilet.

– Allons les voir ! fit l'artiste que Maxence conduisit dans le grenier.

Joseph redescendit enthousiasmé. Max dit un mot à l'oreille de la Rabouilleuse, qui prit le bonhomme Rouget dans l'embrasure de la croisée ; et Joseph entendit cette phrase dite à voix basse, mais de manière qu'elle ne fût pas perdue pour lui :

– Votre neveu est peintre, vous ne ferez rien de ces tableaux, soyez donc gentil pour lui, donnez-les-lui.

– Il paraît, dit le bonhomme qui s'appuya sur le bras de Flore pour venir à l'endroit où son neveu se trouvait en extase devant un Albane, il paraît que tu es peintre...

– Je ne suis encore qu'un rapin, dit Joseph...

– Qué que c'est que ça ? dit Flore.

– Un commençant, répondit Joseph.

– Eh ! bien, dit Jean-Jacques, si ces tableaux peuvent te servir à quelque chose dans ton état, je te les donne... Mais sans les cadres. Oh ! les cadres sont dorés, et puis ils sont drôles ; j'y mettrai...

– Parbleu ! mon oncle, s'écria Joseph enchanté, vous y mettrez les copies que je vous enverrai et qui seront de la même dimension...

– Mais cela vous prendra du temps et il vous faudra des toiles, des couleurs, dit Flore. Vous dépenserez de l'argent... Voyons, père Rouget, offrez à votre neveu cent francs par tableau, vous en avez là vingt-sept... il y en a, je crois, onze dans le grenier qui sont énormes et qui doivent être payés double. Mettez pour le tout quatre mille francs. Oui, votre oncle peut bien vous payer les copies quatre mille francs, puisqu'il garde les cadres ! Enfin, il vous faudra des cadres, et on dit que les cadres valent plus que les tableaux ; il y a de l'or !... – Dites donc, monsieur, reprit Flore en remuant le bras du bonhomme. Hein ?... ce n'est pas cher, votre neveu vous fera payer quatre mille francs des tableaux tout neufs à la place de vos vieux... C'est, lui dit-elle à l'oreille, une manière honnête de lui donner quatre mille francs, il ne me paraît pas *très calé*...

– Eh bien ! mon neveu, je te payerai quatre mille francs pour les copies...

– Non, non, dit l'honnête Joseph, quatre mille francs et les tableaux, c'est trop ; car, voyez-vous, les tableaux ont de la valeur.

– Mais acceptez donc, *godiche* ! lui dit Flore, puisque c'est votre oncle...

– Eh ! bien, j'accepte, dit Joseph étourdi de l'affaire qu'il venait de faire, car il reconnaissait un tableau du Pérugin.

Aussi l'artiste eut-il un air joyeux en sortant et en donnant le bras à la Rabouilleuse, ce qui servit admirablement les desseins de Maxence. Ni Flore, ni Rouget, ni Max, ni personne à Issoudun ne pouvait connaître la valeur des tableaux, et le rusé Max crut avoir acheté pour une bagatelle le triomphe de Flore qui se promena très orgueilleusement au bras du neveu de son maître, en bonne intelligence avec lui, devant toute la ville ébahie. On se mit aux portes pour voir le triomphe de la Rabouilleuse sur la famille. Ce fait exorbitant fit une sensation profonde sur laquelle Max comptait. Aussi, quand l'oncle et le neveu rentrèrent vers les cinq heures, on ne parlait dans tous les ménages que de l'accord parfait de Max et de Flore avec le neveu du père Rouget. Enfin, l'anecdote du cadeau des tableaux et des quatre mille francs circulait déjà. Le dîner, auquel assista Lousteau, l'un des juges du tribunal, et le maire d'Issoudun, fut splendide. Ce fut un de ces dîners de province qui durent cinq heures. Les vins les plus exquis animèrent la conversation. Au dessert, à neuf heures, le peintre, assis entre Flore et Max vis-à-vis de son oncle, était devenu quasi-camarade avec l'officier, qu'il trouvait le meilleur enfant de la terre. Joseph revint à onze heures à peu près gris. Quant au bonhomme Rouget, Kouski le porta dans son lit ivre-mort, il avait mangé comme un acteur forain et bu comme les sables du désert.

– Hé ! bien, dit Max qui resta seul à minuit avec Flore, ceci ne vaut-il pas mieux que de leur faire la moue. Les Bridau seront bien reçus, ils auront de petits cadeaux, et comblés de faveurs, ils ne pourront que chanter nos louanges ; ils s'en iront bien tranquilles en nous laissant tranquilles aussi. Demain matin, à nous deux Kouski, nous déferons toutes ces toiles, nous les enverrons au peintre pour qu'il les ait à son réveil, nous mettrons les cadres au grenier, et nous renouvellerons la tenture de la salle en y tendant de ces papiers vernis où il y a des scènes de Télémaque, comme j'en ai vu chez monsieur Mouilleron.

– Tiens, ce sera bien plus joli, s'écria Flore.

Le lendemain, Joseph ne s'éveilla pas avant midi. De son lit, il aperçut les toiles mises les unes sur les autres, et apportées sans qu'il eût rien entendu. Pendant qu'il examinait de nouveau les tableaux et qu'il y reconnaissait des chefs-d'œuvre en étudiant la manière des peintres et recherchant leurs signatures, sa mère était allée remercier son frère et le voir, poussée par le vieil Hochon qui, sachant toutes les sottises commises la veille par le peintre, désespérait de la cause des Bridau.

– Vous avez pour adversaires de fines mouches. Dans toute ma vie je n'ai pas vu pareille tenue à celle de ce soldat : il paraît que la guerre forme les jeunes gens. Joseph s'est laissé pincer ! Il s'est promené donnant le bras à la Rabouilleuse ! On lui a sans doute fermé la bouche avec du vin, de méchantes toiles, et quatre mille francs. Votre artiste n'a pas coûté cher à Maxence !

Le perspicace vieillard avait tracé la conduite à tenir à la filleule de sa femme, en lui disant d'entrer dans les idées de Maxence et de cajoler Flore, afin d'arriver à une espèce d'intimité avec elle, pour obtenir de petits moments d'entretien avec Jean-Jacques. Madame Bridau fut reçue à merveille par son frère à qui Flore avait fait sa leçon. Le vieillard était au lit, malade des excès de la veille.

Comme dans les premiers moments, Agathe ne pouvait pas aborder de questions sérieuses, Max avait jugé convenable et magnanime de laisser seuls le frère et la sœur. Ce fut un calcul juste. La pauvre Agathe trouva son frère si mal qu'elle ne voulut pas le priver des soins de madame Brazier.

– Je veux d'ailleurs, dit-elle au vieux garçon, connaître une personne à qui je suis redevable du bonheur de mon frère.

Ces paroles firent un plaisir évident au bonhomme qui sonna pour demander madame Brazier. Flore n'était pas loin, comme on peut le penser. Les deux antagonistes femelles se saluèrent. La Rabouilleuse déploya les soins de la plus servile, de la plus attentive tendresse, elle trouva que monsieur avait la tête trop bas, elle replaça les oreillers, elle fut comme une épouse d'hier. Aussi le vieux garçon eut-il une expansion de sensibilité.

– Nous vous devons, mademoiselle, dit Agathe, beaucoup de reconnaissance pour les marques d'attachement que vous avez données à mon frère depuis si longtemps, et pour la manière dont vous veillez à son bonheur.

– C'est vrai, ma chère Agathe, dit le bonhomme, elle m'a fait connaître le bonheur, et c'est d'ailleurs une femme pleine d'excellentes qualités.

– Aussi, mon frère, ne sauriez-vous trop en récompenser mademoiselle, vous auriez dû en faire votre femme. Oui ! je suis trop pieuse pour ne pas souhaiter de vous voir obéir aux préceptes de la religion. Vous seriez l'un et l'autre plus tranquilles en ne vous mettant pas en guerre avec les lois et la morale. Je suis venue, mon frère, vous demander secours au milieu d'une grande affliction, mais ne croyez point que nous pensions à vous faire la moindre observation sur la manière dont vous disposerez de votre fortune...

– Madame, dit Flore, nous savons que monsieur votre père fut injuste envers vous. Monsieur votre frère peut vous le dire, fit-elle en regardant fixement sa victime, les seules querelles que nous avons eues, c'est à votre sujet. Je soutiens à monsieur qu'il vous doit la part de fortune dont vous a fait tort mon pauvre bienfaiteur, car il a été mon bienfaiteur, votre père (elle prit un ton larmoyant), je m'en souviendrai toujours... Mais votre frère, madame, a entendu raison...

– Oui, dit le bonhomme Rouget, quand je ferai mon testament, vous ne serez pas oubliés...

– Ne parlons point de tout ceci, mon frère, vous ne connaissez pas encore quel est mon caractère.

D'après ce début, on imaginera facilement comment se passa cette première visite. Rouget invita sa sœur à dîner pour le surlendemain.

Pendant ces trois jours, les Chevaliers de la Désœuvrance prirent une immense quantité de rats, de souris et de mulots qui, par une belle nuit, furent mis en plein grain et affamés, au nombre de quatre cent trente-six, dont plusieurs mères pleines. Non contents d'avoir procuré ces pensionnaires à Fario, les chevaliers trouèrent la couverture de l'église des Capucins, et y mirent une dizaine de pigeons pris en dix fermes différentes. Ces animaux firent d'autant plus tranquillement noces et festins que le garçon de magasin de Fario fut débauché par un mauvais drôle, avec lequel il se grisa du matin jusqu'au soir, sans prendre aucun soin des grains de son maître.

Madame Bridau, contrairement à l'opinion du vieil Hochon, crut que son frère n'avait pas encore fait son testament ; elle comptait lui demander quelles étaient ses intentions à l'égard de mademoiselle Brazier, au premier moment où elle pourrait se promener seule avec lui, car Flore et Maxence la leurraient de cet espoir qui devait être toujours déçu.

Quoique les Chevaliers cherchassent tous un moyen de mettre les deux Parisiens en fuite, ils ne trouvaient que des folies impossibles.

Après une semaine, la moitié du temps que les Parisiens devaient rester à Issoudun, ils ne se trouvaient donc pas plus avancés que le premier jour.

– Votre avoué ne connaît pas la province, dit le vieil Hochon à madame Bridau. Ce que vous venez y faire ne se fait ni en quinze jours ni en quinze mois ; il faudrait ne pas quitter votre frère, et pouvoir lui inspirer des idées religieuses. Vous ne contreminerez les fortifications de Flore et de Maxence que par la sape du prêtre. Voilà mon avis, et il est temps de s'y prendre.

– Vous avez, dit madame Hochon à son mari, de singulières idées sur le clergé.

– Oh ! s'écria le vieillard, vous voilà, vous autres dévotes !

– Dieu ne bénirait pas une entreprise qui reposerait sur un sacri-lège, dit madame Bridau. Faire servir la religion à de pareils... Oh ! mais nous serions plus criminelles que Flore.

Cette conversation avait eu lieu pendant le déjeuner, et François, aussi bien que Baruch, écoutaient de toutes leurs oreilles.

– Sacrilège ! s'écria le vieil Hochon. Mais si quelque bon abbé, spirituel comme j'en ai connu quelques-uns, savait en quel embarras vous êtes, il ne verrait point de sacrilège à faire revenir à Dieu l'âme égarée de votre frère, à lui inspirer un vrai repentir de ses fautes, à lui faire renvoyer la femme qui cause le scandale, tout en lui assurant un sort ; à lui démontrer qu'il aurait la conscience en repos en donnant quelques mille livres de rente pour le petit séminaire de l'archevêque, et laissant sa fortune à ses héritiers naturels...

L'obéissance passive que le vieil avare avait obtenue dans sa maison de la part de ses enfants et transmise à ses petits-enfants soumis d'ailleurs à sa tutelle et auxquels il amassait une belle fortune, en faisant, disait-il, pour eux comme il faisait pour lui, ne permit pas à

Baruch et à François la moindre marque d'étonnement ni de désapprobation ; mais ils échangèrent un regard significatif en se disant ainsi combien ils trouvaient cette idée nuisible et fatale aux intérêts de Max.

– Le fait est, madame, dit Baruch, que si vous voulez avoir la succession de votre frère, voilà le seul et vrai moyen ; il faut rester à Issoudun tout le temps nécessaire pour l'employer...

– Ma mère, dit Joseph, vous feriez bien d'écrire à Desroches sur tout ceci. Quant à moi, je ne prétends rien de plus de mon oncle que ce qu'il a bien voulu me donner...

Après avoir reconnu la grande valeur des trente-neuf tableaux, Joseph les avait soigneusement décloués, il avait appliqué du papier dessus en l'y collant avec de la colle ordinaire ; il les avait superposés les uns aux autres, avait assujetti leur masse dans une immense boîte, et l'avait adressée par le roulage à Desroches, à qui il se proposait d'écrire une lettre d'avis. Cette précieuse cargaison était partie la veille.

– Vous êtes content à bon marché, dit monsieur Hochon.

– Mais je ne serais pas embarrassé de trouver cent cinquante mille francs des tableaux.

– Idée de peintre ! fit monsieur Hochon en regardant Joseph d'une certaine manière.

– Écoute, dit Joseph en s'adressant à sa mère, je vais écrire à Desroches en lui expliquant l'état des choses ici. Si Desroches te conseille de rester, tu resteras. Quant à ta place, nous en trouverons toujours l'équivalent...

– Mon cher, dit madame Hochon à Joseph en sortant de table, je ne sais pas ce que sont les tableaux de votre oncle, mais ils doivent être bons, à en juger par les endroits d'où ils viennent. S'ils valent seulement quarante mille francs, mille francs par tableau, n'en dites rien à personne. Quoique mes petits-enfants soient discrets et bien élevés, ils pourraient, sans y entendre malice, parler de cette prétendue trouvaille, tout Issoudun le saurait et il ne faut pas que nos adversaires s'en doutent. Vous vous conduisez comme un enfant !...

En effet, à midi, bien des personnes dans Issoudun, et surtout Maxence Gilet, furent instruits de cette opinion qui eut pour effet de faire rechercher tous les vieux tableaux auxquels on ne songeait pas, et de faire mettre en évidence des croûtes exécrables. Max se repentit d'avoir poussé le vieillard à donner les tableaux, et sa rage contre les héritiers, en apprenant le plan du vieil Hochon, s'accrut de ce qu'il appela *sa bêtise*. L'influence religieuse sur un être faible était la seule chose à craindre. Aussi l'avis donné par ses deux amis confirma-t-il Maxence Gilet dans sa résolution de capitaliser tous les contrats de Rouget, et d'emprunter sur ses propriétés afin d'opérer le plus promptement possible un placement dans la rente ; mais il regarda comme plus urgent encore de renvoyer les Parisiens. Or le génie des Mascarille et des Scapin n'eût pas facilement résolu ce problème.

Flore, conseillée par Max, prétendit que monsieur se fatiguait beaucoup trop dans ses promenades à pied, il devait à son âge aller en voiture. Ce prétexte fut nécessité par l'obligation de se rendre, à l'insu du pays, à Bourges, à Vierzon, à Châteauroux, à Vatan, dans tous les endroits où le projet de réaliser les placements du bonhomme forcerait Rouget, Flore et Max à se transporter. À la fin de cette semaine donc, tout Issoudun fut surpris en apprenant que le bonhomme Rouget était allé chercher une voiture à Bourges, mesure qui fut justifiée par les Chevaliers de la Désœuvrance dans un sens favorable à la Rabouilleuse. Flore et Rouget achetèrent un effroyable berlingot à vitrages fallacieux, à rideaux de cuir crevassés, âgé de vingt-deux ans et de neuf campagnes, provenant d'une vente après le décès d'un colonel ami du Grand-Maréchal Bertrand, et qui, pendant l'absence de ce fidèle compagnon de l'Empereur, s'était chargé d'en surveiller les propriétés en Berry. Ce berlingot, peint en gros vert, ressemblait assez à une calèche, mais le brancard avait été modifié de manière à pouvoir y atteler un seul cheval. Il appartenait donc à ce genre de voitures que la diminution des fortunes a si fort mis à la mode, et qui s'appelait alors honnêtement une *demi-fortune*, car à leur origine on nomma ces voitures des *seringues*. Le drap de cette demi-fortune, vendue pour calèche, était rongé par les vers ; ses passementeries ressemblaient à des chevrons d'invalide, elle sonnait la ferraille ; mais elle ne coûta que quatre cent cinquante francs ; et Max acheta du régiment alors en garnison à Bourges une bonne grosse jument réformée pour la traîner. Il fit repeindre la voiture en brun-foncé, eut un assez bon harnais d'occasion, et toute la ville d'Issoudun fut remuée de fond en comble en attendant l'équipage au père Rouget ! La première fois que le bonhomme se servit de sa calèche, le bruit fit sortir tous les ménages sur leurs portes, et il n'y eut pas de croisée qui ne fût garnie de curieux. La seconde fois, le célibataire alla jusqu'à Bourges, où, pour s'éviter les soins de l'opération conseillée ou, si vous voulez, ordonnée par Flore Brazier, il signa chez un notaire une procuration à Maxence Gilet, à l'effet de transporter tous les contrats qui furent désignés dans la procuration. Flore se réserva de liquider avec monsieur les placements faits à Issoudun et dans les cantons environnants. Le principal notaire de Bourges reçut la visite de Rouget, qui le pria de lui trouver cent quarante mille francs à emporter sur ses propriétés. On ne sut rien à Issoudun de ces démarches si discrètement et si habilement faites. Maxence, en bon cavalier, pouvait aller à Bourges et en revenir de cinq heures du matin à cinq heures du soir, avec son cheval, et Flore ne quitta plus le vieux garçon. Le père Rouget avait consenti sans difficulté à l'opération que Flore lui soumit ; mais il voulut que l'inscription de cinquante mille francs de rente fût au nom de mademoiselle Brazier comme usufruit, et en son nom, à lui Rouget, comme nue propriété. La ténacité que le vieillard déploya dans la lutte intérieure que cette affaire souleva, causa des inquiétudes à Max, qui crut y entrevoir déjà des réflexions inspirées par la vue des héritiers naturels.

Au milieu de ces grands mouvements, que Maxence voulait dérober aux yeux de la ville, il oublia le marchand de grains. Fario se mit en devoir d'opérer ses livraisons, après des manœuvres et des voyages qui avaient eu pour but de faire hausser le prix des céréales. Or, le lendemain de son arrivée, il aperçut le toit de l'église des Capucins noir de pigeons, car il demeurait en face. Il se maudit lui-même pour avoir négligé de faire visiter la couverture, et alla promptement à son magasin, où il trouva la moitié de son grain dévoré. Des milliers de crottes de souris, de rats et de mulots éparpillées lui révélèrent une seconde cause de ruine. L'église était une arche de Noé. Mais la fureur rendit l'Espagnol blanc comme de la batiste quand, en essayant de reconnaître l'étendue de ses pertes et du dégât, il remarqua tout le grain de dessous quasi germé par une certaine quantité de pots d'eau que Max avait eu l'idée d'introduire, au moyen d'un tube en fer-blanc, au cœur des tas de blé. Les pigeons, les rats s'expliquaient par l'instinct animal ; mais la main de l'homme se révélait dans ce dernier trait de perversité. Fario s'assit sur la marche d'un autel dans une chapelle, et resta la tête dans ses mains. Après une demi-heure de réflexions espagnoles, il vit l'écureuil que le fils Goddet avait tenu à lui donner pour pensionnaire jouant avec sa queue le long de la poutre transversale sur le milieu de laquelle reposait l'arbre du toit. L'Espagnol se leva froidement en montrant à son garçon de magasin une figure calme comme celle d'un Arabe. Fario ne se plaignit pas, il rentra dans sa maison, il alla louer quelques ouvriers pour ensacher le bon grain, étendre au soleil les blés mouillés afin d'en sauver le plus possible ; puis il s'occupa de ses livraisons, après avoir estimé sa perte aux trois cinquièmes. Mais, ses manœuvres ayant opéré une hausse, il perdit encore en rachetant les trois cinquièmes manquants ; ainsi sa perte fut de plus de moitié. L'Espagnol, qui n'avait pas d'ennemis, attribua, sans se tromper, cette vengeance à Gilet. Il lui fut prouvé que Max et quelques autres, les seuls auteurs des farces nocturnes, avaient bien certainement monté sa charrette sur la Tour, et s'étaient amusés à le ruiner : il s'agissait en effet de mille écus, presque tout le capital, péniblement gagné par Fario depuis la paix. Inspiré par la vengeance, cet homme déploya la persistance et la finesse d'un espion à qui l'on a promis une forte récompense. Embusqué la nuit, dans Issoudun il finit par acquérir la preuve des déportements des Chevaliers de la Désœuvrance : il les vit, il les compta, il épia leurs rendez-vous et leurs banquets chez la Cognette ; puis il se cacha pour être le témoin d'un de leurs tours, et se mit au fait de leurs mœurs nocturnes.

Malgré ses courses et ses préoccupations, Maxence ne voulait pas négliger les affaires de nuit, d'abord pour ne pas laisser pénétrer le secret de la grande opération qui se pratiquait sur la fortune du père Rouget, puis pour toujours tenir ses amis en haleine. Or, les Chevaliers étaient convenus de faire un de ces tours dont on parlait pendant des années entières. Ils devaient donner, dans une seule nuit, des boulettes à tous les chiens de garde de la ville et des faubourgs ; Fario les entendit, au sortir du bouchon à la Cognette, s'applaudissant par avance du succès qu'obtiendrait cette farce, et du deuil général que causerait ce nouveau massacre des innocents. Puis quelles appréhensions ne causerait pas cette exécution en annonçant des desseins sinistres sur les maisons privées de leurs gardiens ?

– Cela fera peut-être oublier la charrette à Fario ! dit le fils Goddet.

Fario n'avait déjà plus besoin de ce mot qui confirmait ses soupçons ; et, d'ailleurs, son parti était pris.

Agathe, après trois semaines de séjour, reconnaissait, ainsi que madame Hochon, la vérité des réflexions du vieil avare : il fallait plusieurs années pour détruire l'influence acquise sur son frère par la Rabouilleuse et par Max. Agathe n'avait fait aucun progrès dans la confiance de Jean-Jacques, avec qui jamais elle n'avait pu se trouver seule. Au contraire, mademoiselle Brazier triomphait des héritiers en menant promener Agathe dans la calèche, assise au fond près d'elle, ayant monsieur Rouget et son neveu sur le devant. La mère et le fils attendaient avec impatience une réponse à la lettre confidentielle écrite à Desroches. Or, la veille du jour où les chiens devaient être empoisonnés, Joseph, qui s'ennuyait à périr à Issoudun, reçut deux lettres, la première du grand peintre Schinner dont l'âge lui permettait une liaison plus étroite, plus intime qu'avec Gros, leur maître, et la seconde de Desroches.

Voici la première timbrée de Beaumont-sur-Oise :

« Mon cher Joseph, j'ai achevé, pour le comte de Sérizy, les princi-pales peintures du château de Presles. J'ai laissé les encadrements, les peintures d'ornement ; et je t'ai si bien recommandé, soit au comte, soit à Grindot l'architecte, que tu n'as qu'à prendre tes brosses et à venir. Les prix sont faits de manière à te contenter. Je pars pour l'Italie avec ma femme, tu peux donc prendre Mistigris qui t'aidera. Ce jeune drôle a du talent, je l'ai mis à ta disposition. Il frétille déjà comme un pierrot en pensant à s'amuser au château de Presles. Adieu, mon cher Joseph ; si je suis absent, si je ne mets rien à l'Exposition prochaine, tu me remplaceras ! Oui, cher Jojo, ton tableau, j'en ai la certitude, est un chef-d'œuvre ; mais un chef-d'œuvre qui fera crier au romantisme, et tu t'apprêtes une existence de diable dans un bénitier. Après tout, comme dit ce farceur de Mistigris, qui retourne ou calembourdise tous les proverbes, la vie est *un qu'on bat*. Que fais-tu donc à Issoudun ? Adieu.

» Ton ami,

» Schinner. »

Voici celle de Desroches :

« Mon cher Joseph, ce monsieur Hochon me semble un vieillard plein de sens, et tu m'as donné la plus haute idée de ses moyens : il a complètement raison. Aussi, mon avis, puisque tu me le demandes, est-il que ta mère reste à Issoudun chez madame Hochon, en y payant une modique pension, comme quatre cents francs par an, pour indemniser ses hôtes de sa nourriture. Madame Bridau doit, selon moi, s'abandon-ner aux conseils de monsieur Hochon. Mais ton excellente mère aura bien des scrupules en présence de gens qui n'en ont pas du tout, et dont la conduite est un chef-d'œuvre de politique. Ce Maxence est dangereux, et tu as bien raison : je vois en lui un homme autrement fort que Philippe. Ce drôle fait servir ses vices à sa fortune, et ne s'amuse pas *gratis*, comme ton frère dont les folies n'avaient rien d'utile. Tout ce que tu me dis m'épouvante, car je ne ferais pas grand-chose en allant à Issoudun. Monsieur Hochon, caché derrière ta mère, vous sera plus utile que moi. Quant à toi, tu peux revenir, tu n'es bon à rien dans une affaire qui réclame une attention continuelle, une observation minutieuse, des attentions serviles, une discrétion dans la parole et une dissimulation dans les gestes tout à fait antipathiques aux artistes. Si l'on vous a dit qu'il n'y avait pas de testament de fait, ils en ont un depuis longtemps, croyez-le bien. Mais les testaments sont révocables, et tant que ton imbécile d'oncle vivra, certes il est susceptible d'être travaillé par les remords et par la religion. Votre fortune sera le résultat d'un combat entre l'Église et la Rabouilleuse. Il viendra certainement un moment où cette femme sera sans force sur le bonhomme, et où la religion sera tout-puissante. Tant que ton oncle n'aura pas fait de donation entre-vifs, ni changé la nature de ses biens, tout sera possible à l'heure ou la religion aura le dessus. Aussi dois-tu prier monsieur Hochon de surveiller, autant qu'il le pourra, la fortune de ton oncle. Il s'agit de savoir si les propriétés sont hypothéquées, comment et au nom de qui sont faits les placements. Il est si facile d'inspirer à un vieillard des craintes sur sa vie, au cas où il se dépouille de ses biens en faveur d'étrangers, qu'un héritier tant soit peu rusé pourrait arrêter une spoliation dès son commencement. Mais est-ce ta mère avec son ignorance du monde, son désintéressement, ses idées religieuses, qui saura mener une semblable machine ?... Enfin, je ne puis que vous éclairer. Tout ce que vous avez fait jusqu'à présent a dû donner l'alarme, et peut-être vos antagonistes se mettent-ils en règle !... »

– Voilà ce que j'appelle une consultation en bonne forme, s'écria monsieur Hochon fier d'être apprécié par un avoué de Paris.

– Oh ! Desroches est un fameux gars, répondit Joseph.

– Il ne serait pas inutile de faire lire cette lettre à ces deux femmes, reprit le vieil avare.

– La voici, dit l'artiste en remettant la lettre au vieillard. Quant à moi, je veux partir dès demain, et vais aller faire mes adieux à mon oncle.

– Ah ! dit monsieur Hochon, monsieur Desroches vous prie, par *post-scriptum*, de brûler la lettre.

– Vous la brûlerez après l'avoir montrée à ma mère, dit le peintre.

Joseph Bridau s'habilla, traversa la petite place et se présenta chez son oncle, qui précisément achevait son déjeuner. Max et Flore étaient à table.

– Ne vous dérangez pas, mon cher oncle, je viens vous faire mes adieux.

– Vous partez ? fit Max en échangeant un regard avec Flore.

– Oui, j'ai des travaux au château de monsieur de Sérizy, je suis d'autant plus pressé d'y aller qu'il a les bras assez longs pour rendre service à mon pauvre frère, à la Chambre des Pairs.

– Eh ! bien, travaille, dit d'un air niais le bonhomme Rouget qui parut à Joseph extraordinairement changé. Faut travailler... je suis fâché que vous vous en alliez...

– Oh ! ma mère reste encore quelque temps, reprit Joseph.

Max fit un mouvement de lèvres que remarqua la gouvernante et qui signifiait : – Ils vont suivre le plan dont m'a parlé Baruch.

– Je suis bien heureux d'être venu, dit Joseph, car j'ai eu le plaisir de faire connaissance avec vous, et vous avez enrichi mon atelier...

– Oui, dit la Rabouilleuse, au lieu d'éclairer votre oncle sur la valeur de ses tableaux qu'on estime à plus de cent mille francs, vous les avez bien lestement envoyés à Paris... Pauvre cher homme, c'est comme un enfant !... On vient de nous dire à Bourges qu'il y a un petit poulet, comment donc ? un Poussin qui était avant la Révolution dans le Chœur de la cathédrale, et qui vaut à lui seul trente mille francs...

– Ça n'est pas bien, mon neveu, dit le vieillard à un signe de Max que Joseph ne put apercevoir.

– Là, franchement, reprit le soldat en riant, sur votre honneur, que croyez-vous que valent vos tableaux ? Parbleu ! vous avez tiré une carotte à votre oncle, vous étiez dans votre droit, un oncle est fait pour être pillé ! La nature m'a refusé des oncles ; mais, sacrebleu, si j'en avais eu, je ne les aurais pas épargnés.

– Saviez-vous, monsieur, dit Flore à Rouget, ce que *vos* tableaux valaient... Combien avez-vous dit, monsieur Joseph ?

– Mais, répondit le peintre qui devint rouge comme une betterave, les tableaux valent quelque chose.

– On dit que vous les avez estimés à cent cinquante mille francs à monsieur Hochon, dit Flore. Est-ce vrai ?

– Oui, dit le peintre qui avait une loyauté d'enfant.

– Et, aviez-vous l'intention, dit Flore au bonhomme, de donner cent cinquante mille francs à votre neveu ?...

– Jamais, jamais ! répondit le vieillard que Flore avait regardé fixement.

– Il y a une manière d'arranger tout cela, dit le peintre, c'est de vous les rendre, mon oncle !...

– Non, non, garde-les, dit le vieillard.

– Je vous les renverrai, mon oncle, répondit Joseph blessé du silence offensant de Maxence Gilet et de Flore Brazier. J'ai dans mon pinceau de quoi faire ma fortune, sans avoir rien à personne, pas même à mon oncle... Je vous salue, mademoiselle, bien le bonjour, monsieur...

Et Joseph traversa la place dans un état d'irritation que les artistes peuvent se peindre. Toute la famille Hochon était alors dans le salon. En voyant Joseph qui gesticulait et se parlait à lui-même, on lui demanda ce qu'il avait. Devant Baruch et François, le peintre, franc comme l'osier, raconta la scène qu'il venait d'avoir, et qui, dans deux heures, devint la conversation de toute la ville, où chacun la broda de circonstances plus ou moins drôles. Quelques-uns soutenaient que le peintre avait été malmené par Max, d'autres qu'il s'était mal conduit avec mademoiselle Brazier, et que Max l'avait mis à la porte.

– Quel enfant que votre enfant !... disait Hochon à madame Bridau. Le nigaud a été la dupe d'une scène qu'on lui réservait pour le jour de ses adieux. Il y a quinze jours que Max et la Rabouilleuse savaient la valeur des tableaux quand il a eu la sottise de le dire ici devant mes petits-enfants, qui n'ont eu rien de plus chaud que d'en parler à tout le monde. Votre artiste aurait dû partir à l'improviste.

– Mon fils fait bien de rendre les tableaux s'ils ont tant de valeur, dit Agathe.

– S'ils valent, selon lui, deux cent mille francs, dit le vieil Hochon, c'est une bêtise que de s'être mis dans le cas de les rendre ; car vous auriez du moins eu cela de cette succession, tandis qu'à la manière dont vont les choses vous n'en aurez rien !... Et voilà presque une raison pour votre frère de ne plus vous voir...

Entre minuit et une heure, les Chevaliers de la Désœuvrance commencèrent leur distribution gratuite de comestibles aux chiens de la ville. Cette mémorable expédition ne fut terminée qu'à trois heures du matin, heure à laquelle ces mauvais drôles allèrent souper chez la Cognette. À quatre heures et demie, au crépuscule, ils rentrèrent chez eux. Au moment où Max tourna la rue de l'Avenier pour entrer dans la Grand-rue, Fario, qui se tenait en embuscade dans un renfoncement, lui porta un coup de couteau, droit au cœur, retira la lame, et se sauva par les fossés de Villate où il essuya son couteau dans son mouchoir. L'Espagnol alla laver son mouchoir à la Rivière-Forcée, et revint tranquillement à Saint-Paterne où il se recoucha, en escaladant une fenêtre qu'il avait laissée entrouverte, et il fut réveillé par son nouveau garçon qui le trouva dormant du plus profond sommeil.

Fario lui porta un coup de couteau

En tombant, Max jeta un cri terrible, auquel personne ne pouvait se méprendre. Lousteau-Prangin, le fils d'un juge, parent éloigné de la famille de l'ancien Subdélégué, et le fils Goddet qui demeurait dans le bas de la Grand-rue, remontèrent au pas de course en se disant :

– On tue Max !... au secours ! Mais aucun chien n'aboya, et personne, au fait des ruses des coureurs de nuit, ne se leva. Quand les deux chevaliers arrivèrent, Max était évanoui. Il fallut aller éveiller monsieur Goddet le père. Max avait bien reconnu Fario ; mais quand, à cinq heures du matin, il eut bien repris ses sens, qu'il se vit entouré de plusieurs personnes, qu'il sentit que sa blessure n'était pas mortelle, il pensa tout à coup à tirer parti de cet assassinat, et, d'une voix lamentable, il s'écria : – J'ai cru voir les yeux et la figure de ce maudit peintre !...

Là-dessus, Lousteau-Prangin courut chez son père le juge d'instruction. Max fut transporté chez lui par le père Cognet, par le fils Goddet et par deux personnes qu'on fit lever. La Cognette et Goddet père étaient aux côtés de Max couché sur un matelas qui reposait sur deux bâtons. Monsieur Goddet ne voulait rien faire que Max ne fût au lit. Ceux qui portaient le blessé regardèrent naturellement la porte de monsieur Hochon pendant que Kouski se levait, et virent la servante de monsieur Hochon qui balayait. Chez le bonhomme comme dans la plupart des maisons de province, on ouvrait la porte de très bonne heure. Le seul mot prononcé par Max avait éveillé les soupçons, et monsieur Goddet père cria : – Gritte, monsieur Joseph Bridau est-il couché ?

– Ah ! bien, dit-elle, il est sorti dès quatre heures et demie, il s'est promené toute la nuit dans sa chambre, je ne sais pas ce qui le tenait.

Cette naïve réponse excita des murmures d'horreur et des exclamations qui firent venir cette fille, assez curieuse de savoir ce qu'on amenait chez le père Rouget.

– Eh ! bien, il est propre, votre peintre ! lui dit-on.

Et le cortège entra, laissant la servante ébahie : elle avait vu Max étendu sur le matelas, sa chemise ensanglantée, et mourant.

Ce qui tenait Joseph et l'avait agité pendant toute la nuit, les artistes le devinent : il se voyait la fable des bourgeois d'Issoudun, on le prenait pour un tire-laine, pour tout autre chose que ce qu'il voulait être, un loyal garçon, un brave artiste ! Ah ! il aurait donné son tableau pour pouvoir voler comme une hirondelle à Paris, et jeter au nez de Max les tableaux de son oncle. Être le spolié, passer pour le spoliateur ?... quelle dérision ! Aussi dès le matin s'était-il lancé dans l'allée de peupliers qui mène à Tivoli pour donner carrière à son agitation. Pendant que cet innocent jeune homme se promettait, comme consolation, de ne jamais revenir dans ce pays, Max lui préparait une avanie horrible pour les âmes délicates. Quand monsieur Goddet père eut sondé la plaie et reconnu que le couteau, détourné par un petit portefeuille, avait heureusement dévié, tout en faisant une affreuse blessure, il fit ce que font tous les médecins et particulièrement les chirurgiens de province ; il se donna de l'importance *en ne répondant pas encore* de Max ; puis, il sortit après avoir pansé le malicieux soudard. L'arrêt de la science avait été communiqué par Goddet père à la Rabouilleuse, à Jean-Jacques Rouget, à Kouski et à la Védie. La Rabouilleuse revint chez son cher Max, tout en larmes, pendant que

Kouski et la Védie apprenaient aux gens rassemblés sous la porte que le commandant était à peu près condamné. Cette nouvelle eut pour résultat de faire venir environ deux cents personnes groupées sur la place Saint-Jean et dans les deux Narettes.

– Je n'en ai pas pour un mois à rester au lit, et je sais qui a fait le coup, dit Max à la Rabouilleuse. Mais nous allons profiter de cela pour nous débarrasser des Parisiens. J'ai déjà dit que je croyais avoir reconnu le peintre ; ainsi supposez que je vais mourir, et tâchez que Joseph Bridau soit arrêté, nous lui ferons manger de la prison pendant deux jours. Je crois connaître assez la mère, pour être sûr qu'elle s'en ira d'arre d'arre à Paris avec son peintre. Ainsi, nous n'aurons plus à craindre les prêtres qu'on avait l'intention de lancer sur notre imbécile.

Quand Flore Brazier descendit, elle trouva la foule très disposée à suivre les impressions qu'elle voulait lui donner ; elle se montra les larmes aux yeux, et fit observer en sanglotant que le peintre, *qui avait une figure à ça d'ailleurs*, s'était la veille disputé chaudement avec Max à propos des tableaux qu'il avait *chipés* au père Rouget.

– Ce brigand, car il n'y a qu'à le regarder pour en être sûr, croit que si Max n'existait plus son oncle lui laisserait sa fortune ; comme si, dit-elle, un frère ne nous était pas plus proche parent qu'un neveu ! Max est le fils du docteur Rouget. *Le vieux me l'a dit navant de mourir !...*

– Ah ! il aura voulu faire ce coup-là en s'en allant, il a bien combiné son affaire, il part aujourd'hui, dit un des Chevaliers de la Désœuvrance.

– Max n'a pas un seul ennemi à Issoudun, dit un autre.

– D'ailleurs, Max a reconnu le peintre, dit la Rabouilleuse.

– Où est-il, ce sacré Parisien ?... Trouvons-le !... cria-t-on.

– Le trouver ?... répondit-on, il est sorti de chez monsieur Hochon au petit jour.

Un Chevalier de la Désœuvrance courut aussitôt chez monsieur Mouilleron. La foule augmentait toujours, et le bruit des voix devenait menaçant. Des groupes animés occupaient toute la Grande-Narette. D'autres stationnaient devant l'église Saint-Jean. Un rassemblement occupait la porte Villate, endroit où fuit la Petite-Narette. On ne pouvait plus passer au-dessus et au-dessous de la place Saint-Jean. Vous eussiez dit la queue d'une procession. Aussi messieurs Lousteau-Prangin et Mouilleron, le commissaire de police, le lieutenant de gendarmerie et son brigadier accompagné de deux gendarmes eurent-ils quelque peine à se rendre à la place Saint-Jean où ils arrivèrent entre deux haies de gens dont les exclamations et les cris pouvaient et devaient les prévenir contre le Parisien si injustement accusé, mais contre qui les circonstances plaidaient.

Après une conférence entre Max et les magistrats, monsieur Mouilleron détacha le commissaire de police et le brigadier avec un gendarme pour examiner ce que dans la langue du Ministère public on nomme *le théâtre du crime*. Puis messieurs Mouilleron et Lousteau-Prangin, accompagnés du lieutenant de gendarmerie, passèrent de chez le père Rouget à la maison Hochon, qui fut gardée au bout du jardin par deux gendarmes et par deux autres à la porte. La foule croissait toujours. Toute la ville était en émoi dans la Grand-rue.

Gritte s'était déjà précipitée chez son maître tout effarée et lui avait dit : – Monsieur, on va vous piller !... Toute la ville est en révolution, monsieur Maxence Gilet est assassiné, il va trépasser !... et l'on dit que c'est monsieur Joseph qui a fait le coup !

Monsieur Hochon s'habilla promptement et descendit ; mais, devant une populace furieuse, il était rentré subitement en verrouillant sa porte. Après avoir questionné Gritte, il sut que son hôte était sorti dès le petit jour, s'était promené toute la nuit dans une grande agitation, et ne rentrait pas. Effrayé, il alla chez madame Hochon que le bruit venait d'éveiller, et à laquelle il apprit l'effroyable nouvelle qui, vraie ou fausse, ameutait tout Issoudun sur la place Saint-Jean.

– Il est certainement innocent ! dit madame Hochon.

– Mais, en attendant que son innocence soit reconnue, on peut entrer ici, nous piller, dit monsieur Hochon devenu blême (il avait de l'or dans sa cave).

– Et Agathe ?

– Elle dort comme une marmotte !

– Ah ! tant mieux, dit madame Hochon, je voudrais qu'elle dormît pendant le temps que cette affaire s'éclaircira. Un pareil assaut tuerait cette pauvre petite !

Mais Agathe s'éveilla, descendit à peine habillée, car les réticences de Gritte qu'elle questionna lui avaient bouleversé la tête et le cœur. Elle trouva madame Hochon pâle et les yeux pleins de larmes à l'une des fenêtres de la salle, avec son mari.

– Du courage, ma petite, Dieu nous envoie nos afflictions, dit la vieille femme. On accuse Joseph !...

– De quoi ?

– D'une mauvaise action qu'il ne peut pas avoir commise, répondit madame Hochon.

En entendant ce mot et voyant entrer le lieutenant de gendarmerie, messieurs Mouilleron et Lousteau-Prangin, Agathe s'évanouit.

– Tenez, dit monsieur Hochon à sa femme et à Gritte, emmenez madame Bridau, les femmes ne peuvent être que gênantes dans de pareilles circonstances. Retirez-vous toutes les deux avec elle dans votre chambre. Asseyez-vous, messieurs, fit le vieillard. La méprise qui nous vaut votre visite ne tardera pas, je l'espère, à s'éclaircir.

– Quand il y aurait méprise, dit monsieur Mouilleron, l'exaspération est si forte dans cette foule, et les têtes sont tellement montées, que je crains pour l'inculpé... Je voudrais le tenir au Palais et donner satisfaction aux esprits.

– Qui se serait douté de l'affection que monsieur Maxence Gilet a inspirée ?... dit Lousteau-Prangin.

– Il débouche en ce moment douze cents personnes du faubourg de Rome, vient de me dire un de mes hommes, fit observer le lieutenant de gendarmerie, et ils poussent des cris de mort.

– Où donc est votre hôte ? dit monsieur Mouilleron à monsieur Hochon.

– Il est allé se promener dans la campagne, je crois...

– Rappelez Gritte, dit gravement le juge d'instruction, j'espérais que monsieur Bridau n'avait pas quitté la maison. Vous n'ignorez pas sans doute que le crime a été commis à quelques pas d'ici, au petit jour ?

Pendant que monsieur Hochon alla chercher Gritte, les trois fonctionnaires échangèrent des regards significatifs.

– La figure de ce peintre ne m'est jamais revenue, dit le lieutenant à monsieur Mouilleron.

– Ma fille, demanda le juge à Gritte en la voyant entrer, vous avez vu, dit-on, sortir, ce matin, monsieur Joseph Bridau ?

– Oui, monsieur, répondit-elle en tremblant comme une feuille.

– À quelle heure ?

– Dès que je me suis levée ; car il s'est promené pendant la nuit dans sa chambre, et il était habillé quand je suis descendue.

– Faisait-il jour ?

– Petit jour.

– Il avait l'air agité...

– Oui, dam ? il m'a paru tout chose.

– Envoyez chercher mon greffier par un de vos hommes, dit Lousteau-Prangin au lieutenant, et qu'il vienne avec des mandats de...

– Mon Dieu ! ne vous pressez pas, dit monsieur Hochon. L'agitation de ce jeune homme est explicable autrement que par la préméditation d'un crime : il part aujourd'hui pour Paris, à cause d'une affaire où Gilet et mademoiselle Flore Brazier avaient suspecté sa probité.

– Oui, l'affaire des tableaux, dit monsieur Mouilleron. Ce fut hier le sujet d'une querelle fort vive, et les artistes ont, comme on dit, la tête bien près du bonnet.

– Qui, dans tout Issoudun, avait intérêt à tuer Maxence ? demanda Lousteau. Personne ; ni mari jaloux, ni qui que ce soit, car ce garçon n'a jamais fait de tort à quelqu'un.

– Mais que faisait donc monsieur Gilet à quatre heures et demie dans les rues d'Issoudun ? dit monsieur Hochon.

– Tenez, monsieur Hochon, laissez-nous faire notre métier, répondit Mouilleron, vous ne savez pas tout : Max a reconnu votre peintre...

En ce moment, une clameur partit d'un bout de la ville et grandit en suivant le cours de la Grande-Narette, comme le bruit d'un coup de tonnerre.

– Le voilà !... le voilà !... il est arrêté !...

Ces mots se détachaient nettement sur la basse-taille d'une effroyable rumeur populaire. En effet, le pauvre Joseph Bridau, qui revenait tranquillement par le moulin de Landrôle pour se trouver à l'heure du déjeuner, fut aperçu, quand il atteignit la place Misère, par tous les groupes à la fois. Heureusement pour lui, deux gendarmes arrivèrent au pas de course pour l'arracher aux gens du faubourg de Rome qui l'avaient déjà pris sans ménagement par les bras, en poussant des cris de mort.

– Place ! place ! dirent les gendarmes qui appelèrent deux autres de leurs compagnons pour en mettre un en avant et un en arrière de Bridau.

– Voyez-vous, monsieur, dit au peintre un de ceux qui le tenaient, il s'agit en ce moment de notre peau, comme de la vôtre. Innocent ou coupable, il faut que nous vous protégions contre l'émeute que cause l'assassinat du commandant Gilet ; et ce peuple ne s'en tient pas à vous en accuser, il vous croit le meurtrier, dur comme fer. Monsieur Gilet est adoré de ces gens-là, qui, regardez-les ? ont bien la mine de vouloir se faire justice eux-mêmes. Ah ! nous les avons vus travaillant en 1830 le casaquin aux Employés des Contributions, qui n'étaient pas à la noce, allez !

« Après tout, dit-il, je suis innocent, marchons !... »

Joseph Bridau devint pâle comme un mourant, et rassembla ses forces pour pouvoir marcher.

– Après tout, dit-il, je suis innocent, marchons !...

Et il eut son portement de croix, l'artiste ! Il recueillit des huées, des injures, des menaces de mort, en faisant l'horrible trajet de la place Misère à la place Saint-Jean. Les gendarmes furent obligés de tirer le sabre contre la foule furieuse qui leur jeta des pierres. On faillit blesser les gendarmes, et quelques projectiles atteignirent les jambes, les épaules et le chapeau de Joseph.

– Nous voilà ! dit l'un des gendarmes en entrant dans la salle de monsieur Hochon, et ce n'est pas sans peine, mon lieutenant.

– Maintenant, il s'agit de dissiper ce rassemblement, et je ne vois qu'une manière, messieurs, dit l'officier aux magistrats. Ce serait de conduire au Palais monsieur Bridau en le mettant au milieu de vous ; moi et tous mes gendarmes nous vous entourerons. On ne peut répondre de rien quand on se trouve en présence de six mille furieux...

– Vous avez raison, dit monsieur Hochon qui tremblait toujours pour son or.

– Si c'est la meilleure manière de protéger l'innocence à Issoudun, répondit Joseph, je vous en fais mon compliment. J'ai déjà failli être lapidé...

– Voulez-vous voir prendre d'assaut et piller la maison de votre hôte ? dit le lieutenant. Est-ce avec nos sabres que nous résisterons à un flot de monde poussé par une queue de gens irrités et qui ne connaissent pas les formes de la justice ?...

– Oh ! allons, messieurs, nous nous expliquerons après, dit Joseph qui recouvra tout son sang-froid.

– Place ! mes amis, dit le lieutenant, *il* est arrêté, nous le conduisons au Palais !

– Respect à la justice ! mes amis, dit monsieur Mouilleron.

– N'aimerez-vous pas mieux le voir guillotiner ? disait un des gendarmes à un groupe menaçant.

– Oui ! oui, fit un furieux, on le guillotinera.

– On va le guillotiner, répétèrent des femmes.

Au bout de la Grande-Narette, on se disait : – On l'emmène pour le guillotiner, on lui a trouvé le couteau ! – Oh ! le gredin ! Voilà les Parisiens. – Celui-là portait bien le crime sur sa figure !

Quoique Joseph eût tout le sang à la tête, il fit le trajet de la place Saint-Jean au Palais en gardant un calme et un aplomb remarquables. Néanmoins, il fut assez heureux de se trouver dans le cabinet de monsieur Lousteau-Prangin.

– Je n'ai pas besoin, je crois, messieurs, de vous dire que je suis innocent, dit-il en s'adressant à monsieur Mouilleron, à monsieur Lousteau-Prangin et au greffier, je ne puis que vous prier de m'aider à prouver mon innocence. Je ne sais rien de l'affaire...

Quand le juge eut déduit à Joseph toutes les présomptions qui pesaient sur lui, en terminant par la déclaration de Max, Joseph fut atterré.

– Mais, dit-il, je suis sorti de la maison après cinq heures ; j'ai pris par la Grand-rue, et à cinq heures et demie je regardais la façade de votre paroisse de Saint-Cyr. J'y ai causé avec le sonneur qui venait sonner *l'angelus*, en lui demandant des renseignements sur l'édifice qui me semble bizarre et inachevé. Puis j'ai traversé le marché aux Légumes où il y avait déjà des femmes. De là, par la place Misère, j'ai gagné, par le pont aux Ânes, le moulin de Landrôle, où j'ai regardé tranquillement des canards pendant cinq à six minutes, et les garçons meuniers ont dû me remarquer. J'ai vu des femmes allant au lavoir, elles doivent y être encore ; elles se sont mises à rire de moi, en disant que je n'étais pas beau ; je leur ai répondu que dans les grimaces, il y avait des bijoux. De là, je me suis promené par la grande allée jusqu'à Tivoli ; ou j'ai causé avec le jardinier... Faites vérifier ces faits, et ne me mettez même pas en état d'arrestation, car je vous donne ma parole de rester dans votre cabinet jusqu'à ce que vous soyez convaincus de mon innocence.

Ce discours sensé, dit sans aucune hésitation et avec l'aisance d'un homme sûr de son affaire, fit quelque impression sur les magistrats.

– Allons, il faut citer tous ces gens-là, les trouver, dit monsieur Mouilleron, mais ce n'est pas l'affaire d'un jour. Résolvez-vous donc, dans votre intérêt, à rester au secret au Palais.

– Pourvu que je puisse écrire à ma mère afin de la rassurer, la pauvre femme... Oh ! vous lirez la lettre.

Cette demande était trop juste pour ne pas être accordée, et Joseph écrivit ce petit mot :

« N'aie aucune inquiétude, ma chère mère, l'erreur, dont je suis victime, sera facilement reconnue, et j'en ai donné les moyens. Demain, ou peut-être ce soir, je serai libre. Je t'embrasse, et dis à monsieur et madame Hochon combien je suis peiné de ce trouble dans lequel je ne suis pour rien, car il est l'ouvrage d'un hasard que je ne comprends pas encore. »

Quand la lettre arriva, madame Bridau se mourait dans une attaque nerveuse ; et les potions que monsieur Goddet essayait de lui faire prendre par gorgées, étaient impuissantes. Aussi la lecture de cette lettre fut-elle comme un baume. Après quelques secousses, Agathe tomba dans l'abattement qui suit de pareilles crises. Quand monsieur Goddet revint voir sa malade, il la trouva regrettant d'avoir quitté Paris.

– Dieu m'a punie, disait-elle les larmes aux yeux. Ne devais-je pas me confier à lui, ma chère marraine, et attendre de sa bonté la succession de mon frère !...

– Madame, si votre fils est innocent, Maxence est un profond scélérat, lui dit à l'oreille monsieur Hochon, et nous ne serons pas les plus forts dans cette affaire ; ainsi, retournez à Paris.

– Eh ! bien, dit madame Hochon à monsieur Goddet, comment va monsieur Gilet ?

– Mais, quoique grave, la blessure n'est pas mortelle. Après un mois de soins, ce sera fini. Je l'ai laissé écrivant à monsieur Mouilleron pour demander la mise en liberté de votre fils, madame, dit-il à sa malade. Oh ! Max est un brave garçon. Je lui ai dit dans quel état vous étiez, il s'est alors rappelé une circonstance du vêtement de son assassin qui lui a prouvé que ce ne pouvait pas être votre fils : le meurtrier portait des chaussons de lisière, et il est bien certain que monsieur votre fils est sorti en botte.

– Ah ! que Dieu lui pardonne le mal qu'il m'a fait...

À la nuit, un homme avait apporté pour Gilet une lettre écrite en caractères moulés et ainsi conçue :

« Le capitaine Gilet ne devrait pas laisser un innocent entre les mains de la justice. Celui qui a fait le coup promet de ne plus recommencer, si monsieur Gilet délivre monsieur Joseph Bridau sans désigner le coupable. »

Après avoir lu cette lettre et l'avoir brûlée, Max écrivit à monsieur Mouilleron une lettre qui contenait l'observation rapportée par monsieur Goddet, en le priant de mettre Joseph en liberté, et de venir le voir afin qu'il lui expliquât l'affaire. Au moment où cette lettre parvint à monsieur Mouilleron, Lousteau-Prangin avait déjà pu reconnaître, par les dépositions du sonneur, d'une vendeuse de légumes, des blanchisseuses, des garçons meuniers du moulin de Landrôle et du jardinier de Frapesle, la véracité des explications données par Joseph. La lettre de Max achevait de prouver l'innocence de l'inculpé que monsieur Mouilleron reconduisit alors lui-même chez monsieur Hochon. Joseph fut accueilli par sa mère avec une effusion de si vive tendresse, que ce pauvre enfant méconnu rendit grâce au hasard, comme le mari de la fable de La Fontaine au voleur, d'une contrariété qui lui valait ces preuves d'affection.

– Oh ! dit monsieur Mouilleron d'un air capable, j'ai bien vu tout de suite à la manière dont vous regardiez la populace irritée, que vous étiez innocent ; mais malgré ma persuasion, voyez-vous, quand on connaît Issoudun, le meilleur moyen de vous protéger était de vous emmener comme nous l'avons fait. Ah ! vous aviez une fière contenance.

– Je pensais à autre chose, répondit simplement l'artiste. Je connais un officier qui m'a raconté qu'en Dalmatie, il fut arrêté dans des circonstances presque semblables, en arrivant de la promenade un matin, par une populace en émoi... Ce rapprochement m'occupait, et je regardais toutes ces têtes avec l'idée de peindre une émeute de 1793... Enfin je me disais : – Gredin ! tu n'as que ce que tu mérites en venant chercher une succession au lieu d'être à peindre dans ton atelier...

– Si vous voulez me permettre de vous donner un conseil, dit le procureur du roi, vous prendrez ce soir à onze heures une voiture que vous prêtera le maître de poste et vous retournerez à Paris par la diligence de Bourges.

– C'est aussi mon avis, dit monsieur Hochon qui brûlait du désir de voir partir son hôte.

– Et mon plus vif désir est de quitter Issoudun, où cependant je laisse ma seule amie, répondit Agathe en prenant et baisant la main de madame Hochon. Et quand vous reverrai-je ?...

– Ah ! ma petite, nous ne nous reverrons plus que là-haut !... Nous avons, lui dit-elle à l'oreille, assez souffert ici-bas pour que Dieu nous prenne en pitié.

Un instant après, quand monsieur Mouillermon eut causé avec Max, Gritte étonna beaucoup madame et monsieur Hochon, Agathe, Joseph et Adolphine, en annonçant la visite de monsieur Rouget. Jean-Jacques venait dire adieu à sa sœur et lui offrir sa calèche pour aller à Bourges.

– Ah ! vos tableaux nous ont fait bien du mal ! lui dit Agathe.

– Gardez-les, ma sœur, répondit le bonhomme qui ne croyait pas encore à la valeur des tableaux.

– Mon voisin, dit monsieur Hochon, nos meilleurs amis, nos plus sûrs défenseurs sont nos parents, surtout quand ils ressemblent à votre sœur Agathe et à votre neveu Joseph !

– C'est possible, répondit le vieillard hébété.

– Il faut penser à finir chrétiennement sa vie, dit madame Hochon.

– Ah ! Jean-Jacques, fit Agathe, quelle journée !

– Acceptez-vous ma voiture ? demanda Rouget.

– Non, mon frère, répondit madame Bridau. Je vous remercie et vous souhaite une bonne santé !

Rouget se laissa embrasser par sa sœur et par son neveu, puis il sortit après leur avoir dit un adieu sans tendresse. Sur un mot de son grand-père, Baruch était allé promptement à la poste. À onze heures du soir, les deux Parisiens, nichés dans un cabriolet d'osier attelé d'un cheval et mené par un postillon, quittèrent Issoudun. Adolphine et madame Hochon avaient des larmes aux yeux. Elles seules regrettaient Agathe et Joseph.

– Ils sont partis, dit François Hochon en entrant avec la Rabouilleuse dans la chambre de Max.

– Hé ! bien, le tour est fait, répondit Max abattu par la fièvre.

– Mais qu'as-tu dit au père Mouilleron ? lui demanda François.

– Je lui ai dit que j'avais presque donné le droit à mon assassin de m'attendre au coin d'une rue, que cet homme était de caractère, si l'on poursuivait l'affaire, à me tuer comme un chien avant d'être arrêté. En conséquence j'ai prié Mouilleron et Prangin de se livrer ostensiblement aux plus actives recherches, mais de laisser mon assassin tranquille, à moins qu'ils ne voulussent me voir tuer.

– J'espère, Max, dit Flore, que pendant quelque temps vous allez vous tenir tranquilles la nuit.

– Enfin, nous sommes délivrés des Parisiens, s'écria Max. Celui qui m'a frappé ne savait guère nous rendre un si grand service.

Le lendemain, à l'exception des personnes excessivement tranquilles et réservées qui partageaient les opinions de monsieur et madame Hochon, le départ des Parisiens, quoique dû à une déplorable méprise, fut célébré par toute la ville comme une victoire de la Province contre Paris. Quelques amis de Max s'exprimèrent assez durement sur le compte des Bridau.

– Eh ! bien, ces Parisiens s'imaginaient que nous sommes des imbéciles, et qu'il n'y a qu'à tendre son chapeau pour qu'il y pleuve des successions !

– Ils étaient venus chercher de la laine, mais ils s'en retournent tondus, car le neveu n'est pas au goût de l'oncle.

– Et, s'il vous plaît, ils avaient pour conseil un avoué de Paris...

– Ah ! ils avaient formé un plan ?

– Mais, oui, le plan de se rendre maîtres du père Rouget ; mais les Parisiens ne se sont pas trouvés de force, et l'avoué ne se moquera pas des Berrichons...

– Savez-vous que c'est abominable ?...

– Voilà les gens de Paris !...

– La Rabouilleuse s'est vue attaquée, elle s'est défendue.

– Et elle a joliment bien fait...

Pour toute la ville, les Bridau étaient des Parisiens, des étrangers : on leur préférait Max et Flore.

On peut imaginer la satisfaction avec laquelle Agathe et Joseph rentrèrent dans leur petit logement de la rue Mazarine, après cette campagne. L'artiste avait repris en voyage sa gaieté troublée par la scène de son arrestation et par vingt heures de mise au secret ; mais il ne put distraire sa mère. Agathe se remit d'autant moins facilement de ses émotions, que la Cour des Pairs allait commencer le procès de la conspiration militaire. La conduite de Philippe, malgré l'habileté de son défenseur conseillé par Desroches, excitait des soupçons peu favorables à son caractère. Aussi, dès qu'il eut mis Desroches au fait de tout ce qui se passait à Issoudun, Joseph emmena-t-il promptement Mistigris au château du comte de Sérizy pour ne point entendre parler de ce procès qui dura vingt jours.

Il est inutile de revenir ici sur des faits acquis à l'histoire contemporaine. Soit qu'il eût joué quelque rôle convenu, soit qu'il fût un des révélateurs, Philippe resta sous le poids d'une condamnation à cinq années de surveillance sous la Haute Police, et obligé de partir le jour même de sa mise en liberté pour Autun, ville que le Directeur-Général de la Police du Royaume lui désigna pour lieu de séjour pendant les cinq années. Cette peine équivalait à une détention semblable à celle des prisonniers sur parole à qui l'on donne une ville pour prison. En apprenant que le comte de Sérizy, l'un des pairs désignés par la Chambre pour faire l'instruction du procès, employait Joseph à l'ornement de son château de Presles, Desroches sollicita de ce Ministre d'État une audience, et trouva le comte de Sérizy dans les meilleures dispositions pour Joseph avec qui par hasard il avait fait connaissance. Desroches expliqua la position financière des deux frères en rappelant les services rendus par leur père, et l'oubli qu'en avait fait la Restauration.

– De telles injustices, monseigneur, dit l'avoué, sont des causes permanentes d'irritation et de mécontentement ! Vous avez connu le père, mettez au moins les enfants dans le cas de faire fortune !

Et il peignit succinctement la situation des affaires de la famille à Issoudun, en demandant au tout-puissant Vice-Président du Conseil d'État de faire une démarche auprès du Directeur-Général de la Police, afin de changer d'Autun à Issoudun la résidence de Philippe. Enfin il parla de la détresse horrible de Philippe en sollicitant un secours de soixante francs par mois que le ministère de la Guerre devait donner, par pudeur, à un ancien lieutenant-colonel.

– J'obtiendrai tout ce que vous me demandez, car tout me semble juste, dit le Ministre d'État.

Trois jours après, Desroches, muni des autorisations nécessaires, alla prendre Philippe à la prison de la Cour des Pairs, et l'emmena chez lui, rue de Béthizy. Là, le jeune avoué fit à l'affreux soudard un de ces sermons sans réplique dans lesquels les avoués jugent les choses à leur véritable valeur, en se servant de termes crus pour estimer la conduite, pour analyser et réduire à leur plus simple expression les sentiments des clients auxquels ils s'intéressent assez pour les sermonner. Après avoir aplati l'officier d'ordonnance de l'Empereur en lui reprochant ses dissipations insensées, les malheurs de sa mère et la mort de la vieille Descoings, il lui raconta l'état des choses à Issoudun, en les lui éclairant à sa manière et pénétrant à fond dans le plan et dans le caractère de Maxence Gilet et de la Rabouilleuse.

Doué d'une compréhension très alerte en ce genre, le condamné politique écouta beaucoup mieux cette partie de la mercuriale de Desroches que la première.

– Cela étant, dit l'avoué, vous pouvez réparer ce qui est réparable dans les torts que vous avez faits à votre excellente famille, car vous ne pouvez rendre la vie à la pauvre femme à qui vous avez donné le coup de la mort ; mais vous seul pouvez...

– Et comment faire ? demanda Philippe.

– J'ai obtenu de vous faire donner Issoudun pour résidence au lieu d'Autun.

Le visage de Philippe si amaigri, devenu presque sinistre, labouré par les maladies, par les souffrances et par les privations, fut rapidement illuminé par un éclair de joie.

– Vous seul pouvez, dis-je, rattraper la succession de votre oncle Rouget, déjà peut-être à moitié dans la gueule de ce loup nommé Gilet, reprit Desroches. Vous connaissez tous les détails, à vous maintenant d'agir en conséquence. Je ne vous trace point de plan, je n'ai pas d'idée à ce sujet, d'ailleurs, tout se modifie sur le terrain. Vous avez affaire à forte partie, le gaillard est plein d'astuce, et la manière dont il voulait rattraper les tableaux donnés par votre oncle à Joseph, l'audace avec laquelle il a mis un crime sur le dos de votre pauvre frère annoncent un adversaire capable de tout. Ainsi, soyez prudent, et tâchez d'être sage par calcul, si vous ne pouvez pas l'être par tempérament. Sans en rien dire à Joseph dont la fierté d'artiste se serait révoltée, j'ai renvoyé les tableaux à monsieur Hochon en lui écrivant de ne les remettre qu'à vous. Ce Maxence Gilet est brave...

– Tant mieux, dit Philippe, je compte bien sur le courage de ce drôle pour réussir, car un lâche s'en irait d'Issoudun.

– Hé ! bien, pensez à votre mère qui, pour vous, est d'une adorable tendresse, à votre frère de qui vous avez fait votre vache à lait...

– Ah ! il vous a parlé de ces bêtises ?... s'écria Philippe.

– Allons, ne suis-je pas l'ami de la famille, et n'en sais-je pas plus qu'eux sur vous ?...

– Que savez-vous ? dit Philippe.

– Vous avez trahi vos camarades...

– Moi ! s'écria Philippe. Moi ! l'officier d'ordonnance de l'Empereur ! La chatte !... Nous avons mis dedans la Chambre des Pairs, la Justice, le Gouvernement et toute la sacrée boutique. Les gens du Roi n'y ont vu que du feu !...

– C'est très bien, si c'est ainsi, répondit l'avoué ; mais, voyez vous, les Bourbons ne peuvent pas être renversés, ils ont l'Europe pour eux, et vous devriez songer à faire votre paix avec le ministre de la Guerre... Oh ! vous la ferez quand vous vous trouverez riche. Pour vous enrichir, vous et votre frère, emparez-vous de votre oncle. Si vous voulez mener à bien une affaire qui exige tant d'habileté, de discrétion, de patience, vous avez de quoi travailler pendant vos cinq ans...

– Non, non, dit Philippe, il faut aller vite en besogne, ce Gilet pourrait dénaturer la fortune de mon oncle, la mettre au nom de cette fille, et tout serait perdu.

– Enfin, monsieur Hochon est un homme de bon conseil et qui voit juste, consultez-le. Vous avez votre feuille de route, votre place est retenue à la diligence d'Orléans pour sept heures et demie, votre malle est faite, venez dîner ?

– Je ne possède que ce que je porte, dit Philippe en ouvrant son affreuse redingote bleue ; mais il me manque trois choses que vous prierez Giroudeau, l'oncle de Finot, mon ami, de m'envoyer : c'est mon sabre, mon épée et mes pistolets !...

– Il vous manque bien autre chose, dit l'avoué qui frémit en contemplant son client. Vous recevrez une indemnité de trois mois pour vous vêtir décemment.

– Tiens, te voilà, Godeschal ! s'écria Philippe en reconnaissant dans le premier clerc de Desroches le frère de Mariette.

– Oui, je suis avec monsieur Desroches depuis deux mois.

– Il y restera, j'espère, s'écria Desroches, jusqu'à ce qu'il traite d'une Charge.

– Et Mariette ! dit Philippe ému par ses souvenirs.

– Elle attend l'ouverture de la nouvelle salle.

– Ça lui coûterait bien peu, dit Philippe, de faire lever ma consigne... Enfin, comme elle voudra !

Après le maigre dîner offert à Philippe par Desroches qui nourrissait son premier clerc, les deux praticiens mirent le condamné politique en voiture et lui souhaitèrent bonne chance.

Le 2 novembre, le jour des morts, Philippe Bridau se présenta chez le commissaire de police d'Issoudun pour faire viser sur sa feuille le jour de son arrivée ; puis il alla se loger, d'après les avis de ce fonctionnaire, rue de l'Avenier. Aussitôt la nouvelle de la déportation d'un des officiers compromis dans la dernière conspiration se répandit à Issoudun, et y fit d'autant plus de sensation qu'on apprit que cet officier était le frère du peintre si injustement accusé. Maxence Gilet, alors entièrement guéri de sa blessure, avait terminé l'opération si difficile de la réalisation des fonds hypothécaires du père Rouget et leur placement en une inscription sur le Grand-Livre. L'emprunt de cent quarante mille francs fait par ce vieillard sur ses propriétés produisait une grande sensation, car tout se sait en province. Dans l'intérêt des Bridau, monsieur Hochon, ému de ce désastre, questionna le vieux monsieur Héron, le notaire de Rouget, sur l'objet de ce mouvement de fonds.

– Les héritiers du père Rouget, si le père Rouget change d'avis, me devront une belle chandelle ! s'écria monsieur Héron. Sans moi, le bonhomme aurait laissé mettre les cinquante mille francs de rentes au nom de Maxence Gilet... J'ai dit à mademoiselle Brazier qu'elle devait s'en tenir au testament, sous peine d'avoir un procès en spoliation, vu les preuves nombreuses que les différents transports faits de tous côtés donneraient de leurs manœuvres. J'ai conseillé, pour gagner du temps, à Maxence et à sa maîtresse de faire oublier ce changement si subit dans les habitudes du bonhomme.

– Soyez l'avocat et le protecteur des Bridau, car ils n'ont rien, dit à monsieur Héron monsieur Hochon qui ne pardonnait pas à Gilet les angoisses qu'il avait eues en craignant le pillage de sa maison.

Maxence Gilet et Flore Brazier, hors de toute atteinte, plaisantèrent donc en apprenant l'arrivée du second neveu du père Rouget. À la première inquiétude que leur donnerait Philippe, ils savaient pouvoir,

Philippe Bridau

en faisant signer une procuration au père Rouget, transférer l'inscription, soit à Maxence, soit à Flore. Si le testament se révoquait,
cinquante mille livres de rente étaient une assez belle fiche de consolation, surtout après avoir grevé les biens-fonds d'une hypothèque de
cent quarante mille francs.

Le lendemain de son arrivée, Philippe se présenta sur les dix heures
pour faire une visite à son oncle, il tenait à se présenter dans son
horrible costume. Aussi, quand l'échappé de l'hôpital du Midi, quand
le prisonnier du Luxembourg entra dans la salle, Flore Brazier éprouva-
t-elle comme un frisson au cœur à ce repoussant aspect. Gilet sentit
également en lui-même cet ébranlement dans l'intelligence et dans la
sensibilité par lequel la nature nous avertit d'une inimitié latente ou
d'un danger à venir.

Si Philippe devait je ne sais quoi de sinistre dans la physionomie à ses derniers malheurs, son costume ajoutait encore à cette expression. Sa lamentable redingote bleue restait boutonnée militairement jusqu'au col par de tristes raisons, mais elle montrait ainsi beaucoup trop ce qu'elle avait la prétention de cacher. Le bas du pantalon, usé comme un habit d'invalide, exprimait une misère profonde. Les bottes laissaient des traces humides en jetant de l'eau boueuse par les semelles entrebâillées. Le chapeau gris que le colonel tenait à la main offrait aux regards une coiffe horriblement grasse. La canne en jonc, dont le vernis avait disparu, devait avoir stationné dans tous les coins des cafés de Paris et reposé son bout tordu dans bien des fanges. Sur un col de velours qui laissait voir son carton, se dressait une tête presque semblable à celle que se fait Frédérick Lemaître au dernier acte de *la Vie d'un Joueur,* et où l'épuisement d'un homme encore vigoureux se trahit par un teint cuivré, verdi de place en place. On voit ces teintes dans la figure des débauchés qui ont passé beaucoup de nuits au jeu : les yeux sont cernés par un cercle charbonné, les paupières sont plutôt rougies que rouges ; enfin, le front est menaçant par toutes les ruines qu'il accuse. Chez Philippe, à peine remis de son traitement, les joues étaient presque rentrées et rugueuses. Il montrait un crâne sans cheveux, où quelques mèches restées derrière la tête se mouraient aux oreilles. Le bleu si pur de ses yeux si brillants avait pris les teintes froides de l'acier.

– Bonjour, mon oncle, dit-il d'une voix enrouée, je suis votre neveu Philippe Bridau. Voilà comment les Bourbons traitent un lieutenant-colonel, un vieux de la vieille, celui qui portait les ordres de l'Empereur à la bataille de Montereau. Je serais honteux si ma redingote s'entrou-vrait, à cause de mademoiselle. Après tout, c'est la loi du jeu. Nous avons voulu recommencer la partie, et nous avons perdu ! J'habite votre ville par ordre de la police, avec une haute-paye de soixante francs par mois. Ainsi les bourgeois n'ont pas à craindre que je fasse augmenter le prix des consommations. Je vois que vous êtes en bonne et belle compagnie.

– Ah ! tu es mon neveu, dit Jean-Jacques...

– Mais invitez donc monsieur le colonel à déjeuner, dit Flore.

– Non, madame, merci, répondit Philippe, j'ai déjeuné. D'ailleurs je me couperais plutôt la main que de demander un morceau de pain ou un centime à mon oncle, après ce qui s'est passé dans cette ville à propos de mon frère et de ma mère... Seulement il ne me paraît pas convenable que je reste à Issoudun, sans lui tirer ma révérence de temps en temps. Vous pouvez bien d'ailleurs, dit-il en offrant à son oncle sa main dans laquelle Rouget mit la sienne qu'il secoua, vous pouvez faire tout ce qui vous plaira : je n'y trouverai jamais rien à redire, pourvu que l'honneur des Bridau soit sauf...

Gilet pouvait regarder le lieutenant-colonel à son aise, car Philippe évitait de jeter les yeux sur lui avec une affectation visible. Quoique le sang lui bouillonnât dans les veines, Max avait un trop grand intérêt à se conduire avec cette prudence des grands politiques, qui ressemble parfois à la lâcheté, pour prendre feu comme un jeune homme ; il resta donc calme et froid.

– Ce ne sera pas bien, monsieur, dit Flore, de vivre avec soixante francs par mois à la barbe de votre oncle qui a quarante mille livres de rente, et qui s'est déjà si bien conduit avec monsieur le commandant Gilet, son parent par nature, que voilà...

– Oui, Philippe, reprit le bonhomme, nous verrons cela.

Sur la présentation faite par Flore, Philippe échangea un salut presque craintif avec Gilet.

– Mon oncle, j'ai des tableaux à vous rendre, ils sont chez monsieur Hochon ; vous me ferez le plaisir de venir les reconnaître un jour ou l'autre.

Après avoir dit ces derniers mots d'un ton sec, le lieutenant-colonel Philippe Bridau sortit. Cette visite laissa dans l'âme de Flore et aussi chez Gilet une émotion plus grave encore que leur saisissement à la première vue de cet effroyable soudard. Dès que Philippe eut tiré la porte avec une violence d'héritier dépouillé, Flore et Gilet se cachèrent dans les rideaux pour le regarder allant de chez son oncle chez les Hochon.

– Quel *chenapan* ! dit Flore en interrogeant Gilet par un coup d'œil.

– Oui, par malheur, il s'en est trouvé quelques-uns comme ça dans les armées de l'Empereur ; j'en ai descendu sept sur les pontons, répondit Gilet.

– J'espère bien, Max, que vous ne chercherez pas dispute à celui-ci, dit mademoiselle Brazier.

– Oh ! celui-là, répondit Max, est un chien galeux qui veut un os, reprit-il en s'adressant au père Rouget. Si son oncle a confiance en moi, il s'en débarrassera par quelque donation ; car il ne vous laissera pas tranquille, papa Rouget.

– Il sentait bien le tabac, fit le vieillard.

– Il sentait vos écus aussi, fit Flore d'un ton péremptoire. Mon avis est qu'il faut vous dispenser de le revoir.

– Je ne demande pas mieux, répondit Rouget.

– Monsieur, dit Gritte en entrant dans la chambre où toute la famille Hochon se trouvait après déjeuner, voici le monsieur Bridau dont vous parliez.

Philippe fit son entrée avec politesse, au milieu d'un profond silence causé par la curiosité générale. Madame Hochon frémit de la tête aux pieds en apercevant l'auteur de tous les chagrins d'Agathe et l'assassin de la bonne femme Descoings. Adolphine eut aussi quelque effroi. Baruch et François échangèrent un regard de surprise. Le vieil Hochon conserva son sang froid et offrit un siège au fils de madame Bridau.

– Je viens, monsieur, dit Philippe, me recommander à vous ; car j'ai besoin de prendre mes mesures de façon à vivre dans ce pays-ci, pendant cinq ans, avec soixante francs par mois que me donne la France.

– Cela se peut, répondit l'octogénaire.

Philippe parla de choses indifférentes en se tenant parfaitement bien. Il présenta comme un aigle le journaliste Lousteau, neveu de la vieille dame dont les bonnes grâces lui furent acquises quand elle l'entendit annoncer que le nom des Lousteau deviendrait célèbre. Puis il n'hésita point à reconnaître les fautes de sa vie. À un reproche amical que lui adressa madame Hochon à voix basse, il dit avoir fait bien des réflexions dans la prison, et lui promit d'être à l'avenir un tout autre homme.

Sur un mot que lui dit Philippe, monsieur Hochon sortit avec lui. Quand l'avare et le soldat furent sur le boulevard Baron, à une place où personne ne pouvait les entendre, le colonel dit au vieillard : – Monsieur, si vous voulez me croire, nous ne parlerons jamais d'affaires, ni des personnes autrement qu'en nous promenant dans la campagne, ou dans des endroits où nous pourrons causer sans être entendus. Maître Desroches m'a très bien expliqué l'influence des commérages dans une petite ville. Je ne veux donc pas que vous soyez soupçonné de m'aider de vos conseils, quoique Desroches m'ait dit de vous les demander, et que je vous prie de ne pas me les épargner. Nous avons un ennemi puissant en tête, il ne faut négliger aucune précaution pour parvenir à s'en défaire. Et, d'abord, excusez-moi, si je ne vais plus vous voir. Un peu de froideur entre nous vous laissera net de toute influence dans ma conduite. Quand j'aurai besoin de vous consulter, je passerai sur la place à neuf heures et demie, au moment où vous sortez de déjeuner. Si vous me voyez tenant ma canne au port d'armes, cela voudra dire qu'il faut nous rencontrer, par hasard, en un lieu de promenade que vous m'indiquerez.

– Tout cela me semble d'un homme prudent et qui veut réussir, dit le vieillard.

– Et je réussirai, monsieur. Avant tout, indiquez-moi les militaires de l'ancienne armée revenus ici, qui ne sont point du parti de ce Maxence Gilet, et avec lesquels je puisse me lier.

– Il y a d'abord un capitaine d'artillerie de la Garde, monsieur Mignonnet, un homme sorti de l'École Polytechnique, âgé de quarante ans, et qui vit modestement, il est plein d'honneur et s'est prononcé contre Max dont la conduite lui semble indigne d'un vrai militaire.

– Bon ! fit le lieutenant-colonel.

– Il n'y a pas beaucoup de militaires de cette trempe, reprit monsieur Hochon, car je ne vois plus ici qu'un ancien capitaine de cavalerie.

– C'est mon arme, dit Philippe. Était-il dans la Garde ?

– Oui, reprit monsieur Hochon. Carpentier était en 1810 maréchal-des-logis-chef dans les Dragons ; il en est sorti pour entrer sous-lieutenant dans la Ligne, et il y est devenu capitaine.

– Giroudeau le connaîtra peut-être, se dit Philippe.

– Ce monsieur Carpentier a pris la place dont n'a pas voulu Maxence, à la Mairie, et il est l'ami du commandant Mignonnet.

– Que puis-je faire ici pour gagner ma vie ?...

– On va, je crois, établir une sous-direction pour l'Assurance Mutuelle du Département du Cher, et vous pourriez y trouver une place ; mais ce sera tout au plus cinquante francs par mois...

– Cela me suffira.

Au bout d'une semaine, Philippe eut une redingote, un pantalon et un gilet neufs en bon drap bleu d'Elbeuf, achetés à crédit et payables à tant par mois, ainsi que des bottes, des gants de daim et un chapeau. Il reçut de Paris, par Giroudeau, du linge, ses armes et une lettre pour Carpentier, qui avait servi sous les ordres de l'ancien capitaine des Dragons. Cette lettre valut à Philippe le dévouement de Carpentier, qui présenta Philippe au commandant Mignonnet comme un homme du plus haut mérite et du plus beau caractère. Philippe capta l'admiration de ces deux dignes officiers par quelques confidences sur la conspiration jugée, qui fut, comme on sait, la dernière tentative de l'ancienne armée contre les Bourbons, car le procès des sergents de La Rochelle appartint à un autre ordre d'idées.

À partir de 1822, éclairés par le sort de la conspiration du 19 août 1820, par les affaires Berton et Caron, les militaires se contentèrent d'attendre les événements. Cette dernière conspiration, la cadette de celle du 19 août, fut la même, reprise avec de meilleurs éléments. Comme l'autre, elle resta complètement inconnue au Gouvernement royal. Encore une fois découverts, les conspirateurs eurent l'esprit de réduire leur vaste entreprise aux proportions mesquines d'un complot de caserne. Cette conspiration, à laquelle adhéraient plusieurs régiments de cavalerie, d'infanterie et d'artillerie, avait le nord de la France pour foyer. On devait prendre d'un seul coup les places fortes de la frontière. En cas de succès, les traités de 1815 eussent été brisés par une fédération subite de la Belgique, enlevée à la Sainte-Alliance, grâce à un pacte militaire fait entre soldats. Deux trônes s'abîmaient en un moment dans ce rapide ouragan. Au lieu de ce formidable plan conçu par de fortes têtes, et dans lequel trempaient bien des personnages, on ne livra qu'un détail à la Cour des Pairs. Philippe Bridau consentit à couvrir ces chefs, qui disparaissaient au moment où les complots se découvraient soit par quelque trahison, soit par un effet du hasard, et qui, siégeant dans les Chambres, ne promettaient leur coopération que pour compléter la réussite au cœur du gouvernement. Dire le plan que, depuis 1830, les aveux des Libéraux ont déployé dans toute sa profondeur, et dans ses ramifications immenses dérobées aux initiés inférieurs, ce serait empiéter sur le domaine de l'histoire et se jeter dans une trop longue digression. Cet aperçu suffit à faire comprendre le double rôle accepté par Philippe. L'ancien officier d'ordonnance de l'Empereur devait diriger un mouvement projeté dans Paris, uniquement pour masquer la véritable conspiration et occuper le gouvernement au cœur quand elle éclaterait dans le nord. Philippe fut alors chargé de rompre la trame entre les deux complots en ne livrant que les secrets d'un ordre secondaire ; l'effroyable dénuement dont témoignaient son costume et son état de santé, servit puissamment à déconsidérer, à rétrécir l'entreprise aux yeux du pouvoir. Ce rôle convenait à la situation précaire de ce joueur sans principes. En se sentant à cheval sur deux partis, le rusé Philippe fit le bon apôtre avec le gouvernement royal et conserva l'estime des gens haut placés de son parti ; mais en se promettant bien de se jeter plus tard dans celle des deux voies où il trouverait le plus d'avantages.

Ces révélations sur la portée immense du véritable complot, sur la participation de quelques-uns des juges, firent de Philippe, aux yeux de Carpentier et de Mignonnet, un homme de la plus haute distinction, car son dévouement révélait un politique digne des beaux jours de la Convention. Aussi le rusé bonapartiste devint-il en quelques jours l'ami des deux officiers dont la considération dut rejaillir sur lui. Il eut aussitôt, par la recommandation de messieurs Mignonnet et Carpentier, la place indiquée par le vieil Hochon à l'Assurance Mutuelle du Département du Cher. Chargé de tenir des registres comme chez un percepteur, de remplir de noms et de chiffres des lettres tout imprimées et de les expédier, de faire des polices d'Assurance, il ne fut pas occupé plus de trois heures par jour. Mignonnet et Carpentier firent admettre l'hôte d'Issoudun à leur Cercle où son attitude et ses manières, en harmonie d'ailleurs avec la haute opinion que Mignonnet et Carpentier donnaient de ce chef de complot, lui méritèrent le respect qu'on accorde à des dehors souvent trompeurs.

Philippe, dont la conduite fut profondément méditée, avait réfléchi pendant sa prison sur les inconvénients d'une vie débraillée. Il n'avait donc pas eu besoin de la semonce de Desroches pour comprendre la nécessité de se concilier l'estime de la bourgeoisie par une vie honnête, décente et rangée. Charmé de faire la satire de Max en se conduisant à la Mignonnet, il voulait endormir Maxence en le trompant sur son caractère. Il tenait à se faire prendre pour un niais en se montrant généreux et désintéressé, tout en enveloppant son adversaire et convoitant la succession de son oncle ; tandis que sa mère et son frère, si réellement désintéressés, généreux et grands, avaient été taxés de calcul en agissant avec une naïve simplicité. La cupidité de Philippe s'était allumée en raison de la fortune de son oncle, que monsieur Hochon lui avait détaillée. Dans la première conversation qu'il eut secrètement avec l'octogénaire, ils étaient tous deux tombés d'accord sur l'obligation où se trouvait Philippe de ne pas éveiller la défiance de Max ; car tout serait perdu si Flore et Max emmenaient leur victime, seulement à Bourges. Une fois par semaine, le colonel dîna chez le capitaine Mignonnet, une autre fois chez Carpentier, et le jeudi chez monsieur Hochon. Bientôt invité dans deux ou trois maisons, après trois semaines de séjour, il n'avait guère que son déjeuner à payer. Nulle part il ne parla ni de son oncle, ni de la Rabouilleuse, ni de Gilet, à moins qu'il ne fût question d'apprendre quelque chose relativement au séjour de son frère et de sa mère. Enfin les trois officiers, les seuls qui fussent décorés, et parmi lesquels Philippe avait l'avantage de la rosette, ce qui lui donnait aux yeux de tous une supériorité très remarquée en province, se promenaient ensemble à la même heure, avant le dîner, en faisant, selon une expression vulgaire, *bande à part*. Cette attitude, cette réserve, cette tranquillité produisirent un excellent effet dans Issoudun. Tous les adhérents de Max virent en Philippe *un sabreur*, expression par laquelle les militaires accordent le plus vulgaire des courages aux officiers supérieurs, et leur refusent les capacités exigées pour le commandement.

– C'est un homme bien honorable, disait Goddet père à Max.

– Bah ! répondit le commandant Gilet, sa conduite à la Cour des Pairs annonce une dupe ou un mouchard ; et il est, comme vous le dites, assez niais pour avoir été la dupe des gros joueurs.

Après avoir obtenu sa place, Philippe, au fait des *disettes* du pays, voulut dérober le plus possible la connaissance de certaines choses à la ville ; il se logea donc dans une maison située à l'extrémité du faubourg Saint-Paterne, et à laquelle attenait un très grand jardin. Il put y faire, dans le plus grand secret, des armes avec Carpentier, qui avait été maître d'armes dans la Ligne avant de passer dans la Garde. Après avoir ainsi secrètement repris son ancienne supériorité, Philippe apprit de Carpentier des secrets qui lui permirent de ne pas craindre un adversaire de la première force. Il se mit alors à tirer le pistolet avec Mignonnet et Carpentier, soi-disant par distraction, mais pour faire croire à Maxence qu'il comptait, en cas de duel, sur cette arme.

Quand Philippe rencontrait Gilet il en attendait un salut, et répondait en soulevant le bord de son chapeau d'une façon cavalière, comme fait un colonel qui répond au salut d'un soldat. Maxence Gilet ne donnait aucune marque d'impatience ni de mécontentement ; il ne lui était jamais échappé la moindre parole à ce sujet chez la Cognette où il se faisait encore des soupers ; car, depuis le coup de couteau de Fario, les mauvais tours avaient été provisoirement suspendus. Au bout d'un certain temps, le mépris du lieutenant-colonel Bridau pour le chef de bataillon Gilet fut un fait avéré dont s'entretinrent entre eux quelques-uns des Chevaliers de la Désœuvrance qui n'étaient pas aussi étroitement liés avec Maxence que Baruch, que François et trois ou quatre autres. On s'étonna généralement de voir le violent, le fougueux Max se conduisant avec une pareille réserve. Aucune personne à Issoudun, pas même Potel ou Renard, n'osa traiter ce point délicat avec Gilet. Potel, assez affecté de cette mésintelligence publique entre deux braves de la Garde Impériale, présentait Max comme très capable d'ourdir une trame où se prendrait le colonel. Selon Potel, on pouvait s'attendre à quelque chose de neuf, après ce que Max avait fait pour chasser le frère et la mère, car l'affaire de Fario n'était plus un mystère. Monsieur Hochon n'avait pas manqué d'expliquer aux vieilles têtes de la ville la ruse atroce de Gilet. D'ailleurs monsieur Mouilleron, le héros d'une *disette bourgeoise*, avait dit en confidence le nom de l'assassin de Gilet, ne fût-ce que pour rechercher les causes de l'inimitié de Fario contre Max, afin de tenir la Justice éveillée sur des événements futurs.

En causant sur la situation du lieutenant-colonel vis-à-vis de Max, et en cherchant à deviner ce qui jaillirait de cet antagonisme, la ville les posa donc, par avance, en adversaires. Philippe, qui recherchait avec sollicitude les détails de l'arrestation de son frère, les antécédents de Gilet et ceux de la Rabouilleuse, finit par entrer en relations assez intimes avec Fario, son voisin. Après avoir bien étudié l'Espagnol, Philippe crut pouvoir se fier à un homme de cette trempe. Tous deux ils trouvèrent leur haine si bien à l'unisson, que Fario se mit à la disposition de Philippe en lui racontant tout ce qu'il savait sur les Chevaliers de la Désœuvrance. Philippe, dans le cas où il réussirait à prendre sur son oncle l'empire qu'exerçait Gilet, promit à Fario de l'indemniser de ses pertes, et s'en fit ainsi un séide.

Maxence avait donc en face un ennemi redoutable ; il trouvait, selon le mot du pays, *à qui parler*. Animée par ses *disettes*, la ville d'Issoudun pressentait un combat entre ces personnages qui, remarquez-le, se méprisaient mutuellement.

Vers la fin de novembre, un matin, dans la grande allée de Frapesle, vers midi, Philippe, en rencontrant monsieur Hochon, lui dit : – J'ai découvert que vos deux petit-fils Baruch et François sont les amis intimes de Maxence Gilet. Les drôles participent la nuit à toutes les farces qui se font en ville. Aussi Maxence a-t-il su par eux tout ce qui se disait chez vous quand mon frère et ma mère y séjournaient.

– Et comment avez-vous eu la preuve de ces horreurs ?...

– Je les ai entendus causant pendant la nuit au sortir d'un cabaret. Vos deux petits-fils doivent chacun mille écus à Maxence. Le misérable a dit à ces pauvres enfants de tâcher de découvrir quelles sont nos intentions ; en leur rappelant que vous aviez trouvé le moyen de cerner mon oncle par la prêtraille, il leur a dit que vous seul étiez capable de me diriger, car il me prend heureusement pour un sabreur.

– Comment, mes petits-enfants...

– Guettez-les, reprit Philippe, vous les verrez revenant sur la place Saint-Jean, à deux ou trois heures du matin, gris comme des bouchons de vin de Champagne, et en compagnie de Maxence...

– Voilà donc pourquoi mes drôles sont si sobres, dit monsieur Hochon.

– Fario m'a donné des renseignements sur leur existence nocturne, reprit Philippe ; car, sans lui, je ne l'aurais jamais devinée. Mon oncle est sous le poids d'une oppression horrible, à en juger par le peu de paroles que mon Espagnol a entendu dire par Max à vos enfants. Je soupçonne Max et la Rabouilleuse d'avoir formé le plan de chiper les cinquante mille francs de rente sur le Grand-livre, et de s'en aller se marier je ne sais où, après avoir tiré cette aile à leur pigeon. Il est grand temps de savoir ce qui se passe dans le ménage de mon oncle ; mais je ne sais comment faire.

– J'y penserai, dit le vieillard.

Philippe et monsieur Hochon se séparèrent en voyant venir quelques personnes.

Jamais, en aucun moment de sa vie, Jean-Jacques Rouget ne souffrit autant que depuis la première visite de son neveu Philippe. Flore épouvantée avait le pressentiment d'un danger qui menaçait Maxence. Lasse de son maître, et craignant qu'il ne vécût très vieux, en le voyant résister si longtemps à ses criminelles pratiques, elle inventa le plan très simple de quitter le pays et d'aller épouser Maxence à Paris, après s'être fait donner l'inscription de cinquante mille livres de rente sur le Grand-Livre. Le vieux garçon, guidé, non point par intérêt pour ses héritiers ni par avarice personnelle, mais par sa passion, se refusait à donner l'inscription à Flore, en lui objectant qu'elle était son unique héritière. Le malheureux savait à quel point Flore aimait Maxence, et il se voyait abandonné dès qu'elle serait assez riche pour se marier. Quand Flore, après avoir employé les cajoleries les plus tendres, se vit refusée, elle déploya ses rigueurs : elle ne parlait plus à son maître, elle le faisait servir par la Védie qui vit ce vieillard un matin les yeux tout rouges d'avoir pleuré pendant la nuit. Depuis une semaine, le père Rouget déjeunait seul, et Dieu sait comme !

Or, le lendemain de sa conversation avec monsieur Hochon, Philippe, qui voulut faire une seconde visite à son oncle, le trouva très changé. Flore resta près du vieillard, lui jeta des regards affectueux, lui parla tendrement, et joua si bien la comédie, que Philippe devina le péril de la situation par tant de sollicitude déployée en sa présence. Gilet, dont la politique consistait à fuir toute espèce de collision avec Philippe, ne se montra point. Après avoir observé le père Rouget et Flore d'un œil perspicace, le colonel jugea nécessaire de frapper un grand coup.

– Adieu, mon cher oncle, dit-il en se levant par un geste qui trahissait l'intention de sortir.

– Oh ! ne t'en va pas encore, s'écria le vieillard à qui la fausse tendresse de Flore faisait du bien. Dîne avec nous, Philippe ?

– Oui, si vous voulez venir vous promener une heure avec moi.

– Monsieur est bien malingre, dit mademoiselle Brazier. Il n'a pas voulu tout à l'heure sortir en voiture, ajouta-t-elle en se tournant vers le bonhomme qu'elle regarda de cet œil fixe par lequel on dompte les fous.

Philippe prit Flore par le bras, la contraignit à le regarder, et la regarda tout aussi fixement qu'elle venait de regarder sa victime.

– Dites donc, mademoiselle, lui demanda-t-il, est-ce que, par hasard, mon oncle ne serait pas libre de se promener seul avec moi ?

– Mais si, monsieur, répondit Flore qui ne pouvait guère répondre autre chose.

– Hé ! bien, venez, mon oncle ? Allons, mademoiselle, donnez-lui sa canne et son chapeau...

– Mais, habituellement, il ne sort pas sans moi, n'est-ce pas, monsieur ?

– Oui, Philippe, oui, j'ai toujours bien besoin d'elle...

– Il vaudrait mieux aller en voiture, dit Flore.

– Oui, allons en voiture, s'écria le vieillard dans son désir de mettre ses deux tyrans d'accord.

– Mon oncle, vous viendrez à pied et avec moi, ou je ne reviens plus ; car alors la ville d'Issoudun aurait raison : vous seriez sous la domination de mademoiselle Flore Brazier. Que mon oncle vous aime, très bien ! reprit-il en arrêtant sur Flore un regard de plomb. Que vous n'aimiez pas mon oncle, c'est encore dans l'ordre. Mais que vous rendiez le bonhomme malheureux ?... halte là ! Quand on veut une succession, il faut la gagner. Venez-vous, mon oncle ?...

Philippe vit alors une hésitation cruelle se peignant sur la figure de ce pauvre imbécile dont les yeux allaient de Flore à son neveu.

– Ah ! c'est comme cela, reprit le lieutenant-colonel. Eh ! bien adieu, mon oncle. Quant à vous, mademoiselle, je vous baise les mains.

Il se retourna vivement quand il fut à la porte, et surprit encore une fois un geste de menace de Flore à son oncle.

– Mon oncle, dit-il, si vous voulez venir vous promener avec moi, je vous trouverai à votre porte : je vais faire à monsieur Hochon une visite de dix minutes... Si nous ne nous promenons pas, je me charge d'envoyer promener bien du monde...

Et Philippe traversa la place Saint-Jean pour aller chez les Hochon.

Chacun doit pressentir la scène que la révélation faite par Philippe à monsieur Hochon avait préparée dans cette famille. À neuf heures, le vieux monsieur Héron se présenta, muni de papiers, et trouva dans la salle du feu que le vieillard avait fait allumer contre son habitude. Habillée à cette heure indue, madame Hochon occupait son fauteuil au coin de la cheminée. Les deux petits-fils, prévenus par Adolphine d'un orage amassé depuis la veille sur leurs têtes, avaient été consignés au logis. Mandés par Gritte, ils furent saisis de l'espèce d'appareil déployé par leurs grands-parents, dont la froideur et la colère grondaient sur eux depuis vingt-quatre heures.

– Ne vous levez pas pour eux, dit l'octogénaire à monsieur Héron, car vous voyez deux misérables indignes de pardon.

– Oh ! grand-papa ! dit François.

– Taisez-vous, reprit le solennel vieillard, je connais votre vie nocturne et vos liaisons avec monsieur Maxence Gilet ; mais vous n'irez plus le retrouver chez la Cognette à une heure du matin, car vous ne sortirez d'ici, tous deux, que pour vous rendre à vos destinations respectives. Ah ! vous avez ruiné Fario ? Ah ! vous avez plusieurs fois failli aller en Cour d'Assises... Taisez-vous, dit-il en voyant Baruch ouvrant la bouche. Vous devez tous deux de l'argent à monsieur Maxence, qui, depuis six ans, vous en donne pour vos débauches. Écoutez chacun les comptes de ma tutelle, et nous causerons après. Vous verrez d'après ces actes si vous pouvez vous jouer de moi, vous jouer de la famille et de ses lois en trahissant les secrets de ma maison, en rapportant à un monsieur Maxence Gilet ce qui se dit et se fait ici... Pour mille écus, vous devenez espions ; à dix mille écus, vous assassine-riez sans doute ?... Mais n'avez-vous pas déjà presque tué madame Bridau ? car monsieur Gilet savait très bien que Fario lui avait donné le coup de couteau, quand il a rejeté cet assassinat sur mon hôte, Joseph Bridau. Si ce gibier de potence a commis ce crime, c'est pour avoir appris par vous l'intention où était madame Agathe de rester ici. Vous ! mes petits-fils, les espions d'un tel homme ? Vous, des maraudeurs ?... Ne saviez-vous pas que votre digne chef, au début de son métier, a déjà tué, en 1806, une pauvre jeune créature ? Je ne veux pas avoir des assassins ou des voleurs dans ma famille, vous ferez vos paquets, et vous irez vous faire pendre ailleurs !

Les deux jeunes gens devinrent blancs et immobiles comme des statues de plâtre.

– Allez, monsieur Héron, dit l'avare au notaire.

Le vieillard lut un compte de tutelle d'où il résultait que la fortune claire et liquide des deux enfants Borniche était de soixante-dix mille francs, somme qui représentait la dot de leur mère ; mais monsieur Hochon avait fait prêter à sa fille des sommes assez fortes, et se trouvait, sous le nom des prêteurs, maître d'une portion de la fortune de ses petits-enfants Borniche. La moitié revenant à Baruch se soldait par vingt mille francs.

– Te voilà riche, dit le vieillard, prends ta fortune et marche tout seul ! Moi, je reste maître de donner mon bien et celui de madame Hochon, qui partage en ce moment toutes mes idées, à qui je veux, à notre chère Adolphine : oui, nous lui ferons épouser le fils d'un pair de France, si nous le voulons, car elle aura tous nos capitaux !...

– Une très belle fortune ! dit monsieur Héron.

– Monsieur Maxence Gilet vous indemnisera, dit madame Hochon.

– Amassez donc des pièces de vingt sous pour de pareils garnements ?... s'écria monsieur Hochon.

– Pardon ! dit Baruch en balbutiant.

– *Pardon, et ferai plus*, répéta railleusement le vieillard en imitant la voix des enfants. Si je vous pardonne, vous irez prévenir monsieur Maxence de ce qui vous arrive, pour qu'il se tienne sur ses gardes... Non, non, mes petits messieurs. J'ai les moyens de savoir comment vous vous conduirez. Comme vous ferez, je ferai. Ce ne sera point par une bonne conduite d'un jour ni celle d'un mois que je vous jugerai, mais par celle de plusieurs années !... J'ai bon pied, bon œil, bonne santé. J'espère vivre encore assez pour savoir dans quel chemin vous mettrez les pieds. Et d'abord, vous irez, vous, monsieur le capitaliste, à Paris étudier la banque chez monsieur Mongenod. Malheur à vous, si vous n'allez pas droit : on y aura l'œil sur vous. Vos fonds sont chez messieurs Mongenod et fils ; voici sur eux un bon de pareille somme. Ainsi, libérez-moi, en signant votre compte de tutelle qui se termine par une quittance, dit-il en prenant le compte des mains de Héron et le tendant à Baruch.

– Quant à vous, François Hochon, vous me redevez de l'argent au lieu d'en avoir à toucher, dit le vieillard en regardant son autre petit-fils. Monsieur Héron, lisez-lui son compte, il est clair... très clair.

La lecture se fit par un profond silence.

– Vous irez avec six cents francs par an à Poitiers faire votre Droit, dit le grand-père quand le notaire eut fini. Je vous préparais une belle existence ; maintenant, il faut vous faire avocat pour gagner votre vie. Ah ! mes drôles, vous m'avez attrapé pendant six ans ? apprenez qu'il ne me fallait qu'une heure, à moi, pour vous rattraper : j'ai des bottes de sept lieues.

Au moment où le vieux monsieur Héron sortait en emportant les actes signés, Gritte annonça monsieur le colonel Philippe Bridau. Madame Hochon sortit en emmenant ses deux petits-fils dans sa chambre afin de les confesser, selon l'expression du vieil Hochon, et savoir quel effet cette scène avait produit sur eux.

Philippe et le vieillard se mirent dans l'embrasure d'une fenêtre et parlèrent à voix basse.

– J'ai bien réfléchi à la situation de vos affaires, dit monsieur Hochon en montrant la maison Rouget. Je viens d'en causer avec monsieur Héron. L'inscription de cinquante mille francs de rente ne peut être vendue que par le titulaire lui-même ou par un mandataire ; or, depuis votre séjour ici, votre oncle n'a signé de procuration dans aucune Étude ; et, comme il n'est pas sorti d'Issoudun, il n'en a pas pu signer ailleurs. S'il donne une procuration ici, nous le saurons à l'instant ; s'il en donne une dehors, nous le saurons également, car il faut l'enregistrer, et le digne monsieur Héron a les moyens d'en être averti. Si donc le bonhomme quitte Issoudun, faites-le suivre, sachez où il est allé, nous trouverons les moyens d'apprendre ce qu'il aura fait.

– La procuration n'est pas donnée, dit Philippe, on la veut, mais j'espère pouvoir empêcher qu'elle ne se donne ; et – elle – ne – se – don – ne – ra – pas, s'écria le soudard en voyant son oncle sur le pas de la porte et le montrant à monsieur Hochon à qui il expliqua succinctement les événements, si petits et à la fois si grands, de sa visite. – Maxence a peur de moi, mais il ne peut m'éviter. Mignonnet m'a dit que tous les officiers de la vieille armée fêtaient chaque année à Issoudun l'anniversaire du couronnement de l'Empereur ; eh ! bien, dans deux jours, Maxence et moi, nous nous verrons.

– S'il a la procuration le premier décembre au matin, il prendra la poste pour aller à Paris, et laissera là très bien l'anniversaire...

– Bon, il s'agit de chambrer, mon oncle ; mais j'ai le regard qui plombe les imbéciles, dit Philippe en faisant trembler monsieur Hochon par un coup d'œil atroce.

– S'ils l'ont laissé se promener avec vous, Maxence aura sans doute découvert un moyen de gagner la partie, fit observer le vieil avare.

– Oh ! Fario veille, répliqua Philippe, et il n'est pas seul à veiller. Cet Espagnol m'a découvert aux environs de Vatan un de mes anciens soldats à qui j'ai rendu service. Sans qu'on s'en doute, Benjamin Bourdet est aux ordres de mon Espagnol, qui lui-même a mis un de ses chevaux à la disposition de Benjamin.

– Si vous tuez ce monstre qui m'a perverti mes petits-enfants, vous ferez certes une bonne action.

– Aujourd'hui, grâce à moi, l'on sait dans tout Issoudun ce que monsieur Maxence a fait la nuit depuis six ans, répondit Philippe. Et les *disettes*, selon votre expression, vont leur train sur lui. Moralement, il est perdu !...

Dès que Philippe sortit de chez son oncle, Flore entra dans la chambre de Maxence pour lui raconter les moindres détails de la visite que venait de faire l'audacieux neveu.

– Que faire ? dit-elle.

– Avant d'arriver au dernier moyen, qui sera de me battre avec ce grand cadavre-là, répondit Maxence, il faut jouer quitte ou double en essayant un grand coup. Laisse aller notre imbécile avec son neveu !

– Mais ce grand mâtin-là ne va pas par quatre chemins, s'écria Flore, il lui nommera les choses par leur nom.

– Écoute-moi donc, dit Maxence d'un son de voix strident. Crois-tu que je n'aie pas écouté aux portes et réfléchi à notre position ? Demande un cheval et un char-à-bancs au père Cognet, il les faut à l'instant ! tout doit être *paré* en cinq minutes. Mets là-dedans toutes tes affaires, emmène la Védie et cours à Vatan, installe-toi là comme une femme qui veut y demeurer, emporte les vingt mille francs qu'il a dans son secrétaire. Si je te mène le bonhomme à Vatan, tu ne consentiras à revenir ici qu'après la signature de la procuration. Moi, je filerai sur Paris pendant que vous retournerez à Issoudun. Quand, au retour de sa promenade, Jean-Jacques ne te trouvera plus, il perdra la tête, il voudra courir après toi... Eh ! bien, moi, je me charge alors de lui parler...

Pendant ce complot, Philippe emmenait son oncle bras dessus bras dessous et allait se promener avec lui sur le boulevard Baron.

– Voilà deux grands politiques aux prises, se dit le vieil Hochon en suivant des yeux le colonel qui tenait son oncle. Je suis curieux de voir la fin de cette partie dont l'enjeu est de quatre-vingt-dix mille livres de rente.

– Mon cher oncle, dit au père Rouget Philippe dont la phraséologie se ressentait de ses liaisons à Paris, vous aimez cette fille, et vous avez diablement raison, elle est sacrément belle ! Au lieu de vous *chouchouter*, elle vous a fait aller comme un valet, c'est encore tout simple ; elle voudrait vous voir à six pieds sous terre afin d'épouser Maxence, qu'elle adore...

– Oui, je sais cela, Philippe, mais je l'aime tout de même.

– Eh ! bien, par les entrailles de ma mère, qui est bien votre sœur, reprit Philippe, j'ai juré de vous rendre votre Rabouilleuse souple comme mon gant, et telle qu'elle devait être avant que ce polisson, indigne d'avoir servi dans la Garde Impériale, ne vînt se caser dans votre ménage...

– Oh ! si tu faisais cela ? dit le vieillard.

– C'est bien simple, répondit Philippe en coupant la parole à son oncle, je vous tuerai Maxence comme un chien... Mais... à une condition, fit le soudard.

– Laquelle ? demanda le vieux Rouget en regardant son neveu d'un air hébété.

– Ne signez pas la procuration qu'on vous demande avant le 3 décembre, traînez jusque-là. Ces deux carcans veulent la permission de vendre vos cinquante mille francs de rente, uniquement pour s'en aller se marier à Paris, et y faire la noce avec votre million...

– J'en ai bien peur, répondit Rouget.

– Hé ! bien, quoi qu'on vous fasse, remettez la procuration la semaine prochaine.

– Oui, mais quand Flore me parle, elle me remue l'âme à me faire perdre la raison. Tiens, quand elle me regarde d'une certaine façon, ses yeux bleus me semblent le paradis, et je ne suis plus mon maître, surtout quand il y a quelques jours qu'elle me tient rigueur.

– Hé ! bien, si elle fait la sucrée, contentez-vous de lui promettre la procuration, et prévenez-moi la veille de la signature. Cela me suffira : Maxence ne sera pas votre mandataire, ou bien il m'aura tué. Si je le tue, vous me prendrez chez vous à sa place, je vous ferai marcher alors cette jolie fille au doigt et à l'œil. Oui, Flore vous aimera, tonnerre de Dieu ! ou si vous n'êtes pas content d'elle, je la cravacherai.

– Oh ! je ne souffrirai jamais cela. Un coup frappé sur Flore m'atteindrait au cœur.

– Mais c'est pourtant la seule manière de gouverner les femmes et les chevaux. Un homme se fait ainsi craindre, aimer et respecter. Voilà ce que je voulais vous dire dans le tuyau de l'oreille. – Bonjour, messieurs, dit-il à Mignonnet et à Carpentier, je promène mon oncle, comme vous voyez, et je tâche de le former ; car nous sommes dans un siècle où les enfants sont obligés de faire l'éducation de leurs grands-parents.

On se salua respectivement.

– Vous voyez dans mon cher oncle les effets d'une passion malheureuse, reprit le colonel. On veut le dépouiller de sa fortune, et le laisser là comme Baba ; vous savez de qui je veux parler. Le bonhomme n'ignore pas le complot, et il n'a pas la force de se passer de *nanan* pendant quelques jours pour le déjouer.

Philippe expliqua net la situation dans laquelle se trouvait son oncle.

– Messieurs, dit-il en terminant, vous voyez qu'il n'y a pas deux manières de délivrer mon oncle : il faut que le colonel Bridau tue le commandant Gilet ou que le commandant Gilet tue le colonel Bridau. Nous fêtons le couronnement de l'Empereur après demain, je compte sur vous pour arranger les places au banquet de manière à ce que je sois en face du commandant Gilet. Vous me ferez, je l'espère, l'honneur d'être mes témoins.

– Nous vous nommerons président, et nous serons à vos côtés. Max comme vice-président, sera votre vis-à-vis, dit Mignonnet.

– Oh ! ce drôle aura pour lui le commandant Potel et le capitaine Renard, dit Carpentier. Malgré ce qui se dit en ville sur ses incursions nocturnes, ces deux braves gens ont été déjà ses seconds, ils lui seront fidèles...

– Vous voyez, mon oncle, dit Philippe, comme cela se mitonne ; ainsi ne signez rien avant le 3 décembre, car le lendemain vous serez libre, heureux, aimé de Flore, et sans votre Cour des Aides.

– Tu ne le connais pas, mon neveu, dit le vieillard épouvanté. Maxence a tué neuf hommes en duel.

– Oui, mais il ne s'agissait pas de cent mille francs de rente à voler, répondit Philippe.

– Une mauvaise conscience gâte la main, dit sentencieusement Mignonnet.

– Dans quelques jours d'ici, reprit Philippe, vous et la Rabouilleuse, vous vivrez ensemble comme des cœurs à la fleur d'orange, une fois son deuil passé ; car elle se tortillera comme un ver, elle jappera, elle fondra en larmes ; mais... laissez couler l'eau !

Les deux militaires appuyèrent l'argumentation de Philippe et s'efforcèrent de donner du cœur au père Rouget avec lequel ils se promenèrent pendant environ deux heures. Enfin Philippe ramena son oncle, auquel il dit pour dernière parole : – Ne prenez aucune détermination sans moi. Je connais les femmes, j'en ai payé une qui m'a coûté plus cher que Flore ne vous coûtera jamais !... Aussi m'a-t-elle appris à me conduire comme il faut pour le reſte de mes jours avec le beau sexe. Les femmes sont des enfants méchants, c'eſt des bêtes inférieures à l'homme, et il faut s'en faire craindre, car la pire condition pour nous eſt d'être gouvernés par ces brutes-là !

Il était environ deux heures après midi quand le bonhomme rentra chez lui. Kouski vint ouvrir la porte en pleurant, ou du moins d'après les ordres de Maxence, il avait l'air de pleurer.

– Qu'y a-t-il ? demanda Jean-Jacques.

– Ah ! monsieur, madame eſt partie avec la Védie !

– Pa... artie ?... dit le vieillard d'un son de voix étranglé.

Le coup fut si violent que Rouget s'assit sur une des marches de son escalier. Un moment après, il se releva, regarda dans la salle, dans la cuisine, monta dans son appartement, alla dans toutes les chambres, revint dans la salle, se jeta dans un fauteuil et se mit à fondre en larmes.

– Où eſt-elle ? criait-il en sanglotant. Où eſt-elle ? Où eſt Max ?

– Je ne sais pas, répondit Kouski, le commandant eſt sorti sans me rien dire.

Gilet, en très habile politique, avait jugé nécessaire d'aller flâner par la ville. En laissant le vieillard seul à son déseſpoir, il lui faisait sentir son abandon et le rendait par là docile à ses conseils. Mais pour empêcher que Philippe n'assiſtât son oncle dans cette crise, Max avait recommandé à Kouski de n'ouvrir la porte à personne. Flore absente, le vieillard était sans frein ni mors, et la situation devenait alors excessivement critique. Pendant sa tournée en ville, Maxence Gilet fut évité par beaucoup de gens qui, la veille, eussent été très empressés à venir lui serrer la main. Une réaction générale se faisait contre lui. Les œuvres des Chevaliers de la Désœuvrance occupaient toutes les langues. L'histoire de l'arrestation de Joseph Bridau, maintenant éclaircie, déshonorait Max dont la vie et les œuvres recevaient en un jour tout leur prix. Gilet rencontra le commandant Potel qui le cherchait et qu'il vit hors de lui.

– Qu'as-tu, Potel ?

– Mon cher, la Garde Impériale est polissonnée dans toute la ville !... Les *péquins* t'embêtent, et par contrecoup, ça me touche à fond de cœur.

– De quoi se plaignent-ils ? répondit Max.

– De ce que tu leur faisais les nuits.

– Comme si l'on ne pouvait pas s'amuser un petit peu ?...

– Ceci n'est rien, dit Potel.

Potel appartenait à ce genre d'officiers qui répondaient à un bourgmestre : – Eh ! on vous la payera, votre ville, si on la brûle ! Aussi s'émouvait-il fort peu des farces de la Désœuvrance.

– Quoi, encore ? dit Gilet.

– La Garde est contre la Garde ! voilà ce qui me crève le cœur. C'est Bridau qui a déchaîné tous ces Bourgeois sur toi. La Garde contre la Garde ?... non, ça n'est pas bien ! Tu ne peux pas reculer, Max, et il faut s'aligner avec Bridau. Tiens, j'avais envie de chercher querelle à cette grande canaille-là, et de le descendre ; car alors les bourgeois n'auraient pas vu la Garde contre la Garde. À la guerre, je ne dis pas : deux braves de la Garde ont une querelle, on se bat, il n'y a pas là de péquins pour se moquer d'eux. Non, ce grand drôle n'a jamais servi dans la Garde. Un homme de la Garde ne doit pas se conduire ainsi, devant des bourgeois, contre un autre homme de la Garde ! Ah ! la Garde est embêtée, et à Issoudun, encore ! où elle était honorée !...

– Allons, Potel, ne t'inquiète de rien, répondit Maxence. Quand même tu ne me verrais pas au banquet de l'anniversaire...

– Tu ne serais pas chez Lacroix après-demain ?... s'écria Potel en interrompant son ami. Mais tu veux donc passer pour un lâche, avoir l'air de fuir Bridau ? Non, non. Les Grenadiers à pied de la Garde ne doivent pas reculer devant les Dragons de la Garde. Arrange tes affaires autrement, et sois là !...

– Encore un à mettre à l'ombre, dit Max. Allons, je pense que je puis m'y trouver et faire aussi mes affaires ! Car, se dit-il en lui-même, il ne faut pas que la procuration soit à mon nom. Comme l'a dit le vieux Héron, ça prendrait trop la tournure d'un vol.

Ce lion, empêtré dans les filets ourdis par Philippe Bridau, frémit entre ses dents ; il évita les regards de tous ceux qu'il rencontrait et revint par le boulevard Vilate en se parlant à lui-même : – Avant de me battre, j'aurai les rentes, se disait-il. Si je meurs, au moins cette inscription ne sera pas à ce Philippe, je l'aurai fait mettre au nom de Flore. D'après mes instructions, l'enfant ira droit à Paris, et pourra, si elle le veut, épouser le fils de quelque Maréchal de l'Empire qui sera dégommé. Je ferai donner la procuration au nom de Baruch, qui ne transférera l'inscription que sur mon ordre.

Max, il faut lui rendre cette justice, n'était jamais plus calme en apparence que quand son sang et ses idées bouillonnaient. Aussi jamais ne vit-on à un si haut degré, réunies chez un militaire, les qualités qui font le grand général. S'il n'eût pas été arrêté dans sa carrière par la captivité, certes, l'Empereur aurait eu dans ce garçon un de ces hommes si nécessaires à de vastes entreprises. En entrant dans la salle où pleurait toujours la victime de toutes ces scènes à la fois comiques et tragiques, Max demanda la cause de cette désolation : il fit l'étonné, il ne savait rien, il apprit avec une surprise bien jouée le départ de Flore, il questionna Kouski pour obtenir quelques lumières sur le but de ce voyage inexplicable.

– Madame m'a dit comme ça, fit Kouski, de dire à monsieur qu'elle avait pris dans le secrétaire les vingt mille francs en or qui s'y trouvaient en pensant que monsieur ne lui refuserait pas cette somme pour ses gages, depuis vingt-deux ans.

– Ses gages ?... dit Rouget.

– Oui, reprit Kouski. – « Ah ! je ne reviendrai plus », qu'elle s'en allait disant à la Védie (car la pauvre Védie, qui est bien attachée à monsieur, faisait des représentations à madame). « Non ! non ! qu'elle disait, il n'a pas pour moi la moindre affection, il a laissé son neveu me traiter comme la dernière des dernières ! » Et elle pleurait !... à chaudes larmes.

– Eh ! je me moque bien de Philippe ! s'écria le vieillard que Maxence observait. Où est Flore ? Comment peut-on savoir où elle est ?

– Philippe, de qui vous suivez les conseils, vous aidera, répondit froidement Maxence.

– Philippe, dit le vieillard, que peut-il sur cette pauvre enfant ?... Il n'y a que toi, mon bon Max, qui sauras trouver Flore, elle te suivra, tu me la ramèneras...

– Je ne veux pas être en opposition avec monsieur Bridau, fit Max.

– Parbleu ! s'écria Rouget, si c'est ça qui te gêne, il m'a promis de te tuer.

– Ah ! s'écria Gilet en riant, nous verrons...

– Mon ami, dit le vieillard, retrouve Flore et dis lui que je ferai tout ce qu'elle voudra !...

– On l'aura bien vue passer quelque part en ville, dit Maxence à Kouski, sers-nous à dîner, mets tout sur la table, et va t'informer, de place en place, afin de pouvoir nous dire au dessert quelle route a prise mademoiselle Brazier.

Cet ordre calma pour un moment le pauvre homme qui gémissait comme un enfant qui a perdu sa bonne. En ce moment, Maxence, que Rouget haïssait comme la cause de tous ses malheurs, lui semblait un ange. Une passion, comme celle de Rouget pour Flore, ressemble étonnamment à l'enfance. À six heures, le Polonais, qui s'était tout bonnement promené, revint et annonça que la Rabouilleuse avait suivi la route de Vatan.

– Madame retourne dans son pays, c'est clair, dit Kouski.

– Voulez-vous venir ce soir à Vatan ? dit Max au vieillard, la route est mauvaise, mais Kouski sait conduire, et vous ferez mieux votre raccommodement ce soir à huit heures que demain matin.

– Partons, s'écria Rouget.

– Mets tout doucement les chevaux, et tâche que la ville ne sache rien de ces bêtises-là, pour l'honneur de monsieur Rouget. Selle mon cheval, j'irai devant, dit-il à l'oreille de Kouski.

Monsieur Hochon avait déjà fait savoir le départ de mademoiselle Brazier à Philippe Bridau, qui se leva de table chez monsieur Mignonnet pour courir à la place Saint-Jean ; car il devina parfaitement le but de cette habile stratégie. Quand Philippe se présenta pour entrer chez son oncle, Kouski lui répondit par une croisée du premier étage que monsieur Rouget ne pouvait recevoir personne.

– Fario, dit Philippe à l'Espagnol qui se promenait dans la Grande-Narrette, va dire à Benjamin de monter à cheval ; il est urgent que je sache ce que deviendront mon oncle et Maxence.

– On attelle le cheval au berlingot, dit Fario qui surveillait la maison de Rouget.

– S'ils vont à Vatan, répondit Philippe, trouve-moi un second cheval, et reviens avec Benjamin chez monsieur Mignonnet.

– Que comptez-vous faire ? dit monsieur Hochon qui sortit de sa maison en voyant Philippe et Fario sur la Place.

– Le talent d'un général, mon cher monsieur Hochon, consiste, non seulement à bien observer les mouvements de l'ennemi, mais encore à deviner ses intentions par ses mouvements, et à toujours modifier son plan à mesure que l'ennemi le dérange par une marche imprévue. Tenez, si mon oncle et Maxence sortent ensemble dans le berlingot, ils vont à Vatan ; Maxence lui a promis de le réconcilier avec Flore qui *fugit ad salices !* car cette manœuvre est du général Virgile. Si cela se joue ainsi, je ne sais pas ce que je ferai ; mais j'aurai la nuit à moi, car mon oncle ne signera pas de procuration à dix heures du soir, les notaires sont couchés. Si, comme les piaffements du second cheval me l'annoncent, Max va donner à Flore des instructions en précédant mon oncle, ce qui paraît nécessaire et vraisemblable, le drôle est perdu ! Vous allez voir comment nous prenons une revanche au jeu de la succession, nous autres vieux soldats... Et, comme pour ce dernier coup de la partie il me faut un second, je retourne chez Mignonnet afin de m'y entendre avec mon ami Carpentier.

Après avoir serré la main à monsieur Hochon, Philippe descendit la Petite-Narrette pour aller chez le commandant Mignonnet. Dix minutes après, monsieur Hochon vit partir Maxence au grand trot, et sa curiosité de vieillard fut alors si puissamment excitée, qu'il resta debout à la fenêtre de sa salle, attendant le bruit de la vieille demi-fortune qui ne se fit pas attendre. L'impatience de Jean-Jacques lui fit suivre Maxence à vingt minutes de distance. Kouski, sans doute sur l'ordre de son vrai maître, allait au pas, au moins dans la ville.

– S'ils s'en vont à Paris, tout est perdu, se dit monsieur Hochon.

En ce moment, un petit gars du faubourg de Rome arriva chez monsieur Hochon, il apportait une lettre pour Baruch. Les deux petits-fils du vieillard, penauds depuis le matin, s'étaient consignés d'eux-mêmes chez leur grand-père. En réfléchissant à leur avenir, ils avaient reconnu combien ils devaient ménager leurs grands parents. Baruch ne pouvait guère ignorer l'influence qu'exerçait son grand-père Hochon sur son grand-père et sa grand-mère Borniche ; monsieur Hochon ne manquerait pas de faire avantager Adolphine de tous les capitaux des Borniche, si sa conduite les autorisait à reporter leurs espérances dans le grand mariage dont on l'avait menacé le matin même. Plus riche que François, Baruch avait beaucoup à perdre ; il fut donc pour une soumission absolue, en n'y mettant pas d'autres conditions que le payement des dettes contractées avec Max. Quant à François, son avenir était entre les mains de son grand-père ; il n'espérait de fortune que de lui, puisque, d'après le compte de tutelle, il devenait son débiteur. De solennelles promesses furent alors faites par les deux jeunes gens dont le repentir fut stimulé par leurs intérêts compromis, et madame Hochon les rassura sur leurs dettes envers Maxence.

– Vous avez fait des sottises, leur dit-elle, réparez-les par une conduite sage, et monsieur Hochon s'apaisera.

Aussi, quand François eut lu la lettre par-dessus l'épaule de Baruch, lui dit-il à l'oreille :

– Demande conseil à grand-papa ?

– Tenez, fit Baruch en apportant la lettre au vieillard.

– Lisez-la moi, je n'ai pas mes lunettes.

« Mon cher ami,

» J'espère que tu n'hésiteras pas, dans les circonstances graves où je me trouve, à me rendre service en acceptant d'être le fondé de pouvoir de monsieur Rouget. Ainsi, sois à Vatan demain à neuf heures. Je t'enverrai sans doute à Paris ; mais sois tranquille, je te donnerai l'argent du voyage et te rejoindrai promptement, car je suis à peu près sûr d'être forcé de quitter Issoudun le 3 décembre. Adieu, je compte sur ton amitié, compte sur celle de ton ami

» MAXENCE. »

– Dieu soit loué ! fit monsieur Hochon, la succession de cet imbécile est sauvée des griffes de ces diables-là !

– Cela sera si vous le dites, fit madame Hochon, et j'en remercie Dieu, qui sans doute aura exaucé mes prières. Le triomphe des méchants est toujours passager.

– Vous irez à Vatan, vous accepterez la procuration de monsieur Rouget, dit le vieillard à Baruch. Il s'agit de mettre cinquante mille francs de rente au nom de mademoiselle Brazier. Vous partirez bien pour Paris ; mais vous resterez à Orléans, où vous attendrez un mot de moi. Ne faites savoir à qui que ce soit où vous logerez, et logez-vous dans la dernière auberge du faubourg Bannier, fût-ce une auberge à roulier...

– Ah ! bien, fit François que le bruit d'une voiture dans la Grande-Narrette avait fait se précipiter à la fenêtre, voici du nouveau : le père Rouget et monsieur Philippe Bridau reviennent ensemble dans la calèche, Benjamin et monsieur Carpentier les suivent à cheval !...

– J'y vais, s'écria monsieur Hochon dont la curiosité l'emporta sur tout autre sentiment.

Monsieur Hochon trouva le vieux Rouget écrivant dans sa chambre cette lettre que son neveu lui dictait :

« Mademoiselle,

» Si vous ne partez pas, aussitôt cette lettre reçue, pour revenir chez moi, votre conduite marquera tant d'ingratitude pour mes bontés, que je révoquerai le testament fait en votre faveur en donnant ma fortune à mon neveu Philippe. Vous comprenez aussi que monsieur Gilet ne doit plus être mon commensal, dès qu'il se trouve avec vous à Vatan. Je charge monsieur le capitaine Carpentier de vous remettre la présente, et j'espère que vous écouterez ses conseils, car il vous parlera comme ferait

» Votre affectionné,

J.-J. ROUGET. »

– Le capitaine Carpentier et moi nous avons *rencontré* mon oncle, qui faisait la sottise d'aller à Vatan retrouver mademoiselle Brazier et le commandant Gilet, dit avec une profonde ironie Philippe à monsieur Hochon. J'ai fait comprendre à mon oncle qu'il courait donner tête baissée dans un piège : ne sera-t-il pas abandonné par cette fille dès qu'il lui aura signé la procuration qu'elle lui demande pour se vendre à elle-même une inscription de cinquante mille livres de rente ! En écrivant cette lettre, ne verra-t-il pas revenir cette nuit, sous son toit, la belle fuyarde ?... Je promets de rendre mademoiselle Brazier souple comme un jonc pour le reste de ses jours, si mon oncle veut me laisser prendre la place de monsieur Gilet, que je trouve plus que déplacé ici. Ai-je raison ?... Et mon oncle se lamente.

– Mon voisin, dit monsieur Hochon, vous avez pris le meilleur moyen pour avoir la paix chez vous. Si vous m'en croyez, vous supprimerez votre testament, et vous verrez Flore redevenir pour vous ce qu'elle était dans les premiers jours.

– Non, car elle ne me pardonnera pas la peine que je vais lui faire, dit le vieillard en pleurant, elle ne m'aimera plus.

– Elle vous aimera, et dru, je m'en charge, dit Philippe.

– Mais ouvrez donc les yeux ? fit monsieur Hochon à Rouget. On veut vous dépouiller et vous abandonner...

– Ah ! si j'en étais sûr !... s'écria l'imbécile.

– Tenez, voici une lettre que Maxence a écrite à mon petit-fils Borniche, dit le vieil Hochon. Lisez !

– Quelle horreur ! s'écria Carpentier en entendant la lecture de la lettre que Rouget fit en pleurant.

– Est-ce assez clair, mon oncle ? demanda Philippe. Allez, tenez-moi cette fille par l'intérêt, et vous serez adoré... comme vous pouvez l'être : moitié fil, moitié coton.

– Elle aime trop Maxence, elle me quittera, fit le vieillard en paraissant épouvanté.

– Mais, mon oncle, Maxence ou moi, nous ne laisserons pas après demain la marque de nos pieds sur les chemins d'Issoudun...

– Eh ! bien, allez, monsieur Carpentier, reprit le bonhomme, si vous me promettez qu'elle reviendra, allez ! Vous êtes un honnête homme, dites-lui tout ce que vous croirez devoir dire en mon nom...

– Le capitaine Carpentier lui soufflera dans l'oreille que je fais venir de Paris une femme dont la jeunesse et la beauté sont un peu mignonnes, dit Philippe Bridau, et la drôlesse reviendra ventre à terre !

Le capitaine partit en conduisant lui-même la vieille calèche, il fut accompagné de Benjamin à cheval, car on ne trouva plus Kouski.

Quoique menacé par les deux officiers d'un procès et de la perte de sa place, le Polonais venait de s'enfuir à Vatan sur un cheval de louage, afin d'annoncer à Maxence et à Flore le coup de main de leur adversaire. Après avoir accompli sa mission, Carpentier, qui ne voulait pas revenir avec la Rabouilleuse, devait prendre le cheval de Benjamin.

En apprenant la fuite de Kouski, Philippe dit à Benjamin : – Tu remplaceras ici, dès ce soir, le Polonais. Ainsi tâche de grimper derrière la calèche à l'insu de Flore, pour te trouver ici en même temps qu'elle. – Ça se dessine, papa Hochon ! fit le lieutenant-colonel. Après-demain le banquet sera jovial.

– Vous allez vous établir ici, dit le vieil avare.

– Je viens de dire à Fario de m'y envoyer toutes mes affaires. Je coucherai dans la chambre dont la porte est sur le palier de l'appartement de Gilet, mon oncle y consent.

– Qu'arrivera-t-il de tout ceci ? dit le bonhomme épouvanté.

– Il vous arrivera mademoiselle Flore Brazier dans quatre heures d'ici, douce comme une brebis, répondit monsieur Hochon.

– Dieu le veuille ! fit le bonhomme en essuyant ses larmes.

– Il est sept heures, dit Philippe, la reine de votre cœur sera vers onze heures et demie ici. Vous n'y verrez plus Gilet, ne serez-vous pas heureux comme un pape ? Si vous voulez que je triomphe, ajouta Philippe à l'oreille de monsieur Hochon, restez avec nous jusqu'à l'arrivée de cette singesse, vous m'aiderez à maintenir le bonhomme dans sa résolution ; puis, à nous deux, nous ferons comprendre à mademoiselle la Rabouilleuse ses vrais intérêts.

Monsieur Hochon tint compagnie à Philippe en reconnaissant la justesse de sa demande ; mais ils eurent tous deux fort à faire, car le père Rouget se livrait à des lamentations d'enfant qui ne cédèrent que devant ce raisonnement répété dix fois par Philippe :

– Mon oncle, si Flore revient, et qu'elle soit tendre pour vous, vous reconnaîtrez que j'ai eu raison. Vous serez choyé, vous garderez vos rentes, vous vous conduirez désormais par mes conseils, et tout ira comme le Paradis.

Quand, à onze heures et demie, on entendit le bruit du berlingot dans la Grande-Narrette, la question fut de savoir si la voiture revenait pleine ou vide. Le visage de Rouget offrit alors l'expression d'une horrible angoisse, qui fut remplacée par l'abattement d'une joie excessive lorsqu'il aperçut les deux femmes au moment où la voiture tourna pour entrer.

– Kouski, dit Philippe en donnant la main à Flore pour descendre, vous n'êtes plus au service de monsieur Rouget, vous ne coucherez pas ici ce soir, ainsi faites vos paquets ; Benjamin, que voici, vous remplace.

– Vous êtes donc le maître ? dit Flore avec ironie.

– Avec votre permission, répondit Philippe en serrant la main de Flore dans la sienne comme dans un étau. Venez ! nous devons nous *rabouiller* le cœur, à nous deux.

Philippe emmena cette femme stupéfaite à quelques pas de là, sur la place Saint-Jean.

– Ma toute belle, après-demain Gilet sera mis à l'ombre par ce bras, dit le soudard en tendant la main droite, ou le sien m'aura fait descendre la garde. Si je meurs, vous serez la maîtresse chez mon pauvre imbécile d'oncle : *benè sit !* Si je reste sur mes quilles, marchez droit, et servez-lui du bonheur premier numéro. Autrement, je connais à Paris des Rabouilleuses qui sont, sans vous faire tort, plus jolies que vous, car elles n'ont que dix-sept ans ; elles rendront mon oncle excessivement heureux, et seront dans mes intérêts. Commencez votre service dès ce soir, car si demain le bonhomme n'est pas gai comme un pinson, je ne vous dis qu'une parole, écoutez-la bien ? Il n'y a qu'une seule manière de tuer un homme sans que la justice ait le plus petit mot à dire, c'est de se battre en duel avec lui ; mais j'en connais trois pour me débarrasser d'une femme. Voilà, ma biche !

Pendant cette allocution, Flore trembla comme une personne prise par la fièvre.

– Tuer Max ?... dit-elle en regardant Philippe à la lueur de la lune.

– Allez, tenez, voilà mon oncle...

En effet, le père Rouget, quoi que pût lui dire monsieur Hochon, vint dans la rue prendre Flore par la main, comme un avare eût fait pour son trésor ; il rentra chez lui, l'emmena dans sa chambre et s'y enferma.

– C'est aujourd'hui la saint Lambert, qui quitte sa place la perd, dit Benjamin au Polonais.

– Mon maître vous fermera le bec à tous, répondit Kouski en allant rejoindre Max qui s'établit à l'hôtel de la Poste.

Le lendemain, de neuf heures à onze heures, les femmes causaient entre elles à la porte des maisons. Dans toute la ville, il n'était bruit que de l'étrange révolution accomplie la veille dans le ménage du père Rouget. Le résumé de ces conversations fut le même partout.

– Que va-t-il se passer demain, au banquet du Couronnement, entre Max et le colonel Bridau ?

Philippe dit à la Védie deux mots : – Six cents francs de rente viagère, ou chassée ! qui la rendirent neutre pour le moment entre deux puissances aussi formidables que Philippe et Flore.

En sachant la vie de Max en danger, Flore devint plus aimable avec le vieux Rouget qu'aux premiers jours de leur ménage. Hélas ! en amour, une tromperie intéressée est supérieure à la vérité, voilà pourquoi tant d'hommes payent si cher d'habiles trompeuses. La Rabouilleuse ne se montra qu'au moment du déjeuner en descendant avec Rouget à qui elle donnait le bras. Elle eut des larmes dans les yeux en voyant à la place de Max le terrible soudard l'œil d'un bleu sombre, à la figure froidement sinistre.

– Qu'avez-vous, mademoiselle ? dit-il après avoir souhaité le bonjour à son oncle.

– Elle a, mon neveu, qu'elle ne supporte pas l'idée de savoir que tu peux te battre avec le commandant Gilet...

– Je n'ai pas la moindre envie de tuer ce Gilet, répondit Philippe, il n'a qu'à s'en aller d'Issoudun, s'embarquer pour l'Amérique avec une pacotille, je serai le premier à vous conseiller de lui donner de quoi s'acheter les meilleures marchandises possibles et à lui souhaiter bon voyage ! Il fera fortune, et ce sera beaucoup plus honorable que de faire les cent coups à Issoudun la nuit, et le diable dans votre maison.

– Hé ! bien, c'est gentil, cela ! dit Rouget en regardant Flore.

– En A... mé... é... ri... ique ! répondit-elle en sanglotant.

– Il vaut mieux jouer des jambes à New-York que de pourrir dans une redingote de sapin en France... Après cela, vous me direz qu'il est adroit : il peut me tuer ! fit observer le colonel.

– Voulez-vous me laisser lui parler ? dit Flore d'un ton humble et soumis en implorant Philippe.

– Certainement, il peut bien venir chercher ses affaires ; je resterai cependant avec mon oncle pendant ce temps-là, car je ne quitte plus le bonhomme, répondit Philippe.

– Védie, cria Flore, cours à la Poste, ma fille, et dis au commandant que je le prie de...

– De venir prendre toutes ses affaires, dit Philippe en coupant la parole à Flore.

– Oui, oui, Védie. Ce sera le prétexte le plus honnête pour me voir, je veux lui parler...

La terreur comprimait tellement la haine chez cette fille, le saisissement qu'elle éprouvait en rencontrant une nature forte et impitoyable, elle qui jusqu'alors était adulée, fut si grand, qu'elle s'accoutumait à plier devant Philippe comme le pauvre Rouget s'était accoutumé à plier devant elle ; elle attendit avec anxiété le retour de la Védie ; mais la Védie revint avec un refus formel de Max, qui priait mademoiselle Brazier de lui envoyer ses effets à l'hôtel de la Poste.

– Me permettez-vous d'aller les lui porter ? dit-elle à Jean-Jacques Rouget.

– Oui, mais tu reviendras, fit le vieillard.

– Si mademoiselle n'est pas revenue à midi, vous me donnerez à une heure votre procuration pour vendre vos rentes, dit Philippe en regardant Flore. Allez avec la Védie pour sauver les apparences, mademoiselle. Il faut désormais avoir soin de l'honneur de mon oncle.

Flore ne put rien obtenir de Maxence. Le commandant, au désespoir de s'être laissé débusquer d'une position ignoble aux yeux de toute sa ville, avait trop de fierté pour fuir devant Philippe. La Rabouilleuse combattit cette raison en proposant à son ami de s'enfuir ensemble en Amérique ; mais Gilet, qui ne voulait pas Flore sans la fortune du père Rouget, et qui ne voulait pas montrer le fond de son cœur à cette fille, persista dans son intention de tuer Philippe.

– Nous avons commis une lourde sottise, dit-il. Il fallait aller tous les trois à Paris, y passer l'hiver ; mais, comment imaginer, dès que nous avons vu ce grand cadavre, que les choses tourneraient ainsi ? Il y a dans le cours des événements une rapidité qui grise. J'ai pris le colonel pour un de ces sabreurs qui n'ont pas deux idées : voilà ma faute. Puisque je n'ai pas su tout d'abord faire un crochet de lièvre, maintenant je serais un lâche si je rompais d'une semelle devant le colonel, il m'a perdu dans l'opinion de la ville, je ne puis me réhabiliter que par sa mort...

– Pars pour l'Amérique avec quarante mille francs, je saurai me débarrasser de ce sauvage-là, je te rejoindrai, ce sera bien plus sage...

– Que penserait-on de moi ? s'écria-t-il poussé par le préjugé des *Disettes*. Non. D'ailleurs, j'en ai déjà enterré neuf. Ce garçon-là ne me paraît pas devoir être très fort : il est sorti de l'École pour aller à l'armée, il s'est toujours battu jusqu'en 1815, il a voyagé depuis en Amérique ; ainsi, mon mâtin n'a jamais mis le pied dans une salle d'armes, tandis que je suis sans égal au sabre ! Le sabre est son arme, j'aurai l'air généreux en la lui faisant offrir, car je tâcherai d'être l'insulté, et je l'enfoncerai. Décidément cela vaut mieux. Rassure-toi : nous serons les maîtres après demain.

Ainsi le point d'honneur fut chez Max plus fort que la saine politique. Revenue à une heure chez elle, Flore s'enferma dans sa chambre pour y pleurer à son aise. Pendant toute cette journée, les Disettes allèrent leur train dans Issoudun, où l'on regardait comme inévitable un duel entre Philippe et Maxence.

– Ah ! monsieur Hochon, dit Mignonnet accompagné de Carpentier qui rencontrèrent le vieillard sur le boulevard Baron, nous sommes très inquiets, car Gilet est bien fort à toute arme.

– N'importe, répondit le vieux diplomate de province, Philippe a bien mené cette affaire... Et je n'aurais pas cru que ce gros sans-gêne aurait si promptement réussi. Ces deux gaillards ont roulé l'un vers l'autre comme deux orages...

– Oh ! fit Carpentier, Philippe est un homme profond, sa conduite à la Cour des Pairs est un chef-d'œuvre de diplomatie.

– Hé ! bien, capitaine Renard, disait un bourgeois, on disait qu'entre eux les loups ne se mangeaient point, mais il paraît que Max va en découdre avec le colonel Bridau. Ça sera sérieux entre gens de la vieille Garde.

– Vous riez de cela, vous autres. Parce que ce pauvre garçon s'amusait la nuit, vous lui en voulez, dit le commandant Potel. Mais Gilet est un homme qui ne pouvait guère rester dans un trou comme Issoudun sans s'occuper à quelque chose !

– Enfin, messieurs, disait un quatrième, Max et le colonel ont joué leur jeu. Le colonel ne devait-il pas venger son frère Joseph ? Souvenez-vous de la traîtrise de Max à l'égard de ce pauvre garçon.

– Bah ! un artiste, dit Renard.

– Mais il s'agit de la succession du père Rouget. On dit que monsieur Gilet allait s'emparer de cinquante mille livres de rente, au moment où le colonel s'est établi chez son oncle.

– Gilet, voler des rentes à quelqu'un ?... Tenez, ne dites pas cela, monsieur Ganivet, ailleurs qu'ici, s'écria Potel, ou nous vous ferions avaler votre langue, et sans sauce !

Dans toutes les maisons bourgeoises on fit des vœux pour le digne colonel Bridau.

Le lendemain, vers quatre heures, les officiers de l'ancienne armée qui se trouvaient à Issoudun ou dans les environs se promenaient sur la place du Marché, devant un restaurateur nommé Lacroix en attendant Philippe Bridau. Le banquet qui devait avoir lieu pour fêter le couronnement était indiqué pour cinq heures, heure militaire. On causait de l'affaire de Maxence et de son renvoi de chez le père Rouget dans tous les groupes, car les simples soldats avaient imaginé d'avoir une réunion chez un marchand de vin sur la Place. Parmi les officiers, Potel et Renard furent les seuls qui essayèrent de défendre leur ami.

– Est-ce que nous devons nous mêler de ce qui se passe entre deux héritiers, disait Renard.

– Max est faible avec les femmes, faisait observer le cynique Potel.

– Il y aura des sabres dégainés sous peu, dit un ancien sous-lieutenant qui cultivait un marais dans le Haut-Baltan. Si monsieur Maxence Gilet a commis la sottise de venir demeurer chez le bonhomme Rouget, il serait un lâche de s'en laisser chasser comme un valet sans demander raison.

– Certes, répondit sèchement Mignonnet. Une sottise qui ne réussit pas devient un crime.

Max, qui vint rejoindre les vieux soldats de Napoléon, fut alors accueilli par un silence assez significatif. Potel, Renard prirent leur ami chacun par un bras, et allèrent à quelques pas causer avec lui. En ce moment, on vit venir de loin Philippe en grande tenue, il traînait sa canne d'un air imperturbable qui contrastait avec la profonde attention que Max était forcé d'accorder aux discours de ses deux derniers amis.

Les officiers de l'ancienne armée

Philippe reçut les poignées de main de Mignonnet, de Carpentier et de quelques autres. Cet accueil, si différent de celui qu'on venait de faire à Maxence, acheva de dissiper dans l'esprit de ce garçon quelques idées de couardise, de sagesse, si vous voulez, que les instances et surtout les tendresses de Flore avaient fait naître, une fois qu'il s'était trouvé seul avec lui-même.

– Nous nous battrons, dit-il au capitaine Renard, et à mort ! Ainsi, ne me parlez plus de rien, laissez-moi bien jouer mon rôle.

Après ce dernier mot prononcé d'un ton fébrile, les trois bonapartistes revinrent se mêler au groupe des officiers. Max, le premier, salua Philippe Bridau qui lui rendit son salut en échangeant avec lui le plus froid regard.

– Allons, messieurs, à table, fit le commandant Potel.

– Buvons à la gloire impérissable du petit Tondu, qui maintenant est dans le paradis des Braves, s'écria Renard.

En sentant que la contenance serait moins embarrassante à table, chacun comprit l'intention du petit capitaine de voltigeurs. On se précipita dans la longue salle basse du restaurant Lacroix, dont les fenêtres donnaient sur le marché. Chaque convive se plaça promptement à table, où, comme l'avait demandé Philippe, les deux adversaires se trouvèrent en face l'un de l'autre. Plusieurs jeunes gens de la ville, et surtout des ex-Chevaliers de la Désœuvrance, assez inquiets de ce qui devait se passer à ce banquet, se promenèrent en s'entretenant de la situation critique où Philippe avait su mettre Maxence Gilet. On déplorait cette collision, tout en regardant le duel comme nécessaire.

Tout alla bien jusqu'au dessert, quoique les deux athlètes conservassent, malgré l'entrain apparent du dîner, une espèce d'attention assez semblable à de l'inquiétude. En attendant la querelle que, l'un et l'autre, ils devaient méditer, Philippe parut d'un admirable sang-froid, et Max d'une étourdissante gaieté ; mais, pour les connaisseurs, chacun d'eux jouait un rôle.

Quand le dessert fut servi, Philippe dit :

– Remplissez vos verres, mes amis ? Je réclame la permission de porter la première santé.

– Il a dit *mes amis*, ne remplis pas ton verre, dit Renard à l'oreille de Max.

Max se versa du vin.

– À la Grande-Armée ! s'écria Philippe avec un enthousiasme véritable.

– À la Grande-Armée ! fut répété comme une seule acclamation par toutes les voix.

En ce moment, on vit apparaître sur le seuil de la salle onze simples soldats, parmi lesquels se trouvaient Benjamin et Kouski, qui répétèrent : À la Grande-Armée !

– Entrez, mes enfants ! on va boire à sa santé ! dit le commandant Potel.

Les vieux soldats entrèrent et se placèrent tous debout derrière les officiers.

– Tu vois bien qu'*il* n'est pas mort ! dit Kouski à un ancien sergent qui sans doute avait déploré l'agonie de l'Empereur enfin terminée.

– Je réclame le second toast, fit le commandant Mignonnet.

On fourragea quelques plats de dessert par contenance, Mignonnet se leva.

– À ceux qui ont tenté de rétablir *son* fils, dit-il.

Tous, moins Maxence Gilet, saluèrent Philippe Bridau, en lui tendant leurs verres.

– À moi, dit Max qui se leva.

– C'est Max ! c'est Max ! disait-on au dehors.

Un profond silence régna dans la salle et sur la place, car le caractère de Gilet fit croire à une provocation.

– Puissions-nous *tous* nous retrouver à pareil jour, l'an prochain !

Et il salua Philippe avec ironie.

– Ça se masse, dit Kouski à son voisin.

– La police à Paris ne vous laissait pas faire des banquets comme celui-ci, dit le commandant Potel à Philippe.

– Pourquoi, diable ! vas-tu parler de police au colonel Bridau ? dit insolemment Maxence Gilet.

– Le commandant Potel n'y entendait pas malice, *lui* !... dit Philippe en souriant avec amertume.

Le silence devint si profond, qu'on aurait entendu voler des mouches s'il y en avait eu.

– La police me redoute assez, reprit Philippe, pour m'avoir envoyé à Issoudun, pays où j'ai eu le plaisir de retrouver de vieux lapins ; mais, avouons-le ! il n'y a pas ici de grands divertissements. Pour un homme qui ne haïssait pas la bagatelle, je suis assez privé. Enfin, je ferai des économies pour ces demoiselles, car je ne suis pas de ceux à qui les lits de plume donnent des rentes, et Mariette du grand Opéra m'a coûté des sommes folles.

– Est-ce pour moi que vous dites cela, mon cher colonel ? demanda Max en dirigeant sur Philippe un regard qui fut comme un courant électrique.

– Prenez-le comme vous le voudrez, commandant Gilet, répondit Philippe.

– Colonel, mes deux amis que voici, Renard et Potel, iront s'entendre demain, avec...

– Avec Mignonnet et Carpentier, répondit Philippe en coupant la parole à Gilet et montrant ses deux voisins.

– Maintenant, dit Max, continuons les santés ?

Chacun des deux adversaires n'était pas sorti du ton ordinaire de la conversation, il n'y eut de solennel que le silence dans lequel on les écouta.

– Ah ! çà, vous autres, dit Philippe en jetant un regard sur les simples soldats, songez que nos affaires ne regardent pas les bourgeois !... Pas un mot sur ce qui vient de se passer. Ça doit rester entre la Vieille-Garde.

– Ils observeront la consigne, colonel, dit Renard, j'en réponds.

– Vive son petit ! Puisse-t-il régner sur la France ! s'écria Potel.

– Mort à l'Anglais ! s'écria Carpentier.

Ce toast eut un succès prodigieux.

– Honte à Hudson-Lowe ! dit le capitaine Renard.

Le dessert se passa très bien, les libations furent très amples. Les deux antagonistes et leurs quatre témoins mirent leur honneur à ce que ce duel, où il s'agissait d'une immense fortune et qui regardait deux hommes si distingués par leur courage, n'eût rien de commun avec les disputes ordinaires. Deux *gentlemen* ne se seraient pas mieux conduits que Max et Philippe. Aussi l'attente des jeunes gens et des bourgeois groupés sur la Place fut-elle trompée. Tous les convives, en vrais militaires, gardèrent le plus profond secret sur l'épisode du dessert.

À dix heures, chacun des deux adversaires apprit que l'arme convenue était le sabre. Le lieu choisi pour le rendez-vous fut le chevet de l'église des Capucins, à huit heures du matin. Goddet, qui faisait partie du banquet en sa qualité d'ancien chirurgien-major, avait été prié d'assister à l'affaire. Quoi qu'il arrivât, les témoins décidèrent que le combat ne durerait pas plus de dix minutes.

À onze heures du soir, à la grande surprise du colonel, monsieur Hochon amena sa femme chez Philippe au moment où il allait se coucher.

– Nous savons ce qui se passe, dit la vieille dame les yeux pleins de larmes, et je viens vous supplier de ne pas sortir demain sans faire vos prières... Élevez votre âme à Dieu.

– Oui, madame, répondit Philippe à qui le vieil Hochon fit un signe en se tenant derrière sa femme.

– Ce n'est pas tout ! dit la marraine d'Agathe, je me mets à la place de votre pauvre mère, et je me suis dessaisi de ce que j'avais de plus précieux, tenez !... Elle tendit à Philippe une dent fixée sur un velours noir bordé d'or, auquel elle avait cousu deux rubans verts, et la remit dans un sachet après la lui avoir montrée. – C'est une relique de sainte Solange, la patronne du Berry ; je l'ai sauvée à la Révolution ; gardez cela sur votre poitrine demain matin.

– Est-ce que ça peut préserver des coups de sabre ? demanda Philippe.

– Oui, répondit la vieille dame.

– Je ne peux pas plus avoir ce fourniment-là sur moi qu'une cuirasse, s'écria le fils d'Agathe.

– Que dit-il ? demanda madame Hochon à son mari.

– Il dit que ce n'est pas de jeu, répondit le vieil Hochon.

– Eh ! bien, n'en parlons plus, fit la vieille dame. Je prierai pour vous.

– Mais, madame, une prière et un bon coup de pointe, ça ne peut pas nuire, dit le colonel en faisant le geste de percer le cœur à monsieur Hochon.

La vieille dame voulut embrasser Philippe sur le front. Puis en descendant, elle donna dix écus, tout ce qu'elle possédait d'argent, à Benjamin pour obtenir de lui qu'il cousît la relique dans le gousset du pantalon de son maître. Ce que fit Benjamin, non qu'il crût à la vertu de cette dent, car il dit que son maître en avait une bien meilleure contre Gilet ; mais parce qu'il devait s'acquitter d'une commission si chèrement payée. Madame Hochon se retira pleine de confiance en sainte Solange.

À huit heures, le lendemain, 3 décembre, par un temps gris, Max, accompagné de ses deux témoins et du Polonais, arriva sur le petit pré qui entourait alors le chevet de l'ancienne église des Capucins. Ils y trouvèrent Philippe et les siens, avec Benjamin. Potel et Mignonnet mesurèrent vingt-quatre pieds. À chaque bout de cette distance, les deux soldats tracèrent deux lignes à l'aide d'une bêche. Sous peine de lâcheté, les adversaires ne pouvaient reculer au-delà de leurs lignes respectives ; chacun d'eux devait se tenir sur sa ligne, et s'avancer à volonté quand les témoins auraient dit : – Allez !

– Mettons-nous habit bas ? dit froidement Philippe à Gilet.

– Volontiers, colonel, répondit Maxence avec une sécurité de bretteur.

Les deux adversaires ne gardèrent que leurs pantalons, leur chair s'entrevit alors en rose sous la percale des chemises. Chacun armé d'un sabre d'ordonnance choisi de même poids, environ trois livres, et de même longueur, trois pieds, se campa, tenant la pointe en terre et attendant le signal. Ce fut si calme de part et d'autre, que, malgré le froid, les muscles ne tressaillirent pas plus que s'ils eussent été de bronze. Goddet, les quatre témoins et les deux soldats eurent une sensation involontaire.

– C'est de fiers mâtins !

Cette exclamation s'échappa de la bouche du commandant Potel.

Au moment où le signal : – Allez ! fut donné, Maxence aperçut la tête sinistre de Fario qui les regardait par le trou que les Chevaliers avaient fait au toit de l'église pour introduire les pigeons dans son magasin. Ces deux yeux, d'où jaillirent comme deux douches de feu, de haine et de vengeance, éblouirent Max. Le colonel alla droit à son adversaire, en se mettant en garde de manière à saisir l'avantage. Les experts dans l'art de tuer savent que, de deux adversaires, le plus habile peut prendre le haut du pavé, pour employer une expression qui rende par une image l'effet de la garde haute. Cette pose, qui permet en quelque sorte de voir venir, annonce si bien un duelliste du premier ordre, que le sentiment de son infériorité pénétra dans l'âme de Max et y produisit ce désarroi de forces qui démoralise un joueur alors que, devant un maître ou devant un homme heureux, il se trouble et joue plus mal qu'à l'ordinaire.

– Ah ! le lascar, se dit Max, il est de première force, je suis perdu !

Max essaya d'un moulinet en manœuvrant son sabre avec une dextérité de bâtoniste ; il voulait étourdir Philippe et rencontrer son sabre, afin de le désarmer ; mais il s'aperçut au premier choc que le colonel avait un poignet de fer, et flexible comme un ressort d'acier. Maxence dut songer à autre chose, et il voulait réfléchir, le malheureux ! tandis que Philippe, dont les yeux lui jetaient des éclairs plus vifs que ceux de leurs sabres, parait toutes les attaques avec le sang-froid d'un maître garni de son plastron dans une salle.

Entre des hommes aussi forts que les deux combattants, il se passe un phénomène à peu près semblable à celui qui a lieu entre les gens du peuple au terrible combat dit *de la savate*. La victoire dépend d'un faux mouvement, d'une erreur de ce calcul, rapide comme l'éclair, auquel on doit se livrer instinctivement. Pendant un temps aussi court pour les spectateurs qu'il semble long aux adversaires, la lutte consiste en une observation où s'absorbent les forces de l'âme et du corps, cachée sous des feintes dont la lenteur et l'apparente prudence semblent faire croire qu'aucun des deux antagonistes ne veut se battre. Ce moment, suivi d'une lutte rapide et décisive, est terrible pour les connaisseurs. À une mauvaise parade de Max, le colonel lui fit sauter le sabre des mains.

Fario vint se repaître de la vue de son ennemi ...

– Ramassez-le ! dit-il en suspendant le combat, je ne suis pas homme à tuer un ennemi désarmé. Ce fut le sublime de l'atroce. Cette grandeur annonçait tant de supériorité, qu'elle fut prise pour le plus adroit de tous les calculs par les spectateurs. En effet, quand Max se remit en garde, il avait perdu son sang-froid, et se trouva nécessairement encore sous le coup de cette garde haute qui vous menace tout en couvrant l'adversaire. Il voulut réparer sa honteuse défaite par une hardiesse. Il ne songea plus à se garder, il prit son sabre à deux mains et fondit rageusement sur le colonel pour le blesser à mort en lui laissant prendre sa vie. Si le colonel reçut un coup de sabre, qui lui coupa le front et une partie de la figure, il fendit obliquement la tête de Max par un terrible retour du moulinet qu'il opposa pour amortir le coup d'assommoir que Max lui destinait. Ces deux coups enragés terminèrent le combat à la neuvième minute. Fario descendit et vint se repaître de la vue de son ennemi dans les convulsions de la mort, car, chez un homme de la force de Max, les muscles du corps remuèrent effroyablement. On transporta Philippe chez son oncle.

Ainsi périt un de ces hommes destinés à faire de grandes choses, s'il était resté dans le milieu qui lui était propice ; un homme traité par la nature en enfant gâté, car elle lui donna le courage, le sang-froid, et le sens politique à la César Borgia. Mais l'éducation ne lui avait pas communiqué cette noblesse d'idées et de conduite, sans laquelle rien n'est possible dans aucune carrière. Il ne fut pas regretté, par suite de la perfidie avec laquelle son adversaire, qui valait moins que lui, avait su le déconsidérer. Sa fin mit un terme aux exploits de l'Ordre de la Désœuvrance, au grand contentement de la ville d'Issoudun. Aussi Philippe ne fut-il pas inquiété à raison de ce duel, qui parut d'ailleurs un effet de la vengeance divine, et dont les circonstances se racontèrent dans toute la contrée avec d'unanimes éloges accordés aux deux adversaires.

– Ils auraient dû se tuer tous les deux, dit monsieur Mouilleron, c'eût été un bon *débarras* pour le gouvernement.

La situation de Flore Brazier eût été très embarrassante, sans la crise aiguë dans laquelle la mort de Max la fit tomber, elle fut prise d'un transport au cerveau, combiné d'une inflammation dangereuse occasionnée par les péripéties de ces trois journées ; si elle eût joui de sa santé, peut-être aurait-elle fui de la maison où gisait au-dessus d'elle, dans l'appartement de Max et dans les draps de Max, le meurtrier de Max. Elle fut entre la vie et la mort pendant trois mois, soignée par monsieur Goddet qui soignait également Philippe.

Dès que Philippe put tenir une plume, il écrivit les lettres suivantes :

« À Monsieur Desroches, avoué.

» J'ai déjà tué la plus venimeuse des deux bêtes, ça n'a pas été sans me faire ébrécher la tête par un coup de sabre ; mais le drôle y allait heureusement de mainmorte. Il reste une autre vipère avec laquelle je vais tâcher de m'entendre, car mon oncle y tient autant qu'à son gésier. J'avais peur que cette Rabouilleuse, qui est diablement belle, ne détalât, car mon oncle l'aurait suivie ; mais le saisissement qui l'a prise en un moment grave l'a clouée dans son lit. Si Dieu voulait me protéger, il rappellerait cette âme à lui pendant qu'elle se repent de ses erreurs. En attendant, j'ai pour moi, grâce à monsieur Hochon (ce vieux va bien !), le médecin, un nommé Goddet, bon apôtre qui conçoit que les héritages des oncles sont mieux placés dans la main des neveux que dans celles de ces drôlesses. Monsieur Hochon a d'ailleurs de l'influence sur un certain papa Fichet dont la fille est riche, et que Goddet voudrait pour femme à son fils ; en sorte que le billet de mille francs qu'on lui a fait entrevoir pour la guérison de ma caboche, entre pour peu de chose dans son dévouement. Ce Goddet, ancien chirurgien-major au 3ᵉ régiment de ligne, a de plus été chambré par mes amis, deux braves officiers, Mignonnet et Carpentier ; en sorte qu'il *cafarde* avec sa malade.

» – Il y a un Dieu, après tout, mon enfant, voyez-vous ? lui dit-il en lui tâtant le pouls. Vous avez été la cause d'un grand malheur, il faut le réparer. Le doigt de Dieu est dans ceci (c'est inconcevable tout ce qu'on fait faire au doigt de Dieu !) La religion est la religion ; soumettez-vous, résignez-vous, ça vous calmera d'abord, ça vous guérira presqu'autant que mes drogues. Surtout restez ici, soignez votre maître. Enfin, oubliez, pardonnez, c'est la loi chrétienne.

» Ce Goddet m'a promis de tenir la Rabouilleuse pendant trois mois au lit. Insensiblement, cette fille s'habituera peut-être à ce que nous vivions sous le même toit. J'ai mis la cuisinière dans mes intérêts. Cette abominable vieille a dit à sa maîtresse que Max lui aurait rendu la vie bien dure. Elle a, dit-elle, entendu dire au défunt qu'à la mort du bonhomme, s'il était obligé d'épouser Flore, il ne comptait pas entraver son ambition par une fille. Et cette cuisinière est arrivée à insinuer à sa maîtresse que Max se serait défait d'elle. Ainsi tout va bien. Mon oncle, conseillé par le père Hochon, a déchiré son testament. »

» À Monsieur Giroudeau (aux soins de mademoiselle Florentine), rue de Vendôme, au Marais. »

» Mon vieux camarade,

» Informe-toi si ce petit rat de Césarine est occupée, et tâche qu'elle soit prête à venir à Issoudun dès que je la demanderai. La luronne arriverait alors courrier par courrier. Il s'agira d'avoir une tenue honnête, de supprimer tout ce qui sentirait les coulisses ; car il faut se présenter dans le pays comme la fille d'un brave militaire, mort au champ d'honneur. Ainsi, beaucoup de mœurs, des vêtements de pensionnaire, et de la vertu première qualité : tel sera l'ordre. Si j'ai besoin de Césarine, et si elle réussit, à la mort de mon oncle, il y aura cinquante mille francs pour elle ; si elle est occupée, explique mon affaire à Florentine ; et, à vous deux, trouvez-moi quelque figurante capable de jouer le rôle. J'ai eu le crâne écorné dans mon duel avec mon mangeur de succession qui a tortillé de l'œil. Je te raconterai ce coup-là. Ah ! vieux, nous reverrons de beaux jours, et nous nous amuserons encore, ou l'Autre ne serait pas l'Autre. Si tu peux m'envoyer cinq cents cartouches, on les déchirera. Adieu, mon lapin, et allume ton cigare avec ma lettre. Il est bien entendu que la fille de l'officier viendra de Châteauroux, et aura l'air de demander des secours. J'espère cependant ne pas avoir besoin de recourir à ce moyen dangereux. Remets-moi sous les yeux de Mariette et de tous nos amis. »

Agathe, instruite par une lettre de madame Hochon, accourut à Issoudun, et fut reçue par son frère qui lui donna l'ancienne chambre de Philippe. Cette pauvre mère, qui retrouva pour son fils maudit toute sa maternité, compta quelques jours heureux en entendant la bourgeoisie de la ville lui faire l'éloge du colonel.

– Après tout, ma petite, lui dit madame Hochon le jour de son arrivée, il faut que jeunesse se passe. Les légèretés des militaires du temps de l'Empereur ne peuvent pas être celles des fils de famille surveillés par leurs pères. Ah ! si vous saviez tout ce que ce misérable Max se permettait ici, la nuit !... Issoudun, grâce à votre fils, respire et dort en paix. La raison est arrivée à Philippe un peu tard, mais elle est venue ; comme il nous le disait, trois mois de prison au Luxembourg mettent du plomb dans la tête ; enfin, sa conduite ici enchante monsieur Hochon, et il y jouit de la considération générale. Si votre fils peut rester quelque temps loin des tentations de Paris, il finira par vous donner bien du contentement.

En entendant ces consolantes paroles, Agathe laissa voir à sa marraine des yeux pleins de larmes heureuses.

Philippe fit le bon apôtre avec sa mère, il avait besoin d'elle. Ce fin politique ne voulait recourir à Césarine que dans le cas où il serait un objet d'horreur pour mademoiselle Brazier. En reconnaissant dans Flore un admirable instrument façonné par Maxence, une habitude prise par son oncle, il voulait s'en servir préférablement à une Parisienne, capable de se faire épouser par le bonhomme. De même que Fouché dit à Louis XVIII de se coucher dans les draps de Napoléon au lieu de donner une *Charte*, Philippe désirait rester couché dans les draps de Gilet ; mais il lui répugnait aussi de porter atteinte à la réputation qu'il venait de se faire en Berry ; or, continuer Max auprès de la Rabouilleuse serait tout aussi odieux de la part de cette fille que de la sienne. Il pouvait, sans se déshonorer, vivre chez son oncle et aux dépens de son oncle, en vertu des lois du népotisme ; mais il ne pouvait avoir Flore que réhabilitée. Au milieu de tant de difficultés, stimulé par l'espoir de s'emparer de la succession, il conçut l'admirable plan de faire sa tante de la Rabouilleuse. Aussi, dans ce dessein caché, dit-il à sa mère d'aller voir cette fille et de lui témoigner quelque affection en la traitant comme une belle-sœur.

– J'avoue, ma chère mère, fit-il en prenant un air cafard et regardant monsieur et madame Hochon qui venaient tenir compagnie à la chère Agathe, que la façon de vivre de mon oncle est peu convenable, et il lui suffirait de la régulariser pour obtenir à mademoiselle Brazier la considération de la ville. Ne vaut-il pas mieux pour elle être madame Rouget que la servante-maîtresse d'un vieux garçon ? N'est-il pas plus simple d'acquérir par un contrat de mariage des droits définis que de menacer une famille d'exhérédation ? Si vous, si monsieur Hochon, si quelque bon prêtre voulaient parler de cette affaire, on ferait cesser un scandale qui afflige les honnêtes gens. Puis mademoiselle Brazier serait heureuse en se voyant accueillie par vous comme une sœur, et par moi comme une tante. Le lit de mademoiselle Flore fut entouré le lendemain par Agathe et par madame Hochon, qui révélèrent à la malade et à Rouget les admirables sentiments de Philippe. On parla du colonel dans tout Issoudun comme d'un homme excellent et d'un beau caractère, à cause surtout de sa conduite avec Flore. Pendant un mois, la Rabouilleuse entendit Goddet père, son médecin, cet homme si puissant sur l'esprit d'un malade, la respectable madame Hochon, mue par l'esprit religieux, Agathe si douce et si pieuse, lui présentant tous les avantages de son mariage avec Rouget. Quand, séduite à l'idée d'être madame Rouget, une digne et honnête bourgeoise, elle désira vivement se rétablir pour célébrer ce mariage, il ne fut pas difficile de lui faire comprendre qu'elle ne pouvait pas entrer dans la vieille famille des Rouget en mettant Philippe à la porte.

– D'ailleurs, lui dit un jour Goddet père, n'est-ce pas à lui que vous devez cette haute fortune ? Max ne vous aurait jamais laissée vous marier avec le père Rouget. Puis, lui dit-il à l'oreille, si vous avez des enfants, ne vengerez-vous pas Max ? car les Bridau seront déshérités.

Deux mois après le fatal événement, en février 1823, la malade, conseillée par tous ceux qui l'entouraient, priée par Rouget, reçut donc Philippe, dont la cicatrice la fit pleurer, mais dont les manières adoucies pour elle et presque affectueuses la calmèrent. D'après le désir de Philippe, on le laissa seul avec sa future tante.

– Ma chère enfant, lui dit le soldat, c'est moi qui, dès le principe, ai conseillé votre mariage avec mon oncle ; et, si vous y consentez, il aura lieu dès que vous serez rétablie...

– On me l'a dit, répondit-elle.

– Il est naturel que, si les circonstances m'ont contraint à vous faire du mal, je veuille vous faire le plus de bien possible. La fortune, la considération et une famille valent mieux que ce que vous avez perdu. Mon oncle mort, vous n'eussiez pas été longtemps la femme de ce garçon, car j'ai su de ses amis qu'il ne vous réservait pas un beau sort. Tenez, ma chère petite, entendons-nous ? nous vivrons tous heureux. Vous serez ma tante, et *rien que ma tante*. Vous aurez soin que mon oncle ne m'oublie pas dans son testament ; de mon côté, vous verrez comme je vous ferai traiter dans votre contrat de mariage... Calmez-vous, pensez à cela, nous en reparlerons. Vous le voyez, les gens les plus sensés, toute la ville vous conseille de faire cesser une position illégale, et personne ne vous en veut de me recevoir. On comprend que, dans la vie, les intérêts passent avant les sentiments. Vous serez, le jour de votre mariage, plus belle que vous n'avez jamais été. Votre indisposition en vous pâlissant vous a rendu de la distinction. Si mon oncle ne vous aimait pas follement, parole d'honneur, dit-il en se levant et lui baisant la main, vous seriez la femme du colonel Bridau.

Philippe quitta la chambre en laissant dans l'âme de Flore ce dernier mot pour y réveiller une vague idée de vengeance qui sourit à cette fille, presque heureuse d'avoir vu ce personnage effrayant à ses pieds. Philippe venait de jouer en petit la scène que joue Richard III avec la reine qu'il vient de rendre veuve. Le sens de cette scène montre que le calcul caché sous un sentiment entre bien avant dans le cœur et y dissipe le deuil le plus réel. Voilà comment dans la vie privée la Nature se permet ce qui, dans les œuvres du génie, est le comble de l'Art ; son moyen, à elle, est *l'intérêt*, qui est le génie de l'argent.

Au commencement du mois d'avril 1823, la salle de Jean-Jacques Rouget offrit donc, sans que personne s'en étonnât, le spectacle d'un superbe dîner donné pour la signature du contrat de mariage de mademoiselle Flore Brazier avec le vieux célibataire. Les convives étaient monsieur Héron ; les quatre témoins, messieurs Mignonnet, Carpentier, Hochon et Goddet père ; le maire et le curé ; puis Agathe Bridau, madame Hochon et son amie madame Borniche, c'est-à-dire les deux vieilles femmes qui faisaient autorité dans Issoudun. Aussi la future épouse fut-elle très sensible à cette concession obtenue par

Philippe de ces dames, qui y virent une marque de protection nécessaire à donner à une fille repentie. Flore fut d'une éblouissante beauté.
Le curé, qui depuis quinze jours instruisait l'ignorante Rabouilleuse,
devait lui faire faire le lendemain sa première communion. Ce mariage
fut l'objet de cet article religieux publié dans le Journal du Cher à
Bourges et dans le Journal de l'Indre à Châteauroux.

« Issoudun.

» Le mouvement religieux fait du progrès en Berry. Tous les amis
de l'église et les honnêtes gens de cette ville ont été témoins hier d'une
cérémonie par laquelle un des principaux propriétaires du pays a mis
fin à une situation scandaleuse et qui remontait à l'époque où la
religion était sans force dans nos contrées. Ce résultat, dû au zèle éclairé des ecclésiastiques de notre ville, aura, nous l'espérons, des imita-
teurs, et fera cesser les abus des mariages non célébrés, contractés aux
époques les plus désastreuses du régime révolutionnaire.

» Il y a eu cela de remarquable dans le fait dont nous parlons, qu'il a
été provoqué par les instances d'un colonel appartenant à l'ancienne
armée, envoyé dans notre ville par l'arrêt de la Cour des Pairs, et à qui ce
mariage peut faire perdre la succession de son oncle. Ce désintéressement est assez rare de nos jours pour qu'on lui donne de la publicité. »

Par le contrat, Rouget reconnaissait à Flore cent mille francs de
dot, et il lui assurait un douaire viager de trente mille francs. Après la
noce, qui fut somptueuse, Agathe retourna la plus heureuse des mères
à Paris, où elle apprit à Joseph et à Desroches ce qu'elle appela de
bonnes nouvelles.

– Votre fils est un homme trop profond pour ne pas mettre la main
sur cette succession, lui répondit l'avoué quand il eut écouté madame
Bridau. Aussi vous et ce pauvre Joseph n'aurez-vous jamais un liard de
la fortune de votre frère.

– Vous serez donc toujours, vous comme Joseph, injuste envers ce
pauvre garçon, dit la mère, sa conduite à la Cour des Pairs est celle d'un
grand politique, il a réussi à sauver bien des têtes !... Les erreurs de
Philippe viennent de l'inoccupation où restaient ses grandes facultés ;
mais il a reconnu combien le défaut de conduite nuisait à un homme
qui veut parvenir ; et il a de l'ambition, j'en suis sûre ; aussi ne suis-je
pas la seule à prévoir son avenir. Monsieur Hochon croit fermement
que Philippe a de belles destinées.

– Oh ! s'il veut appliquer son intelligence profondément perverse à faire fortune, il arrivera, car il est capable de tout, et ces gens-là vont vite, dit Desroches.

– Pourquoi n'arriverait-il pas par des moyens honnêtes ? demanda madame Bridau.

– Vous verrez ! fit Desroches. Heureux ou malheureux, Philippe sera toujours l'homme de la rue Mazarine, l'assassin de madame Descoings, le voleur domestique ; mais, soyez tranquille : il paraîtra très honnête à tout le monde !

Le lendemain du mariage, après le déjeuner, Philippe prit madame Rouget par le bras quand son oncle se fut levé pour aller s'habiller, car ces nouveaux époux étaient descendus, Flore en peignoir, le vieillard en robe de chambre.

– Ma belle-tante, dit-il en l'emmenant dans l'embrasure de la croisée, vous êtes maintenant de la famille. Grâce à moi, tous les notaires y ont passé. Ah ! çà, pas de farces. J'espère que nous jouerons franc jeu. Je connais les tours que vous pourriez me faire, et vous serez gardée par moi mieux que par une duègne. Ainsi, vous ne sortirez jamais sans me donner le bras, et vous ne me quitterez point. Quant à ce qui peut se passer à la maison, je m'y tiendrai, sacrebleu, comme une araignée au centre de sa toile. Voici qui vous prouvera que je pouvais, pendant que vous étiez dans votre lit, hors d'état de remuer ni pied ni patte, vous faire mettre à la porte sans un sou. Lisez !

Et il tendit la lettre suivante à Flore stupéfaite :

« Mon cher enfant, Florentine, qui vient enfin de débuter à l'opéra, dans la nouvelle salle, par un pas de trois avec Mariette et Tullia, n'a pas cessé de penser à toi, ainsi que Florine, qui définitivement a lâché Lousteau pour prendre Nathan. Ces deux matoises t'ont trouvé la plus délicieuse créature du monde, une petite fille de dix-sept ans, belle comme une Anglaise, l'air sage comme une lady qui fait ses farces, rusée comme Desroches, fidèle comme Godeschal ; et Mariette l'a stylée en te souhaitant bonne chance. Il n'y a pas de femme qui puisse tenir contre ce petit ange sous lequel se cache un démon : elle saura jouer tous les rôles, empaumer ton oncle et le rendre fou d'amour. Elle a l'air céleste de la pauvre Coralie, elle sait pleurer, elle a une voix qui vous tire un billet de mille francs du cœur le plus granitique, et la luronne sable mieux que nous le vin de Champagne. C'est un sujet précieux ; elle a des obligations à Mariette, et désire s'acquitter avec elle. Après avoir lampé la

fortune de deux Anglais, d'un Russe, et d'un prince romain, mademoiselle Esther se trouve dans la plus affreuse gêne ; tu lui donneras dix
mille francs, elle sera contente. Elle vient de dire en riant : – Tiens, je n'ai
jamais fricassé de bourgeois, ça me fera la main ! Elle est bien connue de
Finot, de Bixiou, de des Lupeaulx, de tout notre monde enfin. Ah ! s'il y
avait des fortunes en France, ce serait la plus grande courtisane des
temps modernes. Ma rédaction sent Nathan, Bixiou, Finot qui sont à
faire leurs bêtises avec cette susdite Esther, dans le plus magnifique
appartement qu'on puisse voir, et qui vient d'être arrangé à Florine par le
vieux lord Dudley, le vrai père de de Marsay, que la spirituelle actrice
a *fait* ; grâce au costume de son nouveau rôle. Tullia est toujours avec le
duc de Rhétoré, Mariette est toujours avec le duc de Maufrigneuse ;
ainsi, à elles deux, elles t'obtiendront une remise de ta surveillance à la
fête du Roi. Tâche d'avoir enterré l'oncle sous les roses pour la prochaine
Saint-Louis, reviens avec l'héritage, et tu en mangeras quelque chose
avec Esther et tes vieux amis qui signent en masse pour se rappeler à ton
souvenir :

» Nathan, Florine, Bixiou, Finot,
Mariette, Florentine, Giroudeau, Tullia. »

La lettre, en tremblotant dans les mains de madame Rouget, accusait
l'effroi de son âme et de son corps. La tante n'osa regarder son neveu, qui
fixait sur elle deux yeux d'une expression terrible. – J'ai confiance en
vous, dit-il, vous le voyez ; mais je veux du retour. Je vous ai faite ma
tante pour pouvoir vous épouser un jour. Vous valez bien Esther auprès
de mon oncle. Dans un an d'ici, nous devons être à Paris, le seul pays où
la beauté puisse vivre. Vous vous y amuserez un peu mieux qu'ici, car
c'est un carnaval perpétuel. Moi, je rentrerai dans l'armée, je deviendrai
général et vous serez alors une grande dame. Voilà votre avenir,
travaillez-y. Mais je veux un gage de votre alliance. Vous me ferez donner,
d'ici à un mois, la procuration générale de mon oncle, sous prétexte de
vous débarrasser ainsi que lui des soins de la fortune. Je veux, un mois
après, une procuration spéciale pour transférer son inscription. Une fois
l'inscription en mon nom, nous aurons un intérêt égal à nous épouser un
jour. Tout cela, ma belle tante, est net et clair. Entre nous, il ne faut pas
d'ambiguïté. Je puis épouser ma tante après un an de veuvage, tandis que
je ne pouvais pas épouser une fille déshonorée.

Il quitta la place sans attendre de réponse. Quand, un quart d'heure
après, la Védie entra pour desservir, elle trouva sa maîtresse pâle et en

moiteur, malgré la saison. Flore éprouvait la sensation d'une femme tombée au fond d'un précipice, elle ne voyait que ténèbres dans son avenir ; et, sur ces ténèbres se dessinaient, comme dans un lointain profond, des choses monstrueuses, indistinctement aperçues et qui l'épouvantaient. Elle sentait le froid humide des souterrains. Elle avait instinctivement peur de cet homme, et néanmoins une voix lui criait qu'elle méritait de l'avoir pour maître. Elle ne pouvait rien contre sa destinée : Flore Brazier avait par décence un appartement chez le père Rouget ; mais madame Rouget devait appartenir à son mari, elle se voyait ainsi privée du précieux libre arbitre que conserve une servante-maîtresse. Dans l'horrible situation où elle se trouvait, elle conçut l'espoir d'avoir un enfant ; mais, durant ces cinq dernières années, elle avait rendu Jean-Jacques le plus caduque des vieillards. Ce mariage devait avoir pour le pauvre homme l'effet du second mariage de Louis XII. D'ailleurs la surveillance d'un homme tel que Philippe, qui n'avait rien à faire, car il quitta sa place, rendit toute vengeance impossible. Benjamin était un espion innocent et dévoué. La Védie tremblait devant Philippe. Flore se voyait seule et sans secours ! Enfin, elle craignait de mourir ; sans savoir comment Philippe arriverait à la tuer, elle devinait qu'une grossesse suspecte serait son arrêt de mort : le son de cette voix, l'éclat voilé de ce regard de joueur, les moindres mouvements de ce soldat, qui la traitait avec la brutalité la plus polie, la faisaient frissonner. Quant à la procuration demandée par ce féroce colonel, qui pour tout Issoudun était un héros, il l'eut dès qu'il la lui fallut ; car Flore tomba sous la domination de cet homme comme la France était tombée sous celle de Napoléon. Semblable au papillon qui s'est pris les pattes dans la cire incandescente d'une bougie, Rouget dissipa rapidement ses dernières forces.

En présence de cette agonie, le neveu restait impassible et froid comme les diplomates, en 1814, pendant les convulsions de la France Impériale.

Philippe, qui ne croyait guère en Napoléon II, écrivit alors au ministre de la Guerre la lettre suivante que Mariette fit remettre par le duc de Maufrigneuse.

« Monseigneur,

» Napoléon n'est plus, j'ai voulu lui rester fidèle après lui avoir engagé mes serments ; maintenant, je suis libre d'offrir mes services à Sa Majesté. Si Votre Excellence daigne expliquer ma conduite à Sa

Majesté, le Roi pensera qu'elle est conforme aux lois de l'honneur, sinon à celles du Royaume. Le Roi, qui a trouvé naturel que son aide-de-camp, le général Rapp, pleurât son ancien maître, aura sans doute de l'indulgence pour moi : Napoléon fut mon bienfaiteur.

» Je supplie donc Votre Excellence de prendre en considération la demande que je lui adresse d'un emploi dans mon grade, en l'assurant ici de mon entière soumission. C'est assez vous dire, Monseigneur, que le Roi trouvera en moi le plus fidèle sujet.

» Daignez agréer l'hommage du respect avec lequel j'ai l'honneur d'être,

» De Votre Excellence.

» Le très soumis et très humble serviteur,

» PHILIPPE BRIDAU,

Ancien chef d'escadron aux Dragons de la Garde, officier de la Légion d'honneur, en surveillance sous la Haute Police à Issoudun. »

À cette lettre était jointe une demande en permission de séjour à Paris pour affaires de famille, à laquelle monsieur Mouilleron annexa des lettres du Maire, du Sous-Préfet et du commissaire de police d'Issoudun, qui tous donnaient les plus grands éloges à Philippe, en s'appuyant sur l'article fait à propos du mariage de son oncle.

Quinze jours après, au moment de l'Exposition, Philippe reçut la permission demandée et une lettre où le Ministre de la Guerre lui annonçait que, d'après les ordres du Roi, il était, pour première grâce, rétabli comme lieutenant-colonel dans les cadres de l'armée.

Philippe vint à Paris avec sa tante et le vieux Rouget, qu'il mena, trois jours après son arrivée, au Trésor, y signer le transfert de l'inscription, qui devint alors sa propriété. Ce moribond fut, ainsi que la Rabouilleuse, plongé par leur neveu dans les joies excessives de la société si dangereuse des infatigables actrices, des journalistes, des artistes et des femmes équivoques où Philippe avait déjà dépensé sa jeunesse, et où le vieux Rouget trouva des Rabouilleuses à en mourir. Giroudeau se chargea de procurer au père Rouget l'agréable mort illustrée plus tard, dit-on, par un maréchal de France. Lolotte, une des plus belles marcheuses de l'Opéra, fut l'aimable assassin de ce vieillard. Rouget mourut après un souper splendide donné par Florentine, il fut donc assez difficile de savoir qui du souper, qui de mademoiselle Lolotte avait achevé ce vieux Berrichon. Lolotte rejeta cette mort sur une tranche de pâté de foie gras ; et, comme l'œuvre de Strasbourg ne pouvait répondre, il passe pour constant que le bonhomme est mort d'indigestion. Madame Rouget se trouva dans ce monde excessivement décolleté comme dans son élément ; mais Philippe lui donna pour chaperon Mariette qui ne laissa pas faire de sottises à cette veuve, dont le deuil fut orné de quelques galanteries.

En octobre 1823, Philippe revint à Issoudun muni de la procuration de sa tante, pour liquider la succession de son oncle, opération qui se fit rapidement, car il était à Paris en janvier 1824 avec seize cent mille francs, produit net et liquide des biens de défunt son oncle, sans compter les précieux tableaux qui n'avaient jamais quitté la maison du vieil Hochon. Philippe mit ses fonds dans la maison Mongenod et fils, où se trouvait le jeune Baruch Borniche, et sur la solvabilité, sur la probité de laquelle le vieil Hochon lui avait donné des renseignements satisfaisants. Cette maison prit les seize cent mille francs à six pour cent d'intérêt par an, avec la condition d'être prévenue trois mois d'avance en cas de retrait des fonds.

Un beau jour, Philippe vint prier sa mère d'assister à son mariage, qui eut pour témoins Giroudeau, Finot, Nathan et Bixiou. Par le contrat, madame veuve Rouget, dont l'apport consistait en un million de francs, faisait donation à son futur époux de ses biens dans le cas où elle décéderait sans enfants. Il n'y eut ni billets de faire part, ni fête, ni éclat, car Philippe avait ses desseins : il logea sa femme rue Saint-Georges, dans un appartement que Lolotte lui vendit tout meublé, que madame Bridau la jeune trouva délicieux, et où l'époux mit rarement les pieds. À l'insu de tout le monde, Philippe acheta pour deux cent cinquante mille francs, rue de Clichy, dans un moment où personne ne soupçonnait la valeur que ce quartier devait un jour acquérir, un magnifique hôtel sur le prix duquel il donna cinquante mille écus de ses revenus, en prenant deux ans pour payer le surplus. Il y dépensa des sommes énormes en arrangements intérieurs et en mobilier, car il y consacra ses revenus pendant deux ans. Les superbes tableaux restaurés, estimés à trois cent mille francs, y brillèrent de tout leur éclat.

L'avènement de Charles X avait mis encore plus en faveur qu'auparavant la famille du duc de Chaulieu, dont le fils aîné, le duc de Rhetoré, voyait souvent Philippe chez Tullia. Sous Charles X, la branche aînée de la maison de Bourbon se crut définitivement assise sur le trône, et suivit le conseil que le maréchal Gouvion-Saint-Cyr avait précédemment donné de s'attacher les militaires de l'Empire. Philippe, qui sans doute fit de précieuses révélations sur les complots de 1820 et 1822, fut nommé lieutenant-colonel dans le régiment du duc de Maufrigneuse. Ce charmant grand seigneur se regardait comme obligé de protéger un homme à qui il avait enlevé Mariette. Le Corps de Ballet ne fut pas étranger à cette nomination. On avait d'ailleurs décidé dans la sagesse du conseil secret de Charles X de faire prendre à Monseigneur le Dauphin une légère couleur de libéralisme. Monsieur Philippe, devenu quasiment le menin du duc de Maufrigneuse, fut donc présenté non seulement au Dauphin, mais encore à la Dauphine à qui ne déplaisaient pas les caractères rudes et les militaires connus par leur fidélité. Philippe jugea très bien le rôle du Dauphin, et il profita de la première mise en scène de ce libéralisme postiche, pour se faire nommer aide-de-camp d'un Maréchal très bien en cour.

En janvier 1827, Philippe, qui passa dans la Garde Royale lieutenant-colonel au régiment que le duc de Maufrigneuse y commandait alors, sollicita la faveur d'être anobli. Sous la Restauration, l'anoblissement devint un quasi-droit pour les roturiers qui servaient dans la Garde. Le colonel Bridau, qui venait d'acheter la terre de Brambourg, demanda la faveur de l'ériger en majorat au titre de comte. Il obtint cette grâce en mettant à profit ses liaisons dans la société la plus élevée, où il se produisait avec un faste de voitures et de livrées, enfin dans une tenue de grand seigneur. Dès que Philippe, lieutenant-colonel du plus beau régiment de cavalerie de la Garde, se vit désigné dans l'Almanach sous le nom de comte de Brambourg, il hanta beaucoup la maison du lieutenant-général d'artillerie comte de Soulanges, en faisant la cour à la plus jeune fille, mademoiselle Amélie de Soulanges. Insatiable et appuyé par les maîtresses de tous les gens influents, Philippe sollicitait l'honneur d'être un des aides-de-camp de Monseigneur le Dauphin. Il eut l'audace de dire à la Dauphine « qu'un vieil officier blessé sur plusieurs champs de bataille et qui connaissait la grande guerre, ne serait pas, dans l'occasion, inutile à Monseigneur. » Philippe, qui sut prendre le ton de toutes les courtisaneries, fut dans ce monde supérieur ce qu'il devait être, comme il avait su se faire Mignonnet à Issoudun.

Il eut d'ailleurs un train magnifique, il donna des fêtes et des dîners splendides, en n'admettant dans son hôtel aucun de ses anciens amis dont la position eût pu compromettre son avenir. Aussi fut-il impitoyable pour les compagnons de ses débauches. Il refusa net à Bixiou de parler en faveur de Giroudeau qui voulut reprendre du service, quand Florentine le lâcha.

– C'est un homme sans mœurs ! dit Philippe.

– Ah ! voilà ce qu'il a répondu de moi, s'écria Giroudeau, moi qui l'ai débarrassé de son oncle !

– Nous le repincerons, dit Bixiou.

Philippe voulait épouser mademoiselle Amélie de Soulanges, devenir général, et commander un des régiments de la Garde Royale. Il demanda tant de choses, que, pour le faire taire, on le nomma commandeur de la Légion-d'Honneur et commandeur de Saint-Louis. Un soir, Agathe et Joseph, revenant à pied par un temps de pluie, virent Philippe passant en uniforme, chamarré de ses cordons, campé dans le coin de son beau coupé garni de soie jaune, dont les armoiries étaient surmontées d'une couronne de comte, allant à une fête de l'Élysée-Bourbon ; il éclaboussa sa mère et son frère en les saluant d'un geste protecteur.

– Va-t-il, va-t-il, ce drôle-là ? dit Joseph à sa mère. Néanmoins il devrait bien nous envoyer autre chose que de la boue au visage.

– Il est dans une si belle position, si haute, qu'il ne faut pas lui en vouloir de nous oublier, dit madame Bridau. En montant une côte si rapide, il a tant d'obligations à remplir, il a tant de sacrifices à faire, qu'il peut bien ne pas venir nous voir, tout en pensant à nous.

– Mon cher, dit un soir le duc de Maufrigneuse au nouveau comte de Brambourg, je suis sûr que votre demande sera prise en bonne part ; mais pour épouser Amélie de Soulanges, il faudrait que vous fussiez libre. Qu'avez-vous fait de votre femme ?...

– Ma femme ?... dit Philippe avec un geste, un regard et un accent qui furent devinés plus tard par Frédérick-Lemaître dans un de ses plus terribles rôles. Hélas ! j'ai la triste certitude de ne pas la conserver. Elle n'a pas huit jours à vivre. Ah ! mon cher Duc, vous ignorez ce qu'est une mésalliance ! une femme qui était cuisinière, qui a les goûts d'une cuisinière et qui me déshonore, car je suis bien à plaindre. Mais j'ai eu l'honneur d'expliquer ma position à madame la Dauphine. Il s'est agi, dans le temps, de sauver un million que mon oncle avait laissé par testament à cette créature. Heureusement, ma femme a donné dans les liqueurs ; à sa mort, je deviens maître d'un million confié à la maison Mongenod, j'ai de plus trente mille francs dans le cinq, et mon majorat qui vaut quarante mille livres de rente. Si, comme tout le fait supposer, monsieur de Soulanges a le bâton de maréchal, je suis en mesure, avec le titre de comte de Brambourg, de devenir général et pair de France. Ce sera la retraite d'un aide-de-camp du Dauphin.

Après le Salon de 1823, le premier peintre du Roi, l'un des plus excellents hommes de ce temps, avait obtenu pour la mère de Joseph un bureau de loterie aux environs de la Halle. Plus tard, Agathe put fort heureusement permuter, sans avoir de soulte à payer, avec le titulaire d'un bureau situé rue de Seine, dans une maison où Joseph prit son atelier. À son tour, la veuve eut un gérant et ne coûta plus rien à son fils. Or, en 1828, quoique directrice d'un excellent bureau de loterie qu'elle devait à la gloire de Joseph, madame Bridau ne croyait pas encore à cette gloire excessivement contestée comme le sont toutes les vraies gloires. Le grand peintre, toujours aux prises avec ses passions, avait d'énormes besoins ; il ne gagnait pas assez pour soutenir le luxe auquel l'obligeaient ses relations dans le monde aussi bien que sa position distinguée dans la jeune École. Quoique puissamment soutenu par ses amis du Cénacle, par mademoiselle Des Touches, il ne plaisait pas au Bourgeois. Cet être, de qui vient l'argent aujourd'hui, ne délie jamais les cordons de sa bourse pour les talents mis en question, et Joseph voyait contre lui les classiques, l'Institut, et les critiques qui relevaient de ces deux puissances. Enfin le comte de Brambourg faisait l'étonné quand on lui parlait de Joseph. Ce courageux artiste, quoique appuyé par Gros et par Gérard, qui lui firent donner la croix au Salon de 1827, avait peu de commandes. Si le Ministère de l'Intérieur et la Maison du Roi prenaient difficilement ses grandes toiles, les marchands et les riches étrangers s'en embarrassaient encore moins. D'ailleurs, Joseph s'abandonne, comme on sait, un peu trop à la fantaisie, et il en résulte des inégalités dont profitent ses ennemis pour nier son talent.

— La grande peinture est bien malade, lui disait son ami Pierre Grassou qui faisait des croûtes au goût de la Bourgeoisie dont les appartements se refusent aux grandes toiles.

— Il te faudrait toute une cathédrale à peindre, lui répétait Schinner, tu réduiras la critique au silence par une grande œuvre.

Ces propos effrayants pour la bonne Agathe corroboraient le jugement qu'elle avait porté tout d'abord sur Joseph et sur Philippe. Les faits donnaient raison à cette femme restée provinciale : Philippe, son enfant préféré, n'était-il pas enfin le grand homme de la famille ? elle voyait dans les premières fautes de ce garçon les écarts du génie ; Joseph, de qui les productions la trouvaient insensible, car elle les voyait trop dans leurs langes pour les admirer achevées, ne lui paraissait pas plus avancé en 1828 qu'en 1816. Le pauvre Joseph devait de l'argent, il pliait sous le poids de ses dettes, *il avait pris un état ingrat, qui ne rapportait rien.* Enfin, Agathe ne concevait pas pourquoi l'on avait donné la décoration à Joseph. Philippe devenu comte, Philippe assez fort pour ne plus aller au jeu, l'invité des fêtes de Madame, ce brillant colonel qui, dans les revues ou dans les cortèges, défilait revêtu d'un magnifique costume et chamarré de deux cordons rouges, réalisait les rêves maternels d'Agathe. Un jour de cérémonie publique, Philippe avait effacé l'odieux spectacle de sa misère sur le quai de l'École, en passant devant sa mère au même endroit, en avant du Dauphin, avec des aigrettes à son schapska, avec un dolman brillant d'or et de fourrures ! Devenue pour l'artiste une espèce de sœur grise dévouée, Agathe ne se sentait mère que pour l'audacieux aide-de-camp de Son Altesse Royale Monseigneur le Dauphin ! Fière de Philippe, elle lui devrait bientôt l'aisance, elle oubliait que le bureau de loterie dont elle vivait lui venait de Joseph.

Un jour, Agathe vit son pauvre artiste si tourmenté par le total du mémoire de son marchand de couleurs que, tout en maudissant les Arts, elle voulut le libérer de ses dettes. La pauvre femme, qui tenait la maison avec les gains de son bureau de loterie, se gardait bien de jamais demander un liard à Joseph. Aussi n'avait-elle pas d'argent ; mais elle comptait sur le bon cœur et sur la bourse de Philippe. Elle attendait, depuis trois ans, de jour en jour, la visite de son fils ; elle le voyait lui apportant une somme énorme, et jouissait par avance du plaisir qu'elle aurait à la donner à Joseph, dont l'opinion sur Philippe était toujours aussi invariable que celle de Desroches.

À l'insu de Joseph, elle écrivit donc à Philippe la lettre suivante :

« À Monsieur le comte de Brambourg.

» Mon cher Philippe, tu n'as pas accordé le plus petit souvenir à ta mère en cinq ans ! Ce n'est pas bien. Tu devrais te rappeler un peu le passé, ne fût-ce qu'à cause de ton excellent frère. Aujourd'hui Joseph est dans le besoin, tandis que tu nages dans l'opulence ; il travaille pendant que tu voles de fêtes en fêtes. Tu possèdes à toi seul la fortune de mon frère. Enfin, tu aurais, à entendre le petit Borniche, deux cent mille livres de rente. Eh ! bien, viens voir Joseph ? Pendant ta visite, mets dans la tête de mort une vingtaine de billets de mille francs : tu nous les dois, Philippe ; néanmoins, ton frère se croira ton obligé, sans compter le plaisir que tu feras à ta mère

» Agathe BRIDAU (née Rouget). »

Deux jours après, la servante apporta dans l'atelier, où la pauvre Agathe venait de déjeuner avec Joseph, la terrible lettre suivante :

« Ma chère mère, on n'épouse pas mademoiselle Amélie de Soulanges en lui apportant des coquilles de noix, quand, sous le nom de comte de Brambourg, il y a celui de
» Votre fils,

» PHILIPPE BRIDAU. »

En se laissant aller presque évanouie sur le divan de l'atelier, Agathe lâcha la lettre. Le léger bruit que fit le papier en tombant, et la sourde mais horrible exclamation d'Agathe, causèrent un sursaut à Joseph qui, dans ce moment, avait oublié sa mère, car il brossait avec rage une esquisse, il pencha la tête en dehors de sa toile pour voir ce qui arrivait. À l'aspect de sa mère étendue, le peintre lâcha palette et brosses, et alla relever une espèce de cadavre ! Il prit Agathe dans ses bras, la porta sur son lit dans son appartement, et envoya chercher son ami Bianchon par la servante. Aussitôt que Joseph put questionner sa mère, elle avoua sa lettre à Philippe et la réponse qu'elle avait reçue de lui. L'artiste alla ramasser cette réponse dont la concise brutalité venait de briser le cœur délicat de cette pauvre mère, en y renversant le pompeux édifice élevé par sa préférence maternelle. Joseph, revenu près du lit de sa mère, eut l'esprit de se taire. Il ne parla point de son frère pendant les trois semaines que dura, non pas la maladie, mais l'agonie de cette pauvre femme. En effet, Bianchon, qui vint tous les jours et soigna la malade avec le dévouement d'un ami véritable, avait éclairé Joseph dès le premier jour.

– À cet âge, lui dit-il, et dans les circonstances où ta mère va se trouver, il ne faut songer qu'à lui rendre la mort le moins amère possible.

Agathe se sentit d'ailleurs si bien appelée par Dieu qu'elle réclama, le lendemain même, les soins religieux du vieil abbé Loraux, son confesseur depuis vingt-deux ans. Aussitôt qu'elle fut seule avec lui, quand elle eut versé dans ce cœur tous ses chagrins, elle redit ce qu'elle avait dit à sa marraine et ce qu'elle disait toujours.

– En quoi donc ai je pu déplaire à Dieu ? Ne l'aimé-je pas de toute mon âme ? N'ai-je pas marché dans le chemin du salut ? Quelle est ma faute ? Et si je suis coupable d'une faute que j'ignore, ai-je encore le temps de la réparer ?

– Non, dit le vieillard d'une voix douce. Hélas ! votre vie paraît être pure et votre âme semble être sans tache ; mais l'œil de Dieu, pauvre créature affligée, est plus pénétrant que celui de ses ministres ! J'y vois clair un peu trop tard, car vous m'avez abusé moi-même.

En entendant ces mots prononcés par une bouche qui n'avait eu jusqu'alors que des paroles de paix et de miel pour elle, Agathe se dressa sur son lit en ouvrant des yeux pleins de terreur et d'inquiétude.

– Dites ! dites, s'écria-t-elle.

– Consolez-vous ! reprit le vieux prêtre. À la manière dont vous êtes punie, on peut prévoir le pardon. Dieu n'est sévère ici-bas que pour ses élus. Malheur à ceux dont les méfaits trouvent des hasards favorables, ils seront repétris dans l'Humanité jusqu'à ce qu'ils soient durement punis à leur tour pour de simples erreurs, quand ils arriveront à la maturité des fruits célestes. Votre vie, ma fille, n'a été qu'une longue faute. Vous tombez dans la fosse que vous vous êtes creusée, car nous ne manquons que par le côté que nous avons affaibli en nous. Vous avez donné votre cœur à un monstre en qui vous avez vu votre gloire, et vous avez méconnu celui de vos enfants en qui est votre gloire véritable ! Vous avez été si profondément injuste que vous n'avez pas remarqué ce contraste si frappant : vous tenez votre existence de Joseph, tandis que votre autre fils vous a constamment pillée. Le fils pauvre, qui vous aime sans être récompensé par une tendresse égale, vous apporte votre pain quotidien ; tandis que le riche, qui n'a jamais songé à vous et qui vous méprise, souhaite votre mort.

– Oh ! pour cela !... dit-elle.

– Oui, reprit le prêtre, vous gênez par votre humble condition les espérances de son orgueil... Mère, voilà vos crimes ! Femme, vos souffrances et vos tourments vous annoncent que vous jouirez de la paix du Seigneur. Votre fils Joseph est si grand que sa tendresse n'a jamais été diminuée par les injustices de votre préférence maternelle, aimez-le donc bien ! donnez-lui tout votre cœur pendant ces derniers jours ; enfin, priez pour lui, moi je vais aller prier pour vous.

Dessillés par de si puissantes mains, les yeux de cette mère embrassèrent par un regard rétrospectif le cours de sa vie. Éclairée par ce trait de lumière, elle aperçut ses torts involontaires et fondit en larmes. Le vieux prêtre se sentit tellement ému par le spectacle de ce repentir d'une créature en faute, uniquement par ignorance, qu'il sortit pour ne pas laisser voir sa pitié. Joseph rentra dans la chambre de sa mère environ deux heures après le départ du confesseur. Il était allé chez un de ses amis emprunter l'argent nécessaire au paiement de ses dettes les plus pressées, et il rentra sur la pointe du pied, en croyant Agathe endormie. Il put donc se mettre dans son fauteuil sans être vu de la malade.

Un sanglot entrecoupé par ces mots : – Me pardonnera-t-il ? fit lever Joseph qui eut la sueur dans le dos, car il crut sa mère en proie au délire qui précède la mort.

– Qu'as-tu, ma mère lui dit-il effrayé de voir les yeux rougis de pleurs et la figure accablée de la malade.

– Ah ! Joseph ! me pardonneras-tu, mon enfant ? s'écria-t-elle.

– Eh ! quoi ? dit l'artiste.

– Je ne t'ai pas aimé comme tu méritais de l'être...

– En voilà une charge ? s'écria-t-il. Vous ne m'avez pas aimé ?... Depuis sept ans ne vivons-nous pas ensemble ? Depuis sept ans n'es-tu pas ma femme de ménage ? Est-ce que je ne te vois pas tous les jours ? Est-ce que je n'entends pas ta voix ? Est-ce que tu n'es pas la douce et l'indulgente compagne de ma vie misérable ? Tu ne comprends pas la peinture ?... Eh ! mais ça ne se donne pas ! Et moi qui disais hier à Grassou : – Ce qui me console au milieu de mes luttes, c'est d'avoir une bonne mère ; elle est ce que doit être la femme d'un artiste, elle a soin de tout, elle veille à mes besoins matériels sans faire le moindre embarras...

– Non, Joseph, non, tu m'aimais, toi ! et je ne te rendais pas tendresse pour tendresse. Ah ! comme je voudrais vivre !... donne-moi ta main ?...

Agathe prit la main de son fils, la baisa, la garda sur son cœur, et le contempla pendant longtemps en lui montrant l'azur de ses yeux resplendissant de la tendresse qu'elle avait réservée jusqu'alors à Philippe. Le peintre, qui se connaissait en expression, fut si frappé de ce changement, il vit si bien que le cœur de sa mère s'ouvrait pour lui, qu'il la prit dans ses bras, la tint pendant quelques instants serrée, en disant comme un insensé : – Ô ma mère ! ma mère !

– Ah ! je me sens pardonnée ! dit-elle. Dieu doit confirmer le pardon d'un enfant à sa mère !

– Il te faut du calme, ne te tourmente pas, voilà qui est dit : Je me sens aimé pendant ce moment pour tout le passé, s'écria Joseph en replaçant sa mère sur l'oreiller.

Pendant les deux semaines que dura le combat entre la vie et la mort chez cette sainte créature, elle eut pour Joseph des regards, des mouvements d'âme et des gestes où éclatait tant d'amour qu'il semblait que, dans chacune de ses effusions, il y eût toute une vie... La mère ne pensait plus qu'à son fils, elle se comptait pour rien ; et, soutenue par son amour, elle ne sentait plus ses souffrances. Elle eut de ces mots naïfs comme en ont les enfants. D'Arthez, Michel Chrestien, Fulgence Ridal, Pierre Grassou, Bianchon venaient tenir compagnie à Joseph, et discutaient souvent à voix basse dans la chambre de la malade.

– Oh ! comme je voudrais savoir ce que c'est que la couleur ! s'écria-t-elle un soir en entendant une discussion sur un tableau.

De son côté, Joseph fut sublime pour sa mère ; il ne quitta pas la chambre, il dorlotait Agathe dans son cœur, il répondait à cette tendresse par une tendresse égale. Ce fut pour les amis de ce grand peintre un de ces beaux spectacles qui ne s'oublient jamais. Ces hommes qui tous offraient l'accord d'un vrai talent et d'un grand caractère furent pour Joseph et pour sa mère ce qu'ils devaient être : des anges qui priaient, qui pleuraient avec lui, non pas en disant des prières et répandant des pleurs ; mais en s'unissant à lui par la pensée et par l'action. En artiste aussi grand par le sentiment que par le talent, Joseph devina, par quelques regards de sa mère, un désir enfoui dans ce cœur, et dit un jour à d'Arthez : – Elle a trop aimé ce brigand de Philippe pour ne pas vouloir le revoir avant de mourir...

Joseph pria Bixiou, qui se trouvait lancé dans le monde bohémien que fréquentait parfois Philippe, d'obtenir de cet infâme parvenu qu'il jouât, par pitié, la comédie d'une tendresse quelconque afin d'envelopper le cœur de cette pauvre mère dans un linceul brodé d'illusions. En sa qualité d'observateur et de railleur misanthrope, Bixiou ne demanda pas mieux que de s'acquitter d'une semblable mission. Quand il eut exposé la situation d'Agathe au comte de Brambourg qui le reçut dans une chambre à coucher tendue en damas de soie jaune, le colonel se mit à rire.

– Eh ! que diable veux-tu que j'aille faire là ? s'écria-t-il. Le seul service que puisse me rendre la bonne femme est de crever le plus tôt possible, car elle ferait une triste figure à mon mariage avec mademoiselle de Soulanges. Moins j'aurai de famille, meilleure sera ma position. Tu comprends très bien que je voudrais enterrer le nom de Bridau sous tous les monuments funéraires du Père-Lachaise !... Mon frère m'assassine en produisant mon vrai nom au grand jour ! Tu as trop d'esprit pour ne pas être à la hauteur de ma situation, toi ! Voyons ?... si tu devenais député, tu as une fière *platine*, tu serais craint comme

Chauvelin, et tu pourrais être fait comte Bixiou, Directeur des Beaux-Arts. Arrivé là, serais-tu content, si ta grand-mère Descoings vivait encore, d'avoir à tes côtés cette brave femme qui ressemblait à une madame Saint-Léon ? lui donnerais-tu le bras aux Tuileries ? la présenterais-tu à la famille noble où tu tâcherais alors d'entrer ? Tu souhaiterais, sacrebleu ! la voir à six pieds sous terre, calfeutrée dans une chemise de plomb. Tiens, déjeune avec moi, et parlons d'autre chose. Je suis un parvenu, mon cher, je le sais. Je ne veux pas laisser voir mes langes !... Mon fils, lui, sera plus heureux que moi, il sera grand seigneur. Le drôle souhaitera ma mort, je m'y attends bien, ou il ne sera pas mon fils.

Il sonna, vint le valet de chambre auquel il dit : – Mon ami déjeune avec moi, sers-nous un petit déjeuner fin.

– Le beau monde ne te verrait pourtant pas dans la chambre de ta mère, reprit Bixiou. Qu'est-ce que cela te coûterait d'avoir l'air d'aimer la pauvre femme pendant quelques heures ?...

– Ouitch ! dit Philippe en clignant de l'œil, tu viens de leur part. Je suis un vieux chameau qui se connaît en génuflexions. Ma mère veut, à propos de son dernier soupir, me tirer une carotte pour Joseph !... Merci.

Quand Bixiou raconta cette scène à Joseph, le pauvre peintre eut froid jusque dans l'âme.

– Philippe sait-il que je suis malade ? dit Agathe d'une voix dolente le soir même du jour où Bixiou rendit compte de sa mission.

Joseph sortit étouffé par ses larmes. L'abbé Loraux, qui se trouvait au chevet de sa pénitente, lui prit la main, la lui serra, puis il répondit : – Hélas ! mon enfant, vous n'avez jamais eu qu'un fils !...

En entendant ce mot qu'elle comprit, Agathe eut une crise par laquelle commença son agonie. Elle mourut vingt heures après.

Dans le délire qui précéda sa mort, ce mot : – De qui donc Philippe tient-il ?... lui échappa.

Joseph mena seul le convoi de sa mère. Philippe était allé, pour affaire de service, à Orléans, chassé de Paris par la lettre suivante que Joseph lui écrivit au moment où leur mère rendait le dernier soupir :

« Monstre, ma pauvre mère est morte du saisissement que ta lettre lui a causé, prends le deuil ; mais fais-toi malade : je ne veux pas que son assassin soit à mes côtés devant son cercueil.

» Joseph B. »

Le peintre, qui ne se sentit plus le courage de peindre, quoique peut-être sa profonde douleur exigeât l'espèce de distraction mécanique apportée par le travail, fut entouré de ses amis qui s'entendirent pour ne jamais le laisser seul. Donc, Bixiou, qui aimait Joseph autant qu'un railleur peut aimer quelqu'un, faisait, quinze jours après le convoi, partie des amis groupés dans l'atelier. En ce moment, la servante entra brusquement et remit à Joseph cette lettre apportée, dit-elle, par une vieille femme qui attendait une réponse chez le portier.

« Monsieur,
» Vous à qui je n'ose donner le nom de frère, je dois m'adresser à vous, ne fût-ce qu'à cause du nom que je porte...

Joseph tourna la page et regarda la signature au bas du dernier recto. Ces mots : *comtesse Flore de Brambourg*, le firent frissonner, car il pressentit quelque horreur inventée par son frère.

– Ce brigand-là, dit-il, *ferait* le diable *au même* ! Et ça passe pour un homme d'honneur ! Et ça se met un tas de coquillages autour du cou. Et ça fait la roue à la cour au lieu d'être étendu sur la roue ! Et ce roué se nomme monsieur le comte !

– Et il y en a beaucoup comme ça ! dit Bixiou.

– Après ça ! cette Rabouilleuse mérite bien d'être rabouillée à son tour, reprit Joseph, elle ne vaut pas la gale, elle m'aurait fait couper le cou comme à un poulet, sans dire : Il est innocent !...

Au moment où Joseph jetait la lettre, Bixiou la rattrapa lestement et la lut à haute voix...

» Est-il convenable que madame la comtesse Bridau de Brambourg, quels que puissent être ses torts, aille mourir à l'hôpital ? Si tel est mon destin, si telle est la volonté de monsieur le comte et la vôtre, qu'elle s'accomplisse ; mais alors, vous qui êtes l'ami du docteur Bianchon, obtenez-moi sa protection pour entrer dans un hôpital. La personne qui vous apportera cette lettre, monsieur, est allée onze jours de suite à l'hôtel de Brambourg, rue de Clichy, sans pouvoir obtenir un secours de mon mari. L'état dans lequel je suis ne me permet pas de faire appeler un avoué afin d'entreprendre d'obtenir judiciairement ce qui m'est dû pour mourir en paix. D'ailleurs, rien ne peut me sauver, je le sais. Aussi, dans le cas où vous ne voudriez pas vous occuper de votre malheureuse belle-sœur, donnez-moi l'argent nécessaire pour avoir de quoi mettre fin à mes jours ; car, je le vois, monsieur votre frère veut ma mort, il l'a toujours voulue. Quoiqu'il m'ait dit qu'il avait trois moyens sûrs pour tuer une femme, je n'ai pas eu l'intelligence de prévoir celui dont il s'est servi.

» Dans le cas où vous voudriez m'honorer d'un secours, et juger par vous-même de la misère où je suis, je demeure rue du Houssay, au coin de la rue Chantereine, au cinquième. Si demain je ne paye pas mes loyers arriérés, il faut sortir ! Et où aller, monsieur ?... Puis-je me dire

» Votre belle-sœur,

» Comtesse FLORE DE BRAMBOURG. »

– Quelle fosse pleine d'infamies ! dit Joseph, qu'est-ce qu'il y a là-dessous ?

– Faisons d'abord venir la femme, ça doit être une fameuse préface de l'histoire, dit Bixiou.

Un instant après, apparut une femme que Bixiou désigna par ces mots : des guenilles qui marchent ! C'était, en effet, un tas de linge et de vieilles robes les unes sur les autres, bordées de boue à cause de la saison, tout cela monté sur de grosses jambes à pieds épais, mal enveloppés de bas rapiécés et de souliers qui dégorgeaient l'eau par leurs lézardes. Au-dessus de ce monceau de guenilles s'élevait une de ces têtes que Charlet a données à ses balayeuses, et caparaçonnée d'un affreux foulard usé jusque dans ses plis.

– Votre nom ? dit Joseph pendant que Bixiou croquait la femme appuyée sur un parapluie de l'an II de la République.

– Madame Gruget, pour vous servir. J'ai *évu* des rentes, mon petit monsieur, dit-elle à Bixiou dont le rire sournois l'offensa. Si ma pôv'fille n'avait pas eu l'accident d'aimer trop quelqu'un, je serais autrement que me voilà. Elle s'est jetée à l'eau, sous votre respect, ma pôv'Ida ! J'ai donc *évu* la bêtise de nourrir un quaterne ; c'est pourquoi, mon cher monsieur, à soixante-dix-sept ans, je garde les malades à raison de dix sous par jour, et nourrie...

– Pas habillée ! dit Bixiou. Ma grand-mère s'habillait, elle ! en nourrissant son petit bonhomme de terne.

– Mais, sur mes dix sous, il faut payer un garni...

– Qu'est-ce qu'elle a, la dame que vous gardez ?

– Elle n'a rien, monsieur, en fait de monnaie, s'entend ! car elle a une maladie à faire trembler les médecins... Elle me doit soixante jours, voilà pourquoi je continue à la garder. Le mari, qui est un comte, car elle est comtesse, me payera sans doute mon mémoire quand elle sera

Des guenilles qui marchent

morte ; *pour lorsse*, je lui ai donc avancé tout ce que j'avais... mais je n'ai plus rien : j'ai mis tous mes effets au *mau pi-é-té !*... Elle me doit quarante-sept francs douze sous, outre mes trente francs de garde, et, comme elle veut se faire périr avec du charbon : ça n'est pas bien, que je lui dis... *même* que j'ai dit à la portière de la veiller pendant que je m'absente, parce qu'elle est *capabe* de se jeter par la croisée.

– Mais qu'a-t-elle ? dit Joseph.

– Ah ! monsieur, le médecin des sœurs est venu, mais rapport à la maladie, fit madame Gruget en prenant un air pudibond, il a dit qu'il fallait la porter à l'hospice... le cas est mortel.

– Nous y allons, fit Bixiou.

– Tenez, dit Joseph, voilà dix francs.

Après avoir plongé la main dans la fameuse tête de mort pour prendre toute sa monnaie, le peintre alla rue Mazarine, monta dans un fiacre, et se rendit chez Bianchon qu'il trouva très heureusement chez lui, pendant que, de son côté, Bixiou courait, rue de Bussy, chercher leur ami Desroches. Les quatre amis se retrouvèrent une heure après rue du Houssay.

– Ce Méphistophélès à cheval nommé Philippe Bridau, dit Bixiou à ses trois amis en montant l'escalier, a drôlement mené sa barque pour se débarrasser de sa femme. Vous savez que notre ami Lousteau, très heureux de recevoir un billet de mille francs par mois de Philippe, a maintenu madame Bridau dans la société de Florine, de Mariette, de Tullia, de la Val-Noble. Quand Philippe a vu sa Rabouilleuse habituée à la toilette et aux plaisirs coûteux, il ne lui a plus donné d'argent, et l'a laissée s'en procurer... vous comprenez comment ? Philippe, au bout de dix-huit mois, a fait ainsi descendre sa femme, de trimestre en trimestre, toujours un peu plus bas ; enfin, au moyen d'un jeune sous-officier superbe, il lui a donné le goût des liqueurs. À mesure qu'il s'éle-vait, sa femme descendait, et la comtesse est maintenant dans la boue. Cette fille, née aux champs, a la vie dure, je ne sais pas comment Philippe s'y est pris pour se débarrasser d'elle. Je suis curieux d'étudier ce petit drame-là, car j'ai à me venger du camarade. Hélas ! mes amis ! dit Bixiou d'un ton qui laissait ses trois compagnons dans le doute s'il plaisantait ou s'il parlait sérieusement, il suffit de livrer un homme à un vice pour se défaire de lui. *Elle aimait trop le bal et c'est ce qui l'a tuée !...* a dit Hugo. Voilà ! Ma grand-mère aimait la loterie et Philippe l'a tuée par la loterie ! Le père Rouget aimait la gaudriole et Lolotte l'a tué ! Madame Bridau, pauvre femme, aimait Philippe, elle a péri par lui !... Le Vice ! le Vice ! mes amis !... Savez-vous ce qu'est le Vice ? c'est le Bonneau de la Mort !

– Tu mourras donc d'une plaisanterie ! dit en souriant Desroches à Bixiou.

À partir du quatrième étage, les jeunes gens montèrent un de ces escaliers droits qui ressemblent à des échelles, et par lesquels on grimpe à certaines mansardes dans les maisons de Paris. Quoique Joseph, qui avait vu Flore si belle, s'attendît à quelque affreux contraste, il ne pouvait pas imaginer le hideux spectacle qui s'offrit à ses yeux d'artiste. Sous l'angle aigu d'une mansarde, sans papier de tenture, et sur un lit de sangle dont le maigre matelas était rempli de bourre peut-être, les trois jeunes gens aperçurent une femme, verte comme une noyée de deux jours, et maigre comme l'est une étique deux heures avant sa mort. Ce cadavre infect avait une méchante rouennerie à carreaux sur sa tête dépouillée de cheveux. Le tour des yeux caves était rouge et les paupières étaient comme des pellicules d'œuf. Quant à ce corps, jadis si ravissant, il n'en restait qu'une ignoble ostéologie. À l'aspect des visiteurs, Flore serra sur sa poitrine un lambeau de mousseline qui avait dû être un petit rideau de croisée, car il était bordé de rouille par le fer de la tringle. Les jeunes gens virent pour tout mobilier deux chaises, une méchante commode sur laquelle une chandelle était fichée dans une pomme de terre, des plats épars sur le carreau, et un fourneau de terre dans le coin d'une cheminée sans feu. Bixiou remarqua le reste du cahier de papier acheté chez l'épicier pour écrire la lettre que les deux femmes avaient sans doute ruminée en commun. Le mot dégoûtant ne serait que le positif dont le superlatif n'existe pas et avec lequel il faudrait exprimer l'impression causée par cette misère. Quand la moribonde aperçut Joseph, deux grosses larmes roulèrent sur ses joues.

– Elle peut encore pleurer ! dit Bixiou. Voilà un spectacle un peu drôle : des larmes sortant d'un jeu de dominos ! Ça nous explique le miracle de Moïse.

– Est-elle assez desséchée ?... dit Joseph.

– Au feu du repentir, dit Flore. Eh ! je ne peux pas avoir de prêtre, je n'ai rien, pas même un crucifix pour voir l'image de Dieu !... Ah ! monsieur, s'écria-t-elle en levant ses bras qui ressemblaient à deux morceaux de bois sculpté, je suis bien coupable, mais Dieu n'a jamais puni personne comme je le suis !... Philippe a tué Max qui m'avait conseillé des choses horribles, et *il* me tue aussi. Dieu se sert de *lui* comme d'un fléau ! Conduisez-vous bien, car nous avons tous notre Philippe.

– Laissez-moi seul avec elle, dit Bianchon, que je sache si la maladie est guérissable.

– Si on la guérissait, Philippe Bridau crèverait de rage, dit Desroches ; aussi vais-je faire constater l'état dans lequel se trouve sa femme ; il ne l'a pas fait condamner comme adultère, elle jouit de tous ses droits d'épouse ; il aura le scandale d'un procès. Nous allons d'abord faire transporter madame la comtesse dans la maison de santé du docteur Dubois, rue du Faubourg-Saint-Denis ; elle y sera soignée avec luxe. Puis, je vais assigner le comte en réintégration du domicile conjugal.

– Bravo, Desroches ! s'écria Bixiou. Quel plaisir d'inventer du bien qui fera tant de mal !

« Est-elle assez desséchée ?... » dit Joseph

Dix minutes après, Bianchon descendit et dit à ses deux amis : – Je cours chez Desplein, il peut sauver cette femme par une opération. Ah ! il va bien la faire soigner, car l'abus des liqueurs a développé chez elle une magnifique maladie qu'il croyait perdue.

– Farceur de médecin, va ! Est-ce qu'il n'y a qu'une maladie ? demanda Bixiou.

Mais Bianchon était déjà dans la cour, tant il avait hâte d'annoncer à Desplein cette grande nouvelle. Deux heures après, la malheureuse belle-sœur de Joseph fut conduite dans l'hospice décent créé par le docteur Dubois et qui fut, plus tard, acheté par la Ville de Paris. Trois semaines après, la *Gazette des Hôpitaux* contenait le récit d'une des plus audacieuses tentatives de la chirurgie moderne sur une malade désignée par les initiales F. B. Le sujet succomba, bien plus à cause de l'état de faiblesse où l'avait mis la misère que par les suites de l'opération. Aussitôt, le colonel comte de Brambourg alla voir le comte de Soulanges, en grand deuil, et l'instruisit de la *perte douloureuse* qu'il venait de faire. On se dit à l'oreille dans le grand monde que le comte de Soulanges mariait sa fille à un parvenu de grand mérite qui devait être nommé maréchal-de-camp et colonel d'un régiment de la Garde Royale. De Marsay donna cette nouvelle à Rastignac qui en causa dans un souper au Rocher de Cancale où se trouvait Bixiou.

– Cela ne se fera pas ! se dit en lui-même le spirituel artiste.

Si, parmi les amis que Philippe méconnut, quelques-uns, comme Giroudeau, ne pouvaient se venger, il avait eu la maladresse de blesser Bixiou qui, grâce à son esprit, était reçu partout, et qui ne pardonnait guère. En plein Rocher de Cancale, devant des gens sérieux qui soupaient, Philippe avait dit à Bixiou qui lui demandait à venir à l'hôtel de Brambourg : – Tu viendras chez moi quand tu seras ministre !...

– Faut-il me faire protestant pour aller chez toi ? répondit Bixiou en badinant ; mais il se dit en lui-même : – Si tu es un Goliath, j'ai ma fronde et je ne manque pas de cailloux.

Le lendemain, le mystificateur s'habilla chez un acteur de ses amis et fut métamorphosé, par la toute-puissance du costume, en un prêtre à lunettes vertes qui se serait sécularisé ; puis, il prit une remise et se fit conduire à l'hôtel de Soulanges. Bixiou, traité de farceur par Philippe, voulait lui jouer une farce. Admis par monsieur de Soulanges, sur son insistance à vouloir parler d'une affaire grave, Bixiou joua le personnage d'un homme vénérable chargé de secrets importants. Il raconta, d'un son de voix factice, l'histoire de la maladie de la comtesse morte dont l'horrible secret lui avait été confié par Bianchon, l'histoire de la mort d'Agathe, l'histoire de la mort du bonhomme Rouget dont s'était vanté le comte de Brambourg, l'histoire de la mort de la Descoings, l'histoire de l'emprunt fait à la caisse du journal et l'histoire des mœurs de Philippe dans ses mauvais jours.

– Monsieur le comte, ne lui donnez votre fille qu'après avoir pris tous vos renseignements ; interrogez ses anciens camarades, Bixiou, le capitaine Giroudeau, etc.

Trois mois après, le colonel comte de Brambourg donnait à souper chez lui à du Tillet, à Nucingen, à Rastignac, à Maxime de Trailles et à de Marsay. L'amphitryon acceptait très insouciamment les propos à demi consolateurs que ses hôtes lui adressaient sur sa rupture avec la maison de Soulanges.

– Tu peux trouver mieux, lui disait Maxime.

– Quelle fortune faudrait-il pour épouser une demoiselle de Grandlieu ? demanda Philippe à de Marsay.

– À vous ?... On ne donnerait pas la plus laide des six à moins de dix millions, répondit insolemment de Marsay.

– Bah ! dit Rastignac, avec deux cent mille livres de rente, vous auriez mademoiselle de Langeais, la fille du marquis ; elle est laide, elle a trente ans, et pas un sou de dot : ça doit vous aller.

– J'aurai dix millions dans deux ans d'ici, répondit Philippe Bridau.

– Nous sommes au 16 janvier 1829 ! s'écria du Tillet en souriant. Je travaille depuis dix ans, et je ne les ai pas, moi !...

– Nous nous conseillerons l'un l'autre, et vous verrez comment j'entends les finances, répondit Bridau.

– Que possédez-vous, en tout ? demanda Nucingen.

– En vendant mes rentes, en exceptant ma terre et mon hôtel que je ne puis et ne veux pas risquer, car ils sont compris dans mon majorat, je ferai bien une masse de trois millions...

Nucingen et du Tillet se regardèrent ; puis, après ce fin regard, du Tillet dit à Philippe : – Mon cher comte, nous travaillerons ensemble si vous voulez.

De Marsay surprit le regard que du Tillet avait lancé à Nucingen et qui signifiait : – À nous les millions.

En effet, ces deux personnages de la haute banque étaient placés au cœur des affaires politiques de manière à pouvoir jouer à la Bourse, dans un temps donné, comme à coup sûr, contre Philippe quand toutes les probabilités lui sembleraient être en sa faveur, tandis qu'elles seraient pour eux. Et le cas arriva. En juillet 1830, du Tillet et Nucingen avaient déjà fait gagner quinze cent mille francs au comte de Brambourg, qui ne se défia plus d'eux en les trouvant loyaux et de bon conseil. Philippe, parvenu par la faveur de la Restauration, trompé surtout par son profond mépris pour les *Péquins*, crut à la réussite des Ordonnances et voulut jouer à la Hausse ; tandis que Nucingen et du Tillet, qui crurent à une révolution, jouèrent à la Baisse contre lui. Ces deux fins compères abondèrent dans le sens du colonel comte de Brambourg et eurent l'air de partager ses convictions, ils lui donnèrent l'espoir de doubler ses millions et se mirent en mesure de les lui gagner. Philippe se battit comme un homme pour qui la victoire valait quatre millions. Son dévouement fut si remarqué, qu'il reçut l'ordre de revenir à Saint-Cloud avec le duc de Maufrigneuse pour y tenir conseil. Cette marque de faveur sauva Philippe ; car il voulait, le 28 juillet, faire une charge pour balayer les boulevards, et il eût sans doute reçu quelque balle envoyée par son ami Giroudeau, qui commandait une division d'assaillants. Un mois après, le colonel Bridau ne possédait plus de son immense fortune que son hôtel, sa terre, ses tableaux et son mobilier. Il commit de plus, dit-il, la sottise de croire au rétablissement de la branche aînée, à laquelle il fut fidèle jusqu'en 1834. En voyant Giroudeau colonel, une jalousie assez compréhensible fit reprendre du service à Philippe qui, malheureusement, obtint en 1835 un régiment dans l'Algérie où il resta trois ans au poste le plus périlleux, espérant obtenir les épaulettes de général ; mais une influence malicieuse, celle du général Giroudeau, le laissait là. Devenu dur, Philippe outra la sévérité du service, et fut détesté, malgré sa bravoure à la Murat. Au commencement de la fatale année 1839, en faisant un retour offensif sur les Arabes pendant une retraite devant des forces supérieures, il s'élança contre l'ennemi, suivi seulement d'une compagnie qui tomba dans un gros d'Arabes. Le combat fut sanglant, affreux, d'homme à homme, et les cavaliers français ne se débarrassèrent qu'en petit nombre. En s'apercevant que leur colonel était cerné, ceux qui se trouvèrent à distance ne jugèrent pas à propos de périr inutilement en essayant de le dégager. Ils entendirent ces mots : – *Votre colonel ! à moi ! un colonel de l'Empire !* suivis de hurlements affreux, mais ils rejoignirent le régiment. Philippe eut une mort horrible, car on lui coupa la tête quand il tomba presque haché par les yatagans.

Joseph, marié vers ce temps par la protection du comte de Sérizy à la fille d'un ancien fermier millionnaire, hérita de l'hôtel et de la terre de Brambourg, dont n'avait pu disposer son frère, qui tenait cependant à le priver de sa succession. Ce qui fit le plus de plaisir au peintre, fut la belle collection de tableaux. Joseph, à qui son beau-père, espèce de Hochon rustique, amasse tous les jours des écus, possède déjà soixante mille francs de rente. Quoiqu'il peigne de magnifiques toiles et rende de grands services aux artistes, il n'est pas encore membre de l'Institut. Par suite d'une clause de l'érection du majorat, il se trouve comte de Brambourg, ce qui le fait souvent pouffer de rire au milieu de ses amis, dans son atelier.

– *Les bons comtes ont les bons habits*, lui dit alors son ami Léon de Lora qui, malgré sa célébrité comme peintre de paysage, n'a pas renoncé à sa vieille habitude de retourner les proverbes, et qui répondit à Joseph à propos de la modestie avec laquelle il avait reçu les faveurs de la destinée : Bah ! *la pépie vient en mangeant !*

Paris, novembre 1842.